Andrea Sibille Müller
Stella liebt Tinder

Andrea Sibille Müller

Stella liebt Tinder
Männer wie Sand am Meer

Bibliografische Information der Deutschen Nationalbibliothek: Die Deutsche Nationalbibliothek verzeichnet diese Publikation in der Deutschen Nationalbibliografie: detaillierte bibliografische Daten sind im Internet über dnb.dnb.de abrufbar.

© 2025 Andrea Sibille Müller
Verlag: BoD · Books on Demand GmbH, Überseering 33,
22297 Hamburg, bod@bod.de
Druck: Libri Plureos GmbH, Friedensallee 273, 22763 Hamburg
ISBN: **978-3-7693-7732-3**

Andrea Sibille Müller
Westerbachstr.56
45739 Oer- Erkenschwick
T: 0049-15125505450 E: Andreasibille70@gmail.com
Covergestaltung: BoD
Emojis: www.getemojis.net

Möglicherweise ist diese Geschichte vollkommen wahr...

Exakt nach sechzehn Jahren, sechs Monaten und einer Woche Beziehung stand ich abrupt als Single da. Ich war fassungslos. Um den Kopf freizubekommen, beschloss ich, einen Langzeiturlaub auf der Kanareninsel Lanzarote anzutreten. Die geplante Rückkehr sollte zum 80. Geburtstag meines Vaters erfolgen. Nach einigem Abstand und um nicht den Rest meines Lebens allein verbringen zu müssen, überlegte ich, was zu Corona-Zeiten zu tun war, um einen neuen Mann kennenzulernen. Da kamen mir die unzähligen Internet-Dating-Portale in den Sinn. Eigentlich alles ganz einfach, und so schwer konnte es ja auch nun nicht wirklich sein, sich einen neuen Traummann aus dem Netz auszusuchen, dachte ich und legte freudig los. Ich war gänzlich überrascht, wie viele Dating-Portale es inzwischen gab. Diesen wahnsinnigen Dschungel musste ich durchforsten. Es half ja alles nichts. Wie sollte ich starten? Wofür sollte ich mich entscheiden?

Parship, das Portal für Singles mit festen Absichten,
Elite Partner, die Singlebörse für Akademiker,
Lemon Swan, für ernsthafte Absichten,
Love Scout 24, um überall und jederzeit zu flirten,
Zweisam, für Gleichgesinnte über 50,
Lebensfreude, für Freunde und Romantik über 50,
Kiss No Frog, mit Singles aus ganz Deutschland,
C Date, für einfaches Casual Dating,
E Darling, um die Liebe zu finden,

oder doch…

Tinder, das seit Langem in aller Munde lag.

Mit dem Anspruch, mir den dicksten Fisch aus dem großen Teich zu ziehen, meldete ich mich zunächst kostenlos bei Elite-Partner an. Da ich nicht gerade auf den Kopf gefallen bin, einen Hochschulabschluss nachweisen kann und zudem noch Englisch, Französisch, Italienisch und Spanisch spreche, schien mir die Aussicht auf einen geeigneten, gebildeten Mann genau das Perfekte zu sein. Zugegeben war ich mit meinen 51 Jahren, schulterlangen, dunkelblonden Haaren und grünen Augen durchaus vorzeigbar, und für eine Größe von 1,70 m hatte ich eine ansehbare Figur ohne nennenswerte Problemzonen.

Bereits nach einem Tag machte sich bei mir jedoch schon die ernüchternde Erkenntnis breit, dass es auf jenem Portal nicht so elitär war, wie es die hübsche Fernsehwerbung versprach. Da meine Suche forsch weitergehen sollte und der Traummann schnellstmöglich gefunden werden musste, meldete ich mich bei Tinder an.

Einfacher wäre es aus meiner Sicht nicht gegangen. Ich machte einige Angaben zu meiner Person, gab meinen aktuellen Standort an und stellte die bevorzugte Entfernung auf das Maximum von 160 km ein. Zudem sollten Männer im Alter von 47 bis 55 Jahren angezeigt werden. Die Profilbeschreibung ließ ich vorerst ohne Text. Dann lud ich einige hübsche Bilder aus dem letzten Urlaub hoch und war geradewegs im Geschehen.

Prima. Tinder funktionierte. Bereits nach einigen Minuten gingen die ersten Likes ein. Auch ich verteilte am laufenden Band Likes, und war geplättet, wie viele Single-Traummänner zur Auswahl standen. Leider führten meine vergebenen Likes zu keinem Match, sodass ich in den sauren Apfel biss und von der kostenlosen Version zur „Gold"-Bezahlversion für zunächst einen Monat wechselte. Sofort wurden meine unsichtbaren Likes freigeschaltet und ich erfuhr endlich, wer mich gut fand. Nun war ich an der Reihe und konnte mir aus den potentiellen Kandidaten, die auf mich standen, diejenigen aussuchen, die mir am besten gefielen.

Anfang Dezember 2021 nahm das Schicksal mit der Ankunft auf Lanzarote seinen Lauf. Zu meiner Verwunderung lockte sich Tinder auf meinem iPhone sofort im Urlaubsort ein, sodass es dort öfter Ping machte, ein neues Match oder ein Superlike gab als in Deutschland. Meine Fotos trafen scheinbar den internationalen Geschmack. Nie hätte ich geahnt, dass sich absolut neue Welten für einen Single in meinem Alter öffnen würden.

Schnell stellte sich heraus, dass der Spanier in seiner Kontaktaufnahme durchaus herzlicher als der Deutsche war. Die netten Wörter wie „Hola guapa, que tal?" - „Hallo Hübsche, wie geht´s?", hörten sich auch viel schmeichelnder als ein „Hallo Stella! Schön, dass wir ein Match haben" an. Genau das brauchte meine kleine, verletzte Seele in jenem Moment.

Nach meinem unerwarteten Singledasein nahm mein alter Schulfreund Sven, der mit meinem verstorbenen Freund befreundet war, unverhofft Kontakt zu mir auf. Wir kannten uns flüchtig aus der Oberstufe und hatten nach der Schulzeit nur sporadischen Kontakt.
Ich freute mich über seine Kontaktaufnahme und fühlte mich, obwohl ich inzwischen auf Lanzarote war, nicht ganz aus der Welt und dennoch mit Deutschland verbunden. Freudig berichtete ich ihm, dass ich wieder auf der Suche nach einem Mann sei und mich bei Tinder angemeldet hatte. Nach einigen ausführlichen Berichterstattungen über meine Tinderwelt nannte Schul-Sven mich einfach nur noch Tinderine. Er belächelte mein ausgeprägtes Multitasking-Talent, sich durch die Vielzahl meiner neuen Verehrer und Traummänner durchzuarbeiten. Das war klar: Ich hatte genaue Vorstellungen von meinem künftigen Partner und meine Ansprüche waren sehr hochgesteckt. Immerhin war bei der Wahl wieder alles offen. Die Karten konnten völlig neu gemischt werden. Der Traummann sollte gut aussehen, etwas größer als ich sein und eine sportliche Erscheinung haben. Größten Wert legte ich auf Humor und Bildung, jedoch wurde mir nach einer Vielzahl von Chats bewusst, dass ich den einen oder anderen Abstrich machen musste.

Alles hätte so schön und romantisch sein können, wenn sich nicht schon so schnell mehrere grundsätzliche, jedoch fast schwerwiegende Probleme bei meiner anfänglich getroffenen

Partnerwahl herauskristallisiert hätten. Dank Tinder „Gold" war es mir möglich, meinen aktuellen Standort frei festzulegen. So switchte ich nach Lust und Laune zwischen meinem Heimatort in Deutschland und Lanzarote hin und her.

Das Problem lag jedoch im Detail. Lanzarote war 3000 km von Deutschland entfernt und Tinder gab die aktuelle Distanz an. Aufgrund der enormen Entfernung zeigte sich der deutsche Männermarkt mehr als verhalten. Es war nicht möglich, mit mir schnell einen Kaffee trinken zu können, um die Lage abzuchecken. Mein schon fast verzweifelter Hinweis auf meine Urlaubssituation traf in den seltensten Fällen auf Begeisterung und wurde mit gelöschten Matches geahndet.

Soweit so gut. Nach einigen Tagen, es lag an der eingestellten 160 km Distanz vom Heimatort, wurde ich von holländischen Likes überflutet. Das war auch kein Wunder, da die Grenze nur etwas über 50 km entfernt ist. Somit konzentrierte ich mich intensiver auf den niederländischen Markt, der aus meiner Sicht, die hübscheren Männer vorzuweisen hatte. Auch wenn ich einen Südländer nicht von der Bettkante geschubst hätte, liebte ich sportliche, blonde Männer mit blauen Augen. Dank meiner heruntergeschraubten neuen Toleranzgrenze, was geschiedene Männer mit Kindern betraf, war es dann auch schon egal, ob sie, wie sich dort der Normalfall abzeichnete, zwischen zwei und drei Kindern hatten.

Leider begegnete mir dort auch schon wieder die nächste Schwierigkeit. Man sollte nicht denken, dass jeder Niederländer auch Deutsch spricht. Vielleicht die Grenznahen noch ein bisschen, aber ansonsten konnte ich nur noch das Allheilmittel „Do you speak english?" einsetzen. Danach war ein „Hello, how are you?" auch noch recht einfach zu bewerkstelligen, aber wenn es dann an das Eingemachte ging, wurde es haariger. Bei auserwählten Traumkandidaten suchte ich anfangs noch die passenden Wörter im Übersetzungsprogramm heraus, beschloss aber kurz darauf, dass das dauerhaft keine Lösung werden konnte.

Nach mehreren Tagen und intensiven Chats kristallisierten sich fünf potentielle Kandidaten heraus.

Kandidat 1: Thijs, 53 Jahre, aus Tegelen in Holland. Der blonde, schlanke, gutaussehende Single ging mehrmals wöchentlich zu seiner Schwester Kaffeetrinken.

Nach kurzer Zeit tauschten wir die Telefonnummern für WhatsApp aus und führten charmante Konversationen. Komischerweise nur tagsüber von Montag bis Freitag. Abends und am Wochenende wurde es dann recht still um ihn. Die schnell zugesandten Bilder seines erregten besten Stückes riefen in mir nicht gerade Begeisterung hervor, da er der erste Mann in meinem Leben war, der so einen Schweinekram schickte. Sofort gab ich meine Empörung kund. Er entschuldigte sich vielmals, aber mit sowas wollte ich nichts zu tun haben und löschte den Chat. Für mich war der Fall gegessen.

Zu jenem Zeitpunkt wusste ich noch nicht, dass man Chats sperren muss, um jeglichen Kontakt zu unterbinden, sodass ich unerwartet Monate später ein flüchtiges „Hi. Wie geht es Dir?", bekam.

Kandidat 2: Daan, 50 Jahre, aus Amsterdam. Er war groß, dunkelblond, selbstständig und gut gekleidet. Auf einem seiner Bilder hatte er ein kleines zuckersüßes Hündchen auf dem Arm. In seinem Profil schrieb er auf Holländisch, dass er ein positiv eingestellter Mensch sei, gerne gute Gespräche führt, Wein und Restaurants mochte, ein Liebhaber von Städtetrips sei und auf der Suche nach einer geselligen Frau für eine feste Beziehung war. Ach ja, und der Hund war sein bester Freund.

Der sympathische Daan war nach einer etwas ausführlicheren Konversation sogar bereit, die verbleibenden 2 Monate auf mich zu warten und mich am Flughafen in Düsseldorf abzuholen. In den folgenden Wochen reduzierte sich der anfangs innige tägliche Kontakt auf:

🧑: *Good morning Darling. You had breakfast?*

😀: *You had Lunch?*

😀: *Good evening Darling. How was your dinner?*

Noch steckte ich in den Tinder- Kinderschuhen und meldete mich stets artig zurück. Jedoch wurde mir der Kontakt nach ein paar Tagen suspekt und ich löschte auch diesen WhatsApp-Kontakt. Gelöscht, aber nicht gesperrt.

Kandidat 3: Gabriel, 52 Jahre, aus Groningen in den Niederlanden. Der geschiedene, kinderlose Informatiker war ein Sahneschnittchen von Mann. Er hatte eine durchtrainierte Modelfigur, war groß, hatte grauschwarze Haare, trug einen gepflegten 3-Tage-Bart und legte einen süßen, treuen Hundeblick zum Dahinschmelzen auf.

Mit dem aufregenden Gabriel verlief anfangs alles Klasse. Der Chat nahm, obwohl er auf Englisch war, sehr schnell Fahrt auf, sodass wir unsere WhatsApp Nummern austauschten. Leider merkte er, dass ich ihm nicht meine gesamte Aufmerksamkeit schenkte, da meine Tinder-Männer mich allesamt wahnsinnig auf Trapp hielten. Zugegebenermaßen war ich leicht überfordert. Ja, und so hatte ich schon den nächsten Verlust zu verzeichnen. Traurig, aber wahr. Er reagierte nicht mehr auf meine Nachrichten. Ich war zutiefst enttäuscht.

Im Nachhinein fand ich es sehr bedauerlich. Hätte ich mich auf das Sahneschnittchen festlegen und alle anderen Kontakte abbrechen sollen? Das hätte ich durchaus machen können, jedoch suggerierte mein Unterbewusstsein, dass irgendetwas mit diesem Mann nicht koscher war und es noch nicht an der Zeit war, mich überstürzt festzulegen. Es standen zu viele potenzielle Traummänner zur Wahl. Aber wie heißt es so schön: Man sieht sich immer zweimal im Leben, und das auch auf Tinder. Einige Wochen später staunte ich nicht schlecht, als Gabriel mir erneut ein Like gab. Sofort erkannte ich ihn und freute mich. Hatte er seine Meinung geändert und wollte es erneut mit mir versuchen? Ich klickte auf sein Profil und dachte, dass ich meinen

Augen nicht mehr traute. Wie in der Werbung wurde aus meinem „Raider" einfach „Twix". Gabriel nannte sich Steven und hatte eine französische Profilbeschreibung hochgestellt. Mir wurde bewusst, dass ich bereits unter meinen ersten Traummännern einem Fake hinterhergetrauert hatte.

Auf Lanzarote und der Nachbarinsel Fuerteventura war meine Ausbeute wesentlich geringer, sodass ich zunächst das nehmen musste, was sich anbot. Einerseits wollte ich meine eingeschlafenen Spanischkenntnisse aufpolieren und andererseits hatte ich ein Date vor Ort angestrebt, um typisch Deutsch einen Kaffee trinken zu gehen, um die Lage abzuchecken. So viel meine Wahl auf den nächsten.

Kandidat 4: Pablo, 49 Jahre, aus Corralejo im Norden von Fuerteventura. Der tätowierte Koch war ledig, hatte dunkle lockige Haare, einen melierten 3-Tage Bart und war als sportlicher Radfahrer in seiner Freizeit unterwegs.

Im Chatverlauf war ich erstaunt, dass er anfangs nicht einmal merkte, dass ich keine Spanierin war. Mein Spanisch war inzwischen doch besser als ich dachte, oder sein Bildungsniveau war nicht allzu hoch. Das spielte zu jenem Zeitpunkt überhaupt keine Rolle für mich, da ich endlich mal ein Date wollte. Als ich ihm sagte, dass ich Deutsche bin, war ich schlagartig für ihn noch attraktiver geworden, sodass es schnell zu einem angedachten Termin kommen sollte. Erneut unfreiwillig erhaltene Fotos des besten Stückes, sowie der extreme Anstieg der Coronazahlen auf der Nachbarinsel, brachten Fuerteventura im Handumdrehen aus dem Rennen.

Nach diesen Reinfällen lenkte ich meine geballte Aufmerksamkeit auf Kandidat 5: Enrique, 54 Jahre, aus der lanzarotenischen Inselhauptstadt Arrecife. Der Künstler war geschieden, hatte eine erwachsene Tochter und ein Enkelkind. Für spanische Verhältnisse war er mit seinen 1,80 m sehr groß und schlank. Nach einem humorvollen und sympathischen WhatsApp Chat mit guten Fotos stimmte ich einem Treffen zu. Endlich hatte ich es geschafft. Mein erstes Date stand an. Das erfolgreiche Resultat meiner Tinder Aktivitäten musste ich natürlich umgehend Schul-Sven mitteilen.

👧: *Juhu aus dem bewölkten, windigen Paradies* 🙂🙂 *Was gibt es Neues bei dir zu berichten??? Hier geht es heiß her...*

🧑: *Hallo Tinderine!* 🙂 *Hier ist das Wetter ganz schön doof. Das erzähle ich dir mal die Tage, wenn ich mich wieder beruhigt habe. Ich war den ganzen Tag am Telefon mit dem bekloppten Telefonanbieter. Das war eine absolute Katastrophe... Bin vollkommen auf...*

👧: *Alles ok... erhole dich dann erstmal von dem ganzen Scheiß!!! Ruf mich einfach an, wenn es dir passt und besser geht... das sind wir uns beiden schuldig.... Schön, dass es Dich gibt... also dann entspannen und nicht die ganz so traurige Stella anrufen... die morgen ein Date hat* 🙂🙂🙂🙂 *Mal sehen... Er kommt hier von der Insel und ist 54. Hoffentlich sieht er nicht älter als auf den Fotos aus* 😬 *... graue Haare hat er ja schon... morgen weiß ich mehr... Ich wünsche Dir noch einen schönen Abend und eine gute Nacht* 😘

🧑: *Ach, das klingt doch ganz gut! Dann melde ich mich erst am Samstag, das ist besser. Viel Spaß und Glück morgen!* 🙂

👧: *Danke* 😘

Bis dato hatte ich noch nicht das glücklichste Händchen bei meiner Männerauswahl bewiesen, aber vielleicht sollte sich das Blatt wenden.

***

Am nächsten Morgen hatte ich mich frisch geduscht, die Beine glattrasiert, die Haare hübsch gestylt und ein nettes Kleidchen angezogen. Aus meiner Sicht konnte das Date hoffnungsvoll starten. Zum verabredeten Zeitpunkt traf er ein. Ich öffnete die Tür und traute meinen Augen nicht mehr. Vor mir stand ein Greis, der mich fröhlich angrinste. Mir fiel die Kinnlade runter, dennoch lächelte ich zurück.

Offensichtlich befand er sich im Zweiten Frühling. Der alte Knacker war 69 Jahre alt. Auf Nachfrage erwiderte er, dass seine Freunde ihn wesentlich jünger einschätzen würden, sodass er ältere Fotos auf Tinder eingestellt hatte und sein Alter mit 54 angab. Was für ein Volltreffer! Mir schien aber auch nichts erspart zu bleiben. Mein erstes Date entpuppte sich als gealterte Mogelpackung. Ein riesiger Reinfall, der mich zudem noch anhimmelte.

Als Gastgeschenk brachte Enrique eine geschmacklose „Made in China" Fliese mit dem Design von Lanzarote mit und sagte mir, dass ich sein Geschenk auch morgens benutzen könnte, um meine Tasse Kaffee daraufzustellen. Dazu fand er den Gedanken reizvoll, dass ich so täglich an ihn denken müsste. Was für eine äußerst geniale Idee, eine Fliese als Tassenuntersatz zu benutzen. Da staunte der Laie und der Fachmann wunderte sich. Ich stellte fest, dass sich Enrique in meinem großen Appartement mit schönem Meerblick sichtbar wohler als in seiner 1-Zimmer-Wohnung in der Hauptstadt fühlte. Es schien so, als ob ihm für einen baldigen Umzug in den Inselnorden und den Einzug in meine Hütte nichts im Wege stand.

Was für ein Desaster! Aber nicht mit mir. Meine kleine Bleibe sollte nicht ein Altenheim mit der Pflegestätte für einen Greis werden. Sowas hatte ich bis dato auch noch nicht erlebt und überlegte, was zu tun war, um ihn schnellstmöglich wieder abzuschütteln. Hätte ich ahnen können, dass so eine Aktion sich schwieriger gestaltete als gedacht, hätte ich mich niemals auf ein erstes Date in den eigenen vier Wänden eingelassen. Es war aber Corona und die Maskenpflicht war noch immer angesagt. Gut, aber worüber hätte ich mit einem alten Mann sprechen sollen, der mein Vater hätte sein können? Nichts! Es dauerte fast 3 Stunden, bis er verstand, dass es besser war zu gehen. Als ernüchterndes Fazit schloss ich aus der Pleite, dass ich die neue

Partnersuche doch wohl irgendwie anders gestalten musste. Den finalen Pannenbericht schickte ich an Schul-Sven.

👩: *Juhu…Kurz und knapp ein Reinfall. Fotos stimmten, der hat sich einfach jünger gemacht… und das noch 15 Jahre…OMG. Hab 3 Stunden durchgehalten*😆 😆 *Ich hatte hier Baujahr 1955 sitzen…*

👨: *Sowas ist doch total bescheuert! Das ist doch ein echtes No-Go beim ersten Date. 15 Jahre merkt doch wirklich jeder!!!* 🤭

👩: *Konnte man sich ja auch nicht richtig unterhalten, war ja schon ein alter Mann* 😆 😆 😆 *Suche jetzt weiter, aber so wird das wohl nichts… Kerle haben alle einen an der Waffel…. Konnte wenigstens bei dem meine alten Tafeln Schokolade loswerden… hab im Gegenzug eine hässliche Fliese bekommen* 😆 😆 😆 😆

👨: *Oh, nur eine??? Das ist ja schon viel, da kannst Du ja sofort dein Bad renovieren!!!* 😆

👩: *Gute Idee* 😆 😆 😆 *Da brauche ich jetzt nur noch mehre alte und einen Fliesenleger* 😆

👨: *Dann wisch mal ordentlich bei Tinder weiter!* 😆 😆 😆

👩: *Bleibe dann doch wohl besser Single… wo du Recht hast, hast Du Recht…. Tinder bleibt dann auch wohl besser hier ein Zeit-vertreib um Spanisch zu üben* 🙂 🙂 🙂 😆

👨: *Vielleicht kommt ja auch noch was Besseres als Fliesenleger!!!* 😆

👩: *Momentan ist da keine Besserung in Sicht!... traurig aber wahr!!!!!* 😆 😆 😆

👨: *Wischen und wischen und wischen und wischen und wischen…* 😵 😆

👩: *Soviel kann ich gar nicht wischen… gucke gerade Titanic… hast du morgen Lust zu telefonieren?*

: *Habe gerade Amazon Prime an und gucke eine neue Serie… Ja, morgen können wir mal gerne wieder telefonieren* ☺☺☺ *Also, einen schönen Abend, ich gehe gleich einfach mal ins Bett… bis morgen dann* ☺☺☺

👧: *Gute Nacht*

👧: *Ach eins nur noch ganz kurz. Einstellung geändert, suche jetzt wieder im Kreis RE* 😂😂😂😂*, eins muss ich aber sagen, die Spanier ab 45 sehen schon sehr alt aus… da haben sich unsere Deutschen aber besser gehalten…* ☺☺☺☺ *Bis morgen*

👨: ☺

Wirklich viel mehr konnte ich nach dem erlittenen Schiffbruch nicht ausrichten.

In den nächsten Tagen lief Tinder wie gewohnt mit den unzähligen Pings weiter. Eine Vielzahl von netten Matches ergaben sich, aber keins, bei dem ich aufgesprungen wäre und lauthals gerufen hätte: „Oh ja, das ist endlich mein Traummann."
Immerhin war noch mein holländischer Kandidat Daan im Rennen. Mal wieder überkam mich ein leichter Anflug von Melancholie, da ich fast alle meine Favoriten vergrault hatte. Zugegeben wusste ich nach meiner langen Beziehung nicht mehr, wie man richtig flirtet oder wie man es schaffen sollte, Männer an sich zu binden. Ich hatte noch immer nicht den Dreh raus, mich einfach bei einem Match dermaßen interessant zu präsentieren, ohne nach meinen gesendeten 😊 ignoriert oder gelöscht zu werden.

***

In den folgenden Tagen war ich nur noch in Deutschland eingeloggt und meine neusten Verehrer wurden zahlreicher: Mesut, Ali, Serdar, Oguz, Emre, Masar, Yilmas, Engin, Hakan, Naci, Seli, Hamad und Erdal. Allesamt gaben mir ein Superlike, sodass ich kurzweilig überlegte ich, ob ich einen Türkischkurs belegen sollte. Wollte ich das wirklich? Im Abend erfolgte meine inzwischen fast tägliche Berichterstattung an Schul-Sven.

👧: *Ich sollte die Staatsbürgerschaft bei Erdogan beantragen* 🤗 😅 *… meine neusten Verehrer habe ich mir mal kurz notiert, ansonsten würde ich den Überblick verlieren…* 😆 😆 😆

👨: *Da kaufe ich dann sofort ein fertiges Badezimmer in der Türkei* 😆 😆 😆 😆 *Vielleicht flirtest du auch mit der gesamten türkischen Nationalmannschaft… und weißt es noch nicht… Dein Tinder scheint alles möglich zu machen* 😆 😆 😆

👧: *Ne, … hab noch keinen angeschrieben. Ich sollte mal über Einen Türkischkurs für Anfänger nachdenken* 😆 😆 😆 😆

👨: *Das wäre bei Deinen Chatpartnern durchaus eine Alternative!* 😋 *Dann mal ran an die Buletten!* 🙃 😋 🙃

👧: *Tinder Flaute… bei meiner Nachbarin geht Tinder erfolgreicher…, Möbel werden wieder gerückt… mache mir erstmal was zu essen…*

👨: *Bist du dir sicher, dass deine Nachbarin auch Tinder hat? Vielleicht ist es ja auch ihr fester Freund?*

👧: *Ne, das wechselt hier im Wochentakt*

👨: *Eine wilde Spanierin halt!!!!* 😆 😆 *Guten Appetit!*

👧: *So jung ist die auch nicht… 40+, vielleicht solltest du dich mal hier auf den Weg nach Lanzarote machen, Tinder vorausgesetzt…* 😆 😆 😆

👨: *Dann muss sie ja noch gut in Schuss sein, wenn sie jede Woche einen anderen abschleppt! Ja, ja, die Spanierinnen…* 😊

👧: 😆 😆 😆, *sie sieht besser aus als ihre alte Schrottkarre. Heißt dann aber auch nicht, dass ich nicht mehr gut in Schuss bin, oder???*

😆😆😆 *Schreib bloß nichts Falsches, den Rest kannst du dir ja denken… Und mehr hier als wegwischen geht auch nicht…*

👨 : *Nein, natürlich nicht! Das wollte ich damit nicht gesagt haben. Du bist doch auch noch gut in Schuss!* ☺

👩 : *Habe ich doch aus Scherz gesagt…*

👨 : *Frag Deine Nachbarin doch einfach mal wie sie es macht.*

👩 : *So, um das ganze voranzutreiben habe ich bessere Fotos reingestellt…will ja auch nicht leer ausgehen* 😆😆😆😆 *Kommt vielleicht besser an, aber auch nur vielleicht…*

👨 : *Also, ich finde es auf jeden Fall gut. Kannst ja mal ihr Profil stalken, was sie da so macht. Sie scheint es ja offensichtlich irgendwie hinzubekommen*

👩 : *Da musst du sie wohl selbst fragen… Hola que tal? Bekommst du doch wohl hin* 😆😆😆

👨 : *Aber ich habe aber kein Tinder, dann kann ich sie auch nicht finden!!!!* 😆😆😆

👩 : 😆 *Sven, 17€ investieren und du bist in der Tinder Hölle dabei* 😆😆😆😆

👨 : *Oh, neeein!!! Ich gehe jetzt gleich schlafen, gute Nacht!* ☺

👩 : *Wie du meinst…nur eine kleine Investition* 😆*… Schlaf mal drüber… gute Nacht* ☺

Nach einigen kleinen Flirts und aufgekommenen Hochs kamen auch wieder leichte depressive Phasen auf mich zu und mir wurde bewusst, dass das Schicksal mich schon ganz schön hart getroffen hatte. Der Tod war endgültig. Ich philosophierte darüber, wie gut es diejenigen hatten, die sich getrennt oder scheiden lassen hatten. Das stimmt vielleicht auch nicht so ganz, wenn man ehrlich ist, aber ich fand meine Situation durchaus schlimmer und wollte auch nicht jedem sofort auf die Nase binden, dass mein Freund plötzlich verstorben war. Tragisch daran war, dass ich nicht einmal die Gelegenheit hatte, mich von ihm zu verabschieden. Ich wusste, dass so einen Schicksalsschlag niemand hören und erst recht nicht mit mir besprechen wollte. Ich musste alles mit mir selbst ausmachen. Tinder half mir dabei, schnell auf andere Gedanken zu kommen und mich von meinem tiefen Schmerz abzulenken.

***

Am nächsten Morgen meldete sich Schul-Sven entschlossen per WhatsApp zurück.

😠: *Guten Morgen Tinderine* ☺☺☺ *und immer noch: niemals Tinder! Never ever!!!!!*

👧: *Guten Morgen, ich habe gestern beschlossen, dass ich das auch nicht mehr mache… diese ganzen Fakes gehen mir auf den Keks… Mach dir einen schönen Tag, ich frühstücke jetzt…*

😠: *Das ging aber schnell!!! Du bist doch erst ein paar Tage angemeldet! Das ist auch der Grund dafür, dass ich das nicht mache. Guten Appetit! Ich habe noch einiges zu erledigen… Bis dann….*

Es war an der Zeit, meine Tinder-Strategie und wie ich mich präsentierte zu überdenken. Das war der vorläufige Plan. Aber wie? Was sollte ich verbessern? Gerade als ich mich das fragte, kam Kommissar Zufall um die Ecke. Es war der holländische Hendrik, mit dem ich einen Chat auf Englisch führte. Eigentlich ein netter Kerl, der aber nicht so ganz in mein Beuteschema passte. Aus heiterem Himmel schrieb er:

🧔: *Omg, you look so nice. I love full ladies* 😋

Ich nahm meinen Langenscheidt-Übersetzer in die Hand, um zu überprüfen, ob ich das so richtig verstanden hatte.

Ja, das hatte ich. Er nannte mich fett und schrieb weiter, dass er dicke Frauen anziehend findet und sich gerne an meinem dicken Bauch anlehnen würde.

Empört löste ich das Match sofort auf. Erst in jenem Moment wurde mir klar, wie ich auf Männer gewirkt haben musste. Aufgrund der eingestellten Fotos, musste ich mir objektiv eingestehen, dass der Kaaskoop recht hatte, und das mit jedem Kilo.

Umgehend schoss mir das „Ärzte- Lied" aus den 80-er Jahren in den Kopf, indem die „Fette Elke" besungen wurde: „Im Sommer spendet sie Schatten… und im Winter hält sie warm…"

Das waren die Hits der Vergangenheit, und so war es auch mit meinen Fotos aus dem letzten Urlaub. Es waren hübsche Bilder, die aber nicht mehr die Realität widerspiegelten. Fett war ich schon seit drei Monaten nicht mehr. Ich hatte fast 30 Kilo abgenommen, aber keine neuen Fotos. Was für ein Dilemma!

Kurzerhand entschloss ich mich, auf ältere Bilder zurückzugreifen, auf denen ich genauso aussah, wie ich inzwischen wieder war. Wäre es mit jenem Holländer zu einem Treffen gekommen, hätte ich ihn bestimmt enttäuscht, da ich aus seiner Sicht ein Hungerharken gewesen wäre. Angedacht und getan. Abends tauschte ich die Bilder aus und wartete geduldig über Nacht ab, was bis zum nächsten Morgen passierte. Eingeloggt war ich noch immer in Deutschland, in meiner Heimatstadt mit einem Entfernungsradius von 160 km.

***

Wie sich am nächsten Morgen zeigte, hatte ich augenscheinlich die richtigen Bilder reingestellt, da ich über 50 neue Likes zu verzeichnen hatte. Zugegeben trafen die meisten Likes nicht ansatzweise meinen Geschmack, aber ich wurde offenbar in der Männerwelt wieder bevorzugt wahrgenommen und mein Selbstwertgefühl schoss in die Höhe. Freudig schrieb ich Schul-Sven an:

👧: *Juhuuuu… moin!* 😊😊😊 *Meine neuste Tinder Erkenntnis: Ein Langzeiturlaub in den schönen Niederlanden sollte ich mal ins Auge fassen… da sehen die Männer noch gut aus, so wie ich mir das vorstelle…* 😊😊😊 *vielleicht mal einen Sommerkurs Holländisch für Anfänger vor Ort* 😊😊😊*, kommst du mit? Ich suche uns schon mal was raus* 😆😆😆

💀: *Holland??? Ne, lass mal gut sein…* 😆

👧: *Stehst du nicht auf blond? Ich hätte auch schon bei einem Tinder-Italo- Albaner im Steakhouse kellnern können…*

💀: *Ach, die Haarfarbe spielt keine Rolle. Zumindest keine große. Wenn man allerdings nach Vorlieben geht, wären es wohl eher schwarze Haare… Aber wie gesagt, das steht für mich nicht im Vordergrund. So, ich gehe jetzt erstmal einkaufen.*

Nach wie vor zeigte sich, dass ich bei den holländischen Nachbarn sehr hoch im Kurs stand und ich die meisten Likes von ihnen erhalten hatte. Mich lachten unendlich viele blonde Traummänner mit ihren tiefblauen Augen an. Ich hatte die Qual der Wahl.

Bestimmt wäre vieles noch einfacher und besser gelaufen, wenn sich nicht das kleine Hindernis mit der holländischen Sprache aufgetan hätte. Ernsthaft machte ich mir darüber Gedanken, im kommenden Sommer an die holländische Nordsee zu fahren und vor Ort einen An-fängerkurs Niederländisch in einer Sprachschule zu belegen. Der Gedanke bereitete mir mehr Freude, als in Deutschland in die Volkshochschule zu gehen, da ich das Gelernte hätte sofort anwenden können. Diese Erfahrung hatte ich bereits mit meinen Spanischkursen gemacht. Es war teuer, machte mir aber wahnsinnig viel Spaß.

Mein inzwischen gestiegenes Selbstwertgefühl baute ich nun auch in Kombination mit ihrer verbesserten Flirttechnik und hübschen Outfits in ihren spanischen Alltag ein. Zu irgendwas musste dieses Tinder auch zu gebrauchen gewesen sein.

Klar, dass sowas nicht sofort von Null auf Hundert gehen konnte, aber ich sah mich bereits bei über siebzig Prozent.

An jenem Tag musste ich zur Inspektion meines Autos in die Werkstatt vor Ort. Während ich am Mittag bei einem Kaffee im Bistro auf die Fertigstellung wartete, texte ich Schul-Sven an, um ihn auf dem Laufenden zu halten.

😊: *Sollen wir später mal telefonieren? Ich sitze immer noch in der Werkstatt... hatte keinen Leihwagen bekommen- die bekommen momentan mehr Geld von den Touris dafür....* 😲

🧔: *Mal schauen. Habe heute noch einiges zu tun. Morgen geht es auf jeden Fall!* ☺

😊: *Alles klar. Melde dich einfach. Habe gerade einen Regenschirm geschenkt bekommen* ☺ ☺ ☺

🧔: *Bist zu schon wieder am Flirten?* 😆 *Ich habe noch nie was geschenkt bekommen!*

😊: *Eigentlich nicht. Er sagte sofort, dass er verheiratet ist und 2 Kinder hat* ☺ ☺ ☺

🧔: *Also läuft es!* 😆 😆

😊: *Potential ist anscheint noch vorhanden* 😆 😆

🧔: *Und, gehört dir schon die Werkstatt?* 😆

😊: *Ich arbeite dran, ist ein großes Unternehmen* 😆 😆 😆 😆

🧔: *Ich gebe dir 72 Stunden!!!* 😆

😊: *Könnte schwierig werden, aber er ruft mich wegen meiner Felgen zurück. Ich habe doch 5 Jahre Garantie auf das Auto...*

🧔: *Das ist cool! Gut, mit Warten auf den Rückruf verlängere ich um 24 Stunden. Dann ist der Laden aber übernommen!* 😆

👩: *Du bringst mich immer wieder zum Lachen, Danke. Das Antwortschreiben von Seat steht noch aus. Benötige bestimmt noch eine kurze Verlängerung der Frist* 😊

👨: *Maximal 100 Stunden, dann ist aber Schluss mit lustig! Die Arbeiten für dein Geld!*

Inzwischen war die Kombination aus Tinder und Alltag auf Lanzarote mein neues Leben. Der Verlustschmerz meines Partners ebbte von Tag zu Tag ab und ich blühte mehr und mehr auf.

Am Abend machte ich mir Gedanken über mein Männerdilemma. Die unzähligen Likes waren nett anzuschauen. Jedoch war noch immer nicht das dabei, was ich gerne gehabt hätte. Nach erfolgreichem Bilderwechsel beschloss ich, einen Text in mein Profil hineinzusetzen. Aber was sollte ich schreiben? Männer formulierten in ihren Profilen, dass sie keine Bilder mit Sonnenbrillen, Masken, Hunden, Katzen, Pferden, Landschaften und dergleichen sehen wollten. Ihnen ging es also auch nicht besser als mir. So kam ich zu folgendem Text:

🔲: Ist das hier auf Tinder noch alles normal? Männer mit Pferden, Hunden, Katzen etc.? Allesamt alkoholfrei, Nichtraucher und extreme Naturliebhaber? Selbst-verliebte Macho- Fotos in und vor geleasten Sportwagen? Ist das die neue Realität? Dann gib mir bitte kein Like! Ich liebe Understatement, Bildung und mit meinem Gegenüber auf Augenhöhe zu sein! Tattoos, lange Bärte, dicke Bierbäuche und Männer über 1,90 m, ich bin 1,70 m – mag ich nicht. So wie ich das sehe, werde ich wohl Single bleiben, oder?

Das war eine Ansage! Bestimmend und genau das, was ich wollte. Als ich den Text hochgestellt hatte, war mir bewusst, dass ich somit bestimmt neunzig Prozent der Tinder- Anwesenden ausschließen würde. Für ein Feedback texte ich kurzerhand Schul-Sven an.

👧: *So… habe jetzt einen neuen Tinder Text… muss mir wohl ab Veröffentlichung das Autohaus warmhalten* 😆 *Sag was… das habe ich jetzt so reingestellt. Noch schlimmer kann es nicht mehr werden. Mit dem Text wird es wohl nicht mehr so lustig, aber man kann ja auch alles wieder löschen* 😆 😆 😆 😆 😆

👨: *Also, wenn ich ehrlich bin, hört sich das schon ablehnend an. Bin gespannt, wer sich darauf meldet!* 😆

👧: *Denke mal niemand, auch egal, da sind ja nur Vollpfosten unterwegs…*

👨: *So, heute bin ich total müde. Gute Nacht* 😴 😴

👧: *Ich gehe jetzt auch schlafen, gute Nacht* 🙂

Die traurige Erkenntnis dieser Aktion war, dass Schul-Sven mit seiner Einschätzung richtig lag. Immerhin kannte er seine Mitspieler besser als ich. Dieses hatte zur Folge, dass ich bei all meinen Verehren raus war und einer nach dem anderen das Match auflöste. Nun stand ich wieder regelrecht bei Null. Um noch Schlimmes zu vermeiden, nahm ich den brandneuen, jedoch erfolglosen Text raus und legte mich schlafen.

In den folgenden Tagen war mal wieder Holland ganz oben auf. Diese Male sogar deutschsprachig. Ansonsten sah es auf der ganzen Linie eher mau aus. Und wie hätte es auch anders sein sollen? Die Kunst, Männer zu vergraulen, hatte ich immer noch nicht verlernt. Glücklicherweise hatte ich noch Schul-Sven, der sich immer freudig meldete.

👨: 🙂 🙂 *Guten Morgen. Gleich bei allen raus?* 😟 *Dann traf wahrscheinlich keiner deinen Geschmack!*

👧: 🙂 🙂 🙂 *Holländer sprechen Deutsch, du hattest recht* 🙂 🙂

👨: *Na logo, hast mir wieder nicht geglaubt?* 🙈

👧: *Dein Tinderinchen* 😭😭😭, *so what captain???* 🙂🙂🙂 *Hör dir mal das Lied von Glasperlenspiel an: Ich bin ich… das trifft momentan genau auf mich zu!!! … Das allein ist deine schuld!* 😬

🙊: *Wie kommst du denn darauf?*

👧: *Das habe ich heute erstmals gehört… und ist jetzt in der Dauerwiederholung??? Plädiere auf unschuldig!!!* 😆😆 *Das war doch die Fortsetzung des Liedtextes* 😆😆

🙊: *Ja fick dich…*

👧: *Prost Sven* 😆😆😆 *Ich finde es fantastisch, dass wir so eine schöne Freundschaft haben* 🥰

🙊: *Ja, das ist gut* 🙂

Mittlerweile hatte ich gerade mal 10 intensive Tinder-Powertage verbracht, in denen noch nie so viel passiert war wie in meinem Leben zuvor. Ich hatte das Gefühl, abhängig geworden zu sein, und kam zu der ernüchternden Einsicht, dass ich meiner neuen Sucht definitiv entgegensteuern musste.

Es war kurz vor Weihnachten. Nichts lag mir ferner, als alleine in meiner Hütte zu sitzen und über Vergangenes zu grübeln oder in eine Weihnachtsdepression zu verfallen. So kam mir die grüne „Isla bonita" La Palma mit dem unerwarteten Vulkanausbruch in den Sinn. Den hatte ich im Fernsehen und auf Facebook verfolgt. Ich setzte mich an meinen Laptop und stellte mir eine kleine Weihnachtsreise zusammen. Währenddessen schrieb mich überraschend Schul-Sven an.

🙊: *Hallo Stella, was macht die Wetterlage?* 😎 *Alles ok bei dir?*

👧: *Huhu* 😎😎😎 *Top Wetter wieder hier*

Darauf schickte ich ihm Fotos.

🙊: *Heute morgen ging es mir gar nicht gut. Ich habe mir*

eine Erkältung eingefangen. Hoffentlich kein Corona! Das Wetter sieht super bei dir aus! Ich beneide dich!

👦: Quatsch, warum solltest du Corona haben? Das Wetter war heute ganz toll- oder besser gesagt ist es noch

🧔: Der komische Typ in dem Laden hatte am Montag keine Maske auf. Und weil der ganze Ärger mit denen mich auf die Palme bringt, habe ich vergessen ihn darauf hinzuweisen. Das wäre der einzig mögliche Zeitpunkt gewesen. Sonst begegne ich Menschen momentan nur mit Maske! Genieß den Abend bei dem schönen Wetter. Ich hätte jetzt gerne auch 22 Grad!

👦: Oh Mann, das mache ich auch 😎😎😎 und du musst durchhalten, damit Du mich hier mal besuchen kannst!! 🙂🙂

🧔: Ich halte mich tapfer. Ein kleiner Virus kriegt mich schon nicht klein. Egal welcher es ist! 🙂

👦: Ich halte mich auch tapfer hier… momentan läuft es gut mit Holland 😅😅😅, mal sehen, den habe ich noch nicht vergrault…obwohl das momentan meine Spezialität ist…mal sehen 😝😝😌😌😌 Ich habe dann nichts mehr am Start 😆😆😆 Es wird langsam mau…

🧔: Dann ziehst du demnächst nach Amsterdam und kannst alles Mögliche besorgen… 😷😌😌

👦: Ja, aber zuerst geht es nach La Palma… Vulkanausbruch, das will ich sehen

🧔: Da bleib mal schön weg! Wer weiß was da noch alles passiert. Heute las ich, dass der Vulkan wieder still ist. Nachher fliegt die ganze Insel noch in die Luft… 😆

👦: Flug Hotel und Leihwagen habe ich schon ausgesucht, werde ich gleich buchen

🧔: Aber guck noch mal nach. Ich meine im TV wäre das gewesen, dass der Vulkan wieder still ist. Dann siehst Du auch nichts mehr…

😊: *Egal, ich will dahin!*

😠: *Mach du das mal. Ich will dich nicht davon abhalten*

Ich buchte mir Inlandflüge von Lanzarote über Teneriffa nach La Palma und zurück, profitierte von einem Angebot der Fluggesellschaft und hatte somit ein schönes vier Sterne Hotel, das ich bereits aus vorherigen Urlauben kannte.

Mit dem Gedanken, als jetziger Single keine Abstriche zu machen, kam selbstverständlich nur die Suite mit direktem Meerblick und All inklusive in Betracht. Zudem buchte ich mir einen flotten Mietwagen. Darauf schrieb ich zufrieden Schul-Sven an.

😊: *Gebucht* ☺ ☺ ☺ ☺ ☺

😠: *Das wird dann dein persönlicher Tanz auf dem Vulkan!* 😂 😂 😂 *Gute Nacht und bis morgen* ☺ ☺ *Ich wünsche dir einen guten Flug!!!*

😊: *Danke* ☺

Da es natürlich auch auf Brautschau ging, wanderten in meinen Koffer nur die schönsten Kleider und meine schwarzen, hohen Stiefel für abends, um zu sehen, wie hoch mein aktueller Marktwert vor Ort war.

Schon in Gedanken, auf meiner Meerblick-Terrasse bei einem Glas Wein auf La Palma zu sitzen, meldete sich an jenem Abend mein tot geglaubter holländischer Hündchen-Liebhaber Daan noch mal per Whats-App.

😠: Darling, everything fine? I miss you so much 🖤 🖤

Fragwürdig blickte ich auf mein iPhone und fragte mich, was Daan, den ich aus meiner Sicht komplett abserviert und gesperrt hatte, noch von mir wollte.

In großen Schritten ging es auf das Fest der Liebe zu. Da ich das kleine Pflänzchen der Liebe nicht schon wieder zertreten wollte, blieben wir weiter in Kontakt. Jedoch beschränkten sich meine Antworten nur noch auf ein einfaches „Ja", „Nein" oder

„*Danke.*" Für mich war das absolut unverständlich, dass er sich immer wieder kurz meldete. Aber wer wusste wirklich, wie die Uhren in Holland tickten? Da wäre mein geplanter Sprachkurs bestimmt hilfreich gewesen.

***

Im Urlaubshotel auf La Palma angekommen wählte sich mein Tinder gleich im Ort Los Cancajos ein, sodass der Spaß erneut losgehen konnte.

Als Suchtprävention nahm ich mir vor, lediglich kurz morgens und vielleicht ein bisschen länger von Nachmittag bis Abend auf mein Phone zu schauen, um zu sehen, was der Markt Neues hergab. Im Pläneschmieden lag ich schon immer ganz weit vorn, aber aus irgendeinem Grund lief dann doch vieles anders, als ich es mir so schön ausgemalt hatte. So war auch dieses Mal nicht damit zu rechnen, dass es bei meinem Vorsatz bleiben sollte.

Mit meiner gewohnten maximalen Tinder-Entfernungssuche von 160 km eröffneten sich mir auf einen Schlag ganz neue Möglichkeiten. Wer hätte das gedacht? Drei Inseln auf einem Streich. Knall auf Fall war ich im Tinder-Paradies auf Erden angelangt. Mehr ging nun wirklich nicht mehr. Das gesamte Singlepotenzial von La Palma, La Gomera und Teneriffa lag mir zu Füßen. Ich traute meinen Augen nicht mehr. So viele schöne Männer und ich vergab mal wieder unzählige Likes.

Ich fühlte, dass es genau die richtige Entscheidung war, einen Tapetenwechsel vorzunehmen. Urlaub, ein fantastisches Zimmer, ein Balkon mit Meerblick und eine zusätzliche riesige Terrasse mit Sonnenliegen. Vor lauter Freude schickte ich Fotos an Schul-Sven und textete fröhlich los.

👩 : *Viele Grüße aus La Palma*

👨 : *Schicke Bilder! Ich werde schon ganz blass vor Neid! Und was für ein Wetter. Hier ist es den ganzen Tag trüb…*

👧: *Es ist wunderschön hier, noch besser als Lanzarote. Und wärmer!!!*

🐵: *Ein Träumchen!!! Fährst du auch in Richtung Vulkan?*

👧: *War heute erst der erste Tag. Zum Glück war nicht viel auf den Straßen los, sonst wäre die Karre schon platt gewesen. Muss mich erstmal an die Straßenführungen hier gewöhnen. Aber das krieg ich auch noch hin. Tinder läuft nur suboptimal* 😆😆😂 *... 3 Holländer und inzwischen auch den Griechen Kostas verloren* 😩😩😩, *oh je, oh je, da muss ich Tinder wohl verlängern... USA, Ohio und einen General habe ich noch* 😆😂😆😆 *Da muss ich Taktik anwenden...*

🐵: *Das hört sich aber sehr spannend mit deinen Tinder Geschichten an...* 😌 *Mach dir einen schönen Abend.*

👧: *Danke, du dir auch.*

An jenem Ankunftsabend beschloss ich, mein Äußeres richtig auf Vordermann zu bringen und bereits beim bevorstehenden Abendessen im Restaurant einen guten Eindruck zu hinterlassen.

Für das Styling-Vollprogramm ging es unter die Dusche. Danach schmierte ich etwas Antifaltencreme ins Gesicht, föhnte meine langen Haare glatt, griff in meinen Koffer und zog mein schwarzes Kleid mit gestickter Spitze im Dekolleté heraus. Den finalen Schliff erzeugte ich mit meinen hohen schwarzen Stiefeln. Dann betrachtete ich mich im großen Spiegel des Schlafzimmers. „Mein lieber Scholli", hätte meine Omi zu Lebzeiten gesagt und da hätte sie recht gehabt. Ich erkannte mich fast selbst nicht wieder. „Kleider machen Leute", insbesondere dieses Schwarze in Kombination mit den Stiefeln machte richtig was her. Sexy, nicht aufdringlich und dennoch angezogen. Das war jetzt mein neues Ich!

Im Zuge meiner Trauerdiät war ich schlanker als je zuvor, sodass das schwarze Kleid, in das ich vorher überhaupt nicht mehr passte, schon Falten warf. Meine alten Tinder-Bilder waren gut, aber was Aktuelleres musste her. Auf einmal schoss mir in den Sinn, es so zu machen, wie alle Tinder-Singles es angingen. Selfies vor dem Spiegel. Warum auch nicht? Das schien die perfekte Lösung zu sein. Jedoch wollte ich den mir typisch präsentierten spanischen Selfies, die bevorzugt im Badezimmer mit Toilette und allen Kosmetikartikeln oder dem gesamten Schlafzimmerinventar inklusive Bügelbrett, nicht nacheifern.

Das deutsche Tinder-Pendant war etwas einfallsreicher. Selfies auf öffentlichen Toiletten, im Aufzug, im Kaufhausanzug mit herunterbaumelnden Preisschildern, in der Umkleide mit T-Shirt und senkrecht selbstklebenden Größenstreifen. Dem Einfallsreichtum waren keine Grenzen gesetzt.

Mit meiner modern eingerichteten Suite bot sich die perfekte Ausgangssituation für schicke Selfies. Ich zückte mein iPhone und legte los.

Auch wenn ich leichte Gebrauchsspuren aufzuweisen hatte und insgesamt dennoch sehr gut in Schuss war, setze ich ein breites Grinsen auf und lichtete mich ab. Im Hinterkopf schwebte mir noch immer die Aussage des Holländers, der mich als Fett bezeichnete. Nach der Durchsicht meiner Selfies und einigen Gläschen Wein war ich erneut bereit, meinen Tinder Auftritt zu ändern. Es sollte besser und nicht schlechter werden. Schnell hatte ich einen Mix aus den alten und neuen Fotos zusammengestellt und hochgeladen. Zu meiner Verwunderung musste ich feststellen, dass ich noch genauso hübsch wie vor sieben Jahren aussah. Gut, inklusive dem einem oder anderen Fältchen mehr. Mit einem kleinen neuen Hoffnungsschimmer, dass sich schon umgehend bezüglich der Likes etwas tun müsste, machte ich mich zum Abendessen auf.

Am Tisch platzgenommen, wurde ich herzlich vom netten, gutaussehenden Kellner auf Spanisch mit einem „Hola, Buenas noches" begrüßt. Obgleich er eine Maske trug, konnte ich erahnen, dass er mich am liebsten mit seinem schönsten Lächeln angestrahlt hätte. Seine Augen funkelten. Anscheinend kam mein neues Outfit sehr gut an. Ich freute mich innerlich über die neue Aufmerksamkeit, die mir zu Teil kam.

Als ich meine Maske zum Probieren des Weines abnahm, blickte ich ihn freudig an. Angeregt führten wir einen kurzweiligen, amüsanten Smalltalk. Viel mehr brauchte mein neues Selbstbewusstsein am ersten Hotel Tag nicht. Ich freute mich über den schönen Abend.

Leicht beschwingt kehrte ich in mein Zimmer zurück. In Ruhe kontrollierte ich mein Tinder, um zu sehen, was sich in der Zwischenzeit getan hatte: 14 neue Likes von wirklich attraktiven Männern. Nach dem anstrengenden Reisetag ging ich zufrieden schlafen.

***

Der nächste Morgen startete mit Sonnenschein. Der erste richtige Urlaubstag konnte beginnen. Neugierig schaute ich auf mein Tinder und war fast sprachlos. Ich freute mich über 39 neue Likes und musste grinsen. Da ich mir vorgenommen hatte, Tinder nicht mehr so außerordentlich süchtig zu betreiben, machte ich mich wieder hübsch und ging zum Frühstück. Diesmal zog ich mein Sommer-Lieblingskleid an. Es war weiß mit schwarzen Punkten, kurz und sehr sexy geschnitten.

Natürlich hätte ich meinen Look mit passendem Schuhwerk abrunden können, aber da ich auf meine Birkenstocktreter stand, rückte das Kleid eindeutig in den Vordergrund.

Schon als ich den Speisesaal betrat, bemerkte ich, dass sich die ersten Männer nach mir umdrehten und mich genau musterten. Aufgrund der Maskenpflicht, über die ich erstmals froh war, konnte zum Glück niemand sehen, dass ich ein breites Grinsen im Gesicht hatte. „Es lief", dachte ich und genoss die Blicke.

Trotz bester Vorsätze verspürte ich nach dem Frühstück eine extreme Neugierde, zu sehen, was auf Tinder passiert war. Ich verinnerlichte mir mein gefährliches Suchtpotenzial, beließ es bei einem flüchtigen Check und beschloss, erst am Nachmittag loszulegen.

Mit meinem feuerroten Mietwagen, einem Opel Mokka X Turbo, der sich jedoch als lahme Kiste herausstellte, düste ich durch die Gegend. Ich hatte Spaß an meinem neuen Leben, das jetzt komplett anders war als je zuvor. Es war ein aufregendes Gefühl von Freiheit, komplett alles so zu machen, wie ich es wollte. Ich hatte es sogar geschafft, mein iPhone eigenständig mit dem Autoradio zu koppeln, und war stolz auf mich.

Zuvor nahm mein Freund mir stets alles ab und hatte mir nichts erklärt. Technisch gesehen war ich eine blutige Anfängerin. Aber inzwischen meisterte ich mein Leben eigenständig. Im Auto drehte ich die Musik voll auf und sang lauthals mit. Ich fühlte mich in meine Jugend zurückversetzt und hatte einfach Spaß.

Zurück im Hotel fixierte ich mich nach dem Mittagessen erneut auf Tinder. Da es bereits tagsüber etliche Matches gab und mein Telefon ständig Ping-Ping machte, war es nun soweit. Eine neue Männerwelt erschloss sich mir und es sollte noch besser werden.

Nach kurzer Durchsicht der La Palma-Kandidaten kam ich zum Schluss, dass ich keinen alten, deutschen Knacker haben wollte. So eine Bekanntschaft hatte ich schon mit Enrique auf Lanzarote gemacht. Das schloss ich inzwischen kategorisch aus. So weit ging die Liebe dann auch nicht. La Palma fand ich wunderschön und sehr interessant. Ich hatte bereits einen Reiseführer über die Insel geschrieben, aber dauerhaft dort zu leben hatte ich nicht ins Auge gefasst. Das wäre mir zu weit gegangen. Lanzarote gefiel mir besser, obwohl ich mir auch dort nicht vorstellen konnte, mein ganzes Leben zu verbringen.

Auf der kleinen Nachbarinsel La Gomera hatte ich nur einen Verehrer aufgetan. „Manchmal besser als keinen", dachte ich. Er hieß Moises, genau wie der Mann aus meiner Reparaturwerkstatt auf Lanzarote, der, wie sich zwei Tage später herausstellte, wesentlich frecher war.

Da Frau, was das Männerangebot auf den kleineren Inseln anging, nicht so wählerisch sein konnte, tauschte ich mit meinem sympathischen, leicht kräftigen Krankenpfleger die Nummern für WhatsApp aus und es ging los.

Zunächst war es noch ein ganz netter Chatverlauf, bis Moises sich bei mir unverhofft am folgenden Abend per Video-Call meldete und ich daraufhin etwas sah, worauf ich nicht vorbereitet war. Ich blickte in sein hübsches Gesicht und wir plauderten angeregt über meinen Urlaub. Dann ging jedoch die Kamera abrupt runter auf sein bestes Stück und er legte kräftig los. Ich verdrehte die Augen und dachte, dass das doch alles nicht wahr sein konnte. Sowas hatte ich auch noch nie zuvor erlebt.

Meine ersten Dick-Pics bekam ich bereits unaufgefordert zugeschickt, sodass ich davon ausging, dass solche Fotos inzwischen alltagsüblich geworden waren. Aber das war nun „mein erstes Mal in Action".

Nach dieser Aktion war nach La Palma auch La Gomera definitiv raus. Da ich auch in diesem Fall noch nicht herausghatte, wie man WhatsApp-Bekanntschaften sperrte, kam mir zumindest noch ein netter Weihnachtsgruß in Form eines Tannenbaums mit „Feliz Navidad!" des feurigen Krankenpflegers zu Teil.

Mit einer Entfernung von nur etwas über 100 km zu Teneriffa zeigte mein iPhone kontinuierlich neue Likes an. Wie sich herausstellte, war die größte Kanarische Insel mit knapp 950.000 Einwohnern ein riesiges Single-Eldorado.

„Petri heil!", dachte ich. Mehr dicke Fische hätten in einem großen Teich nicht rumschwimmen können. Wirklich hübsche Exemplare und ich war mit meiner Angelrute mitten drin. Match – Match und es ging los.

Auch hier konnte ich wieder relativ schnell eine Favoritenliste erstellen, die aber länger war als je zuvor. Es ging mir bei der aktuellen Auswahl nur um schöne und interessante Männer, der Rest war egal.

Ich hatte mein Spanisch inzwischen sehr gut auf Vordermann gebracht und ging als waschechte Spanierin bzw. Kanarierin durch. Wer hätte das gedacht, dass die unzähligen Stunden, die ich in Sprachschulen abgesessen hatte, sich letztendlich noch bezahlt gemacht hatten? Ich war einfach nur glücklich und das Chatten machte richtig Spaß. Mittlerweile verstand ich auch die etwas einfachere, äußerst sexorientierte Ausdrucksweise der spanischen Sprache, die im Schulunterricht unverständlicherweise völlig unbehandelt blieb, aber praxisorientiert sich als äußerst nützlich erwiesen hätte, so wie in der Grundschule der Aufklärungsunterricht.

Bei der enormen Auswahl, die ich hatte, war es einfach, schlüpfrige Chats zu ignorieren und sich dem nächsten Kandidaten zu widmen. Bereits nach kürzester Zeit verlor ich jedoch leicht den Überblick. Wenn mich jemand im Nachhinein gefragt hätte, wie viele Chats es waren, hätte ich nur ahnungslos mit den Schultern zucken können. Es waren sehr, wirklich sehr, sehr viele und mein Spanisch wurde immer besser.

So chattete ich unter anderem mit dem 51-jährigen Jorge, einem smarten Typ mit Brille und 3-Tage-Bart, der an der Rezeption eines 5-Sterne-Hotels arbeitete, und dem 47-jährigen sexuell sehr aufgeschlossenen Kellner José, dessen Astralkörper mich sofort umhaute. Der aufreizende 45-jährige Koch Mingo aus der Hauptstadt Santa Cruz war versessen auf einen Video-Call, um mir sein bestes Stück zu zeigen.

Dann war da noch der etwas ältere, 55-jährige Álvaro, der als äußerst sportlicher Wanderer unterwegs war. Der fröhliche südländische, fast italienische Typ Pedro, dessen Name nicht so weit von einem italienischen Pietro war, arbeitete bei einer Spar-Supermarktkette. Hinzu gesellten sich zudem der hinreißend feurige 49- jährige Pizzabäcker Mirko und der liebreizende, passionierte Busfahrer Miguel Àngel. Ach ja, und der 59-jährige Bäcker Juan Carlos aus Puerto de la Cruz hätte mich nach unserem Chat und einem Telefonat sofort geheiratet.

Mit einer kurzen WhatsApp-Berichterstattung wollte ich umgehend Schul-Sven auf dem Laufenden halten.

👧: *Neuste Erkenntnis: Zur Brautschau muss Frau nach Teneriffa... sonst wird das nichts* 😆😆😆

😫: *Na toll! Dann ist das jetzt ja die total falsche Insel...*

👧: *Läuft auch nicht alles nach Plan* 😟😟😟😆, *der Grieche ist noch am Start, spricht aber ein sehr schlechtes Deutsch* 🙇🙇🙇, *ein Krankenpfleger aus La Gomera mit eindeutigem Videochat ist raus... und ein Kellner... ach ja... Mein Tinder macht es möglich* 😆😆😆😆 *und eine Einladung zur Sex Party habe ich auch!!!!! Stand 17:34* 😆😆😆

😫: *Sex Party, oh ja, nimm die Sex Party!!! Wo und wie viele kommen?* 😬😬😬

👧: *Bei Sex Party wirst du hellhörig ...* 🙇 🙇😬 *Ist in Deutschland, Infos folgen, der Chat ist ein bisschen lahm...*

😫: *Ja, das finde ich spannend!!! Ich war noch nie auf sowas oder im Swinger Club. Das fehlt mir noch als Erfahrung!*

👧: *So... Du brauchst Tinder...definitiv!!! Melde dich als Frau an* 😆😆😆 *Fotos habe ich genug für dich* 😆😆😆😆

😫: *Nein Tinder ist doof. Live ist viel besser* 😬😬

👧: *Du musst erstmal leicht anfangen und dann kannst du voll durchstarten* 😌😌😌😌

😫: *Aber nicht mit Tinder!*

Liebend gerne hätte ich meinem offensichtlich nicht abgeneigten Sex-Party-Fan Schul-Sven einen Monat Tinder zu Weihnachten geschenkt. Einen Swinger-Club hätte er aber mit einer anderen Partnerin besuchen müssen. Für sowas war ich nicht zu haben und hätte es mir nicht einmal ansatzweise vorstellen können. Schade, dass all meine schriftlichen Bemühungen fehlschlugen und ich ihn nicht eines Besseren belehren konnte.

***

Am nächsten Tag passierte mir etwas, was meine Sichtweise auf Tinder erneut änderte.

Nach dem Frühstück beschloss ich für die Fahrt in meinem feuerroten Mobil, in den anliegenden Minimarket des Hotels zu gehen, um ein Getränk für unterwegs zu kaufen. Als ich herauskam, sah ich nebenan einen kleinen Friseursalon mit der großen Aufschrift:

Peluqueria
Friseur
Wir sprechen Deutsch

Ich überlegte kurz und dachte, dass es keine schlechte Idee sei, sich einen neuen Haarschnitt verpassen zu lassen. Zumindest sollten die Spitzen ab und auf Deutsch konnte nicht viel falsch laufen. Angedacht und getan. Ich öffnete die Tür, blickte in den Salon und sagte: „Buenos dias! Sie sprechen Deutsch?" Eine sympathische, junge Frau erwiderte fröhlich: „Ja sicher", worauf ich mich nach dem Preis für Waschen, Spitzenschneiden und Föhnen erkundigte. Lediglich 18 €. Das war ein guter Preis und als nächster Kunde war ich innerhalb von 10 Minuten an der Reihe.

Die Friseurin stellte sich als Maria vor und fragte nach meinem Namen, was das Gespräch von Anfang an sehr persönlich machte. Nach einer gründlichen Kopfwäsche ging es auf den Stuhl zum Haarschnitt.

Da mein iPhone ständig pingte, erzählte ich ihr von Tinder und schöpfte aus meiner fast dreiwöchigen Erfahrung mit den kleinen Höhen, den fast unzähligen Tiefen und meiner enormen Männerverlustrate.

Maria sagte: „Stella, das machst du falsch. Einen wirklich schönen Mann brauchst du nicht. Zu einem willst du keine Kinder mehr und zum anderen stehen schöne Männer auch bei anderen Frauen hoch im Kurs." Sie zeigte auf ihre Mutter, die neben ihr arbeitete, jedoch nur gebrochen Deutsch sprach, und fügte hinzu: „Schau dir meine Mutter an. Sie hat nach dem Tod meines Vaters auch wieder ihr Glück gefunden. Sie lebt zufrieden mit einem deutschen Mann zusammen, der 10 Jahre älter ist."

Bevor es zum Föhnen ging, fügte Maria hinzu: „Stella, du musst deine Suche anders gestalten. Du brauchst mehr als einen Mann. Einer reicht einfach nicht aus. Für jeden Anlass musst du dir den passenden Mann aussuchen. Wenn du Sport machen möchtest, suchst du dir einen Sportler und für Sex einen potenten Mann. Wenn du finanziell abgesichert sein möchtest, sollte er schon älter sein und Eigentum besitzen. Dann lass dir aber auch die Bankunterlagen zeigen."

Ich musste breit grinsen und dachte, dass Maria irgendwie gar nicht so unrecht hatte. In meiner kurzen Tinder-Zeit hatte ich bereits mehrere neue Strategien entwickelt, die, wie sich bis dato herausstellten, unterschiedlich erfolgreich waren.

Meine neue Friseurin des Vertrauens war einfach nur nett. Als ich den Salon mit meinem neuen Haarschnitt verließ, bekam ich noch einen ultimativen Tipp für ein künftiges Date.

Auch wenn zu jenem Zeitpunkt noch die Maskenpflicht herrschte, sollte ich dezentes Make-up und einen verführerischen roten Lippenstift auflegen, um meine schönen vollen Lippen hervorzuheben. Warum auch nicht? Die Konkurrenz schlief nicht.

Als ich den Salon verließ, änderte ich sofort die Tinder-Altersangabe von 48 bis 52 auf 45 bis 65 Jahre um.

Meine neue Frisur war so schön, dass ich mich abends erneut selbstbewusst im schönen Kleidchen vor dem Spiegel im Hotelzimmer ablichtete und meine Tinder-Bilder erneut änderte. Irgendwann sollte das Ganze schließlich zum Erfolg führen.

Vor dem Schlafengehen textete ich mit Schul-Sven und sendete ihm meine neusten Selfies.

😃: *Juhu… wie geht es dir?* 😄😄😄 *… Guck mal das ist mein neuer Style*

😬: *Huhu! Ich bin noch immer etwas gestresst. Muss auch noch zum Frisör. Ich muss mal sehen ob ich mich morgen oder übermorgen telefonisch bei dir melde… und bei dir alles ok auf La Palma? Viele neue Boys aufgerissen?* 😁

😃: Kennst mich ja inzwischen, das geht hier heiß ab 😆😆😆😆😆…

😬: *Prost und schlaf gut. Ich muss ins Bett!*

😃: *Ich gehe jetzt gleich auch schlafen. Meine Berichterstattung ist für dich bestimmt wie beim Fußball…* 😆😆😆 *Gute Nacht. Schlaf schön.*

***

Am nächsten Morgen meldete sich Schul-Sven kurz zurück.

😬: *Moin Stella! Ja, die Berichterstattung von Tinder hat schon was von Fußball! Jede Menge Jungs im Abseits!* 😆

Das stimmte. Ich beließ seine WhatsApp kommentarlos. Ehe ich mich versah, war auch schon der Urlaubstag wieder rum und ich ging nach einem kleinen heißen Flirt an der Bar zufrieden ins Bettchen.

***

Als ich am folgenden Morgen wach wurde, ließ ich revuepassieren, was alles in den fünf Tagen auf La Palma passierte. „Was für eine geile Zeit", dachte ich und schickte Schul-Sven eine Nachricht.

👧: *Huhu, bald können wir ein Hotel eröffnen.* 😆😆😆 *Koch, Kellner, Bäcker, Busfahrer und Flughafenangestellten habe ich bereits zusammen. Ich bin dann die rotgelockte Chefin und du???*

👨: *Na du … bist mal wieder fleißig! Bastel mal weiter an deinem Imperium. Ich glaube ich mache einfach den Pagen, der die Wünsche der weiblichen Gäste befried…, äh erfüllt…* 😺😺

👧: 😆😆😆 *Nennt sich neuerdings: Page +*

👨: *Sehr geil. Gut kombiniert!* 😺

👧: *Wächst ja nicht auf meinem Mist…*

👨: *Doch, der Page+ war doch deine Idee, oder nicht?*

👧: *Manno, abgeleitet von amigo+*

👨: *Das weiß ich doch. Trotzdem war es eine Glanzleistung von Wortwitz, diese Umsetzung!*

👧: *Glanzleistung* 😆😆😆😆😆😆 *Heute ist mein Tinder etwas lau… die kommen nicht aus dem Knick…*

👨: *Die bereiten sich alle auf Weihnachten mit ihren Familien vor!*

👧: *Das Hotel muss ohne Bäcker auskommen, … oh je…*

👨: *Du musst dir unbedingt mehr Mühe geben!*

👧: *Da helfen jetzt nur noch Tittenfotos… sonst sehe ich da keine Besserung mehr… unser schönes Hotelprojekt… sonst machen wir eine kleine Pension auf, dass du als Page+ zumindest noch zum Einsatz kommst. OMG* 😆😆

👨: *Ok. Dann schick ihnen halt Tittenfotos!* 😆 *Wenn du unbedingt willst…*

👧: *Quatsch, war nur Spaß… heißt aber bestimmte Situationen erfordern wohlüberlegte Maßnahmen* 😆😆😆 *Neue Maßnahme wäre zunächst ein sexy BH* 😆😆😆

👨: *Ja ja, hast mich überredet. Ich gucke mir die Fotos dann vorher zur Bewertung an!* 😆😆

👧: 😆😆😆😆 *Spanner!!! Ich lach mich tot….*

👨: *Ich? Niemals!*

👧: *Schwerenöter, für mich bist du jetzt nur noch der Portier+…gib das doch bei deiner nächsten Bewerbung an… das wird dann auch endlich was mit der neuen Anstellung… Das macht wahnsinnigen Spaß mit dir!!! Danke!!!*

👨: *Nein, Portier geht doch nicht! Meines Wissens bleibt er an der Tür…. Ich bin der, aber der Page+ und gehe mit ins Zimmer, tief hinein!* 😆😆😆😆😆😆😆😆😆😆

👧: *Ich muss los, bis morgen!*

👨: *Tschüss!*

Insgeheim hatte ich noch meinen Favoriten im Kopf, den ich in der Auflistung mit meinem Schulfreund nicht erwähnt hatte. Er war meine gefühlte Nummer Eins. Das Sahneschnittchen nannte sich auf Tinder JJJ.

Juanes war 56 Jahre alt und ein Bild von einem Mann. Groß, schwarze, kurze Haare, studiert und sehr höflich. Im Gespräch stellte sich heraus, dass er gut Deutsch sprach, da er eine 10-jährige Beziehung mit einer Rheinländerin hatte. Er kam aus dem Süden von Teneriffa, sodass ich ihn als „Juanes Medano Tinder" auf meinem iPhone speicherte, um nicht völlig die Übersicht zu verlieren. Als er mir ein Selfie schickte, war ich hin und weg. Er war genau mein Typ! Es hätte alles so schön werden können, aber wie sich erneut zeigte, saß ich wieder auf der falschen Insel.

Im Handumdrehen war mein Kurztrip vorbei. Inzwischen war es der 24. Dezember, der Tag der Abreise. Bevor ich meine Hotelsuite verließ, setzte ich mich noch einige Minuten in die Sonne auf den Balkon. Ich blickte auf den Teide von Teneriffa und freute mich über das, was ich erlebt hatte. Es war aufregend, aber führte noch immer nicht zu dem Mann meiner Träume.

Den ganzen Tag war ich im Reisemodus, sodass ich weder an vergangene Weihnachten, Christbäume und Geschenke denken musste. Ich musste das liebgewonnene Auto am Flughafen abgeben, einchecken und hatte 2 Inlandsflüge vor mir.

Die inzwischen eindeutige Tinder-Abhängigkeit führte dazu, dass ich nach dem kurzen Flug von La Palma nach Teneriffa wieder mein iPhone einschaltete, um zu sehen, was Neues passiert war.

Es dauerte nicht lange und ich hatte wieder neue Likes und matchte. Immerhin waren es noch 1,5 Stunden bis zum Weiterflug nach Lanzarote. Ich wählte den 52- jährigen Francisco aus. Nach einem kurzen „Hola, que tal?" ging es auch schon los.

👧 : *Ich bin am Flughafen im Norden*

🐵 : *Was machst du da?*

👧 : *Ich reise…*

🐵 : *Wohin geht es denn?*

👧 : *Nach Lanzarote* ☺ ☺ ☺

🐵 : 😆 😆 😆 😆

👧 : *Jaaaaa*

🐵 : *Con los conejeros* 😆 😆

Was übersetzt „mit den Kaninchen 😆 😆 " heißt. Das war nicht wirklich abwertend, da die Bewohner jeder Insel ihre

Eigennamen haben. Auf Lanzarote nennt man sie schlichthinweg Kaninchen.

😂: 😆 😆 😆 😆

😈: *Um Urlaub zu machen, oder die Familie zu sehen?*

😊: *Ich lebe momentan dort* 😌

Mein Flug wurde aufgerufen und mir wurde erneut bewusst, dass Lanzarote wahrhaftig nicht die passende Insel zu sein schien, um auf Brautschau zu gehen. Und da waren wir wieder bei meinem alten und zugleich neuen Problem. Im weiteren Chatverlauf wäre es kinderleicht gewesen, ein Date auszumachen, aber auch das ging nicht, da ich wieder zurückmusste. Wirklich schade. Während des Rückfluges dachte ich darüber nach, ein Appartement auf Teneriffa zu kaufen oder zumindest einen Langzeiturlaub dort einzulegen. Nach der Landung auf Lanzarote texte ich kurz Schul-Sven an.

😊: *Frohe Weihnachten… Feliz Navidad* 😊 😊 😊 *So jetzt bin ich wieder zurück auf Lanzarote… langsam bin ich auch platt… Hoffentlich hat gleich noch was offen, um Getränke zu holen- Lidl nur bis 19:00 Uhr, da muss ich mich beeilen… ich melde mich später… und will dann* alles über das neue iPhone 13 *wissen!!!!*

😈: *Huhu* 😊 *Ich werde gleich eine neue Serie auf Netflix gucken. Habe das neue iPhone noch gar nicht installiert. Hatte heute keine Motivation!*

„Was für ein langer Tag", dachte ich, als ich meinen Koffer vom Band nahm. Er war noch nicht vorbei. Ich musste noch zu meinem Auto und fuhr schließlich zu Lidl für den schnellen Einkauf. Danach brauchte ich noch eine halbe Stunde, bis ich endlich wieder in meinem Appartement zurück war. Ich schleppte den Koffer hoch, räumte den Kühlschrank ein und holte tief Luft. Chillen war angesagt. Ich öffnete eine Flasche Wein und schrieb Schul-Sven nochmals an.

👩: *Der Kurztrip war anstrengender als gedacht. Aus dem Alter bin ich wohl raus… war aber wirklich schön. Bin aber jetzt auch wieder froh in meiner eigenen Hütte zu sitzen. Wir quatschen morgen?*

😷: *Ja kein Problem. Bin auch müde. Gute Nacht*

👩: *Gute Nacht*

***

Am folgenden Tag startete dann auch wieder mein Lanzarote-Tinder-Alltagsleben mit Matchen, Wischen und Wischen, wie Schul-Sven das **X** und das ❤ bezeichnete. Von der Reise noch etwas angeschlagen, ließ ich alles ganz langsam im relaxten Modus angehen. Am späten Abend meldete sich Schul-Sven.

😷: *Hallo Stella! Ich habe mir heute mit meinem neuen iPhone meine Apple Watch gekillt. Muss heute etwas tun… Können wir morgen telefonieren?*

👩: *Gerne, kein Problem, ich bin auch platt… Tinder ist anstrengend.*

😷: *Das glaube ich gern! Dann sind wir uns ja einig!!! Perfekt! Ich habe auch meine AirPods noch gar nicht installiert. Bis morgen habe ich das aber fertig.*

👩: *Also… dann wünsche ich aber eine ausführliche Berichterstattung* 😊😊😊

😷: *Jawoll Tinderine!!!* 😊😊👍👍

Problemlos waren Weihnachten und der erste Weihnachtstag überstanden. Ich hatte mich wieder in meiner kleinen Hütte eingerockt. Etwas sehr einsam, aber das war als Single die neue Realität.

„Unverhofft kommt oft" und kam öfter, als ich denken konnte. Es war der zweite Weihnachtsfeiertag, und ich dachte, dass ich meinen Augen nicht mehr recht trauten konnte. Mein verloren geglaubter Holländer Daan mit dem niedlichen Hündchen meldete sich über WhatsApp zu Wort. Der Mann der ersten Stunde, der mich nach zwei Monaten Wartezeit vom Flughafen abholen wollte. Ich hatte den Chat mangels fehlenden Wissens nur gelöscht.

💀: *My love, I am yours already. From the moment I saw you. You are all I think about. Have anyone tell you how amazing you are and a good listener which is one of the qualities I love being around you, there is no boring moment between us… I can say that I really love where we are going together. You make me feel whole again* ❤❤❤❤❤ ❤❤

„OMG, was sollte dieses schnulzige Weihnachtsgeständnis?" dachte ich. Ein Rundschreiben an seine Verehrerinnen? Sollte ich etwa seine große Liebe sein? Hatte er sich wirklich in mich verliebt?

Im weiteren Chatverlauf schrieb er, dass er einen Sohn hatte. Noah war 8 Jahre alt und wünschte sich eine Mutter. Er hatte ein schönes Weihnachtsfest mit ihm verbracht und betonte immer wieder, dass ich genau die richtige Mutter für seinen Sohn wäre.

Das ging mir mehr als einen Schritt zu weit. Einen Mann, den ich nicht persönlich kannte und der mich „My Love" nannte. Was sollte das werden? Hatte er sie nicht mehr alle auf dem Zaun? Hals über Kopf die Mutter eines Sohnes zu werden? Der Bogen war überspannt.

Um eine Bestätigung dieser Absurdität zu bekommen, machte ich einen Screen-Shot des Chats, den ich an Schul-Sven schickte.

👩: *Kann es gleich losgehen? Tel? … gib Bescheid… Guck mal das kann doch nur noch Fake sein…. Sag bitte was dazu*

💀: *Also, wenn du eine ehrliche Antwort möchtest: Ich finde seine Schreibweise maßlos übertrieben. Selbst wenn man schon 2 Wochen miteinander schreibt, kann man zwar erste Gefühle entwickeln, aber nicht vollkommen in Love sein.*

👩: *Tja, was soll ich sagen… Tinder* 😆 😆 😆 😆 😆

Wie sich herausstellte, hatte Schul-Sven erneut vollkommen Recht. Aber so einem seltsamen Typen von Mann wollte ich in der realen Welt nicht begegnen.

***

Selbst am 27. Dezember schien Deutschland noch immer im Weihnachts-Urlaubsmodus zu sein. Früh morgens schaltete ich das IPhone beim Frühstück ein. Ein reger Verkehr verzeichnete sich in meinem Account.

Erwähnenswert war Oliver, 56 Jahre, groß, blond, athletische Figur mit der Berufsangabe „Flohzirkusdirektor". Nach dem anfangs üblichen kurzen „Wie geht es Dir?" schien er meine Tinder-Angaben genau gelesen zu haben und fragte sofort, ob ich im Urlaub auf Lanzarote sei.

Wir führten den ganzen Tag über einen humorvollen, äußerst ironischen Chat mit dem Schalk im Nacken und auf Augenhöhe. Er war Grundschuldirektor und hatte Sport und Mathematik auf Lehramt studiert.

Gerne hätte ich über WhatsApp weitergeschrieben oder auch mal gesprochen. Erstmals ging dieses Verlangen sogar von mir aus. Tja, das sollte es aber auch nicht gewesen sein. Er war ein absoluter Gegner von WhatsApp und auf Telegram unterwegs. „Mmh, Telegramm…" dachte ich. Da war doch der Wendler mit seiner Laura unterwegs, sodass ich mich nicht dazu durchringen konnte, einen Telegram-Account einzurichten. Schließlich hinterließ ich ihm noch meine Telefonnummer für den Fall, dass er sich noch eines Besseren besinnen würde.

Mit dem Schalk im Nacken dachte ich über den holländischen Chat vom Vortag, der mir den neuen Ziehsohn Noah bescherte und den Flohzirkusdirektor nach, sodass ich Schul-Sven schnell ironisch anschrieb.

👧: *Schulplatz mit Grundschuldirektor heute bei Tinder für meinen holländischen Sohn, er heißt inzwischen Noah, gefunden* 😆

👴: *Fleißige Stiefmama! Mach mal so weiter, dann rauchst du bald Haschisch zu Silvester…* 😆

👧: 😆😆😆 *mit Holland läuft es wieder, dafür ist der aus Teneriffa raus…. ja ja… Und den Schulplatz schon fast wieder verloren… aber Herr Direktor ist noch interessiert* 😆😆😆

👴: *Ich sag doch, Tinder ist viel zu kompliziert!* 😆

👧: *Das läuft ganz gut… bin demnächst Frau Direktor mit holländischem Kind* 😆😆😆😆 *Kann auch noch einen Masseur anbieten… Ich hatte jetzt seit gestern über 300!!! Likes….*

👴: *Ja, das läuft jetzt ja wirklich gut! Und Frau Direktor hört sich auch sehr gut an!* 😆

👧: *Du bist ja noch immer der Page+…* 😆😆😆

👴: *Und das bleibe ich auch! Auf 450€ Basis!* 😆😆

Nach dem Chat machte ich mich fröhlich zum Shoppen auf. Als ich am Abend zurückkehrte, musste ich zu meinem Erstaunen feststellen, dass Oliver unser Match einfach gelöscht hatte. Sofort hinterließ ich Schul-Sven eine kurze Mitteilung.

👧: *Juhu… mein holländischer Ziehsohn braucht jetzt einen neuen Schulplatz, Herr Direktor hat mich rausgekickt… was war das??? …man hat es nicht leicht…*

👴: *Das war auch wirklich eine on/ off Tinderei bei euch!* 😆

Wisch-wisch-wisch. Wer die Wahl hat, hat die Qual.
Kurz darauf fiel meine Wahl heimatbezogen auf die Nachbarstadt Gelsenkirchen, die nur 30 Autominuten entfernt war. Der Chatverlauf mit Kai war ganz nett, sodass wir die WhatsApp-Nummern austauschten. Ich hatte einfach mal wieder Lust, Deutsch zu sprechen, und rief ihn an. Abgesehen von der

furchtbaren Verbindung, Gelsenkirchen schien internetmäßig noch nicht im 21. Jahrhundert angekommen zu sein, gefiel mir überhaupt nicht, was er erzählte. Zudem störte sein extremer Ruhrpott-Dialekt, den ich auch vorweisen konnte, aber so gut wie nie einsetzte. Ich haute manchmal auch schon ein „dat" und „wat" in leichter Weinlaune heraus, aber ansonsten bemühte ich mich stets, hochdeutsch zu sprechen.

Als ich dann auch nach so langer Zeit mal wieder mit einem derben Ruhrpott Dialekt in Kontakt kam, verging mir die Lust, seinen Erzählungen zu folgen. Wie hätte es anders sein sollen? Kai gehörte mit zu den täglichen Tinder- Nieten. Daraufhin kontaktierte ich Schul-Sven auf ein Neues.

👧: *Es wird schwierig mit den deutschen Männern… hatte gerade eine Nummer aus Gelsenkirchen Erle bekommen* 😆

👲: *Wie witzig ist das denn… In Erle hatte ich vor 30 Jahren eine Freundin!* 😆

👧: *Den muss ich erstmal gleich löschen… 0,00 Humor… Ach Sven, die alten Zeiten sind leider vorbei…* 😒

👲: *Ja, ja, Oma. Wir werden wohl alt…*

Schließlich brachte der Abend dann auch noch eine neue Absurdität mit sich. Holland-Daan meldete sich erneut, sodass ich Schul-Sven nochmals antextete.

👧: *Übrigens… Neuster Tinder Bericht: Der Vater meines holländischen Ziehsohns muss auf einmal für 4 Monate nach Schweden. Er kann mich und seinen Sohn aber nicht mitnehmen… Sag mal, das ist doch alles hier besser als im TV… oder wie im TV* 😆 😆 😆 😆 *OMG* 😆 😆 😆 😆

👲: *Ach ja, das hört sich alles ein wenig* 😆 *unglaubwürdig an. So würde ich das erstmal nennen… Deine Geschichten bestätigen mir immer wieder, dass Tinder absolut nichts für mich ist!*

Es waren noch 3 Tage bis Silvester und das Jahr war fast wieder vorbei. Vor dem Schlafengehen beschloss ich nach der Durchsicht der neuen Likes ein altes Match mit dem 54-järigen Pablo aus dem spanischen Vigo vom 23. Dezember mit einem 😉 zu beantworten.

Seinen Angaben zufolge war er Intendant eines nordspanischen Radiosenders. Ich las seine Profilbeschreibung erneut durch.

🎆: Soy una persona normal… Ich bin ein normaler Mensch. Freundlich, ziemlich detailliert, mit Herz… Ich ziehe einen Sonnenuntergang einem Fußballspiel vor. Ich glaube an die Liebe. Ich bin zufrieden, so wie ich bin. Ich verabscheue rechthaberische Konflikte. Ich bin hingebungsvoll und in keiner Weise egoistisch. Ich achte auf meine Umwelt, die Jagd gefällt mir nicht, ich liebe Tiere. Manchmal schreibe ich Gedichte, wenn ich klar denken kann. Mich inspirieren Augen, die mich ansehen, der Klang eines Flusses und nette Menschen. So wie Du. Bitte keine verheirateten oder liierten Frauen.

Seine eingestellten Bilder ließen auf ein gepflegtes Äußeres schließen. Er hatte eine wahnsinnige Ausstrahlung und war vermutlich etwas älter als angegeben.

Kurz nach meinem gesendeten 😉 antworte er mir. Das, was er auf Spanisch schrieb, hörte sich vielversprechend an.

👾: *Hola… Hallo. Ich spreche Spanisch, weder Deutsch noch Englisch, aber ich bin gebildet. Ich lebe in Nordspanien und verbringe momentan einige Tage auf den Kanaren. Ich bin humorvoll. Ich weiß nicht, ob ich in deine Suche passe.*

Tinder zeigte mir eine Entfernung von 328 km an. Äußerst interessant, dachte ich. Nach kurzem Überlegen textete ich auf Spanisch zurück.

👩: *Hallo Pablo, wie geht es dir? Ich glaube, dass du sehr gut verstanden hast wonach ich suche 😊 😊 😊. Auf welcher Insel befindest du dich jetzt?*

Da ich wie immer mal wieder meine Beschreibungen über meine Person umschrieb, hob ich bei dem aktuellen Profiltext deutlich hervor, dass ich Deutsch, Spanisch und Englisch spreche und auf der Suche nach einem gebildeten Mann mit Hochschulabschluss war, um mich auf Augenhöhe unterhalten zu können. Bärtige, Tattoos und Sugar Daddys sollten sich nicht angesprochen fühlen. Abschreckend, aber das war bewusst gewollt.

Am nächsten Morgen musste ich feststellen, dass ich nicht einmal ein neues Like über Nacht bekommen hatte, und löschte meinen neuen Text umgehend. So hoffnungslos wie zunächst gedacht, erschien dieser Umstand mir nicht. Immerhin hatte mir Pablo geantwortet.

: *Hallo. Ich bin auf Teneriffa. Gestern bin ich früh schlafen gegangen, entschuldige dass ich dir nicht geantwortet habe. Ich bin in Icod de los Vinos, über diesen Ort sagt man, dass er die Wiege der Kanaren ist. In Wirklichkeit heiße ich Gabriel, bitte nenne mich Gabi* ☺

: *Hallo Gabi, guten Morgen. Im letzten Jahr war ich auch in Icod. Den Millennium- Drachenbaum musst du dir unbedingt ansehen. Schade, dass Du nicht auf Lanzarote bist. Hier haben wir die Vulkane* 😆😆😆. *Wann fliegst Du nach Galizien zurück?* ☺

: *Ich reise am Samstag ab. Ich muss im Januar arbeiten. Kennst Du Galizien? Das nächste Mal komme ich nach Lanzarote. Egal, wie auch immer, im Februar komme ich zurück auf die Kanaren.*

: *Ich war noch nie in Galizien…*

: *Dahin solltest du aber mal kommen.*

: *Im Januar muss ich zurück nach Deutschland*

: *Ich lade dich nach Galizien ein. Da werde ich dir alles zeigen. Wann kehrst du nach Deutschland zurück?*

: *Was kann man in Galizien machen? Ich habe keine Idee…*

😀: Wandern. Wir haben eine fantastische Gastronomie, einzigartige Traditionen und außergewöhnliche Landschaften.

👩: Ich weiß noch nicht wann ich zurückkomme, ich fliege zum Geburtstag meines Vaters zurück und denke, dass ich frühstens Ende Februar wieder verreisen kann.

😀: Galizien ist die Verlängerung von Portugal.

👩: In Portugal war ich zweimal, ich war aber in einem Iberostar in Isla Canela und von dort aus hatte ich zwei Exkursionen nach Portugal gebucht.

😀: Die Kanarischen Inseln scheinen dir aber dauerhaft zu gefallen. Ich komme auf die Kanaren, um die Sonne zu genießen.

👩: Welche Insel gefällt dir am besten?

😀: Im November, Dezember und Januar ist es in Galizien schattig und trüb. Ich kenne nur Gran Canaria und Teneriffa.

👩: Deshalb solltest du zurückkommen 😊

😀: Teneriffa gefällt mir aufgrund seiner faszinierenden Gegensätze.

👩: Letzte Woche war ich auf La Palma, um mir den Vulkanausbruch anzusehen, aber ich bin zu spät eingetroffen und die Straßen zum Ausbruchsgebiet waren alle gesperrt.

😀: Hast du Eigentum auf Lanzarote?

👩: Ja, im Norden.

😀: Das ist sehr schön. Wenn wir früher miteinander gesprochen hätten, wäre ich gekommen, um dich zu sehen. Leider fahre ich am Sonntag schon wieder ab.

👩: 😲

😀: Ich könnte am Freitag oder Samstag vorbeikommen. Dann müsste ich aber früh kommen. In Galizien führe ich ein Unternehmen und bin *relativ frei, was meine Entscheidung betrifft. Möchtest du meine Nummer haben?*

👧: *Ja bitte.*

😀: *0670123456 Übrigens, da habe ich noch eine Frage. Kommt deine Mutter von den Kanarischen Inseln?*

👧: *Nein, niemand, ich bin zu 100% deutsch.*

😀: *Bis dann, ich gehe jetzt duschen.*

👧: *Bis dann!*

Den gesamten folgenden Tag über ging es per WhatsApp weiter. Offensichtlich hatte ich sein Interesse stark geweckt. Er schickte mir unzählige Bilder aus seiner Heimat, von seinem Haus, dem Garten und dem Pool, um mich von ihm und seinem Galizien endgültig zu überzeugen.

Bereits am frühen Abend schrieb Vigo-Vic, dass er mich zum Abendessen eingeladen hätte, wenn ich in der Nähe gewesen wäre. Kurz darauf rief er mich unverhofft an. Er wollte unbedingt meine Stimme hören und gestand ihr, dass er sich in mich verliebt hatte. Ich war wie hin und weg und wusste nicht, wie ich mit seinem Liebes-geständnis umgehen sollte. Als wir das Gespräch beendeten, war ich komplett verwirrt.

Innerhalb eines Tages hatten wir ein unerklärliches, vertrautes Verhältnis aufgebaut. Hatte ich mit dem neuen Mann meines Lebens telefoniert? War das alles wahr? Sollte ich nach anfänglichen Pleiten doch noch so schnell mein Glück gefunden haben?

Unmittelbar nach seinem Anruf schrieb er: „Es liegt eine unbeschreibliche Magie in der Luft!", was ich innerlich nur bestätigen konnte. Wir waren uns einig, dass wir uns so schnell wie möglich treffen mussten.

Ein Außenstehender hätte meine intensive Tinder-Tätigkeit bestimmt als schwerwiegende Sucht bezeichnet. Aber Tinder faszinierte mich. Ich sah mir meine Likes an, matchte freudig mit meinem Standard 😊 und machte mich auch nach wie vor selbst auf Brautschau. Fleißig wischte ich hin und her und vergab unzählige Likes an Männer, die ich umwerfend fand.

Das gesamte Chaos führte dazu, dass ich Galizien-Gabi fragte, wie er mich auf Tinder gefunden hatte.

😔: *Nein! Du hast mich gefunden. Ich habe Tinder geöffnet und dann bist du erschienen* 🖤 🖤 🖤

Auch er war erst seit Kurzem bei Tinder dabei und empfand es äußerst störend, dass Frauen keine Beschreibung einstellten, und betonte, dass nur das Bild wenig über eine Person aussagte, um in die Seele des anderen einzusehen. Zudem schrieb er, dass er mein Profil genau gelesen hatte, was mir mehr als unglaubwürdig erschien, da ich meine Beschreibung auf Deutsch eingestellt hatte und er nur Spanisch sprach.

Folglich ging ich davon aus, dass er ein Übersetzungsprogramm über meinen Beschreibungstext laufen ließ, was ich in anderen Chats auch schon Männer mit dem Verweis, dass wohl vieles nicht richtig übersetzt sei, schrieb. Das Ganze war etwas suspekt, aber das war Tinder.

Als reiselustiger Mensch kamen mir die Worte meiner Oma in den Sinn, die immer sagte: „Wer eine Reise tut, kann was erzählen…" Prompt kam ich auf die Idee, nach Nordspanien zu fahren, um die Gegend und die Männer genauer unter die Lupe zu nehmen.

Darauf schrieb ich: *„Ich glaube, dass ich mal nach Galizien kommen sollte…"* und er sagte mir, dass er mir alles ausführlich zeigen würde. Gabi wollte mir sein Leben präsentieren. Ich sollte außergewöhnliche Weine mit ihm verkosten und schließlich mit ihm in einen neuen Lebensabschnitt abtauchen. Er wollte, dass ich völlig andere Seiten an und in mir entdecke, die in meinem verborgenen Inneren schlummerten.

Es war bereits schon weit nach Mitternacht und unser Chat wollte und wollte nicht enden. Um 00:24 Uhr schrieb er, dass ihm Frauen mit grünen Augen gefallen, er Sonnenuntergänge liebte und sehr romantisch sei.

Genau das wollte ich hören. „Ja, ich bin eine kleine Romantikerin", dachte ich – oder besser gesagt, eine von den großen. Ich wusste, dass ich tief in meinem Inneren schon immer romantisch war, was jedoch in den vergangenen Jahren niemals bestätigt wurde und nur auf taube Ohren stieß.

Wie sollte es weitergehen? Hatte ich jetzt den ultimativen romantischen Traummann über Tinder gefunden? War es das, was ich immer haben wollte? Ich schwebte auf Wolke Sieben und ein unbeschreibliches Glücksgefühl übermannte mich. Als er kurz darauf schrieb: *„Wir haben so viele Gemeinsamkeiten"*, hatte er mich und mein kleines Herz pochte. Um 00:40 Uhr schrieb er mich erneut an.

😈: *Ich möchte dich so gerne sehen. Ich verstehe das nicht, aber es ist so. Ich muss sehen, ob wir uns noch sehen können. Ich will nicht nur eine Nacht mit Dir verbringen, ich möchte mit Dir durch mein Leben gehen* ♥ ♥ ♥ ♥

Exakt so einen Mann wollte ich haben. Er war wie ein Balsam für meine Seele. Beiläufig erwähnte Gabi, dass er lediglich 1,69 m groß sei, und ich dachte mir, dass das passte. Große Männer über 1,90 m fand ich nie wirklich attraktiv. Da ich mir beim Küssen den Nacken verrenkt hätte müssen, schrieb ich:

👩: *Große Männer gefallen mir nicht*

Inzwischen war es schon 01:00 Uhr und er verabschiedete mich mit *„Gute Nacht meine Liebe* ♥ *"* und fügte noch hinzu, dass er mich am liebsten umarmt hätte.

So liebe Worte hatte ich schon eine gefühlte Ewigkeit nicht mehr gesagt bekommen und antwortete mit „ ♥ ♥ ♥ ♥ ♥ "

Mit liebevollen und leidenschaftlichen Worten ging es am nächsten Morgen weiter. Ich schickte ihm ein Foto vom Sonnenaufgang und er entschuldigte sich, dass es in der Nacht so spät wurde. Gabi fügte hinzu, dass er am liebsten mit mir aufgewacht wäre und meinen Körper abgeküsst hätte. Ich war von seinen Worten übermannt und einfach nur glücklich, einen so lieben und zugleich interessanten Mann kennengelernt zu haben.

Im Laufe des Tages setzte Schul-Sven mich in Kenntnis, dass die dritte Corona-Impfkampagne in Deutschland angelaufen war. Auch ich wollte mich nach 2 Impfungen nochmals impfen lassen. Sicher war sicher.
Daraufhin machte ich mich auf den Weg in das Gesundheitszentrum der Gemeinde auf Lanzarote. Pustekuchen, trotz aller Bemühungen wurde ich nicht geimpft. Am Abend teilte ich die erfolglose, nüchterne Erkenntnis Schul-Sven mit.

👩: *Was für ein Mist. Ich war im Gesundheitszentrum und bekam keine 3. Impfung, da hier erst Leute die Astra Zeneca hatten geimpft werden. Fuck!*

🧑: *Wie doof ist das denn? Also hast du keine 3. Impfung bekommen?*

👩: *Nein, da ich 2-mal mit Moderna geimpft wurde. Und ja, genauso doof ist das, ich komme aber am 18.01 wieder und dann lasse ich mich in DE impfen. Hier wäre das erst ab März möglich… Morgen mal wieder telefonieren?*

🧑: *Ja, das können wir liebend gerne machen und uns noch einen guten Rutsch ins neue Jahr wünschen!*

***

Am nächsten Tag war es soweit. Silvester 2021 stand vor der Tür. Wo war das Jahr geblieben? Die Zeit verging wie im Flug.

Als ich aufwachte, waren nur noch 16 Stunden im alten Jahr, die ich überbrücken musste.

Es war der erste Rutsch ins Neue Jahr, den ich allein verbringen musste. Während meines inzwischen liebgewonnenen Bettfrühstücks schaltete ich mein IPhone ein und rief Tinder auf. Wie Knall auf Fall traf ich auf Benno. Ich blickte auf sein Foto und es machte:

▓ ▓ ▓ ▓ ▓ Bäääääm ▓ ▓ ▓ ▓ ▓

Was für ein Mann! Wie HOT! Was war das denn? Ich war wie elektrisiert. Leicht gebräunter Teint, dunkles, nach hinten gegeltes, glattes Haar, gepflegter kurzer drei-Tage-Bart, dunkle große Augen, die mich anstrahlten, und dazu noch ein leichtes Lächeln auf den schmalen Lippen.

„Wooooow". Er war ein echter Hingucker, der genau meinen Geschmack traf.

Laut angegebener Tinder-Entfernung befand sich Benno fast um die Ecke. Genauer gesagt im Süden von Lanzarote. Seine Fotos hatten etwas. Was genau, wusste ich nicht. Ich starrte erneut auf mein IPhone und las aufmerksam das Profil des 55-jährigen: „I am Spanish-Swiss, living in Switzerland…"

Als entspannter Naturliebhaber, bekennender Nichtraucher, der ein gesundes und sportliches Lifestyle Leben führte und zudem kein Partygänger war, suchte er nach einer klugen, hübschen unabhängigen Frau. Zudem gab Benno an, dass er mit seinen 1,85 m, durchtrainierten 83 kg, Triathlet war und neben Deutsch, Englisch, Französisch und Spanisch sprach.

Ich fand ihn umwerfend schön und seine Beschreibungssuche passte für mich wie die Faust aufs Auge. Kurz überlegte ich, ob ich einen Standardtext mit belanglosem Gefasel wie „Hallo Benno, schön, dass wir ein Match haben" schreiben sollte, was jedoch aus Erfahrung oftmals nicht zu einer final erhofften Antwort führte. Somit entschied ich mich für mein erprobten ☺.

Nach dem Frühstück beschloss ich, meine vor einigen Jahren eingeführte Tradition erneut in Angriff zu nehmen. Es handelte sich um den Kauf einer witzigen Brille mit der neuen Jahreszahl. Sowas fand ich immer schon total witzig. Brille aufsetzen, schräge Selfies schießen und diese an Freunde als Neujahrsgruß zu schicken.

Ich machte mich auf den Weg in die Hauptstadt Arrecife zum „China-Mann", da dort die Auswahl an jeglichem Kram und Deko-Artikeln die größte und billigste war. Bei einem Preis von 2 € musste ich nicht lange überlegen. Ich griff bei zwei verschiedenen Modellen zu und kaufte noch ein paar Luftschlangen.

Nach der Rückkehr in meine Hütte zog ich mich hübsch an und machte fleißig Selfies.

Ich genehmigte mir eine Flasche Veuve Clicquot, hörte Musik und schaute mir traditionell „Dinner for One" an. Dann war es so weit.

3- 💥

2- 💥

1- 💥

Prost Neujahr!!!

Aber nur in Deutschland. Aufgrund der Zeitverschiebung hatte ich auf Lanzarote noch eine Stunde bis ins Neue Jahr. Ich nahm ein Schlückchen vom Champagner und textete Schul-Sven an.

👧: *Ein frohes Neues Jahr* 💥 💥 💥

👨: *Frohes Neues Jahr!*

👧: *Die letzten Tage hatten wir hier 25 Grad im Schatten*

👨: *Ich mag dich ab jetzt nicht mehr* 😆 😆 😆

👧: *So wirklich mochtest Du mich ja auch noch nie…kann ich verkraften… Morgen habe ich ein Date zum Kaffee… Bin momentan in*

Spanien eingeloggt… Kommt aus Valencia, … heute wäre auch noch ein Triathlet drin gewesen…

🙁: *Das hört sich nach einer netten Sonntagsbeschäftigung an. Wenn er auf der Insel ist, dann hast du ja nichts zu verlieren. Also im Sinne von extra Reisen* 😆 😆 😆

👩: *Ne, die extra Reise kommt zu mir… Ich denke, dass Gabi am 14.01. kommt. Er reist aus Galizien an…, wenn ich ihn bis dahin nicht vergrault habe*

🙂: *Wenn das so weitergeht, …dann wird 2022 auf jeden Fall dein Jahr werden!*

👩: *Keine, keine Ahnung… Einziger Nachteil ist, dass ich meine Hütte putzen muss. Und sowas wie Reizwäsche muss ich mir erstmal zulegen…das wird schwierig hier…* 😆 😆 😆 😆

🙂: *Hat aber auch einen Vorteil: dann ist die Hütte wieder spitzenmäßig in Ordnung! Ich lasse mich auch immer dadurch motivieren, wenn Besuch kommt. Wobei das relativ selten in letzter Zeit ist. Meistens nur Handwerker* 😆 😆

👩: *Handwerker lieben auch ein gepflegtes Ambiente* 😆

🙂: *Aber auf jeden Fall! Es ist allerdings eher eine Frage, wie man sich selbst und seine Wohnung präsentieren will…*

👩: *Alles schwer, Handwerkertipps hast du bestimmt für mich auf Lager*

🙂: *Nee, ich bin nicht so ein ambitionierter Handwerker. Und zum Glück müssen sie auch nicht so oft in meine Wohnung.*

👩: *Würde hier besser aussehen, wenn ich ambitionierte Handwerker gefunden hätte.* 😆 😆 😆 😆 *Valencia macht irgendwas mit Gesundheit, glaube Pfleger oder sowas…gehe aber auch schon auf ein gewisses Alter zu…* 😆 😆 😆 😆

🧔: *Du hattest doch eigentlich schon dein gesamtes Reparaturteam zusammen… Gab es da nicht so einen Spruch? Wer reparieren will muss freundlich sein. War das nicht so?*

👩: *Ich arbeite dran.*

🧔: 👍 👍 👍

Nach dem Chat postete ich noch fleißig meine neuen Selfies mit Neujahrsgrüßen, bis die zweite Champagnerflasche um 02:00 Uhr ausgeschlürft war.

Angesäuselt stöpselte ich mir meine AirPods ein und hörte die spanische Corona-Hymne „Resistiré 2020" in einer Endlosschleife an. Es war das Lied, das jeden Abend in der schweren, eingesperrten Coronazeit von den spanischen Balkonen während der Ausgangssperre gesungen wurde.

Genau das wollte ich hören. Ich verstand diesen Song als meine persönliche neue Durchhalteparole und krähte lauthals mit, bis ich ins Bett ging.

***

Den Neujahrsmorgen 2022 startete ich leicht verschlafen mit meinem täglichen Bettfrühstück und dem Tinder-Kontrollchat. Benno hatte mir geantwortet.

🧔: *Hola and hello, nice to meet you… greetings from Playa Blanca* ☺ ☺ ☺

👩: *Hi* 😄*, how are you? Happy new year!*

🧔: *Same to you, after a noisy outdoor party… noisy… How are you doing?*

👩: *Fine, I am still lying in my bed, watching TV… I am still a little bit sleepy*

🧔: *Meee too, a short night, but nice to go to the beach*☺

😊: *I was at home no party... Where do you come from?*

😊: *The party was in the hotel where I stay... I am swiss with spanish roots ... And you?*

😊: *Deutsch* ☺ ☺ ☺

😊: *Woher kommst Du genau?*

😊: *Witzig, hatte mich schon gewundert, dass ein Spanier hier Englisch spricht.* 😆 😆 😆 *... aus dem Ruhrgebiet*

😊: *Ok. Bist du im Urlaub?*

😊: *Langzeiturlaub im Norden... in Punta Mujeres. Was verschlägt dich nach Lanzarote?*

😊: *Dort fuhr ich im November täglich vorbei* 😆 *Erstmals vor 30 Jahren. Ich mache Triathlon und komme regelmäßig hierher um zu trainieren* 😊

„Was für eine Sportskanone", dachte ich. Dieser Traumtyp sollte sich wahrhaftig für mich interessieren? Bis dato war ich davon ausgegangen, dass Extremsportler nur auf Frauen mit ebenfalls durchtrainierten Astralkörpern standen, an denen auch leibhaftig kein Gramm Fett zu viel war.

😊: *...dann gehörst du hier zu den sportlichen* ☺ ☺ *wie lange bleibst du noch?*

😊: *Ich fliege in 4 Tagen wieder zurück*

😊: *Wetter ist ja schön geworden... schade...*

😊: *Ja, perfekt für die Playas hier, dieses Mal bin ich ohne Rad unterwegs*

😊: 😆 *das wollte ich gerade fragen...* 😄 😄 😄 *ich habe dafür ein Auto* 😄 😄 😄. *Mitte Januar fliege ich auch wieder nach DE... aber dann mal schauen, wohin es mich verschlägt... bin nicht gebunden...*

😊: 👍 *Gehe unter die Dusche und dann zum Frühstück...* 😄

👧: *In welchem Hotel bist du denn?*

👨: *Im Sandos*

👧: *Fast direkt am Strand*

👨: *Ja ,aber 4 km zu Fuß an meinen FKK- Strand* 😎😎😎

👧: *FKK?* 😆😆😆 *ich bin nicht so der Strandtyp…*

👨: *Diese Woche wollte ich mich nur erholen und weniger bewegen. FKK heißt nackt… ich mag es nicht mit den hellen Streifen auf der Haut* 😆

👧: *Ich weiß was FKK ist, mag ich aber überhaupt nicht… ich kann mit den Streifen leben… hat was. Also dann viel Spaß* 😚

👨: 😚😚😚

Am frühen Abend wollte ich es dann aber auch noch genauer wissen und schrieb ihn an.

👧: *Y que tal? Nahtlos braun geworden?* 🙂😚

👨: *Sieht nicht schlecht aus, aber für die Details müsste ich vor den Spiegel…* 😆😆 *was hast du heute erlebt?*

👧: 😆 *erspare mir das bitte* 😆😆😆😆, *das glaube ich dir auch so… Ich glaube schon, dass du durchtrainiert bist…*

👨: *Bin leider nicht mobil, mit dem Rad wäre es ja nur eine Kaffee-fahrt bis zu dir… Was machst du denn in De beruflich?*

👧: 😆 *Ich arbeite nicht mehr… Und du?*

👨: *Ich auch nicht, Geld verdienen reicht mir…*

👧: *Perfekt!* 😆

😈: *Ich war Wirtschaftsdozent auf dem Gebiet Internet und Geschäftsmodelle*

👧: *Ich bin Architektin.*

😈: *Und wieso schon ohne Arbeit?*

👧: *Wie soll ich das sagen… Schwierige Frage… Aber eigentlich ganz einfach… Und wieso schon?*

😈: *Stimmt. Geerbt, gewonnen, geschieden??? Oder, ganz hypothetisch erarbeitet* 🙂😏*?*

👧: *Gewonnen noch nichts… Meine spanische Lotterie Tu Lotero mag mich nicht. Geschieden auch nicht, gehen wir mal vom letzteren aus…* 🙂🙂 *Und mein Papa mag mich* 🙂🙂🙂🙂

😈: 👍

👧: *Und du radelst nur noch durch die Gegend?*

😈: *Wenn ich die Kraft hätte… Ich fahre gerne Ski, und entwickle momentan ein Immobilienprojekt*

👧: *Schön, ich war das erste und letzte Mal Skifahren in der Schule… in der 7. Klasse in Italien in La Villa…* 😷🙂🙂🙂

😈: *Ich vor 2 Wochen, bin Rennen gefahren bis ich 17 war, danach habe ich Skilehrer ausgebildet…* 🙂 *das war mein liebstes Hobby, 5-6 Wochen jeden Winter*

👧: *Meine Güte, du hast ein bewegtes Leben… dagegen bin ich eher harmlos* 😲 *so viel kann ich da nicht vorweisen* 😂😂😂

😈: *Wichtig ist nur, an wie vielen Tagen man zufrieden war mit sich an jedem Tag…*

👧: *…und du hast heute FKK vorgezogen…schade, habe mich nicht getraut, dich zu fragen, ob wir einen Kaffee trinken können* 🙂 *Und ich meine Kaffee im wahrsten Sinne des Wortes…*

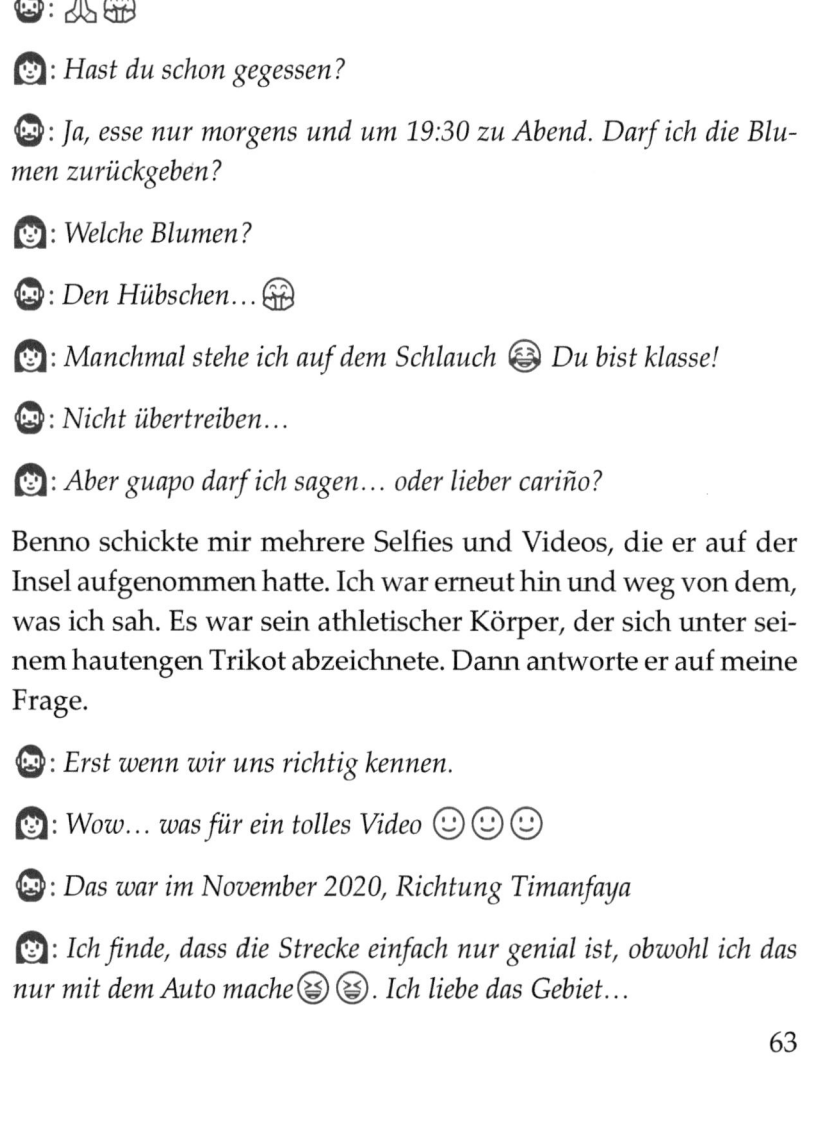

: *Klar doch, habe eine Kanne zum Strand getragen… Kaffeetasse* 😆😆😆😆 *Hast du WhatsApp?*

: *Ja*

Umgehend ging es über den Messenger weiter.

: *Muy buenas noches Stella*

: *Hola guapo, buenas noches* 🙂

: 🙏😁

: *Hast du schon gegessen?*

: *Ja, esse nur morgens und um 19:30 zu Abend. Darf ich die Blumen zurückgeben?*

: *Welche Blumen?*

: *Den Hübschen…* 😁

: *Manchmal stehe ich auf dem Schlauch* 😂 *Du bist klasse!*

: *Nicht übertreiben…*

: *Aber guapo darf ich sagen… oder lieber cariño?*

Benno schickte mir mehrere Selfies und Videos, die er auf der Insel aufgenommen hatte. Ich war erneut hin und weg von dem, was ich sah. Es war sein athletischer Körper, der sich unter seinem hautengen Trikot abzeichnete. Dann antworte er auf meine Frage.

: *Erst wenn wir uns richtig kennen.*

: *Wow… was für ein tolles Video* 🙂🙂🙂

: *Das war im November 2020, Richtung Timanfaya*

: *Ich finde, dass die Strecke einfach nur genial ist, obwohl ich das nur mit dem Auto mache* 😆😆. *Ich liebe das Gebiet…*

🐵: *Mit dem Rad auch… ich finde es genial*

👧: *Kann ich mir gut vorstellen*

Darauf schickte Benno mir einen Link zu einem seiner Videos auf Instagram. Ich war baff.

👧: *Was soll ich noch dazu sagen, wir lieben anscheinend die gleiche Optik…. Vulkanlandschaften….*

🐵: *Ich mag die Natur*

👧: *Ich auch. Lanzarote hat mich in seinen Bann gezogen. Übermäßig grün muss es für mich nicht sein.*

🐵: *War vor über 30 Jahren erstmals hier* ☺

👧: *Ich vor 7 Jahren, … schlechtes Hotel und jeden Tag einen Ausflug gemacht… so begann meine Liebe zu Lanzarote… Vor 30! Jahren… wie schön muss das hier wirklich gewesen sein…*

🐵: *Eigentlich gleich, einige Straßen wurden besser* 🤩🤩

👧: *Vor 30 Jahren war es doch noch nicht so verbaut*

🐵: *Außer beim Jardín de Cactus, dieses Stück von 1 km hatte schon Napoleon befahren…* 🙈

👧: *Kennst du noch aus dem deutschen Fernsehen Tim Thaler… der Junge der sein Lachen verlor? Das haben die hier auf Lanzarote gedreht… habe ich aber auch erst gemerkt, als ich das hier zum ersten Mal sah…*

🐵: *Klar, den kenne ich. Ich war schon als Kind von der Insel begeistert*

👧: ☺☺☺

🐵: *Magst Du zeigen, wie und wo Du lebst? Ich bin ein optischer Mensch. Ich muss die Dinge sehen… Deine Villa mit Pool und so…* 😆

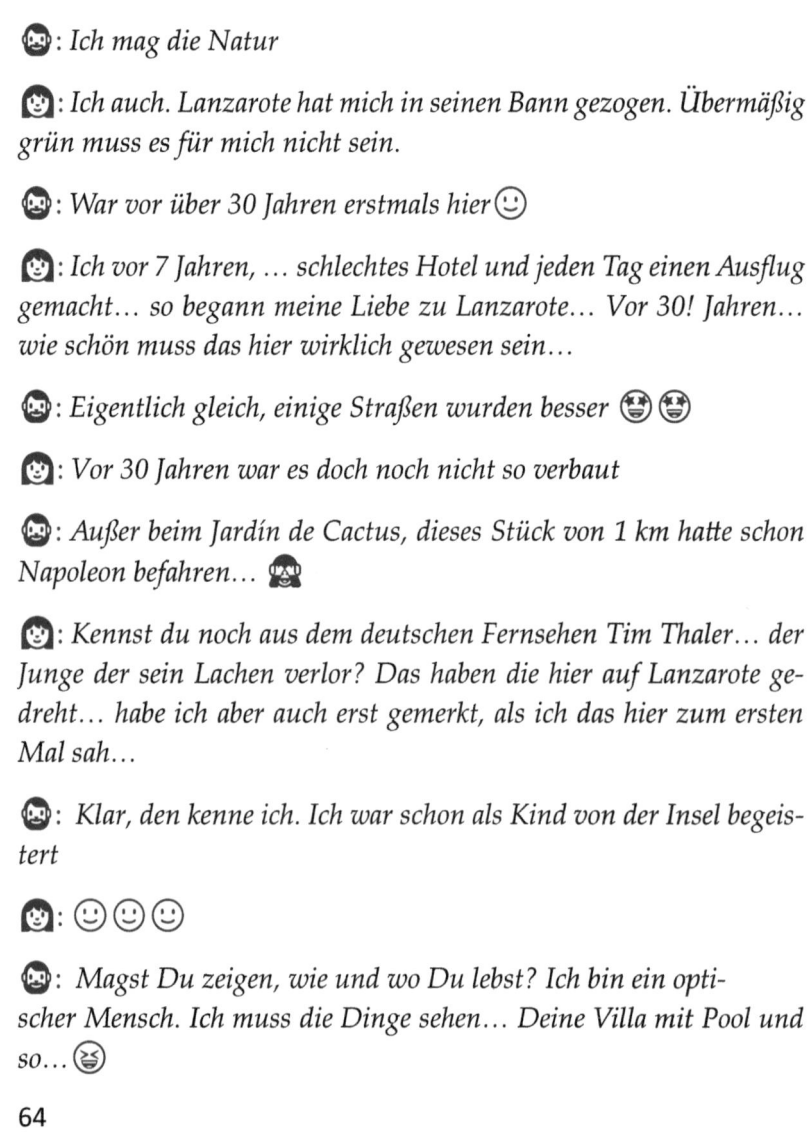

😊: *Alles klar. Ist aber auch nichts Weltbewegendes…eine Villa ist es aber auch nicht, sorry…*

Darauf sendete ich ihm Sonnenaufgangsbilder von meinem Balkon und mein Silvesterbild mit der „2022"-Spaßbrille zu. Im Gegenzug schickte Benno mir ein Sonnenuntergangsfoto von seiner Aussicht zu.

😎: *Ich hatte mir schon eine reiche hübsche Frau mit einem mindestens 50 qm Villa vorgestellt* 😆😆😆

😊: *Mit hübsch kann ich dienen, liegt aber im Auge des Betrachters* 😆😆😆

😎: 👌👌👌

😊: *Die kleine Villa hat 80 qm, spanischer Standard halt… Du kannst mir ja eine größere Villa kaufen* 😆 *Bin da für alles offen*

😎: 🙈🙈🙈

😊: *Aber putzen ist nicht so meine Stärke* 😆😆😆😆 *Also dann bitte mit Putzfee* 😆😆😆

😎: *Putzen, das mache ich gerne… ist mein Fitnessprogramm, Böden, Bad, Fenster…*

😊: 😆*Kannst morgen hier sofort starten, Fenster könnten gemacht werden…*

Um mich von seinen körperlichen Vorzügen zu überzeugen, fügte er ein weiteres, umwerfendes Bild im Trikot zu.

😊: *Wow!!! Siehst wirklich gut aus!*

😎: *Naja, das ist schon 6 Monate her…* 🙈
Ich konterte mit einem sexy Selfie im Streifenkleid und meinen schicken schwarzen Stiefeln, das ich die Woche zuvor auf La Palma aufgenommen hatte.

😎: 👌👌👌👌👌👌👌 *Da steigt der Puls…wow!!!*

😀: *Warum? Das bin ich!!! Nicht mehr und nicht weniger!*

😀: *Eben, siehst heiß aus...* 🙈

😀: *Danke, ich dachte, dass Fahrradfahrer nur auf Gleichgesinnte stehen...*

😀: *Nö, ich stehe nicht auf Männer* 😆

😀: *Auch Frauen fahren mit euch...habe ich schon gesehen... die strampeln sich aber ganz schön ab* 😆 *Also Männer kommen nicht in Frage???* 😆😆😆😌😌 *Dann könnte ich vielleicht deinen Geschmack treffen* 😆

😀: *Bestimmt...* 😌

😀: *Sorry, Villa nicht vorhanden, Tu Lotero gerade nichts gewonnen..., Fahrrad fahre ich nicht... es sieht wohl gerade sehr mau für mich aus... Was soll ich jetzt noch schreiben, einfacher wäre es mal zu telefonieren...*

😀: 👍👍👍

Kurz darauf telefonierten wir. Am Ende der anderen Leitung hörte ich seine einfühlsame Stimme, die von seinem Schweizer Dialekt untermalt wurde. Ein Wort ergab das Andere. Das anfänglich witzig geführte Gespräch wurde heißer und heißer. Mir wurde klar, dass ich diesen Mann auf jeden Fall bis vor seiner Abreise kennenlernen musste. Ohne Wenn und Aber.
Inzwischen war es schon nach Mitternacht und wir kamen überein, dass wir uns am darauffolgenden Tag treffen wollten. Als Benno auflegte, musste ich ihm einfach noch eine Nachricht schreiben. Ich war schockverliebt und konnte nicht anders.

😀: 😚 *...war schön mit dir zu sprechen* 😊😊😊

😀: *Ebenso*

Immer noch im Unklaren, ob mich ein echter Triathlet begehrenswert fand oder ob er nur mit mir heftig flirtete, verstand ich noch immer nicht. Kurzentschlossen schickte ich ihm ein Selfie mit meinem schönsten Lächeln.

👧: *Ein Foto habe ich noch von mir… Das war gestern. Dann kannst du dir das mit Montag noch überlegen…*

👦: *Ob ich jetzt noch bis Montag warten kann, ist die Frage…*

👧: *Ok, mehr geht nicht… habe heute aber eine Anti-Age- Maske im Gesicht aufgelegt… bewirkt aber wohl so kurzfristig auch keine Wunder mehr* 😆😆😆

Benno geizte nicht mit seinen Reizen und schickte aus seinem Bett ein sexy, oberkörperfreies Bild mit breitem Grinsen im Gesicht.

👧: *Huiii… Wowww… Nicht schlecht* 😍 *Bis Montag* 😵😵

👦: *Ich könnte für dich die besten Strände „testen", mir gefällt es* 😁😁😁

👧: *Ich lache mich gerade tot… Du für meinen Reiseführer* 😆

👦: *Würde am liebsten gleich loslegen…* 😁😁💧💧😆

👧: *Womit? Mach hier mal bitte nicht auf Tinder…*

👦: *Testen…*

👧: *Die Schweiz testet wohl gerne. DE ist da etwas zurückhaltender* 😆😆😆

👦: *Zähle mich nicht zu denen… Ich kenne da einige Ossis…*

Daraufhin schickte Benno erneut ein Foto. Bekleidet mit einem knallroten Radleroutfit und der Schweizer Flagge auf der Brust, umarmte er einen älteren Mann. Beide lächelten in die Kamera.

👦: *Diesen ehemaligen Piloten habe ich im Zug kennengelernt.*

👧: *Dein Trikot finde ich toll!! Ich mag die Schweizer Flagge*

😷: *Gut sichtbar. Das steigert die Sicherheit…*

👧: *Oder, attackkiii… Mein Auto fegt dich locker hier zur Seite…* 😆😆😆😆😆

😷: 🙇‍♀️🙇‍♀️🙇‍♀️

Die Zeit mit Benno verging für mich wie im Flug. Inzwischen ging es schnurstracks auf 01:00 Uhr zu. Ich lag bereits auf dem Bett und ließ es mir nicht nehmen, ihm ein witziges Selfie meiner hochgestreckten Beine mit dicken, selbstgestrickten Wollsocken zu senden.

👧: *Hier in Punta Mujeres ist Frau schon bettfertig* 😆😆

😷: 😆😆😆

👧: *Kleine Gymnastik vor dem Schlafengehen* 😂😂😂

😷: *Im Süden ist es wärmer* 😆😆😆 *Da braucht Mann keine Socken* 😊

👧: *Ich habe immer kalte Füße… Tja, der Norden hält dafür frischer!*

Prompt bekam ich ein Selfie seiner braungebrannten, durchtrainierten Beine in gleicher Position mit 😆😆😆.

👧: 😆😆😆 *Ist das etwa eine Einladung zum Sport?*

😷: *Joggen?*

👧: *Nein*

😷: *Was dann?*

👧: *Schlag mal was Gescheites vor…* 😆 *Aber nichts Unanständiges bitte…*

😷: *Am Strand spazieren?*

👧: *Schöner Vorschlag* ☺. *Ich sage dann mal bis morgen. Schlaf schön* 😘

Bevor ich einschlief, dachte ich über das Telefonat und den langen Chat mit Benno nach. Er hatte mich in seinen Bann gezogen. Ich fühlte mich von ihm magisch angezogen.

***

Am nächsten Morgen küsste mich die Sonne wach. Ich sprang aus meinem Bett, um den einmaligen Moment des Sonnenaufgangs in einem Foto festzuhalten. Vom Hunger angetrieben, startete ich mit den Vorbereitungen zu meinem Frühstück und trug das zusammengestellte Tablett ins Schlafzimmer.
Entgegen meines gewohnten Checks der Tinder Likes galt meine geballte Aufmerksamkeit nun Benno. Er sollte mit dem Foto sehen, wie wundervoll der Sonnenaufgang im Norden der Insel war.

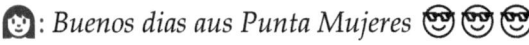

😊: *Hier frühstückt man schon... Liegt man dort noch faul im Bett?* 😆

😀: 😁😁 *aktiv im Bett...* 😆😆😆😆

😊: *Zum Glück habe ich keine Fantasie* 😆

😀: *Was stellst du dir denn vor?* 😂😂😂😂 *Ich habe einen Kaffee zubereitet...*

😊: *Da war ich schon viel aktiver...*

Um das unter Beweis zu stellen, machte ich ein Foto von meinem prall gefüllten Frühstückstablett. An jenem Morgen hatte ich mich mal wieder für eine Kanne Tee, Orangensaft und ein selbst zusammengestelltes Müsli mit kleingeschnittener Kiwi, Joghurt und Quark entschieden.

😀: *Top* 👍 👍 👍

👩: *Nur mit meinen Orangen vom Spar- Supermarkt habe ich einen Fehlgriff gemacht…. Der Saft schmeckt nicht …☹️ muss ich heute neue bei Lidl holen*

😀: *Frisch pressen…😊*

👩: *Mach ich jeden Morgen frisch, sonst schmeckt mir das nicht!!! 3 Orangen! Handgepresst…☺️☺️☺️ Ich trinke keine gekauften Säfte, es sei denn es ist Tomatensaft…*

Mittlerweile war es im Süden der Insel auch schon hell geworden, sodass mir Benno ein kurzes Video von seinem Balkon mit Meerblick schickte. Flachs schrieb ich zurück.

👩: *Ich habe das Haus mit Sonnenaufgang. Darfst das 2. aussuchen…😊😆😆*

Auf meine gesandte WhatsApp bekam ich keine Antwort. Das war nicht weltbewegend, da ich wusste, dass Benno einen ausgiebigen FKK-Strandtag zum Sonnentanken vor sich hatte.
Und ich? Natürlich traf ich mich wie jeden Sonntag mit meiner Freundin Maria Dolores. Das war stets unser Nachmittag. Frauen unter sich. Tapas und Gespräche über Männer. Kurz bevor ich mich auf den Weg machte, schrieb ich Schul-Sven zwecks Rückmeldung an.

👩: *Juhu… derbe Rückschläge zu verzeichnen… der valenzianische Krankenwagenfahrer 😆😆😆, von dem ich dir erzählte hatte… hatte nach einem kurzen Telefonat das Date gerade abgesagt… dafür habe ich seit gestern einen Triathlet… ja… mal sehen was der Tag noch bringt, ich fahre gleich zu Lidl einkaufen! ☺️ Dann treffe ich mich mit Maria Dolores… das ist witziger als auf Brautschau zu gehen… Ich schreibe über Tinder ein Buch, das habe ich gerade beschlossen. Das wird witziger und einfacher als Reiseführer….*

😈: *Das stimmt vielleicht… Wird bestimmt ein Bestseller!* ☺ *Dann mal viel Spaß euch beiden! Macht euch einen schönen Tag!!!*

👧: *Danke, du dir auch* ☺ ☺ ☺ ☺

😈: *Dankeschön! Leider ist der Tag schon bei mir durch.*
Ich fühle mich jetzt im Mittag ganz schlecht. Werde mich gleich auf meine Couch legen und TV gucken.

👧: *Oh je, das tut mir leid!!!! Erhole dich.*

😈: *Ach, alles gut. Ich kenne das ja schon.*

Wie gewohnt hatten Maria Dolores und ich unsere nette, amüsante Damenrunde. Sie war seit Kurzem, nach einer 30-jährigen Beziehung, von ihrem Mann getrennt. Aufgrund dessen sagte ich ihr, dass sie unbedingt Tinder ausprobieren sollte. Sie kannte die App noch nicht und war sich nicht schlüssig, ob sie auf diesem Weg neue Männer kennenlernen wollte.

Nachdem ich von Benno erzählt hatte, zeigte ich ihr seine Tinder-Fotos und übersetzte seinen deutschen Profiltext kurzerhand auf Spanisch. Natürlich ließ ich es mir auch nicht nehmen, die faszinierenden Bilder seines Astralkörpers aus dem WhatsApp-Chat zu präsentieren. Maria Dolores war Feuer und Flamme. Meine neuste Errungenschaft traf auch ihren Geschmack.

Darauf rief ich Tinder „Gold" auf und erklärte ihr, wie es auch mit der kostenfreien Version funktionierte. Sie war beeindruckt, wie viele Männer auf der Suche waren.

Nach meiner Erläuterung wischten wir beide hin und her und amüsierten uns köstlich über die ein und andere Gestalt. Als ich ihr mein iPhone überließ, machte sie fröhlich weiter und ich vernahm abwechselnd ein „Ah, si." „Siiii" und „Oh, nooooo" „No, no, no." Jedoch was Maria Dolores mit den Likes und mit meinen verbliebenen 4 Super Likes anstellte, sah ich erst Tage später.

Bevor wir uns verabschiedeten, machten wir einige Selfies, von denen ich die schönsten aussuchte und routinemäßig auf Facebook hochstellte. Jeder sollte sehen, was ich für einen wunderschönen Nachmittag mit meiner spanischen Freundin verbracht hatte. Das war pure Lebensfreude und zu 100% Girl Power! Zurück in meinem Appartement kontaktierte ich kurz Schul-Sven.

😊: *Guck mal, das Selfie haben wir heute von uns gemacht…*

😎: *Ihr seht auf jeden Fall so aus, als ob ihr einen tollen Tag gehabt hattet. Das freut mich sehr für euch. Vor allem, dass du es dir verdient hast!* 😀😀😀

😊: *Danke, … Maria Dolores kannte Tinder noch nicht, wir hatten einen Kaffee getrunken und uns dann totgelacht* 😆😆😆😆

😎: *Hoffentlich hast du sie nicht dazu verführt es dir gleich zu tun….* 😆

Am Abend meldete sich Benno mit einem Sonnenuntergangsvideo und fügte Google Maps-Karten vom Süden der Insel hinzu.

😎: *Treffpunkt morgen 11:30? Gute Schuhe anziehen, Bikini ebenfalls und Kamera für deinen Reiseführer…*

😊: *Ok, aber dann muss ich doch nicht wandern, oder?*

😎: *Ca. 20 min einen Weg rauf und runter… geht das?*

😊: *Ich dachte, dass du mich auf Händen trägst* 😆

😎: *Zeit auch ok?*

😊: *Geht es auch etwas später? Ich brauche bestimmt 45 min Fahrzeit*

😎: *Um 12? Vergiss nicht Wasser mitzunehmen*

😊: *Habe ich mich bei dir zum Baby* 😆😆😆 *Triathlon angemeldet?* 😆😆

👩: *Sicher nicht…* 😆 😆

👩: 😆 😆 😆 *Freue mich schon …..*

👨: *Gleichfalls, falls du mich nicht bei den Massen von Leuten nicht erkennst, rotes Shirt, schwarze Hose, weiße Mütze…*

👩: *Alles Ok. Eine Frage noch… hast du Sonnencreme, sonst kann ich nicht mit. Ich bin doch keine Sonnenanbeterin und auch bestimmt die falsche Frau für dich…*

👨: *Ich benutze nie Chemie… Shirt reicht* 😊 *Und einen Hut gegen Sonnenstich*

👩: *Muss ich alles raussuchen, kein Thema. Ich wünsche dir eine gute Nacht* 😴 *. Bis morgen* 😴 😴 😴

👨: *Gute Nacht. Ich freue mich auf dich* 😴 😴

***

Am nächsten Morgen packte ich meine Strandsachen zusammen und machte mich abmarschbereit. Blitzartig übermannten mich Zweifel, ob das Treffen das war, was ich wollte. In meinem bisherigen Leben stand ich mir öfter im Weg, als mir lieb war. Mit einer großen Klappe ging ich stets alles forsch an und machte dagegen, wenn es wirklich darauf ankam, oftmals einen Rückzug. Aber dieses Mal wollte ich nicht kneifen und textete Benno kurz an.

👩: *Hi, starten wir in der Strandbude mit einem Kaffee? Dann kann ich mich da umziehen…*

👨: *Wie du magst, da gibt aber sicher keine Kabinen…*

👩: *Mach ich sonst immer im Auto. Ich weiß noch nicht, ob mir das alles zu sonnig ist.*

😃: *Wenn Du nicht weißt, was du willst, ob die Sonne zu stark ist…* *etc. lass es mich wissen. Du weißt ja wo du mich findest.*

😊: *Bin unterwegs…*

😃: *Dann fahr ganz besser ganz nach hinten zum Camping, dann sind es 50 m zum Strand.*

😊: *OK* 😏

Gegen 13:00 Uhr war ich endlich an der Zufahrtsschranke zu den Papagayostränden angekommen. Trotz Corona hatte sich eine lange Autoschlange gebildet. In der Wartezeit schrieb ich Benno, dass ich mich um 30 Minuten verspäten würde.

Am Campingplatz angekommen machte ich mich erwartungsvoll Richtung Strand auf. Gut besucht war er nicht. Ich lief die kleine Strandbucht von rechts nach links ab, aber entdeckte niemanden, der ansatzweise wie Benno aussah. Enttäuscht ging ich zu meinem Auto zurück und textete Benno erneut an.

😊: *War am Strand hinter dem Campingplatz und gehe dann auch jetzt wieder!*

Wut kochte in mir hoch. Ich war stinksauer und verletzt zugleich. Was für ein Reinfall. Hätte ich das ahnen können? War ich wirklich so dumm?

Da ich von Norden in den Süden der Insel gefahren war, machte ich mich zum ursprünglich vereinbarten Treffpunkt mit der Strandbude auf, um zumindest einige schöne Fotos der Papagayo-Buchten zu schießen. Die lange Strecke dorthin sollte nicht völlig unnütz gewesen sein. Kurz darauf meldete sich mein iPhone mit einer kurzen Sprachnachricht von Benno.

😃: *Ich habe Dich in deinem weißen Auto gesehen und habe dich gerufen. Du bist einfach abgefahren. Hast du mich nicht gehört?*

Rasch schickte er zwei Strandfotos hinterher.

😃: *Ich bin hier*

👩: *Strand ist Strand, das sieht alles gleich aus. Und jetzt?*

👨: *Eben, ich bin hier…*

👩: *Dann komme ich nochmal runtergefahren. Jetzt weiß ich auch warum ich die letzten 5 Jahre nicht mehr hier war…*

👨: *OK, musst rechts vom Camping runter*

👩: *Dann lauf doch einmal vor, ist einfacher für mich!*

Erneut fuhr ich den Vulkanberg herunter.

👨: *Sehe dich 😊*

👩: *Ich dich nicht*

👨: *Rechts auf der anderen Seite… Diagonal über dem Camping, da stehe ich*

👩: *Am Zaun entlang?*

👨: *Ja*

👩: *Ich parke das Auto nach rechts um… dann ist der Weg kürzer*

Nach einem entmutigenden Hin und Her war ich offenkundig am Ziel angekommen. Ich öffnete die Wagentür und stieg aus. Benno stand direkt vor mir. Er strahlte mich an und sagte: „Hola, wie geht es dir?" Zur Begrüßung gab es, wie es in Spanien üblich ist, ein Küsschen Rechts-Links-Rechts auf die Wange.
Ich war von seiner sanften Stimme mit Schweizer Dialekt regelrecht geplättet und strahlte. In jenem Moment war ich dermaßen überwältigt und brachte nur ein schüchternes „Hola. Danke. Gut" über meine Lippen.
Dann betrachtete ich ihn etwas genauer. Sein umwerfend sexy, durchtrainierter, braungebrannter Astralkörper steckte in einem engen, weißen T-Shirt und kurzen Badeshorts. „Was für ein packender Anblick", dachte ich. Auf einer Skala von 1–10

hätte ich ihm sofort eine 10 gegeben. Vom ersten Augenkontakt fühlte ich mich von ihm magisch angezogen. Ich war schock-verliebt!

Auf dem gemeinsamen Weg zum Strand schoss mir das Lied „Echt" von Glasperlenspiel in den Kopf: „Und ich kann es noch gar nicht so richtig glauben… Doch Du stehst hier direkt vor meinen Augen… Ich will, dass es zwischen uns nicht einfach so ein Affekt ist… für diesen Augenblick sind alle meine Zweifel weg, weil es echt ist…"

Es war wirklich echt und fühlte sich nach Mehr an. Nach viel, viel mehr. Im Gespräch stellte sich heraus, dass Benno von einer anderen Strandbucht sprach, als ich. Ich suchte ihn vergebens in der Rechten, er befand sich in der Linken.

Dort angekommen, führte er mich zu einer kleinen romanti-schen Höhlennische im Lavaberg, in der sein Handtuch lag. Un-erwartet riss er sein Shirt hoch und zog die Badehose runter. Er stand splitternackt vor mir. So wie Gott ihn schuf.

Dieser Traummann war wie die zu Fleisch gewordene Poseidon Statue. Einfach nur göttlich. Jedoch um ein Vielfaches imposan-ter bestückt. Zweifelsfrei, ohne Wenn und Aber.

Gänzlich überwältigt von seiner geballten Mannespracht, ver-suchte ich, halbwegs einen klaren Gedanken zu fassen. Wohin sollte ich zuerst schauen? Oder doch besser wegschauen? Wie sollte ich ein normales Gespräch führen, ohne meinen Blick zu oft in seinen unteren Lendenbereich schweifen zu lassen? Des-gleichen hatte ich noch nie gesehen. Gegen diese Hammergra-nate verloren alle Nackten am Strand an Bedeutung.

Benno sprang in die Fluten des Atlantiks, die er bei leichtem Wellengang sichtlich genoss. Ich schaute ihm genüsslich zu. Als er wieder vor mir stand, sah ich, dass das eiskalte Meerwasser seinem besten Stück nichts anhaben konnte. Es war genauso mächtig wie zuvor.

Augenblicklich verspürte ich Lust, es ihm gleichzutun, und ging zurück zum Auto. Prüde wie ich war, wechselte ich meine Unterwäsche gegen einen Bikini und zog ein langärmliges UV-

50+-Schwimm-Shirt darüber. Der Look war weder umwerfend noch sexy, schütze jedoch vor der Sonne. Schließlich setzte ich meinen großen Sonnenhut auf, der von meinem verklemmten Strandoutfit ablenken sollte. Nackt wollte ich mich so schnell noch nicht präsentieren. Meine Figur war zwar gut, aber für mich immer noch nicht perfekt.

Bei meiner Rückkehr zum Strand setzte die Flut ein. Wohl oder übel mussten wir uns ein neues einsames Plätzchen suchen. Wir liefen bis zum Ende der Badebucht und breiteten unsere Handtücher nebeneinander im Sand aus. Ab jenem Moment stand die Zeit für mich still. Ich fühlte mich wie ein Teenie. Glücklich, frei und sorglos.

Wir plauderten und alberten rum. „Du bist mein erstes Nackt-Date", fuhr er fort und ich bekam einen Lachanfall. „Wie witzig war das denn?", dachte ich. Er nackt und ich in voller Montur. Kurz darauf sagte er: „Komm mal näher, ich muss dir was sagen." Ich rückte dicht an ihn heran. Er sah mir tief in die Augen und küsste mich ganz sanft auf meine Lippen. Wir spürten uns zum ersten Mal. Für mich war es ein unbeschreiblich inniger Kuss, der niemals enden wollte. Erneut blickten wir uns verträumt in die Augen, lächelten uns wortlos an und er küsste meinen Hals leidenschaftlich. Tausende von Schmetterlingen flatterten in meinem Bauch. Ich begann seine sanfte Haut zu streicheln. Meine Hände glitten über seinen gesamten muskulösen Körper. Unsere Küsse wurden leidenschaftlicher und Benno umarmte mich.

Der Wind wurde kälter und der Strand leerte sich zunehmend. Wortlos beschlossen wir es dabei zu belassen. Nach einem kurzen Abschiedskuss trennten sich unsere Wege. Ich ging zurück zu meinem Wagen und Benno steuerte sein Hotel an.

Als ich nach einer geschlagenen knappen Stunde Autofahrt in meinem Appartement ankam, rief Benno mich unerwartet per Video-Call an. Ich blickte gespannt auf mein iPhone und war im ersten Moment total perplex. Es war das Nachspiel zum Vorspiel am Strand. „Mein lieber Scholli!", dachte ich. Das

„normale" Ausmaß war mehr als überdurchschnittlich, jedoch in jenem Zustand legte er noch mal eine Schüppe drauf. Nachdem ich kurz in mich gegangen war, textete ich ihn an.

😀: *Das war aber nicht jugendfrei* 😆 *und doch um einiges länger als am Strand… Wen willst du damit aufspießen?* 😆

🙊: *Heute Handarbeit…* 😁😁💦💦💦

😀: *Handarbeit war aber in der Schule…* 😜😆😆😆

😵: *Deine Schuld, dass ich so geil bin… aber vielen Dank dafür…* 😍😍

😀: *Ich find dich einfach nur geil* 😊😊😊😊 *Du hast die Messlatte für alles andere aber sehr hochgelegt. Wie soll ich da jetzt noch was Besseres finden???? Schier aussichtslos…* 😜

Mein erster Tinder-Monat verging wie im Flug. Es grenzte regelrecht an einen Wahnsinn. Nicht im Traum hätte ich damit gerechnet, wie aufregend sich mir die neue Männerwelt als Single erschließen würde.

Vom ersten Date mit dem Greis im zweiten Frühling, meinem Weihnachtsauflug nach La Palma mit aufschlussreichem Frisörbesuch, über den sexbesessenen Krankenpfleger aus La Gomera und das geplante Hotelimperium auf Teneriffa bis hin zum schockverliebten Gabi aus Galizien.

Als Krönung trat Benno in mein Leben. Er definierte das Maß aller Dinge völlig neu. Wie sich zeigte, ging es trotz extremer Verlustquoten und kurzem Ärger über Idioten immer wieder weiter.

War ich im siebten Himmel oder in der Tinder-Hölle angelangt? Dieses war mir immer noch nicht ganz klar. Ohne weitere Gedanken darüber zu verschwenden ging ich schlafen. Ich war glücklich und konnte männertechnisch aus dem Vollen greifen.

Der nächste Morgen startete mit einem atemberaubenden, klaren Sonnenaufgang im Meer. Als ich aufwachte, musste ich sofort an Benno denken. Er hatte mein grenzenloses Verlangen nach Küssen, Streicheln, zärtlichen Berührungen und dem finalen Liebesakt angeregt. Ich war heiß und glühte vor Sehnsucht. Während meines Bettfrühstücks schrieb ich ihn an.

👩: *Buenos dias* 😎😎🙂🙂

Benno antwortete mit einem atemberaubenden sexy Ganzkörperfoto. Er stand nackt auf seinem Balkon und hatte ein verführerisches Grinsen im Gesicht. Wie es am gestrigen Abend aufhörte, schien es nun weiterzugehen. Mein Bauch kribbelte.

👩: *Das Foto macht mir inzwischen Lust auf einen Aktivurlaub auf Lanzarote* 🙂🙂🙂

👨: *Ich kann dir die Insel nur bestens empfehlen* 😁😁
👩: *Da spricht der Experte* 😆😆😆😘

👨: ❤❤❤😘

👩: *…Hast Du gestern eigentlich bemerkt, dass du mich mit deinen Küssen voll aus der Bahn geworfen hast???*

👨: *Am Hals…da hast du vibriert* 🔥🔥🔥🔥🔥❤❤

👩: *Ich hatte Schmetterlinge im Bauch…*

👨: *Als du mit deinem Hintern kokettiert hast, war ich nah dran…* 🔥🔥🔥🔥🔥

👩: *Oh mein Gott* 😆, *ich bin, obwohl ich taff sein kann, ein absoluter Gefühlsmensch… Hätte dich am liebsten gef…., das kann ich aber nicht ohne Herz und so wie es aussieht, würde ich danach mehr Herzschmerzen bekommen, als mir gut tut. Trotzdem vielen, vielen Dank* 🤍🤍 🤍😘😘😘😘 *Gestern habe ich erstmals gesehen, was ich in den letzten 17 Jahren verpasst habe. Danke* 😘😘

👨: 😘😘😘

79

🧑‍🦰: *Echt schade, ich glaube, dass wir ganz viel Spaß gehabt hätten… wann geht es morgen zurück?*

👨: *Gleich nach dem Frühstück*

🧑‍🦰: *Oh… so früh?* 🙀🙀🙀

Benno schickte erneut ein wahnsinniges, sexy Selfie.

🧑‍🦰: *Welche Frau kommt als nächste in den Genuss deines Astralkörpers? Das Foto nehme ich dann als Titelbild für mein neues Buch* 😆😆😆😆

👨: 😆

🧑‍🦰: *Ein Herz kommt dann auf dein bestes Stück* 😆😆😆 *… Das wird dann aber ein sehr großes* ❤ *Du bist echt geil!!!*

👨: 🔥🔥🔥🔥🔥🔥🔥

🧑‍🦰: *Dann muss ich wohl mal in die Schweiz kommen* 😆😆😆😆 *…Mache ich bestimmt, wenn du möchtest…*

👨: *Wo auch immer* 😌🔥🔥🔥🔥🔥

🧑‍🦰: *Das soll ich glauben? Ich verbrenne mich doch an dir* 😌*Du warst mein erstes Nackt Date* 😆 *Gute Heimreise!!!*

👨: *Gute Nacht und süße Träume* 😌

Zu meinem Bedauern war der betörend schöne Benno weg. So kurz und schmerzlos konnte es gehen.
In jener Nacht schlief ich unruhig und wurde mehrmals wach. Ich griff nach meinem iPhone und schaute auf die neusten Tinder Likes. Ablenkung tat gut. Spontan mat-chte ich den 50-jährigen Fotografen Frank aus Frechen bei Köln. Inzwischen war es 04:00 Uhr morgens. Ganz Lanzarote schlief noch, aber Foto-Frank schien bereits munter zu sein.

👨: *Guten Morgen Stella, wir haben ein Match. Ich finde das spannend und du? Lieben Gruß Frank* 😌

👧: *Hi Frank, guten Morgen. Du bist aber früh wach…* 😆 😆

👨: *Grins, tatsächlich bin ich noch im Bett, war gerade mal nur im Bad. Und du?*

👧: *Ich bin so früh schlafen gegangen, dass ich jetzt nicht mehr müde bin… aber auch nicht wirklich fit…*

👨: *Dann haben wir bereits etwas gemeinsam*

👧: 😆 *… und Tinder im Bad zu benutzen* 😆 😆 😆 😆 *…*

👨: *Habe ich erst genutzt nachdem ich wieder im Bett war, im Bad wird Tinder doch nass* 😆

👧: *Der arme Tinder* 😆 *Wie unlustig wäre diese Welt ohne Tinder…*

👨: *DER Tinder steht gerade unmotiviert in der Gegend rum, typisches Single Mann Syndrom…* 🙈 🙈 🙈 *… Ich würde dir ja gerne ein Statusfoto senden, geht hier über dieses Portal aber nicht… Ach weißt du, als Berufsfotograf für sinnliche Erotik und Nude Art, bin ich da sehr unkompliziert. Ich schicke dir einen Link und da kannst du sehen was ich mache.*

Seine professionellen Aufnahmen waren freizügig und hoch erotisch. Sie erinnerten an „Fifty Shades of Grey". Aber was wollte Foto-Frank mir damit genau sagen?

👧: *Für solche Fotos müsste ich einen Fitnesskurs belegen, um mich so zu verzerren. Frühster Fototermin wäre dann in 2 Jahren* 😆 😆 *… bis dato wärst du dann pleite* 😉

Im Chat Verlauf stellte sich heraus, dass er mich nicht als Model anwerben wollte. Auf der Suche nach einer festen Partnerschaft versicherte er mir, seinen Job vom Privatleben strikt trennen zu können. Rasch tauschten wir die WhatsApp Nummern aus. Unaufgefordert geschickte er mir sofort Bilder seines besten Stückes zu, die ich nach neuster Erkenntnis als unterdurchschnittlich einstufte. Ich löschte den Chat und schlief weiter.

Meine Morgenbilanz startete mit insgesamt 547 Likes. Relativ ruhig ging es mit den inzwischen aufgebauten Brieffreundschaften weiter. Diese Art von Männern musste es auch geben. Sie gaben mir einen gewissen Halt und Beständigkeit im Singleleben. Zu Beginn der Chatverläufe waren meine Kandidaten immer Feuer und Flamme, bis nach einigen Tagen die Gespräche abebbten.

Einer dieser Verehrer war der 55-Jährige Fabian. Der 1,90 m große, gutaussehende, blonde Reiter hatte ein großes Gestüt im Münsterland. Er war der typische Mann, auf den Pferdeliebhaberinnen standen.

🧔: *Schönen guten Morgen Stella, einen schönen sonnigen Tag wünsche ich dir.*

👩: *Guten Morgen Fabian. Auch ich wünsche dir einen schönen Tag* 😎😎😎

🧔: *Viel Spaß!*

👩: *Danke gleichfalls* ☺ ☺ ☺

Am Abend fügte er „*Gute Nacht, schlaf schön* 🙈" hinzu. Mitunter folgten auch GIF-Bilder von Tieren, die ich generell verabscheute. Der Funke sprang bei uns nicht über. Kurz vor meiner Rückreise nach Deutschland schickte ich ihm meine spanische Telefonnummer für WhatsApp. Am nächsten Morgen bemerkte ich, dass er den Chat gelöscht hatte.

Mit meinem Lanzarote-Login traf ich kurz danach auf den 49-jährigen feurigen Spanier Teodoro. Er kam aus dem nur 10 km entfernten Nachbarort Teguise. Sein Foto erinnerte mich schlagartig an den spanischen Sänger Juanes, der mit seinem Ohrwurm „Tengo la camisa negra…" damals die Charts stürmte. Der süße Teodoro glich ihm bis aufs Haar. Seine schulterlangen Haare waren leicht zurückgekämmt. Er hatte einen 3-Tage-Bart und trug das besungene schwarze Hemd. Er war einfach nur heiß und passte in mein Beuteschema. Eigenen Angaben zufolge war der nichtrauchende Tierliebhaber Biologieprofessor an der Ruhr-Universität Bochum.

Mit seinem Smartphone lichtete Theodoro sich vor einem Spiegel im Schlafzimmer ab. Ein Gelehrter, der es erkennbar seinen Landsmännern auf Tinder gleichtat. Zu sehen waren Bodylotion, Rasierschaum, ein Bett mit Ikea-Bezug und ein Bügelbrett. Ich musste schmunzeln. In meiner Hütte sah es ähnlich, aber aufgeräumter aus. Anscheinend gab es nur einen Einrichtungs-Stil auf den Kanaren.

In unserem spanischen Chat berichtete Teo, dass er bei seiner Mutter zu Besuch war. Die Eltern wanderten in den 1970er Jahren aus. Nach 25 Jahren bekamen sie Heimweh und kehrten nach Lanzarote zurück.

Teo liebte Deutschland. Er war aber gleichermaßen von der Heimat seiner Eltern, die er nur aus Urlauben kannte, fasziniert.

Das war seine Story! Mit diesem Mann wollte ich mich treffen. Ein Single, der Lanzarote genauso liebte wie ich. Sollte es meine „never ending story" werden? Würde es endlich ein deutsch-lanzarotenisches Ende geben? Pendeln zwischen Deutschland und Lanzarote???

Mein Spanisch war perfekt. Er ging davon aus, dass ich aus Lanzarote kam. Ich sprach ihn auf seine Professur an und erwähnte, dass sie in Bochum Architektur studiert hatte. Darauf schrieb er weiter auf Spanisch und ich antwortete auf Deutsch.

😀: *Eres alemana?*

👩: *Si, ich bin Deutsche.*

😀: *Alemana- Alemana??? 100%?*

👩: *Ja* ☺ ☺

Als Spanierin hätte ich bei ihm voll punkten können. Ich war nur die „Deutsche" und das war ihm nicht genug. Bedauernswert, aber wahr. Dann fragte ich ihn, warum er denn noch Single sei, und er antwortete auf Deutsch.

😀: *Solo sein ist Selbstliebe.*

Eine neue These, dachte ich und harkte nochmal nach.

👩: *Stimmt und warum bist du dann bei aller Selbstliebe auf Tinder?*

Das fragte er sich auch. Das kleine Geplauder war so schnell beendet, wie es anfing. Ich wischte weiter und las einen witzigen Spruch, über den ich herzlich lachen musste: „Wenn eine Schraube locker ist… hat das Leben etwas mehr Spiel."
Objektiv gesehen lag dieser Autor vollkommen richtig.
Nach dem ruhigen Tinder-Morgen nahm mein Account im Laufe des Tages wieder mächtig Fahrt auf. Zur Abwechselung hatte ich mich in meiner Heimatstadt eingeloggt.
Es pingte. Mein iPhone zeigte ein neues Match an. Ich öffnete die Seite und sah das Bild des verifizierten Paul, der mich mit einem „Hallo 😎😵😁 " anschrieb. Darauf ging ich auf sein Profil, blickte auf seine Bilder und dachte: „OMG, was ist das denn jetzt?" Der 52-Jährige war überhaupt nicht mein Typ. Brille, Knubbelnase, dicke Warze auf der Stirn, ungepflegter Bart und Ohrring.
Nach dem ersten Bild wurde es noch schlimmer. Auf dem Zweiten posierte er mit dicker Plauze. Dem folgten vier Landschaftsbilder.
In seiner Beschreibung stand: „Bin immer lustig, humorvoll, kreativ. Ich bin gerne in der Natur und reise gern…Ich bin auf der Suche nach einer ehrlichen Freundin mit der ich einfach nur quatschen und lachen kann. Im besten Fall wünsche ich mir, dass daraus war festes wird."
Warum konnte es mit diesem Mann, der überhaupt nicht in mein Beuteschema passte, zu einem Match kommen? „Hätte ich eine Geisterbahn, würde ich ihn in den Eingang stellen" schoss mir in den Kopf. Ich begann zu grüben. Plötzlich fiel es mir wie Schuppen aus den Haaren. Maria Dolores und ihr langes, freudiges „Siiii" am Sonntagnachmittag. Paul musste ihren Geschmack getroffen haben, sodass sie ihm ein Superlike gab.

Umgehend textete ich Maria Dolores an und fragte, was sie mit meinem Tinder gemacht hatte. Ein „😩……😤" kam zurück. Meiner spanischen Freundin konnte ich nichts übelnehmen, denn auf eine Niete mehr oder weniger kam es nicht an.

Danach sah ich mir das Profil des 58- jährigen Manfred aus dem Münsterland an. Der fröhlich, liebenswürdige und handwerklich begabte Manni präsentierte sich vor einem alten Porsche-Cabrio. Er stellte mit seinen für meinen Geschmack zu kurz geratenen 1,65 m hervor, dass er mehrfacher Eigenheimbesitzer war. Das waren seine Vorzüge? Mehr hatte er nicht zu bieten? Das brauchte ich nicht und löschte das Match.

Noch viel schräger wurde es dann mit Frederic aus der französischen Fremdenlegion. Als ich sein Bild sah, hatte ich eine gewisse Vorahnung.

Der 53-jährige sportliche Traummann mit gepflegtem 3-Tage-Bart stellte ein Foto ein, das zu schön war, um wahr zu sein. Er saß in seinem Cabrio mit einem Kapp, einer Ray-Ban-Sonnenbrille und strahlte mich mit seinen weißen Zähnen betörend an. Frederic gab mir ein Like. Ich machte.

👩: 😊

👨: *Hallo, wie geht es dir?*

👩: *Gut und Dir?*

👨: *Gut. Danke. Woher kommen Sie?*

👩: *Aus Recklinghausen. Und du?*

Innerhalb einer Minute bekam ich einen langen Text.

👨: *Ich bin französischer Herkunft, wurde verlassen in den Straßen von Münster in Deutschland geboren und wurde von einem Waisenhaus übernommen, das sich um mich kümmerte und dank dem, was ich heute bin, habe ich gut gelebt, bis ich 20 Jahre alt bin als ich in die deutsche Armee eintrat und da ich französischer Abstammung bin, wurde ich in die französische Armee versetzt, weil ich laut meinem Vorgesetzten ein guter Bestandteil war, wo meine Zuweisung zum 50. Regiment le HAVRE FRANCE.*

Etwas war an diesem Frederic nicht normal. Mir wurde bewusst, dass ein Fake mich ins Auge gefasst hatte. Das hatte ich sofort durchschaut. Wer schrieb schon nach einer Minute so einen langen Text mit so einer herzzerreißenden Story? Niemand. „Was war das für ein Schwachsinn?", dachte ich und beschloss, das Spiel mitzuspielen. Knall auf Fall ging es weiter.

🙂: *Bestandteil war, wo meine Zuweisung zum 50. Regiment le HAVRE FRANCE*

🙂: *Interessant…*

🙂: *Ich möchte, dass du mir auch von dir erzählst, wenn es dir nichts ausmacht. Ich bitte. Ich hoffe es macht mir nichts aus*

🙂: *Nein, alles gut, ich suche einen lieben Mann*

Kurz überlegte ich wie ich fortfahren sollte und das Schema der Fakes zu durchschauen. Viel Zeit blieb mir nicht, da mich Frederic ungeduldig antextete.

🙂: *Du beschäftig??*

🙂: *Nein. Witwe. Mein Mann hat mir sehr viel Geld hinterlassen, das ich mit einem lieben Mann ausgeben möchte* 🙂 🙂 🙂

Der Köder war ausgelegt. Offensichtlich sah er mich als potentiell reiches Opfer. Vom Einfallsreichtum dieser mafiösen Strukturen war ich fasziniert und zugleich angewidert. Aber das war offensichtlich das Geschäftsmodell der Fakes, von denen ich in den Medien gehört hatte.

🙂: *Wir wurden auf eine Mission in dieses Land geschickt, indem wir uns derzeit befinden, aufgrund der Situation nach den Wahlen in diesem Land, die von einem Kriegsraum gefolgt sind, und unsere Aufgabe war es, die Sicherheit der Franzosen zu schützen und garantieren Staatsangehörige und andere Europäer, Amerikas und andere, die in diesem Land anwesend sind, auch die Tatsache, dass ich oft auf Mission gehe, ist, dass ich nicht mehr an die Liebe und auch die Geschichte geglaubt habe, um ein bisschen zu vergessen, und jetzt fühle ich mich bereit, mein Leben neu zu beginnen, und mein Wunsch ist es, eine schöne Frau von innen heraus zu finden, einfach unabhängig von der Entfernung, dem Körperbau, der Schönheit usw.... die mir die Tür ihres Herzens öffnet um ENDLICH in meinem Leben das GLÜCK mit zu kennen dieses hier, aber leider schwer in meinem Leben zu finden*

👩: *Da gebe ich Dir recht, es gibt ja so viele schlechte Menschen auf dieser Welt* 😞😞

👨: *Wie lange bist du schon bei Tinder?*

Meine Neugierde war geweckt. Wie lange würde dieses falsche Spielchen weitergehen? Als Tinderine war ich seit einem Monat dabei und hatte schon einiges erlebt. Um den Schein aufrechtzuerhalten, schrieb ich fast unschuldslos zurück.

👩: *Habe mich gestern angemeldet.*

👨: *Haben Sie Kinder?*

👩: *Nein, dieses wunderschöne Glück blieb mir verwehrt* 😞😞😞😞

Nach gefühlten 10 Sekunden legte der liebe Fremdenlegionär-Frederic noch eine Schüppe drauf. Die Gebrüder Grimm hätten es nicht besser erzählen können.

👨: *Ich bin hier für eine 36- monatige Mission und ich habe noch 30 Monate, aber ich habe die Erlaubnis! Ich beabsichtige sogar, meinen Rücktritt anzunehmen, sobald ich die Frau meiner Tage gefunden habe, die Sie vielleicht kennt, aber Sie wissen mein ganzes Leben lang, dass ich positiv bin und immer die Tests des Lebens mache, die es mir ermöglichen, weiterzumachen und Ihren Kopf zu behalten immer hier* oben, du weißt jetzt alles über mich, also liegt es an dir zu sehen, ob du mit mir weitermachen oder aufhören willst, denn ich bin nicht hier, um mit Gefühlen anderer Leute zu spielen oder um wem auch immer weh zu tun, und ich würde es tun. Ich will nicht, dass sie mir im Gegenzug angetan werden. Danke fürs zuhören. Sag mir ob du mit mir weitermachen willst?? Wissen, dass ich mich freuen würde, wenn Sie mit mir weitermachen möchten... es würde mich freuen, wenn Sie weitermachen möchten, um uns besser kennenzulernen...!!

👧: Ja, das hört sich wunderschön an, ich möchte weitermachen!!! 😊

👨: Möchtest du uns außerhalb von hier immer besser kennenlernen, wenn es dir nichts ausmacht. Ich habe WhatsApp.

👧: Das tut mir sehr leid, das habe ich leider nicht.

👨: Du hast kein WhatsApp??

👧: Es tut mir so leid. Willst du jetzt nicht mehr mit mir sprechen? Ich bin etwas altmodisch und kenne mich mit Technik nicht gut aus. Bitte verzeihe mir 😣 😣 😣

Nach einer unendlichen Funkstille hatte ich den süßen Legionär dem Anschein nach verloren. Hatte ich zu dick aufgetragen?

👨: Natürlich möchte ich mit dir reden, nur dass ich die ganze Zeit nicht auf Tinder bin, aber du kannst jederzeit deinen WhatsApp- Account erstellen. Ich hinterlasse dir meine WhatsApp- Nummer und wenn du deine erstellst, fügst du mich hinzu, ist es in Ordnung?

Langsam wurde das Eis dünn. Ich versuchte noch zu retten, was zu retten war. Bekanntermaßen liegen verliebte Frauen ihren Männern zu Füßen. Und so sollte es auch klingen.

👧: Schade 😣 😣 😣, ich finde dich soooo süß. Mit Dir kann ich mir eine gemeinsame Zukunft vorstellen - nur wir zwei - zusammen glücklich werden ❤ ❤ ❤ ❤

👨: Wovon redest du? Ich bitte dich WhatsApp zu erstellen

👧: *Ok, ich werde versuchen, ich weiß aber nicht, ob mir jemand hilft?*
Soll ich Dir dann schreiben, wenn ich das habe?

😈: *Hier ist meine WhatsApp Nummer +233 1234567 Sende mir eine*
Nachricht sobald du deine WhatsApp erstellt hast und schick mir auch
sofort deine Nummer

👧: *Ja. Das mache ich* 😊 😊

Nichts der Gleichen hatte ich gemacht und ging zur Tagesordnung über. Als sie wenig später vom Einkaufen zurückkehrte,
sah ich, dass er das Match aufgelöst hatte. Darüber konnte ich
im Nachhinein auch nur noch fett grinsen. Glaubten solche
Männer, dass wir Frauen wirklich so dermaßen dumm sind?
Am frühen Abend ging alles wie gewohnt weiter. Zunächst
meldete sich der attraktive Juanes-Medano aus Teneriffa. Er
hatte die dritte Impfung bekommen und fühlte sich nicht gut.
Das hielt ihn jedoch nicht davon ab, mit mir heiß zu flirten.
Dann schrieb mich Nackt-Flirt Benno an, der schon längst im
Flieger hätte sitzen müssen. Er hatte übersehen, dass es einen
negativen Corona-Schnelltest für die Einreise in die Schweiz be-
durfte, und war immer noch auf der Insel. Den ganzen Tag war
er damit beschäftigt gewesen, sich neu zu organisieren.
Benno hatte seine Flüge umgebucht, ein Arztzentrum für den
Schnelltest aufgesucht und inzwischen in einem Hotel ganz in
meiner Nähe für die Nacht eingecheckt. Er schickte mir ein Foto
des negativen Befundes und fragte im gleichen Atemzug, ob ich
noch Lust hatte, ihn zu treffen.
Sollte ich diese Gelegenheit ergreifen, um ihn erneut zu sehen?
Wollte ich mehr, oder sollte ich es dabei belassen? Schon bei der
heißen Knutscherei am Strand hatte ich unzählige Schmetterlinge im Bauch. Sein Körper war samtweich. Förmlich schrie es
nach mehr.
Bis zu jenem Zeitpunkt hatte ich schon weit über 10 Jahre lang
keinen Sex und wollte nichts überstürzen. Mir war klar, dass,
wenn ich zu ihm ins Hotel gefahren wäre, wir das, was am

Strand begonnen hatte, zur finalen Vollendung gebracht hätten. Ein Bauchkribbeln übermannte mich. Sollte ich oder sollte ich nicht? Das war die Frage aller Fragen. Ich befand mich in einem Status zwischen verschossen und verliebt zu sein und sagte das Treffen schweren Herzens ab.

😊: *Danke für die schöne Zeit mit dir…. Ich wünsche dir eine gute Rückreise. Melde dich, wenn du wieder auf Lanzarote bist* 😘 😘 😘

Benno war nicht böse, dass ich nicht ins Hotel kam. Zumindest ließ er sich seine Enttäuschung nicht anmerken.

😊: *Ich danke dir, du bist eine spannende Frau* 😘

Letztendlich meldete sich zu späterer Stunde Galizien-Gabi kurz zu Wort. Er war den ganzen Tag so beschäftigt, dass er nicht einmal am Morgen vermochte, mir einen netten Gruß zu senden. Er beließ es bei einem „Buenas noches" – „Gute Nacht". Ein Gruß, den ich zurückgab.

Bevor ich einschlief, ließ ich den äußerst ereignisreichen Tag revuepassieren: Foto-Frank in der Frühe, für dessen Aufnahmen ich einen Fitnesskurs hätte belegen müssen, der routinierte Fabrik-Fabi mit den Blümchenbildern, der spanische Uni-Professor mit der Abneigung gegenüber deutschen Frauen, meine spanische Freundin Maria Dolores mit dem Superlike für Paul, der wohlhabende Eigenheimbesitzer Manni aus dem Münsterland, das Fremdenlegionärs-Fake, die mögliche Krönung des heißen Strandflirts mit Benno und Galizien-Gabi, der bald vor der Tür stehen sollte. Wirklich viel mehr konnte ein Tag auch nicht hergeben.

***

Am nächsten Morgen erinnerte ich mich während meines Bettfrühstücks an einen unterhaltsamen Chat mit dem 53-jährigen Karsten aus Krefeld, den ich einige Tage zuvor führte.

🧑‍🦰: 😌

👱: Hi

🧑‍🦰: Hallöchen!!! 😃 😃 😃

👱: Wo bist du gerade?
🧑‍🦰: Auf Lanzarote und du?

👱: In Krefeld. Bist du auf Urlaub oder lebst du dort?

🧑‍🦰: Im Urlaub, komme am 18.01. wieder

👱: Das ist schön. Und wo lebst du?

🧑‍🦰: In Recklinghausen

👱: Die ideale Ergänzung zu mir

🧑‍🦰: Was muss da noch ergänzt werden? 😂 😂 😂

👱: Abenteuerlust, Urlaubsfreude, Vertrauen, Zärtlichkeit, Kumpel, geliebte Freundin, Gesprächspartner… was suchst du auf Tinder?

🧑‍🦰: Du glaubst doch nicht, dass ich am 18.01 Lust habe zurück zufliegen… Das ist so schön hier… 😔 😔 😔

👱: Und was machst du beruflich?

🧑‍🦰: Nicht viel! Ich genieße mein Leben! 🤩 🤩 🤩

👱: Dann genieße mich dazu 😌

🧑‍🦰: Gut gekontert!

👱: Deine Bilder gefallen mir sehr gut. Das Schreiben auch.

🧑‍🦰: Wie es hier auf Spanisch heißt, um auf deine Frage zurückzukommen, wird als amigo+ bezeichnet 😊

👱: Könnte passieren, wenn du offen dafür offen wärst. Danke.

👩: *Nur um Händchen zu halten ist keiner hier. Aber der Mann muss ja nicht sofort mit der Tür ins Haus fallen…*

🙂: *Das ist einfach so. Das möchte ich auch nicht.*

👩: *Dann ist doch alles gut* 😊 😊 😊

🙂: *Außerdem…, wenn die Tür kaputt ist, gibt es ja Zuschauer…* 😂 😂 😂 😂 😂 😂 😂 😂 😂
👩: *Da ist der Insulaner schon direkter…*

🙂: *Nun ja, wenn die Direktheit auf fruchtbaren Boden fällt, ist doch für beide gut. Ich sage immer… Spaß macht, was beiden gefällt* 😌

👩: *Auf den Kanaren heißt es dann so: Hola* 😊 *…follamos? … Vögeln? Kannst du dir merken* 😂

🙂: *Ich weiß nur, dass es auf Gran Canaria eine große Schwulen Community gibt, das wäre dann nichts für mich. Das ist ja fast wie bei Tinder, Hallo fi**en?*

👩: *Auf Deutsch hat es mich noch nicht so schlimm getroffen… Dich etwa? Tinder trägt hier zu einer extremen Erweiterung meines spanischen Wortschatzes bei* 😂 😂

🙂: *Nein in Deutschland noch nicht. Ich mag es lieber etwas feinsinniger mit demselben Ergebnis*

👩: *Auch bei einer harten Nummer sollte man noch nette Worte finden* 😂 😂 😂 😂
🙂: *Immer. Man möchte nicht nur eine Nummer, …ob hart oder zärtlich*

👩: *Das ist doch klar… ich brauche eine NR nicht mehr… da habe ich mich schon vor Jahren ausgetobt*

🙂: *NR?*

😀: *Ich dachte, du bist studiert … das war die Abkürzung für Nummer* 😂

😠: *Ja. Ich habe das in dem Zusammenhang nicht ganz auf die Reihe bekommen. Auch in einer Freundschaft plus kann man schöne Nummern schieben…*

😀: *Soweit habe ich so früh am Morgen noch nicht gedacht. Bin noch im Bettmodus… Ich dachte das er bezieht sich auf eine besondere Praxis bei einer harten Nummer.*
😠: *Stimmt bei dir ist es eine Stunde früher* ☺

😀: *Gucke gerade Bares für Rares… viel mehr Spannung lässt mein Hirn noch nicht zu* 😂😂😂

😠: *Mit unserem Horst*

😀: *Klar, ZDF Neo*

😠: 👍👍👍

😀: *Alles andere geht noch gar nicht…, dass ich überhaupt schon was Gescheites schreiben kann grenzt an ein Wunder…*

😠: *Liegt das an mir?… Obwohl morgens Sex zwischen wach werden und Aufstehen auch was Feines ist* 😌😌

😀: 😂😂😂 *Und du sitzt schon im Büro?*

😠: *Homeoffice*

😀: *Alles klar* ☺☺☺☺☺

😠: 🙈🙈🙈

😀: *Da wird wohl nie wieder einer ins normale Büro wollen…*

😠: *Ich verbringe 70 bis 80% meiner Zeit beim Kunden und den Rest im Homeoffice. Ins Büro dürfen wir nicht mehr. Das ist explizit verboten worden.*

😀: *Oder es werden neue Abteilungen geschaffen… alle Personen mit Tinder, bitte in Raum 1…*

🐵: 😂

😀: *Ich lache hier schon die ganze Zeit* 😂 😂 😂

🐵: *Ich mag Menschen mit Freude am Leben*

😀: *Wer keinen Humor hat und nicht lachen kann, tut mir leid. Mit sowas will ich mich auch nicht umgeben*
🐵: *Der passt nicht zu dir und nicht in dein Bett* 😂

😀: *Warst du schon auf Lanzarote?*

🐵: *Nein, ich denke das können wir gemeinsam angehen… wenn es passt!!! Welchen Stellenwert sollte denn der Mann in deinem Leben einnehmen?*

😀: *Schwierige Fragen im Moment- habe ich mir noch keine Gedanken gemacht- sortiere mich gerade neu*

🐵: *Wäre F+ denn ein Lebensmodell?*

😀: *Eigentlich nicht, ich bin eine treue Seele…ich lass, dass erstmal alles auf mich zukommen… ich bin seitdem ich das hier habe erstmals in einer neuen Welt angekommen, wusste gar nicht mehr wie man flirtet, kann ich aber auch nicht besonders gut* 😂 😂 😂

🐵: *OK. Magst Du denn sehr große Männer? Aber ich finde, dass du schon recht gut flirten kannst*

😀: *Jetzt forderst Du mich aber heraus* 😂 😂 *Attacke* 😌
🐵: *Ich gebe mir Mühe…*

😀: *Mit der Tür, da sind wir uns ja einig* 🙂 🙂

🐵: *Ja. Kein Sex beim ersten Date*

😀: *Ne, dann ist die Luft ja schon sofort raus… Es sei denn… es ist ein Notfall* 😂

😀: 😂

😊: *Wie groß bist du?*

😀: *Nichts muss, alles kann, das kann man jetzt noch nicht wissen… Wie klein sehe ich denn aus?*

😊: *Du siehst irgendwie sehr groß aus…*

😀: *Ich bin 202 cm lang. Ich denke du bist so 165. Oder?*

😊: *170* ☺ *Du bist aber sehr groß… Naja… zu kurz ist ja auch nichts…*

😀: *Also war ich gar nicht so falsch. Stimmt zu lang tut aber weh* 😂

😊: *Der Herr spricht aus Erfahrung????* 😂 😂

😀: *Vielleicht…*

😊: *Deshalb auch Gran Canaria* 😂 😂 😂 😂

😀: *Ich meinte dann musst du ja immer High Heels tragen und das tut deinen Füssen weh. Oh nee!!!! Ich habe nichts am Hut mit Männern* 😂

😊: *Neee…, High Heels- neee… kann ich nicht drin laufen. Die Stiefel mit dem Absatz wie auf den Bildern… mehr geht nicht…*

😀: *Klasse*

😊: *Ich kann ja nix dafür, dass du so groß bist… die Insulaner hier sind eher kleinwüchsig… wunderbar hier mit meinen Birkenstock…sonst wäre ich ja wie eine Giraffe* 😂 😂 😂 *Muss dich aber beruhigen, den Typ Mann mag ich nicht wirklich…*

😀: *Also lieber den klassischen Teutonen???*

😊: 😂 *hätte ihn aber lieber etwas kürzer* 😂 *gehabt*

😀: *Ok, schade. Bin ich jetzt raus?*

👧: *Das Leben ist ja kein Wunschkonzert, obwohl die Auswahl ja riesig ist*

🧔: *Würdest du mich testen wollen?*

👧: *Was würde Stiftung Warentest dazu sagen?*

🧔: *Mal schauen, ob du überall 2+ verteilst…*

👧: *Du scheinst dich da aber zu überschätzen 😂… gesundes Selbstbewusstsein 😂 😂*

🧔: 😔

👧: *Ich hoffe, du verstehst meinen Spaß. Ich denke immer noch an die Tür 😂*

🧔: *Aber sicher doch. Klar, gib mir mal eine Wasserstandsmeldung, ob ich schon einen halben Fuß in der Tür habe?*

👧: *Dass ich einen Wasserschaden habe war mir nicht bewusst, dafür ist hier die Allianz und der Klempner der Versicherung zuständig 😂😂😂😂*

🧔: 😂

👧: *Du musst mit mir erstmal bis zum 18.01 überstehen… so einfach bin ich nicht!*

🧔: *Es wird sowieso erst Februar werden, da ich morgen ins Krankenhaus gehe und dann in die Reha*

👧: *Oh, was ist passiert?*

🧔: *Viel zulange Fußball gespielt und jetzt beide Knie kaputt. Mittwoch kommt die erste Knieprothese dran*

👧: *Oh, was für ein Mist. Ich hatte nach einem Autounfall die Kniescheibe rechts und das Sprunggelenk links gebrochen. Merke ich heute noch bei Wetterumschwung…*

🧔: *Oha*

👧: Ich kann bei Reha nur Thermalbäder empfehlen. Ich war damals 8 Wochen in Süditalien... sonst hätte ich gar nicht mehr laufen können... Ischia... Poseidongärten

🧔: Bei mir wird es nur das Münsterland

👧: Und meinst du wirklich wir sollten uns dann im Februar treffen, wenn es passt?

🧔: Reales beschnuppern bei einer Tasse Kaffee irgendwo... Bei mir spricht nichts dagegen 😊

👧: Bei mir auch nicht. Bis später, ich muss jetzt los

🧔: 😵

Krefeld-Karsten lag inzwischen schon mehrere Tage im Krankenhaus und hatte sein neues Knie bekommen. Als ich ihn erneut mit einem 😊 kontaktierte, antwortete er mir umgehend mit fünf Bildern. OMG. Er schickte mir zwei nackte Ganzkörper-Selfies vor dem Badspiegel im Krankenhaus, auf die drei Dick-Pics folgten.
„Musste das sein?", dachte ich. Darauf war ich nicht gefasst. Aus meiner Sicht führten wir zuvor einen normalen Chat. Vielleicht etwas erotisch angehaucht, aber warum schickte er mir nichtsahnend solche Fotos zu?
Ich führte es auf die Nachwirkungen seiner Narkose zurück. Besser hätte er sich daran getan, meinen Aktfotografen Foto-Frank für ästhetischere Aufnahmen zu wählen. Angebracht wäre auch eine Ganzkörperrasur gewesen. Krefeld-Karsten war krank, und das im wahrsten Sinne des Wortes.
Meine Empörung über unaufgefordert zugeschickte Fotos teilte ich ihm sofort mit, sodass er diese löschte. Nach einer kurzen Funkstille schrieb er: *„In Deutschland ist es kalt."* Das war mir klar. Ich hatte lange genug in der Winterzeit dort gesessen und genoss die schönen warmen Temperaturen von 25 Grad auf Lanzarote. Ich antworte, dass ich den Schnee liebte und bekam seinerseits „ 😫 😫 😫 😫." Das war es dann auch schon. Der

studierte und wohlgenährte Gorilla war aus dem Rennen. So endete das angestrebte Treffen mit Karsten-Krefeld schneller als es begann. Bekannter Weise war schon immer ein Schrecken mit Ende besser als ein Schrecken ohne Ende.

Langsam aber sicher wurde es Zeit, an meinen Rückflug nach Deutschland zu denken. Ob ich wollte oder nicht. Nach dem Frühstück setzte ich mich an meinen Laptop und buchte.
Es war teuer geworden, einen Koffer mitzunehmen. Aber für eventuell bevorstehende Dates brauchte ich einige hübsche Kleidchen und die heißen schwarzen Stiefel, da meine dicken deutschen Winteroutfits für Brautschauzwecke mehr als ungeeignet gewesen wären.

Nach der Buchung gab ich meinem Vater die Rückflugdaten durch. Er freute sich, jedoch fragte ich mich, was ich getan hatte. Sollte mein schönes, neues Leben, das ich mir in den letzten Monaten so nett aufgebaut hatte, und die neue Freiheit so schnell wieder vorbei sein? Die Treffen mit Maria Dolores sowie unsere lustigen Frauengespräche über Männer musste ich schweren Herzens auf Eis legen. Der Rückflug hatte so etwas Endgültiges, war aber auch nicht mehr zu ändern.
Am frühen Abend lockte ich mich bei Tinder in meiner Heimatstadt auf der Suche nach potentiellen Kandidaten ein. Eine leichte Ernüchterung trat ein, da mir auffiel, dass der typisch Deutsche nicht mehr meinen Geschmack traf. Allein die Vorstellung, 365 Tage in „Good Old Germany" zu sitzen, turnte mich ab.

Vom Grundsatz her sagten mir die schnuckeligen Holländer eher zu. Groß, schlank, blond und auch nur 150 km entfernt. Das Land gefiel mir schon immer sehr gut und der holländische Dialekt, obwohl alles nicht ganz rund klang, war ganz süß. Er hatte wesentlich mehr Charme als der schreckliche Ruhrpott-

Dialekt, mit dem typischen „dat, wat, ey, hörma" und „pass auf".

Nach wie vor reizte mich der feurige spanische Typ, der bei späterer Rückkehr nach Lanzarote erneut zu haben war. Was sollte ich schließlich machen? Augen zu und durch? Eine neue Strategie entwickeln?

Lange musste ich nicht überlegen. Mein WhatsApp meldete sich erneut zu Wort. Benno war gut in der Schweiz angekommen. Schön für ihn, leicht unbefriedigend für mich. Immerhin brachte ich es mit ihm zu einer schnellen, fast jugendfreien Übungsnummer. Schade, aber höchstwahrscheinlich war es auch besser so.

Kurz darauf kündigte sich Galizien-Gabi mit freudiger Botschaft an. Er hatte auf der Arbeit alles so organisiert, dass er Mitte Januar nach Lanzarote kommen wollte und am gleichen Tag, wie ich nach Deutschland flog, auch heimkehrte.

👨: *Ich komme am Freitag um 22:35 Uhr Ortszeit an*

👩: *So spät?*

👨: *Wenn du mich nicht abholen willst nehme ich ein Taxi*

👩: *Kann ich machen, aber ich fahre abends hier nicht gerne Auto, da alles so dunkel ist. Es gibt keine Straßenbeleuchtung…*

👨: *Mach dir keine Gedanken darüber. Wir sprechen später, ich muss noch arbeiten.*

👩: *Ich schreibe auch gerade an meinem Buch…*

👨: 😔 *In diesen Tagen habe ich sehr viel zu tun, da ich 2 Besprechungen vorbereiten muss. Eine sehr wichtige am 11. und die andere am 13. Zudem alles was noch tagsüber anfällt, um alles vorbereitet zu haben, wenn ich 2 Tage nicht da bin. Sei nicht sauer, wir sprechen über alles, wenn ich da bin. Wir lesen dein Buch gemeinsam und lachen darüber.* ❤ ❤ ❤ *Gute Nacht. Du fehlst mir.*

Meine Gefühlswelt stand Kopf. Ich war verwirrt. War es etwa Benno, den ich noch immer haben wollte? Oder Galizien-Gabi, der aus Nordspanien nach Lanzarote kam, um mich kennenzulernen? So viel gab es auch nicht mehr zu überlegen. Die Schweiz war aus dem Rennen. Galizien auf dem Weg.

Am nächsten Tag stand der wöchentliche Sonntagskaffee mit Maria Dolores an. Meine Freundin bestärkte mich bei meiner Entscheidung, mir Benno endgültig aus dem Kopf zu schlagen. Ich präsentierte die Bilder beider Männer und sie sagte: „Nimm Galizien-Gabi, der ist seriöser." Selbstverständlich war er normaler, da sie von Benno nur Nacktbilder kannte.

Gefühle. Langsam wurde es schwierig. Was hatte Tinder mit mir gemacht? Seit einem Monat prallte mit geballter Wucht eine absolute Reizüberflutung auf mich ein. Wenn es nicht mit einem Mann funktionierte, war ich leicht verzweifelt und etwas traurig. Aber bis dato ging es immer wieder sofort weiter. Ein Ende war nicht in Sicht. Alles war aufregend neu.

Früher war es wesentlich schwieriger, Männer kennenzulernen. Aufdonnern, rausgehen und sich an die Theke in der Kneipe stellen. Ach ja. Beobachten und warten. Dank des Internets war alles schnelllebiger, aber auch wesentlich einfacher geworden. Im Prinzip wie ein Speeddating, was ich bis heute immer noch so sehe. Wie oft wurde ich in Chats gefragt, was ich suchen würde? Zu jenem Zeitpunkt hätte ich sagen müssen, dass ich den sexy durchtrainierten Körper von Benno und Galizien-Gabis Intellekt gesucht habe.

Mit Männern war es im Prinzip wie mit Hotels. Das perfekte Hotel gibt es nicht. Jedenfalls nicht für mich. Irgendetwas störte mich immer und passte mir nicht. Mal war es die Lage, der Pool, das Personal, das Essen und so weiter. Vielleicht war es auch so, wie meine Mutter immer sagte: „Je mehr er hat, je mehr er will, nie schweigen seine Klagen still." Mochte sein, aber ich war immer noch in meiner Selbstfindungsphase.

Nach meiner langen Beziehung hatte ich erstmals gefühlt, was ich in den ganzen Jahren verpasst hatte: Schmetterlinge im Bauch, Sex und den gewissen Kick. Es war die Zeit meines Lebens. Es war mein neues Ich.

Anfangs war es schwierig, mit dem neuen Status als Single zurechtzukommen. Doch dann, als ich die Trauerphase überwunden hatte, war ich unendlich froh, dass mir niemand mehr reinquatschten konnte. Das war der neue Plan: Niemand sollte mir mehr sagen, was ich zu tun oder zu lassen hatte.

***

Der folgende Tag ging für mich wischend weiter. Likes vergeben und abwarten, was passierte. Entgegen meinem neuen Lebensplan bemerkte ich, dass ich mich auf einmal an Galizien-Gabi klammerte. Insbesondere in den Abendstunden fehlten mir Gespräche und ich fühlte mich einsam. Schrecklich einsam. Nach einem leichten Depri griff ich zum iPhone und rief ihn an. Der Workaholic war jedoch über meinen Anruf verärgert und dementsprechend kurz angebunden. Er schenkte mir schon nach so kurzer Zeit nicht mehr die Aufmerksamkeit, die ich gebraucht hätte. Unser kurzes Telefonat stimmte mich traurig. Ich hatte nichts falsch gemacht, fühlte mich dennoch schuldig. Zur Ablenkung rief ich Tinder auf und stieß auf ideenreiche Profile.

😀: …Es gibt zwar einige Gebrauchsspuren, aber ansonsten gut in Schuss…

😀: …hingefallen, aufgestanden und Krone gerichtet…

😀: …Mann mit Kohle sucht Frau mit Grill…

Im Prinzip war es amüsant, aber immer das Gleiche. Gesucht wird… bla, bla, bla.

Leicht frustriert ging ich meine erhaltenen Nachrichten durch und beschloss, dem 47- jährigen Mario aus Malaga zu antworten. Er hatte mich bereits Anfang des Jahres angeschrieben.

😄: *Hallo und vielen Dank für ihre Match!!! Wohnen Sie in Kanarischen Inseln? Ich wohne in Malaga* 😄😄😄

Optisch traf Malaga-Mario meinen Geschmack. Sein nicht ganz perfektes Deutsch machte mich jedoch etwas stützig, und ich tastete sich langsam an den Fall heran. War er ein spanisches Fake?

😊: *Hola, ja ich wohne auf Lanzarote* ☀☀☀

😄: *Gut zu wissen* 😂😂 *Ich bin Spanier und ich weiß nicht ob mein Deutsch gut genug ist. Aber ich versuche zu verbessern…* 😂😂😂😂

😊: *Para mi no tienes que hablar en alemán- Wegen mir musst du nicht Deutsch sprechen*

😄: *Felices Reyes Magos!!!!- Alles Gute zum Heiligen 3- Königs- Tag*

😊: *Danke gleichfalls*

😄: *Hier feiern wir das mit dem Königskuchen…* 😆😆😆 *… Der ist so lecker…mmmmh….*

😊: *Hier auf den Kanaren auch, aber ich bin alleine zuhause und habe deshalb keinen Kuchen gekauft*

😄: *Komm schon, sowas sollte man vermeiden!!!*

😊: *Mir gefällt der Kuchen mit Schokolade* 😋😋😋😆
😄: *Mir gefällt alles was Schokolade hat……* 😆 *Bist du eher wie weiße oder schwarze Schokolade?*

😊: *Schwarze, auf den Kanaren ist es noch immer sehr sonnig* ☀☀☀ *25 Grad auf Lanzarote* 😎😎😎

😄: *Wie schön!!! Sommerkleidung!!!*

😊: *Ich bin ein deutsches Bonbon* 😆😆😆😆

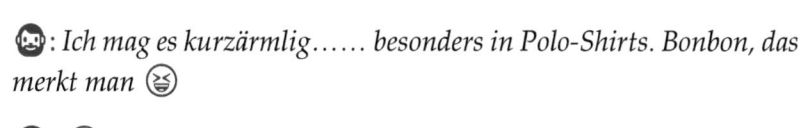: Ich mag es kurzärmlig…… besonders in Polo-Shirts. Bonbon, das merkt man 😆

😆: 😆 Es gibt spezielle Süßigkeiten auf der ganzen Welt

😀: Ein deutsches Bonbon mit gebräunter Haut aufgrund der Kanarischen Sonne…was für eine Kombination!!! Ja, mir gefallen beispielsweise die Griechen

🙂: Die Griechen, warum?

😀: Mir gefällt es Essen anderer Kulturen zu probieren, das ist das was mir am Reisen gefällt 😆 😆 😆 Ich weiß nicht, aber das gefällt mir wirklich

🙂: Das griechische und türkische Essen ist sehr lecker

😀: Sie benutzen wenig Zucker, machen kleine Portionen aber irgendwie kann es auch sehr süß sein Ich weiß nicht wie sie es machen aber es ist sehr gut

🙂: Sprichst du noch immer über die Griechen? Nein…

😀: Doch… 😆 😆 😆

🙂: Du schreibst so schnell

😀: Ich spreche viel und finde kein Ende… 😆 😆 😆

🙂: Du lässt mir kaum die Möglichkeit zu antworten

😀: Gut, du schreibst in einer anderen Sprache, und so bist du etwas langsamer als ich, auch wenn du dich an spanisch gewöhnt hast, ist es schwer so schnell zu schreiben. Sag es mir!!!

🙂: Was willst du mir damit sagen? Ich? Ich muss nichts übersetzten… so schreibe ich Spanisch! Ohne Übersetzter oder sonstiges! Wenn das nicht gut genug für dich ist… können wir gerne auf Deutsch weitermachen. Weißt du, dass du mich damit beleidigt hast?

😀: Ich wollte dich nicht beleidigen, entschuldige

👧: *OK, aber das hast du gemacht*

👨: *Obwohl ich 20 Jahre in Deutschland gelebt habe, fällt es mir immer noch aufgrund der Grammatik sehr schwer schnell zu schreiben, sprechen ist einfacher. Ich bitte dich um Verzeihung. Du hast ein perfektes Spanisch. Du schreibst besser als viele Spanier. Du machst keine Rechtschreibfehler, das ist bewundernswert. Ich verwechsele immer den Akkusativ mit dem Dativ. Es ist bemerkenswert wie gut du deine Verben deklinierst*

👧: *Ich möchte dich nicht beleidigen, aber das kannst du nicht mehr gutmachen. 20 Jahre Deutschland…sorry*

👨: *Ich bewundere dein gutes Spanisch*

👧: *Du hast mir mit deinen Worten weh getan, so wie du siehst kann ich das auch… sooo… Adios*

👨: *Entschuldigung. Vielleicht habe ich nicht gut erklärt. Ok, ich esse gleich diese Roscón de Reyes. Ich möchte dich nicht beleidigen, das ist echt*

👧: *Lecker, würde ich auch gerne essen, aber ich bin auf Diät. Ich wünsche dir noch einen schönen Abend. War nett sich mit Dir zu unterhalten. Danke für das schöne Gespräch* ☺ ☺ ☺ *Du musst aber nicht glauben, dass ich dumm bin!!!*

Es war bereits 00:48 Uhr und Malaga-Mario schrieb weiter.

👨: *Wenn ich gedacht hätte, dass du dumm wärst, hätte ich nicht mit dir gesprochen Ich denke, dass du eine intelligente, lebenserfahrene Person bist und das absolute Gegenteil eines Dummkopfes. Und ich bitte dich nochmals um Entschuldigung, meine Äußerung war unangemessen. Viele Küsse und glaub mir, du bist nicht ansatzweise dumm, das habe ich bemerkt*

Er schickte einen „Rote Rosenstrauß" Emoji.

👧: 💐 *Danke!*

😈: *Danke, dass du mir verzeihst hast. Zudem bist du intelligent, da du mir damit zeigst, dass du warmherzig bist. Ich weiss nicht mehr, was in mich gefahren ist, als ich dir sowas hässliches schrieb. Danke, dass du mir noch eine 2. Chance gibst, ich hoffe dich nicht mehr zu enttäuschen*

👧: *Nein, ich danke dir, manchmal bin ich verrückt*

😈: *Es gefällt mir, dass du so bist. Nein, mir gefällt, dass so bist wie du bist. Und es gefällt mir, dass du klar sagst was dir nicht gefällt*

👧: *Ich bin schon im Bett. Ich bin müde. Heute war ich mit meiner Freundin Maria Dolores unterwegs. Wir haben was gegessen und viel rumgealbert…das war sehr schön…*

😈: *Gut!!!! Es gefällt mir, dass du dich mit deinen Freundinnen gut amüsierst.*

👧: *Und wie war dein Tag?*

😈: *Meine Mutter heißt auch Maria Dolores. Ich habe den Tag mit ihr verbracht. Wir sind eine traditionelle Familie Die heiligen drei Könige feiern wir sehr. Ich bin gerade in meinem Zimmer. Morgen muss ich wieder arbeiten. Was habt ihr gegessen? Auf den Kanaren muss es leckeres Essen geben…*

👧: *Einige Tapas*

😈: *Klasse!!!*

👧: *Heute habe ich mein Flugticket nach Deutschland gekauft*

😈: *Um die Familie zu sehen?*

👧: *Ja, ich fliege am 18.01*

😈: *Das machst du sehr gut, man sollte oft die Eltern und die Geschwister sehen…*

👧: *Mein Vater feiert seinen 80. Geburtstag*

😀: *Auf jeden Fall. Hoffentlich kann ich dich im nächsten Jahr zum Geburtstag deines Vaters begleiten. Das wäre ein gutes Zeichen...* 😀😀😀 *Ich glaube, dass wir viele Gemeinsamkeiten haben. Wir denken ähnlich. Du gefällst mir* ☺ *Es gefällt mir sehr mit Dir zu sprechen. Ich genieße es. Aber gehst du wirklich schon schlafen? Weißt du, ich finde dich sehr sympathisch. Ich will jetzt auch nicht deinen Schlaf stören* 😆😆😆 *Ich hoffe, dass wir uns langsam besser kennenlernen*

👩: *Ich bin noch nicht fertig. bevorzuge das Bett dem Sofa* 😆

😀: *Ich hoffe, dass ich nicht schon wieder wie gestern etwas fasches gesagt habe*

👩: *Nein, alles gut* 😊

😀: *Ich spüre, dass ich eine Chance habe dein Herz zu erobern. Hoffentlich schaffe ich das...* 😆😆

👩: ☺☺☺☺

😀: *Ich weiß es nicht. Oder ich weiß es noch nicht* ☺☺ ☺ *In unserem Alter haben wir keine Eile...* 😆

👩: 😆

😀: *Arbeitest du selbstständig?*

👩: *Ja. Wie viele Jahre bist du jünger als ich?*

😀: *Ich bin 47.*

👩: *Ach, so muss ich mich beeilen* 😆😆😆😆😆😆

😀: *Was genau machst du?*

👩: *Ich bin Autorin. Ich schreibe Reiseführer über die Kanarischen Inseln auf Deutsch. Jetzt habe ich mit einem neuen Buch angefangen...*

🤖: *Cooler Beruf!!! Das wird bestimmt ein gutes Buch, das ich auf jeden Fall lesen würde…*

👩: *Das wird bestimmt zum Lachen sein* 😆 😆 😆 😆 😆

🤖: *Ja, das hört sich lustig an. Du bist sehr interessant. Mich hast du schon gewonnen…* 😊 *Ich habe auch sehr viel Vorstellungskraft auch wenn ich noch nie etwas geschrieben habe.*

👩: *Jetzt habe ich Tinder seit einem Monat… aber du kannst Dir nicht ansatzweise vorstellen was mir hier alles passiert ist… Deshalb denke ich, dass es lustig ist darüber zu schreiben* 😆

🤖: *Ich kann mir vorstellen, dass es lustig ist über Tinder zu schreiben. Die Welt hat sich sehr geändert und die Beziehung zwischen Frauen und Männern auch*

👩: 😆

🤖: *Und bei diesem Wechsel ist Tinder sehr wichtig. Man sollte darüber berichten*

👩: *Und ich hätte nie gedacht, dass Männer so sind…*

🤖: *Ohne Tinder hätten wir sicherlich niemals miteinander gesprochen. Männer, Frauen…, wir sind Menschen… Oft denke ich, dass wir zu großen Wert auf die Unterschiede zwischen Personen legen, aber wir sind doch alle menschliche Wesen. Es ist richtig, dass man sich für manche Männer schämen muss.*

👩: *Sehe ich genauso. Warum bist du bei Tinder?*

🤖: *Das weiß ich nicht genau, es ist aber die bekannteste Plattform. Vielleicht auch weil ein Freund mir das empfohlen hat.*

👩: *Ok* 🙂 🙂 🙂 *Und hast du viel Erfolg bei Frauen?*

🤖: *Ein bisschen schon, aber bestimmt nicht wie du…* 😆

👩: 😆 😆 😆

😈: *Die Wahrheit ist, dass ich jemanden wie dich hier kennenlernen wollte. Und mit dieser Person zusammen sein möchte*

😊: *Wie ich? Das glaube ich dir nicht* 😆😆

😈: *Warum glaubst du mir nicht? Glaube mir, ich denke, dass wir sehr gleich sind*

😊: *...jemanden wie mich kennenzulernen???* 😆😆😆

😈: *Ich brauche jemanden mit dem ich über alles sprechen kann. Jemanden der Fantasie hat und Kultur liebt. Ich habe schon in verschiedenen Ländern gelebt. Wir werden sehen... und auf der anderen Seite, wie jeder auf der Welt, brauche ich Sex. Aber ich brauche nicht nur Sex. Ich will mich kultiviert unterhalten. Und schließlich ist das gerade nicht einfach. Sex...nehmen wir mal an, dass das eine halbe Stunde dauert. Und was macht man dann mit dem Rest des Tages?*

😊: *Halbe Stunde Sex bitte* 👍👍👍👍

😈: *Ich brauche jemanden mit dem ich über alles sprechen kann*

😊: *Jetzt?* 😆😆😆

😈: *Manchmal dauert es auch länger...* 😆

😊: *Bitte?* 🙂🙂🙂🙂

😈: *Die Schnelligkeit gehört nicht zu meinen Tugenden. Ich bin etwas langsam, auch beim Sex...* 😆 *In Wirklichkeit ist mir eine halbe Stunde zu kurz...* 😆😆

😊: *1...2...3* 😆😆😆😆😆😆 *Los geht es!*

😈: *Mir gefallen Vorspiele. Deshalb sagte ich, dass eine halbe Stunde kurz ist...* 😆

😊: *Sowas gefällt mir auch.*

😈: *Und mir erst* 😋😋😋

👧: *Ok, … ich gehe jetzt schlafen*

😈: *Ja, da hast du recht. Morgen sprechen wir weiter…* ☺
Ich sende Dir 1000 Küsschen und Umarmungen. Schlaf schön!!!

👧: *Ich schreibe dir meine Nummer, aber ich möchte nicht diese speziellen Fotos… Ok?*

😈: *Ok.*

👧: *Wir müssen schlafen gehen!!!! Gute Nacht* ☺ ☺ ☺

Über die sympathische Quasselstrippe Malaga-Mario hätte meine deutsche Freundin Frieda gesagt: „Nett. Punkt. Der Nächste bitte." So war es auch. Nach einigen Tagen schlief der WhatsApp-Kontakt ein.

***

Am nächsten Morgen beschloss ich nach dem Frühstück, so viel Sonne wie möglich zu tanken, um hübsch braungebrannt nach Deutschland zurückzukehren.
Eigentlich war ich Tindermüde, aber der Reiz des Neuen war stets grenzenlos greifbar. Mein Traummann musste noch immer gefunden werden und so machte ich am Nachmittag mit den neusten Likes entschlossen weiter.
Die Fotos des 49-jährigen holländischen Henk verleiteten mich zur umgehenden Kontaktaufnahme. Nach einem kurzen Geplänkel mit dem gutaussehenden, sympathischen Business-Typ nahm der Chat Fahrt auf und wurde von Satz zu Satz schräger. Holland-Henk kam aus Schweden und war bei seinem beinamputierten Freund in Holland zu Besuch. Nach seinem Freundschaftsbesuch musste er zur Arbeit in die USA reisen, schloss aber nicht aus, nach seiner Rückkehr mich in Deutschland zu besuchen. Sachen gab es. Ich las und staunte nicht schlecht. Als er mich fragte, wie lange ich denn schon bei Tinder dabei sei, gingen bei mir sofort die Alarmglocken an. Angeblich war der

Schnuckel erst drei Tage dabei und wollte sich natürlich mit mir, nachdem wir unsere WhatsApp-Nummern ausgetauscht hätten, gemeinsam abmelden. Nach einmonatiger Tinder-Tätigkeit war sowas nichts Neues mehr für mich. Ich hatte es mit einem klassischen FAKE zu tun.

Wisch-Wisch. Es musste weitergehen. Kurz darauf traf ich auf Velasco aus Valencia, dessen Geschichte ähnlich schräg klang. Der 49-jährige Antiquitätenhändler hatte seine Eltern durch einen Autounfall in jungen Jahren verloren. Tragischerweise verstarb dann auch noch seine geliebte Frau. Nun war er auf der Suche nach einer passenden, neuen Mutter für seinen Sohn.

Skurril ging es mit dem schönen 54-jährigen Jaden weiter. Nachdem ich das Match mit „☺☺☺" beantwortet hatte, schrieb er umgehend zurück.

😀: *Du bist eine sehr schöne Frau Stella. Was für eine Schönheit! Du hast ein sehr schönes Lächeln. Du bist ein sehr fröhlicher Mensch. Frohes neues Jahr dir und deiner Familie, möge dieses Jahr frohe Botschaft und Gunst über dein Leben bringen, mögen all deine Herzenswünsche in Erfüllung gehen gemäß Gottes Reichtum und Herrlichkeit, Amen.*

👧: *Woher kommst du?*

😀: *Wie geht es dir? Mein Name ist Jaden. Ich komme aus Köln. Ich bin neu hier bei Tinder und habe gestern einige Profile durchgesehen, als ich auf dein gestoßen bin. Du bist wunderschön. Ursprünglich komme ich aus Tucson, Arizona, USA, meine Mutter kam aus Deutschland Köln, also bin ich in Köln geblieben. Ich spreche Deutsch, aber nicht fließend wie Englisch. Eigentlich habe ich Deutschland erst vor ein paar Monaten verlassen, weil ich auf meinem letzten Schiffs-Segeltörn gerufen wurde.*

👧: *Interessant*

😀: *Ich suche eine ernsthafte Beziehung und ich glaube, deshalb bist du auch hier.*

110

: *Ja*

👿: *Aber aufgrund der Natur meines Jobs komme ich hier nicht immer online, daher würde ich mich sehr freuen, wenn Sie mir meine persönliche E-Mail-Adresse schreiben jadencooper 123@cooper.com oder mir Ihre geben würden, damit ich Ihnen alles über mich erzähle und wir lernen uns besser kennen. Danke schön und ich bin dabei, mein Tinder-Konto zu löschen. Du bist die einzige Frau auf diesem Portal, die meine Aufmerksamkeit und meinen Verstand erregt hat, also lass uns bitte per E-Mail schreiben und ich verspreche dir, alles über mich zu erzählen, und du kannst mich alles fragen.*

Bis dato schien es ein kontaktfreudiger, jedoch erfolgloser Tag zu sein. Dennoch gab ich nicht auf, zumindest noch nicht.
Dann matche ich den 50-jährigen Hannes aus Holland mit meinem typischen 😊. Er antwortete umgehend.

👿: *Hallo schöne Dame, ich hoffe es geht dir gut? Ich habe Ihr Profil besucht und beschlossen, Ihnen eine Nachricht zu senden, aber ich hoffe, es macht ihnen nichts aus?*

👧: *Hallo schöner Mann* 🙂🙂🙂

👿: *Vielen Dank, dass Sie sich die Zeit genommen haben, mir zu antworten, mein Vorname ist Hannes und Sie?*

👧: *Stella. Woher kommst du?*

👿: *Aangenaam kennis te maken Stella, ik ben verheugd om met je te kunnen chatten, ik zou graag willen weten wat je zoekt op de site, je kunt me je watsapp-nummer geven*

👧: 😂 *kannst du das auch auf Deutsch? Mein Niederländisch ist nicht so gut...* 🙂🙂🙂

Danach war nichts mehr von ihm zu vernehmen. Gleich vier Fakes an einem Sonntagnachmittag hintereinander? War ich vom Pech verfolgt? Offensichtlich hatte ich kein glückliches Händchen. Aber so verlief Tinder. Männer stellten traumhafte

Bilder ein und trugen Geschichten vor, die theoretisch hätten wahr sein können. Mir schien alles viel zu unglaubwürdig und zu dick aufgetragen, sodass ich diese Chats einige Tage später löschte.

Schließlich kamen noch Thomas und Hermann aus Deutschland, die meine Zeit jedoch ohne weitere Erwähnung in Anspruch nahmen. Mit meinem aktuellen Likes-Stand von 599 ging ich zufrieden in die Nachtruhe über. Aus meiner Sicht schien alles, bis auf die üblichen Verluste, prächtig zu laufen.

***

Am nächsten Tag waren es nur noch acht Urlaubstage bis zur Rückkehr nach Deutschland. Ich hatte mich inzwischen wunderbar auf Lanzarote als Single eingelebt. Manchmal etwas einsam, aber dennoch sehr glücklich und vollauf beschäftigt. Mein neues Leben gefiel mir. Ich konnte endlich wieder das machen, worauf ich Lust und Laune hatte. Alles völlig kommentar- und kritiklos. Ja, das war mein neues Leben und ich dachte, dass ich jeden Tag voll auskosten musste. Das Urlaubsende war absehbar.

Am Morgen freute ich mich über eine kurze WhatsApp von Galizien-Gabi. Schließlich wollte er in vier Tagen anreisen, um mich kennenzulernen.

😜: *Du bist wie ein Hurrikan*

😊: *...den du dir ausgesucht hast*

Vom Sternzeichen war er Skorpion. Neugierig, wie ich war, googelte ich nach der Kombination Stier-Frau und Skorpion-Mann. Laut mehreren Horoskopen stand diese Konstellation unter keinem guten Stern.

Umgehend traten in mir die ersten Zweifel auf. Stimmen Horoskope überhaupt? Oder war alles nur ausgedacht? Dass ich anscheinend Chaos verbreitete, war mir bis dato nicht bewusst.

Über diese Aussage musste ich nicht lange philosophieren. Mein Tinder meldete sich schon wieder mit mehreren „ping" - „ping" zu Wort.

Ich matchte den 45-jährigen Miguel aus der Nachbargemeinde Tinajo. Als Hobbys gab er Wein, Kochen, Tattoos, Laufen und Filme an. Wie sich im Chat herausstellte, stand der smarte südländische Hotelkoch auf behaarte Frauen mit kleiner Oberweite.

Sowas gab es auch. „Gut, dass wir darüber gesprochen hatten... Back to nature?", dachte ich. Wäre mit so einem jungen Spund die morgendliche Beinrasur endlich überflüssig geworden? Sollte es so wie Nenas Achselbusch aus den 1980ern aussehen? Das schien mir zu überholt gewesen zu sein. Nein, eine gewisse Körperpflege sollte inzwischen an den Tag gelegt werden.

Angeblich war er 1,84 m groß, was ich noch nie bei einem Einheimischen erlebt hatte. Seine tätowierten Unterarme riefen in mir auch nicht gerade einen Quell der Freude auf. Nach einem weiteren Hin und Her schien er auch nicht die hellste Kerze auf der Torte gewesen zu sein. Als er dann noch fragte: „Wie alt bist Du?", brach ich den Chat ab und dachte: „Wer lesen kann, ist klar im Vorteil."

Darauf wischte ich weiter und traf matchend auf den 46- jährigen Mike mit stahlblauen Augen, dunklen Haaren und einem gepflegten 3-Tage-Bart. Er suchte eine Frau, die „cool drauf ist, Humor hat und unkompliziert ist... Ob es passt oder nicht, würde sich beim Date zeigen" Auf Frauen mit Urlaubs-, Tier-, Sport-, Auto- oder Kinderfotos stand er nicht. Zudem wollte er auch nicht die ständige Tinder-Frage „Was suchst Du hier?" gestellt bekommen. Ich überlegte kurz und schrieb ihn an.

👧: *Hi, was für ein Match!* 🙂 🙂 🙂 *Wie recht du hast, aber als Frau sehe ich auch unzählige Männer mit Auto, Hund, Pferd, gerne auch sportlich beim Golfen, Tennis, Rad oder vor einer Jacht... Bist du denn einigermaßen normal???* 😆

Keine Antwort war auch eine Antwort. Erstmals wieder hatte ich mir wirklich Mühe gegeben und schrieb einen Text anstelle des sonstigen 😊. Das schien auch nicht der richtige Weg gewesen zu sein. Was war mit den Männern los?

Resultierend beließ ich es bei künftigen Matchen fast nur noch bei meinem erprobten Smilie. Ich war der Meinung, dass ich im ersten Anlauf keinen übermäßigen Einsatz zeigen musste. Entweder reagierte mein Gegenüber oder nicht. Fraglich war jedoch immer, warum mich jemand likte und sich bei einem Match nicht mehr zurückmeldete. Tinder-Männer waren ein Kapitel für sich.

Knall auf Fall folgte der nächste potentielle Traummann. Es war der 49-jährige hinreißende Business-Typ Fronk, der mehr als zu 100% in mein Beuteschema passte. Von seiner Profilbeschreibung fühlte ich mich mehr als angesprochen.

😀 : *Ich bin ein ehrlicher, gütiger Mann. Ich genieße gerne die schönen Dinge des Lebens. Mein Ziel auf dieser Seite ist es, eine ernsthafte, ehrliche, treue und verantwortungsbewusste Frau zu finden, mit der ich eine solide Beziehung aufbauen kann, die Verständnis, Vertrauen und gegenseitigem Respekt basiert. Ich bin ein unabhängiger Mann und weiß, was ich in meinem Leben will. Ich bin nicht hier, um meine Zeit zu verschwenden. Ich möchte wieder lieben und im Gegenzug geliebt werden.*

Ich schickte ihm „Hallo Fronk 😊😊😊, da bin ich", bekam aber keine Antwort. Wie ich es gemacht hatte, war wohl mal wieder falsch, sodass ich zum Nächsten überging. Wisch-Wisch. Es matchte mit dem 57-jährigen Marc einem schlanken Business-Typ in weißem Hemd, Krawatte und einem Louis Vuitton-Rucksack in der Hand. „Nett, das wäre auch mal was", dachte ich und las seine Beschreibung.

😀 : *I am cheerful caring and loving man who is still alive. Tell me about yourself, I live simple and positive. I like traveling, reading, all kinds of music to relax, soccer is my favorite sport. I love dancing and cooking*

Umgehend schrieb ich los.

👧: 😉

👨: *Hello how are you?*

👧: *Hi Marc. I´m fine and you?*

👨: *I am doing great. What are you upto?*

👧: 😊😊😊 *Where do you come from?*

👨: *I am from Australia partly Hungarian*

👧: *That´s far away*
👨: *I am in the Netherlands*

👧: *Ok, that´s not so far away…* 😊😊😊

👨: *lol… Tell me about yourself*

👧: *Actually I am on holiday in the Canarian islands…it´s very nice here.*

👨: That´s lovely. Tell me more about you

Es war noch früh am Tag. Ehrlicherweise hatte ich auf dieses nervige Ausfragen keine Lust mehr. Dem Fake verdächtigen Marc schrieb ich mit der Option, um mein Englisch noch etwas aufpimpen zu können

👧: *I will contact you this afternoon* 😊😊

Danach nahm ich den nett grinsenden 50-jährigen Bruno, der am Steuer seines Wagens saß, in Angriff. Etwas seltsam war es schon, dass er auf einem seiner vier Fotos einen Anzug anhatte, an dem noch ein Größenetikett zu sehen war. Vielleicht ein kleiner Abzug in der B-Note, aber die Bilder überzeugten und ich matchte.

👧: *Hi* 😊 😊 😊

👿: *Wie geht es Ihnen?*

👧: *Guten Morgen, gut und dir?*

👿: *Woher kommst du?*

👧: *Aus Recklinghausen und du?*

👿: *Beruflich bin ich in Köln, ansonsten bin ich in Frankreich in der Bretonnaise- Region genauer in Rennes aufgewachsen und habe deutsch-französische Wurzeln und genieße die angenehmen Momente hier. Du kannst mir deine Nummer zum Speichern in WhatsApp geben und wir lernen uns weiter kennen. Ich bin nicht regelmäßig auf Tinder.*

Meine liebe Güte. Da war es schon wieder! Mein Fremdenlegionär-Syndrom. Konnten sich die Fakes nicht einfach mal etwas anderes einfallen lassen, als diesen gequillten Mist zu schreiben? Anscheinend nicht! Der smarte Bruno war umgehend aus dem Rennen. Die Pleiten warfen in mir immer wieder die gleiche Frage auf. Werden Fotos einfach nur schnell geliket, ohne den Profiltext zu lesen? Warum las niemand meinen neuen Text, indem ich alles auf einen Punkt gebracht hatte?

🎰: Ich möchte gefunden und erobert werden. Eigentlich ganz einfach: Mein Herz liegt Dir zu Füßen, wenn wir uns intellektuell auf Augenhöhe bewegen und gemeinsam lachen können.

Ein Wunsch, der offensichtlich so schnell noch nicht umzusetzen war. Mein Tinder hatte sich zu einem Kommen und Gehen entwickelt. Nach fast 17 Jahren, in denen ich ein unbewegtes Leben in meiner festen Partnerschaft führte, machte ich mir erstmals wieder Gedanken, ob ich im Umgang mit Männern was falsch machte. Unter dem Strich hatte ich das Gefühl, dass nichts zufriedenstellend ablief. Aber warum sollte ich was falsch gemacht haben?

Es war, wie es war. Ich erinnerte mich an die Worte von Schul-Sven, der mir sagte, dass ich so lange weiterwischen müsste, bis der Passende um die Ecke kommen würde.

Daher wischte ich aktiv weiter und wartete gespannt auf neue Likes.

Zu meiner Verwunderung stellte ich fest, dass sich auf Tinder ein neuer Trend abzeichnete. Die gesamte Möbeleinrichtung wurde erstmals zur Schau gestellt. Holland machte es ganz klar vor. Zebrafell vor dem Sofa, eine stylische Siematic-Küche oder auch ein schicker Sportwagen vor einer Windmühle. Gut mitgedacht. Als Frau wusste man nun sofort, ob man sich sofort in den vier Wänden des Zukünftigen wohlfühlt oder Änderungsmaßnahmen eingeleitet werden müssten.

Mit einem lachenden und weinenden Auge musste ich plötzlich an meinen bereits gebuchten Rückflug nach Deutschland denken. Immerhin stand noch der Besuch von Galizien-Gabi aus. Sollte er mein Traummann gewesen sein? Dann wäre der gesamte Tinder Spuk endlich vorbeigewesen.

Ich machte mir erneut Gedanken. Leider meldete er sich von Tag zu Tag weniger. Das lodernde Feuer war bereits erloschen. Mein Unterbewusstsein suggerierte mir, dass es mit ihm wohl dauerhaft nichts werden würde. Der Einzug in mein künftiges Ferienhaus in Nordspanien stand unter einem äußerst schlechten Stern.

An jenem Abend beschloss ich, im deutschen Tinder mit meiner eingestellten Reichweite von 160 km zu verbleiben. Auf Nachfrage wollte ich sogar meine WhatsApp-Nummer herausgeben, um Dates anzuleiern.

Wisch, wisch. Ich matchte den betörenden 49-jährigen Giovanni. Groß, schlank, dunkle Haare. Alles in allem ein entzückendes Erscheinungsbild. Exakt so, wie man sich einen feurig heißen Deutsch-Italiener vorstellt.

Er zeigte größtes Interesse an mir. Typisch italienisch, so wie ich es aus vergangenen Zeiten aus meinen Urlauben in Süditalien kannte. Die heißen Italiener fuhren schon immer voll auf mich ab. Damals war ich jedoch blond gefärbt. Wäre früher heute gewesen, hätte er mich bestimmt sofort auf der Stelle geheiratet.

Auch sowas wäre ja durchaus vorstellbar gewesen, wenn ich nicht eine leichte Abneigung gegenüber Italienern durch meine perfekten Italienischkenntnisse entwickelt hatte.

Dazu muss ich sagen, dass mir im Laufe der Jahre die überschwängliche italienische Lebensfreunde einfach nur noch auf die Nerven ging, da ich jedes Wort verstand. Zu übertrieben, zu aufgesetzt und viel, viel zu laut.

Um sich zu unterhalten, steht der klassische Süditaliener niemals nebeneinander. Nein, das wäre auch zu unspektakulär, da er erst ab einer Entfernung von mindestens 10 m sich viel lauter artikulieren konnte, sodass es auch wirklich jeder mithören konnte, was Sache ist. Schrecklich. Vor 30 Jahren fand ich sowas noch witzig, mittlerweile nervte es mich.

Da es sich hier aber um den hübschen Deutsch-Italiener Giovanni handelte, hätte ich ein Auge zudrücken können, wenn das eigentliche Problem nicht seine Vorliebe für Popos und High Heels gewesen wäre. „Auch sowas noch", dachte ich. Höchstwahrscheinlich ging auch kein Kelch in meiner neuen Tinder-Welt an mir vorbei.

High Heels im Bett, das fand ich schon sehr speziell, zudem ich auf diesen Dingern nicht einmal bis zum Bett gekommen wäre. Und den Gedanken, mich ständig vor den Spiegel zu stellen, um seine angeforderten Popo-Selfies zu machen, fand ich auch nicht äußerst prickelnd.

Am frühen Abend sorgte der 54-jährige Fahrlehrer Heiko aus Herne für etwas Abwechslung. Er hatte nichts Besonderes zu erzählen, sodass ich ihn nach einigen Sätzen im Tinder-Chat schon langweilig fand. Er legte gesteigerten Wert auf seine stolze Körpergröße von 2,00 m, was für meinen Geschmack viel zu groß war. Beim Küssen wollte ich mir nicht übermäßig den Hals verrenken.

So blieb es mit Heiko bei einem einmaligen Tinder-Chat, obwohl meine Freundin Frieda mir nach einem Telefonat mal sagte, dass sie im Bett alle gleich lang sind. Das mochte der Wahrheit entsprechen, aber ich suchte nach wie vor einen Prinzen auf Augenhöhe. Natürlich sollte er groß sein, aber nicht so dermaßen groß. Bett hin oder her, aber auch ein Kerl mit 2,00 m Größe konnte bekanntlich nicht den ganzen Tag im Bett liegen. Zudem reihte sich noch mein kleines Fahrschulsyndrom ein. Bei genauerer Betrachtung wusste ich bis dato gar nicht, wie viele Syndrome ich wirklich hatte.

Es trug sich in meinen ersten Fahrstunden in einem roten VW Golf 2 zu. Das mit der Kupplung hatte ich damals nie so wirklich hinbekommen, sodass das Auto ständig abgesoffen war. Anfahren am Berg, trotz angezogener Handbremse, war ein Graus. Deshalb kam der lange Lulatsch-Fahrlehrer auch nicht in die engere Auswahl. Es waren einfach zu viele negative Vibes, die in mir hochkamen.

Der Abend war noch jung. Ich matchte den fitnessbegeisterten 51-jährigen, blauäugigen, blonden Ruben aus Rotterdam. Es war der Mann mit dem Zebrafell und dem Sportwagen vor der Windmühle. Ich wollte wissen, was sich hinter so stylischen Fotos verbarg. Nach einem kurzen Tinder-Chat tauschten wir die WhatsApp-Nummern aus und hatten einen lustigen und angenehmen ersten Video-Call.

***

Am nächsten Morgen ging es mit meinem übrig verbliebenen Verehren wieder weiter. Mein Deutsch-Italiener schrieb. Ruben-Rotterdam rief an und erzählte ihr, dass ganz Holland im absoluten Lockdown war und er sich im Homeoffice befand. Ich hingegen hatte mein Homeoffice-Bett mit deutschem TV und meinem Frühstück, das definitiv bequemer war.

Wisch, Wisch, und es ging weiter. Für einen kurzen Chat traf ich auf den 45-jährigen Patrick, einen durchtrainierten Surfer-Typ aus dem Ruhrpott mit stahlblauen Augen. Sein Favorit war die Nachbarinsel Fuerteventura.

Nach einem kurzen „Wie geht's?" legte er gesteigerten Wert darauf, dass er drei Mal geimpft und frisch getestet war. Mir war schon klar, dass alles auf eine schnelle Nummer hinauslaufen sollte, aber das wollte ich nicht wirklich. Nach wie vor war ich der festen Überzeugung, dass da etwas mehr sein musste.

Derjenige, der Fuerteventura mit seinen langen Sandstränden liebte, mochte in den wenigsten Fällen Lanzarote. Der typische Deutsche war in Fuerteventura so verliebt, dass es da nichts anderes mehr gab. Ich nannte es das „Scheuklappensyndrom" „Unser Fuerteventura…", wenn ich das schon hörte, sträubten sich mir die Nackenhaare. Zweifelsohne waren die Strände nicht zu übertreffen, aber die Kanaren boten wirklich so viel mehr, dass ich an den Spruch „Jedem Tierchen sein Pläsierchen" denken musste. Da wir nicht richtig auf einen Nenner kamen, schlief der Chat ein, was aus meiner Sicht nicht wirklich bedauerlich war.

Natürlich mochte ich auch Fuerteventura, da ich von Lanzarote aus einfach mit der Fähre in 25 Minuten rüber düsen konnte, um eine tolle Optik zu haben. Aber jedes Jahr ausschließlich den ganzen Urlaub dort zu verbringen, das wäre mir zu einseitig gewesen. Die Welt war so unendlich groß und hatte auch andere Orte zu bieten.

Jener Mittwoch verlief bis auf einen erwähnenswerten Vorfall, der sich Marbella-Maarten nannte, ganz ruhig. Er gab mir ein Like und ich las mir die niederländische Beschreibung des blonden, 54–jährigen Unternehmers durch.

✻: Ik ben op zoek naar een vaste relatie…- Ich bin auf der Suche nach einer festen Beziehung. Ich habe 2 kleine Kinder, die gelegentlich bei mir wohnen. Ich fahre gerne und oft nach Spanien, wo ich 5 Jahre gewohnt habe. Ich liebe es zu reisen und liebe Europa. Wie wäre es mit einem verlängerten Wochenende in Marbella?

Ich überlegte kurz, ob er in mein Beuteschema passen konnte. Ein Spanienliebhaber, der gerne verreiste und wahrscheinlich wie ich Spanisch sprach. Spontan matchte ich und schrieb ihn an.

👧: *Hallo* 😍😍😍

Am Abend antwortete Marbella-Maarten.

👨: *Hallo Stella* 😊

👧: *Wie geht es dir??? Oder que tal?*

👨: *Muy bien y tu? Las Palmas ist schön, aber ich bin oft in Marbella Spanien.*

👧: *Ich bin auf Lanzarote*

👨: *Aber du bist Deutsche? Auch schön. Ich möchte dich gerne erobern* 😊, *aber ich bin nie in Lanzarote…*

👧: *Ja. 100% Deutsch und du? Schade, dass du nie auf Lanzarote bist.*

👨: *Ich habe meine Wohnung in Marbella und Holland. Ich bin Holländer.*

👧: *Ich war noch nie in Marbella* 😀😀😀

👨: *Ich gehe am 22.01 für 4 Tage… Komm mal vorbei*

👧: *Ich fliege am 18.01 zurück nach Düsseldorf*

👨: *Können wir uns auch treffen*

👧: *Gerne!!!*

👨: *Ich wohne nicht weit von Arnheim*

👩: *Ok* 🙂 *und ich in Recklinghausen* 🙂 🙂 🙂

👨: *Nach Marbella kannst du schon für 15 € fliegen … Ich schaue mal… Recklinghausen 115 km… nicht weit*

👩: *Das ist gut* 😀 😀 😀 😀

👨: *Hast Du Kinder? Ich habe 2 Mädchen und einen Sohn, der ist 24 und schon ausgeflogen*

👩: *Kein Problem, ich habe keine Kinder*

👨: 👍 👍 👍

👩: *Du hast schon genug Kinder* 😆 😆 😆 😆

👨: *Ich soll mein deutsch noch ein bisschen üben. 20 Jahre nicht gesprochen…Können immer üben* 🙂

👩: 😘

👨: *Du gefällst mir sehr… me gustas* 😀

👩: *Du mir auch* 😘

👨: *Gracias* 🖤 🖤 🖤

👩: *Ich bin froh dich kennenzulernen* 🙂

👨: *Ich auch. Schön, Du siehst sehr sympathisch aus* 😀 😀 😀

👩: *Dankeschön*

👨: *Du siehst auch sehr gut aus* 😇

👩: *Danke* 🙂 💗 🙂

👨: *Ich gehe mal essen*

👩: *Ich koche gerade… bis später???*

👨: *Ich würde mich freuen*

Am nächsten Morgen meldete sich Marbella-Maarten bei mir zurück.

🧔: *Guten Morgen Stella* ❤❤❤😘

👩: *Guten Morgen Maarten…. hier ist gerade die Sonne aufgegangen* 😎😎😎😎

🧔: *Hier ist es grau. Nur die Gedanken an dich sind sonnig* 😎

👩: 😆 *mit mir geht die Sonne immer auf* 🙂🙂🙂🙂

🧔: *Ich muss gerade arbeiten, aber bin noch ein bisschen neugierig… Warst du verheiratet? Arbeitest du? Könntest du etwas mehr erzählen? Was machst du in Spanien? Und wichtig… was suchst du in einem Mann?*

👩: *Ok, kein Thema. Ich war nie verheiratet, mein Freund ist vor 4 Monaten gestorben. Wir waren 16,5 Jahre zusammen. Ich arbeite nicht mehr. Ich schreibe Reiseführer über die Kanarischen Inseln, aktuell einen Roman.*
Ich habe auf Lanzarote eine Wohnung und war jetzt 3 Monate hier, um meine Trauer zu verarbeiten. Jetzt geht es mir gut. Klar, es gibt noch immer Tage an denen ich traurig bin, aber es nicht mehr ganz so schlimm…,
Spanien… ich liebe Spanien und spreche gut Spanisch… die Kanarischen Inseln sind besonders schön, deshalb habe ich hier was gekauft. Wenn ich keine Lust mehr habe, schließe ich die Tür zu und fahre woanders hin. Am Dienstag komme ich nach Deutschland. So und nun bist du dran 🙂🙂🙂

🧔: *Ich war nie verheiratet. Habe zusammengelebt mit meiner ersten Freundin für 12 Jahre. Darauf habe ich einen Sohn. Jetzt ist er 24 Jahre alt und wohnt in der Gegend. Letzte 7 Jahre- bis 2007- habe ich in Marbella gewohnt. Danach eine neue Beziehung für 12 Jahre und darauf 2 Töchter. Also mit mir geht es 12 Jahre gut…* 😝😝😝

😀: *Ok… dann bin ich 63* 😆 *und hoffentlich noch vermittelbar Musst du mir vorher die Schönheitsoperationen bezahlen, wenn du dich von mir trennst* 😆 😆 😆 😆

😈: *Vielleicht mach ich dir jünger…*

😀: *Heißt: jeden Tag Wellness mit dir?????*

😈: 😆 *…Ich habe geschaut, bis zum 20.01 habe ich die Kinder und am 22.01 fliege ich nach Malaga. Wenn wir uns treffen wollen in Recklinghausen dann kann ich nur am 21. Januar. Mein Leben mache ich ohne Sorgen.*

😀: *Am Geburtstag meines Vaters…*

😈: *Hoffe ich*

😀: *Können wir vorerst festhalten, ich muss aber sehen, ob ich kann, das kann ich noch nicht zu 100% sagen, komme erst am 18.01 spät abends zurück*

😈: *Können auch erst mit WhatsApp reden*

Darauf tauschten wir unsere Telefonnummern aus und führten ein kurzes, angenehmes Gespräch.

***

Den folgenden Morgen startete ich wie gewohnt mit meinem Bettfrühstück. Dabei schaute ich etwas TV und war mit der Durchsicht und Bearbeitung meiner Verehrer beschäftigt.

Es waren nur noch fünf Tage bis zur Rückkehr nach Deutschland, sodass ich mich fast nur noch auf meine kleine interessante Ausbeute der letzten Tage konzentrierte.

Außen vor war mein hübscher Benno, der mir jedoch inzwischen morgens nette Fotos oder Videos seines durchtrainierten Körpers schickte. Stets mit persönlicher Widmung und einem Schuss Sahne.

Eingangs fand ich es etwas befremdlich, so etwas zugeschickt zu bekommen. Da ich seinen Körper aber schon real am Strand sah, war es so, als ob ich ihn schon ewig kannte. Warum auch nicht? Nichts sprach dagegen. Ästhetische Fotos waren schon immer schön anzuschauen.

Unerwartet meldete sich am Nachmittag mein feuriger Deutsch-Italiener Giovanni aus seinem Büro und wir führten ein langes Telefongespräch. So gesehen hätte dem Pasta-Date fast nichts mehr im Wege gestanden, wenn ich seine ganze Art nicht etwas zu forsch empfunden hätte. Vielleicht war er mir auch zu Italienisch. Ich sagte ihm, dass sich zu jenem Zeitpunkt meine Reizwäsche nur auf bequeme Baumwollschlüpfer beschränkte. In Deutschland wollte ich für ein bevorstehendes Date meine Grundausstattung nachrüsten. Er antworte, dass ihm Nylons viel wichtiger wären, was ich maximal als Finetuning gesehen hatte.

Giovanni bettelte nach Popo- Fotos. „Bitte, bitte, biiiiitteeee mach mir Fotos von deinem Popo". Ich wollte nicht umgehend mein ganzes Pulver verschießen. Für hübsche Bilder meines knackigsten Körperteils, das sich bis dato noch in einem unschuldigen, schneeweißen Ton befand, wollte ich mich nicht der Sonne aussetzen.

Das hätte auch nicht ohne Weiteres funktioniert, da ich bis auf meine Bikinistellen knackig braun war. Plötzlich schoss mir ein vor weit über 20 Jahren unschönes Sonnenbank-Erlebnis in den Kopf. Der gewählte Turbo-Bräuner verbrannte mir so dermaßen den Hintern, dass ich auf dem Bauch schlafen musste und seitdem mit einem weißen Popo vorliebnahm.

Apropos Schlüpfer, oder wie Maria Dolores sie so hübsch „braguitas" auf Spanisch nannte, sollte es bei meinem Date mit Galizien-Gabi erstmals nach langer Sexabstinenz zur Sache gehen. Im Gespräch sagte sie mir, dass er sehr seriös aussehen würde und ein schwarzer Baumwollschlüpfer für diesen Einsatz vollkommen ausreichend sei. Was Sex betraf, war meine

Freundin aktiver als ich. Sie wusste besser, wie ihre Landsmänner tickten. Erneut wurde mir bewusst, in welcher sexfreien Welt ich gelebt hatte.

Meine letzten Schlüpfer hatte ich auf Fuerteventura bei C&A gekauft. Superbequem und atmungsaktiv, aber mehr machten die Liebestöter auch nicht her. Weiterhin machte ich mir Gedanken über mein tägliches Frühstück, das offensichtlich dank frisch gepresstem Orangensaft, Müsli und Körnerbrot sehr gesund war, aber wahnsinnige Blähungen nach einigen Stunden verursachte.

Meine Fürze waren langgezogene Bombenattacken, die wahnsinnig stanken. Ich kam zur Einsicht, die morgendliche Nahrungsaufnahme zunächst umzustellen, sodass einer heißen Sex-Nacht nichts mehr im Wege stehen konnte. Nach blitzschneller Überlegung stand die neue Vorgangsweise fest: Aufhübschen, gut rasieren, was anderes essen und mit diesem Plan zu sehen, wie es weiter gehen würde.

Am späten Nachmittag kam mir mein Schul-Sven in den Sinn. Ich hatte schon seit einer Woche nichts mehr von ihm gehört und textete ihn an.

👧: *Huhu. Hier läuft es…kann mich nicht beklagen* ☺ ☺ ☺

👨: *Hi! Ich habe hier Stress. Frag lieber nicht! … Also wird bei dir weiterhin fleißig getindert?*

👧: *Es ist ruhiger und ausgewählter geworden* 😆*, aber es läuft gut. Ein Italiener und 2x Holland sind im Rennen…* 😆

👨: *Wenn es so gut läuft, ist es aber nicht so gut für das Buch. Darin sollten ja mehr Kuriositäten auftauchen…* 😝

Aus meiner Sicht war alles in Vorbereitung und so gut wie in trockenen Tüchern.

👧: *Ich arbeite daran* ☺ ☺ ☺

👨: *Dann weitermachen im Dienst!* 😆

: *Bin dabei* ☺ ☺ ☺ ☺

Seit dem Vortag ging es am frühen Abend in die heiße Telefon-phase. Rotterdam-Ruben hatte bereits am Morgen die Sprach-nachricht für sich entdeckt und schickte immer weitere Nach-richten.

Nun stellte er sich als Telefongott heraus. Er konnte Plappern und Plappern. Gutgelaunt und super sympathisch mit seinem holländischen Akzent. Unaufdringlich und ohne über Schwei-nekram zu sprechen, hatten wir ein unterhaltsames, witziges Telefonat. Er erzählte mir von seiner ersten und einzigen Erfah-rung im Swingerclub, für die er einen gemusterten Tigertanga anzog, aber nichts passierte. Ich hörte gespannt zu und musste herzlich lachen. Er empörte sich mehrmals darüber, dass er „160 Üroh" bezahlen musste und nicht ansatzweise auf seine Kosten kam.

Nach dem Telefonat meldete sich zu später Stunde Holland Nummer 2. In Marbella-Maartens eingestellten Tinder-Bildern war ich auf Anhieb schockverliebt. Es waren seine großen blauen Augen und blonde Haare, zumindest die, die noch da waren. Wir führten einen kurzweiligen Plausch.

Kurz vor dem Einschlafen kam ich wieder über Galizien-Gabi ins Grübeln. Er hatte sich den ganzen Tag nicht gemeldet. Of-fenbar hatte ich es immer noch nicht heraus, wie ich gezielt flir-ten musste, um diesen Mann um den kleinen Finger zu wickeln. Ich gab mein Bestes, aber wie ich es machte, schien es falsch ge-wesen zu sein. Er meldete sich einfach nicht mehr. Ich war be-trübt, da ich kein Lebenszeichen bekam. Wie konnte es nur sein, dass ein Mann, der noch vor zwei Wochen für mich Feuer und Flamme war, kurz vor seiner Anreise das Interesse an mir ver-loren hatte? War ich zu aufdringlich? Hatte ich ihn zu sehr be-drängt? Ich verstand nicht, was passiert war. Das vermeintliche Glücksgefühl sprang in mir von einem Moment auf den ande-ren in Selbstzweifel um. Er wollte mich, ich ihn, aber von Tag zu Tag wurde es komplizierter. Der anfangs fröhliche ausgelassene Galizien-Gabi entfernte sich seit seiner Abreise aus Teneriffa immer weiter von mir. Er kehrte in sein, wie er sagte, sein stressiges Arbeitsleben zurück, indem er, so wie ich es empfand, keinen Moment Zeit für mich hatte. Ich wurde aus meinem neuen Traummann, der am nächsten Tag vor meiner Tür stehen sollte, nicht schlau.

Um nicht alles total den Bach runterlaufen zu lassen und um zu retten, was offensichtlich nicht mehr zu retten war, wünschte ich ihm per WhatsApp eine gute Reise, was mit einem emotionslosen „Danke, gute Nacht" beantwortet wurde.

Seit unserem ersten Tinder-Chat freute ich mich wahnsinnig, diesen Mann kennenzulernen. Alles fing interessant an und nahm Dynamik auf. Ein lautes Knistern lag in der Luft. Regelrecht sprühten die Funken.

Mittlerweile war davon alles verblasst. Die Vorfreude war weg und ich kam mir abserviert vor. Seine zunehmende Ignoranz war verletzend und mein neues Ich, das regelrecht mit Komplimenten von anderen Männern überschüttet wurde, war verwirrt.

Der folgende Freitagmorgen startete wie gewohnt mit meinem Bettfrühstück. Es waren nur noch vier Tage bis zu meiner Rückreise nach Deutschland. Marbella-Maarten meldet sich mit einem netten „Guten Morgen Gruß", der aber noch von Malaga-Mario mit einer virtuellen Rose übertroffen wurde. Meine Gedanken kreisten jedoch um Rotterdam-Ruben, der fortwährend den Schalk im Nacken hatte und mich stets aufheiterte.

Ich fotografierte mein Frühstück und sendete ihm das Bild als Frühstückseinladung zu.

Die Niederlande befanden sich einen weiteren Tag im Lockdown und der selbständige Rotterdam-Ruben erzählte mir in einem kurzen Videocall, dass er trotz Lockdown arbeiten musste, um „Ürohs" zu verdienen.

Unter der Dusche machte ich mir wieder Gedanken darüber, wie es weitergehen sollte. Vier Eisen hatte ich im Feuer:

Galizien-Gabi, Deutsch-Italiener Giovanni, Rotterdam-Ruben und Marbella-Maarten.

Gut aufgestellt war ich. Aber wer die Wahl hatte, hatte die Qual. Am liebsten hätte ich mir eine Kombination aus diesen Männern gebastelt, sodass letztendlich dann der Traummann vor meinen Augen gestanden wäre.

Genau das wäre es gewesen. Der spanische Charme von Galizien-Gabi, gepaart mit Rotterdam-Rubens Leichtig- und Witzigkeit sowie der Reiz des blonden Marbella-Maarten. Das wäre es gewesen, jedoch lief es bis dato einfach noch nicht so richtig rund in meinem neuen Leben.

An jenem Nachmittag hatte ich ein längeres Telefonat mit Deutsch-Italiener Giovanni. Das wie gewohnte lustige Gespräch kippte im Laufe der Unterhaltung und wurde zunehmend anstrengender. Er wollte von mir wissen, mit wie vielen Männern ich Kontakt hatte.

Ehrlich wie ich war, teilte ich ihm mit, dass er nicht der Einzige war. Das machte ihn rasend eifersüchtig und sein Ton wurde schroffer.

Diese Eifersucht war absolut haltlos. Es war doch noch nichts passiert. Jeder hatte sein Leben und seine Geschichte. Auf eine Diskussion war ich nicht aus. Wir standen doch erst am Anfang und nach einigen Telefonaten auch schon am Ende.

Somit reduzierte sich die weitere Auswahl von vier auf drei, und ich legte meine geballte Aufmerksamkeit auf Galizien-Gabi, der inzwischen im Flieger auf dem Weg nach Lanzarote war. Er textete mich kurz und knapp an.

😈: *Buenas tardes. Guten Abend. Ich bin in Madrid gelandet, habe hier Tapas gegessen und dann geht mein Flug nach Lanzarote weiter. Sehen wir uns morgen?*

👩: *Gerne* 😊 😊 😊

Nach dieser WhatsApp hätte ich der glücklichste Mensch der Welt sein müssen, aber so fühlte ich mich nicht. Schließlich war er unterwegs, um mich zu sehen und kennenzulernen.

Was war mit mir los? Innerlich verabschiedete ich mich bereits von der unbekannten Traumsommerresidenz im grünen nordspanischen Galizien. Sollte es dennoch wider Erwarten noch ganz anders laufen?

Wenn alles normal gelaufen wäre, wäre es nicht mein Tinder gewesen. Galizien-Gabi rief mich nach seiner Landung an. Inzwischen war es 23:30 Uhr und ich war auf dem Weg ins Bett. Der verrückte Kerl teilte mir mit, dass seine Sehnsucht nach mir so groß war, dass er sich trotz später Stunde mit mir treffen wollte. Als ich nach anfänglichem Zögern zusagte, bat er mich, mich sexy zu bekleiden. Darauf musste ich mich an den Spruch meiner Omi erinnern, die stets sagte: „Was du heute kannst besorgen, verschiebe nicht auf morgen." Gesagt getan. Ich griff in den Kleider-schrank und zog mir ein kurzes schwarzes, sexy Kleid und meine schönen schwarzen Stiefel an. Innerhalb von einigen Minuten war ich bereit für das, was da kommen sollte. Bis mein Galizien-Gabi dann endlich vor meiner Haustür stand, verging nochmals eine geschlagene Stunde. Die Wartezeit versüßte ich mir mit einigen Drinks. Ich schaute mir die heißen Nacktbilder von Benno nochmals an und hörte von Glasperlenspiel den Song „Echt". Ich liebte es. In meiner aufgekommenen Weinlaune philosophierte ich kurz darüber, ob alles dann doch so echt werden würde, wie es im Lied besungen wurde. Würde Galizien-Gabi wirklich noch vorbeikommen?

„Ping… Ping." Mein iPhone meldete sich mit einer neuen WhatsApp. Der inzwischen schon fast vergessener Aktfotograf Foto-Frank fragte, ob ich schon in Deutschland wäre, und schickte einfach zwei aussagekräftige Dick-Pics mit. War das jetzt die indirekte Einladung zu einer wilden Sex-Party, oder was wollte er mir damit sagen? Ich ließ die Frage unbeantwortet und löschte den Chat erneut. Wie so viele Männer hatte ich ihn zwar schon gelöscht, aber wusste immer noch nicht, dass ich ihn hätte sperren müssen. Es war halt so, wie es war.

Nach weiteren Weingläschen war es soweit. Galizien-Gabi stand vor meiner Tür. Ich öffnete. Er strahlte mich an und gab mir einen langen, innigen Kuss auf den Mund. Rein optisch betrachtet war er genau mein Typ. Seine Tinder-Bilder waren echt. Jedoch gab es ein kleines Manko. In meinen Stiefeln war ich einen Kopf größer als er. „Warum mussten sich Männer immer größer machen, als sie waren? Das musste doch auch nicht sein, oder?", dachte ich. Abstriche hatte ich gelernt zu machen, jedoch wurde mir mit seinem Auftritt schon viel abverlangt. Ich beschloss, meine Stiefel auszuziehen, sodass wir fast auf Augenhöhe waren.

Nach weiteren Küssen ging es rasant in mein Schlafzimmer. Dann ließen wir nur noch nackte Tatsachen sprechen. Er streichelte mich und ich küsste ihn.

Um die Sache abzukürzen, könnte man es folgendermaßen betrachten: „Wenn etwas auch im doppelten Sinne zu kurz geraten war, half auch keine Technik mehr."

Das war mein drittes Date, bei dem ich den berühmten Satz mit dem „X" anwenden musste. Immerhin konnte ich danach behaupten, dass ich wieder einen leichten, kurzen Einstand in der Sex Sache gefunden hatte.

Erfüllend funktionierte es nicht. Die Luft war raus. Ich war enttäuscht über diese schnelle Nummer, die ich nicht angestrebt hatte. Er war mehr als verhalten. Wir zogen uns an und er verschwand so schnell wie er gekommen war.

Als ich schlafen ging, musste ich kurz noch an die stets ermunternden Worte von Schul-Sven denken, der allzeit zu mir sagte: „Weiterwischen!"

***

Der nächste Morgen läutete mit einem wunderschönen Sonnenaufgang im Meer das Wochenende ein. Während ich frühstückte, schickte mir Benno mal wieder ein neues nettes „Guten Morgen"-Video mit persönlicher Ansprache. Auf Benno war verlass. Er war die erste, jedoch etwas schräge Konstante in meinem neuen Leben. Warum auch nicht? Bis dato war alles aufregend ungewohnt.

Kurz darauf erkundigte sich Marbella-Maarten per WhatsApp, ob ich gut geschlafen hatte, und schrieb mich völlig unerwartet an.

: Ich glaube, ich habe mich verliebt. Du sitzt den ganzen Tag in Kopf und Bauch.

Nach der Pleite des vorherigen Abends machte er mich völlig verlegen. Nach weiterem Schreiben waren wir uns klar, dass wir uns schnellstmöglich treffen mussten. Ich wollte sehen, ob es auch bei mir wirklich „Klick" machen würde. Er fügte hinzu:

: Für mich könntest Du es sein. Du siehst gut aus, liebst auch Spanien, bist nicht dumm und ich glaube, wir haben viel Gemeinsames…. Oder rede ich ein bisschen Unsinn?

Dann brach er umgehend den Chat ab, da er mit seinen Kindern vollauf beschäftigt war und keine Zeit für mich erübrigen konnte.

Ich hingegen schaute mich noch ein bisschen weiter auf Tinder um. Es ergaben sich zwei kurze Chats mit den üblich verdächtigen, hübschen Bildern, die ich aus meinen Erfahrungswerten schnell als Fake abhakte.

Mittlerweile hatte ich einen Blick dafür entwickelt und sah den ganzen Fall entspannter.

Wisch-Wisch. Ich machte weiter. Daraufhin gab es noch meine ungeliebten Kandidaten mit der typischen Chatfrage: „Was suchst Du?". Ich konnte mich gar nicht mehr genau erinnern, wie oft ich diese leidige Frage las, die mir schon zu den Ohren rauskam. Oh, wie leid war ich es.

Erstmals antwortete ich spontan „Eine lockere Beziehung mit Sex!".

Nachdem ich das schrieb, ging ich kurz in mich. Wie weit war es mit ihr gekommen, um so etwas in dieser Art von mir zu geben? Ich suchte was anderes, dennoch war es offensichtlich, dass ich das alles nicht mehr verkniffen sehen durfte. Die kleine Galizien-Katastrophe sollte künftig vermieden werden. Schlechten Sex wollte ich nicht mehr erleben. Dazu war das Leben einfach zu kurz geworden.

Erstmals fragte ich mich mit meinen 51 Jahren, bis wann ich noch Lust auf Sex haben würde. Bis ins hohe Alter von 90 Jahren? Aber wie sollte es in ferner Zukunft werden, wenn es jetzt schon nicht zufriedenstellend lief? Würde ich immer noch bei Tinder aktiv wischen und liken? Immerhin war nach aktuellem Stand die Alterswahl bis ins ganz hohe Alter gegeben. Als erfahrene Single-Oma würde ich sicherlich eher bei einem jüngeren Lover zugreifen. Gedanklich ließ ich alle Optionen offen.

Nachdem ich am Nachmittag von meiner relativ erfolgreichen Shoppingtour im Einkaufszentrum zurückkam, war ich um einen Winterpulli für die kalten Temperaturen in Deutschland reicher und um 55,00 € ärmer. Ich hatte ein „Einzelstück" von Pedro del Hierro ergattert, dass es nur noch in einer Größe und Farbe gab.

Unverhofft kam in letzter Zeit oft, auch zu oft. Galizien-Gabi meldete sich per WhatsApp und fragte, ob ich Lust hatte, ihn zu sehen. Nein, das hatte ich nach dem vorherigen Abend nicht mehr.

Aus meiner Sicht war der Drops gelutscht. Ich hatte mich über sein Auftreten geärgert und auch keine Lust mehr, mich wieder ins Auto zu setzen und nochmals 50 km über die Insel zu düsen. Ich antwortete mit einem klaren „NO"

Doch dann überlegte ich kurz und fragte mich, ob der ganzen Sache doch noch irgendetwas Positives abzugewinnen war.

Ich wollte mit der kurzen Frage „Wie wäre es mit morgen?" einlenken, die aber unbeantwortet blieb. Das war endgültig. Galizien-Gabi war aus dem Rennen.

Für mich war es nicht weiter weltbewegend, da ich noch Marbella-Maarten hatte. Er hatte meine kleine Gefühlswelt inzwischen völlig durcheinandergebracht. Wahnsinn, nur allein an ihn zu denken, zauberte mir Schmetterlinge in den Bauch. Obwohl ich ihn nur aus Telefonaten kannte, fühlte ich mich verliebt. Amors Pfeil hatte mich erneut getroffen.

Am nächsten Morgen waren es nur noch zwei Tage bis zur Rückreise. Freudig schrieb ich Marbella-Maarten an.

👩: *Guten Morgen* 😍 😍 😍 ☺ ☺ *Komm in mein Bett, Frühstück ist fertig…Bring bitte Brötchen mit* ☺ ☺ ☺

👨: *Guten Morgen. Mmmm du hast mich wach gemacht, aber ich komme gerne… Eigentlich möchte ich dich jetzt zum Frühstück haben* 😋 😋 😋

Wir texteten Hin und Her. Er berichtete mir, dass er für das bevorstehende Wochenende bereits seine Flüge nach Marbella und zurück gebucht hatte und sich freuen würde, wenn ich mitkäme, um sich besser kennenzulernen.
Nun galt es etwas Passendes auch für mich zu finden. Nach einem kurzen Blick auf SWOODOO stand fest, dass günstige Flüge nicht mehr zu bekommen waren. Immerhin stand die Option, im gleichen Flieger anzureisen und beim Rückflug mit einer Zeitverzögerung von zwei Stunden in unterschiedlichen Airlines zu sitzen.
Die Einladung ins sonnige Marbella stand. Hals über Kopf saß ich vor meinem Laptop und hatte wahrhaftig Malaga hin- und zurückgebucht. So schnell konnte es gehen. Ich schaute auf die Bestätigungsmail und fragte mich im gleichen Atemzug, was ich da am frühen Morgen veranstaltet hatte.
Eine Reise mit einem Mann, den ich nicht wirklich kannte. War ich von allen guten Geistern verlassen, verrückt, verliebt, sexgeil, oder was trieb mich dazu? Sicherlich war ich schon immer sehr spontan, dennoch stimmte etwas bei dieser Aktion mit mir

nicht. Es waren die Schmetterlinge in meinem Bauch und Amors Pfeil, der mich traf. Ich wollte ihn besser kennenlernen und da bot sich die Gelegenheit, kinderfrei zu sehen, ob es wirklich funkt und ich endlich das gefunden hatte, wonach ich suchte.

Der vorläufige Deutschlandplan stand mit kleinem, viertägigem Ausflug nach Marbella bereits am Morgen um kurz nach 10:00 Uhr fest. Nun gab es kein Zurück mehr und Marbella-Maarten schrieb:

: *Alles gut. Du bist ein bisschen verrückt und darum liebe ich dich. …. Es gibt nicht so viele Menschen, die sowas machen können, aber ich bin auch so und deshalb bin ich so froh. Mit dir wird es ein super Ausflug werden*

Ich war glückselig und bereits der festen Überzeugung, dass Marbella-Maarten derjenige war, den ich gesucht hatte. Er hatte seine Kids wie immer im Wochentakt und schrieb nur noch kurz „Kinder sind wach". Ich war zunächst außen vor und danach war Funkstille.

Der Gewohnheit nach schaute ich dann wieder auf mein Tinder. Da war auf einmal der charmant gutaussehende Gustave, 46 Jahre, mit einem zum dahinschmelzenden, provokativen Schwarz-Weiß-Foto. „Süß", dachte ich und matchte.

: 😌

: *Ich hoffe nur, dass ich Sie jetzt nicht störe…*

: *Nein* ☺

Antwortend kam das, was ich schon zu oft gelesen hatte.

: *Das ist nett von Dir. Ich heiße Gustave und bin deutsch-französischer Abstammung. Ich bin in Deutschland geboren, aber in Frankreich aufgewachsen, also bin ich, um ehrlich zu sein, ein bisschen schlecht in Deutschland, also benutze ich oft die Übersetzung und ich*

hoffe, das stört Sie nicht…? Ich lebe allein ohne Kinder. Und sie charmante Dame…?

Schon wieder. Warum waren unter so viele gutaussehende Männern, die mir ein Like gaben, so viele Fakes?

Am Abend telefonierte ich mit meinem Vater. Freudig teilte ich ihm mit, dass ich einen Kurztrip nach Marbella machen werde. Wie aus heiterem Himmel hielt er mir eine heftige Standpauke. Er wollte wissen, welcher Teufel mich geritten hatte. Anstatt sich für mich zu freuen, fuhr er mich weiter an: „Du kannst doch nicht mit einem wildfremden Mann nach Malaga fliegen. Die wollen doch alle nur dein Geld…" Mein Vater hatte einen Bericht im Fernsehen gesehen. Frauen fielen auf Männer rein und überwiesen denen eine Unsumme an Geld. „Wie kannst du nur?", wetterte er weiter. Aber ich konnte und wollte. Natürlich waren mir diese Arten von Schwindlern bekannt, aber Männer hätten mir eher Geld überweisen können als ich ihnen.

Nach dem ernüchternden Telefonat suchte ich per WhatsApp Rat bei meiner Freundin Frieda. Ich hatte ihr am Nachmittag mitgeteilt, dass ich einen Kurztrip mit Marbella-Maarten gebucht hatte.

👧: *OMG… Mein Vater ist voll durchgedreht…. Wie kann man nur mit einem wildfremden Mann nach Malaga fliegen… musste ich mir anhören. Der will doch nur dein Geld. Ich habe im Fernsehen gesehen wie die Schwarzafrikaner Frauen abgezockt haben, die 30.000 € überwiesen haben…*

👩👧: *Hast du nicht gekontert? …, dass du ihn schon lange kennst und nur aus den Augen verloren hast…*

👧: *Ich musste sooo weinen.*

👩👧: *Warum heulst du?… Rotze hochziehen, Krone richten und weiter geht's!!!*

👧: *Ich habe Lust auf Sex* 🙈

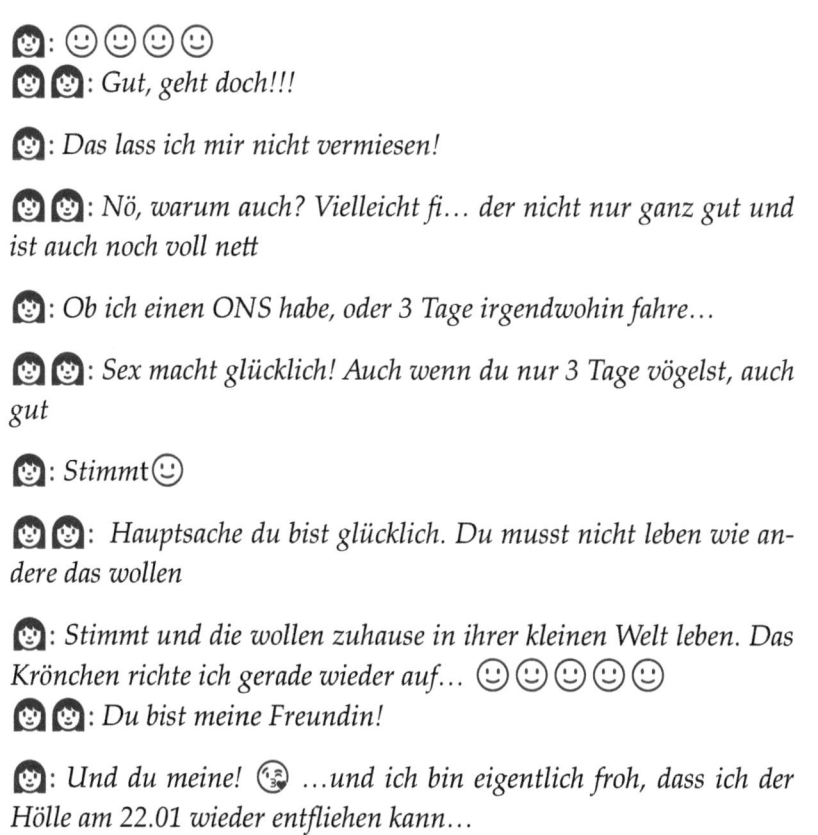

👧👧: *Dann mach das* 👍👍👍

👧: *Ich will mal wieder glücklich sein*

👧👧: *Dann hör jetzt auf zu heulen*

👧: *Mach ich*

👧👧: *Tränen machen hässlich und Sorgen machen alt, von dir wird dieser Preis nicht bezahlt* 😆😆😆😆

👧: *Stimmt*

👧👧: *Lach jetzt!*

👧: ☺☺☺☺
👧👧: *Gut, geht doch!!!*

👧: *Das lass ich mir nicht vermiesen!*

👧👧: *Nö, warum auch? Vielleicht fi… der nicht nur ganz gut und ist auch noch voll nett*

👧: *Ob ich einen ONS habe, oder 3 Tage irgendwohin fahre…*

👧👧: *Sex macht glücklich! Auch wenn du nur 3 Tage vögelst, auch gut*

👧: *Stimmt* ☺

👧👧: *Hauptsache du bist glücklich. Du musst nicht leben wie andere das wollen*

👧: *Stimmt und die wollen zuhause in ihrer kleinen Welt leben. Das Krönchen richte ich gerade wieder auf…* ☺☺☺☺☺
👧👧: *Du bist meine Freundin!*

👧: *Und du meine!* 😘 *…und ich bin eigentlich froh, dass ich der Hölle am 22.01 wieder entfliehen kann…*

👩👩: *Sieh das nicht immer so negativ, dass du wieder zuhause sitzt. Wenn man negativ an eine Sache rangeht, dann wird es auch meistens Scheiße.*

👩: *... also positiv denken, Krone ist gerichtet und ich sehe gut aus* ☺ ☺ ☺ ☺

👩👩: *So gefällst du mir schon viel besser! Außerdem steht dir die Krone gut.*

👩: *Danke. Ich brauche noch ein bisschen Zeit.*

👩👩: *Nein, das jetzt ist deine Zeit! Du musst jeden Tag so leben, als ob es dein letzter wäre... Ich weiß, einfacher gesagt als getan, aber wenigstens versuchen*

👩: *Nun es gibt immer noch Sachen, die mich zurückwerfen. Wäre Marbella-Maarten nicht am Start, wäre ich am Boden über Galizien-Gabi zerstört gewesen...*

👩👩: *Du hast doch 2 Ohren! Eins für rein und eins für raus. Also, damit musst Du rechnen, dass du viele Idioten triffst, wenn Du in so einem Forum unterwegs bist. Eigentlich sind 99% davon Schrott.*

👩: *Ist mir schon klar...*

👩👩: *Na siehst Du, dann brauchst Du auch nicht am Boden zerstört zu sein... Egal, ob da noch jemand im Hintergrund ist.*

👩: *Stimmt!!!*

👩👩: *Tu es ab unter: wieder um eine Erfahrung reicher. Hatte ich auch. Doofer Typ, scheiß Sex, auf zum Neuen.*

👩: *Gut zu hören...* 😂 😂 😂 *... Du baust mich auf.*

👩👩: *Manno, ich hatte unzählige Dates. Da war alles dabei, von schön bis hässlich. Von Einladung zum Essen, das ich dann selbst bezahlt habe.*

👩: *Auch guter Sex muss sein!*

😊😊: *Auch guter Sex kommt erst wenn man sich ein wenig vertraut ist. Vorher ist es reine Lustbefriedigung.*

😊: *Glaube ich auch, aber ich will geküsst und geknuddelt werden und das ganz, ganz lange.*

😊😊: *Ich hatte auch Dates, da wusste ich von vornherein, das wird nix, aber ich wollte Sex.*

😊: *Ok*

😊😊: *Wenn ich jetzt so darüber nachdenke… Es war eine spannende, lustige aber auch teilweise anstrengende Zeit.*

😊: *Die du bestimmt nicht missen wollen würdest, und so geht es mir jetzt…*

😊😊: *Aber ich will sie nicht missen. Manche waren auch sofort in mich verliebt. Manche wollten mich nicht… Lass uns Freunde bleiben… nie wieder etwas von gehört.*

😊: *Auch gut… toller Spruch*

😊😊: *Nur verrenne dich da in nichts*

😊: *Nein, ich schreibe gleich mal Rotterdam-Ruben an* 🙂🙂🙂 *… Verrennen… hatte ich 16 Jahre lang. …Am liebsten hätte ich den schönen Benno… aber der ist zu gefühlskalt*

😊😊: 😆😆😆, *weißt du doch nicht*

😊: *Noch nicht wirklich.*

😊😊: *Von einem Date kann man nichts sagen.*

😊: *Mal sehen… Buchende noch offen…* 😆😆😆

😊😊: *Vielleicht ist der auch nur vorsichtig*

😊: *Auch möglich. … und dann gibt es auch noch Juanes aus Teneriffa…*

👧👧: *Mach nicht alle auf einmal. Dann kann man sich nicht auf einen einlassen, weil man immer denkt, da kommt was Besseres. Aber meistens ist das nicht so.*

👧: *Nein, aber was sage ich Rotterdam-Ruben, dass ich so schnell nicht mehr erreichbar bin???*

👧👧: *Du musst arbeiten...*

👧: *Stress oder wie?*

👧👧: *Arbeiten! Da kann man nicht ständig schreiben.*

👧: *Ok. Sagte er mir heute auch.*

👧👧: *Siehst du. Auf meiner letzten Arbeit war Handyverbot*

👧: *Alles klar...*

👧👧: *Mach doch...Siehst du Süße, Krone sitzt gut*

👧: *Danke!*

👧👧: *Nein, Freunde brauchen sich nicht zu bedanken. Sie sind einfach da.*

👧: *Stimmt. Braucht man nicht... aber ich mache das.* 😘😘

👧👧: *Ok* 😘😘😘

Ich war glücklich und das ließ ich mir auch so schnell nicht verderben. Es war ein tolles Gefühl, endlich mal wieder ganz viele Schmetterlinge im Bauch zu haben. Selbst wenn es mit Marbella-Maarten nicht funktionieren sollte, würde es dann zu meinen Erfahrungen zählen, die ich machen sollte.

***

Mein letzter Tag auf Lanzarote fiel in die ernüchternde Kategorie „Regen im Paradies". Ich verbrachte ihn mit Kofferpacken, Hausputz und meinem vollen Tinder-Programm. Immerhin hatte ich eine tolle Zeit, und bei so einem Langzeitaufenthalt spielte es mehr oder weniger keine Rolle, ob es mal einen Tag oder eine Woche regnete.

***

Am nächsten Morgen war es dann so weit. Adios Lanzarote. Auf eine Art und Weise freute ich mich schon auf Deutschland, um Marbella-Maarten zu sehen und kennenzulernen.

Allzu groß war meine Freude, auch dann doch nicht zurückzufahren, da ich, ich wusste nicht, Lanzarote über alles liebte. Ich glaubte, dass ich die Insel mehr liebte als ich jemals einen Mann lieben könnte. Es war die einzigartige, karge Landschaft, das Klima, die Sonne und das Meer, das mich bereits bei meinem ersten Besuch in den Bann zog. Wie hatte Whitney Houston einst so schön geschmettert: „I always will love you." So war es mit Lanzarote und mir.

Am Flughafen ging ich nach dem Check-in in die Abflughalle und drängte mich durch die Menschenmenge, um zu meinem Terminal zu gelangen. Obwohl ich mit Galizien-Gabi hätte rechnen müssen, stand er völlig unerwartet vor ihr.

Noch als ich ihn vor drei Tagen abends in meinem Appartement sah, war er ansehnlich, leider nur etwas zu kurz geraten. Aber nun am Tag hätte ich ihn fast nicht wiedererkannt. Er war nicht mehr der interessante, liebenswerte Mann, den ich über Tinder im Chat kennengelernt hatte. Er war blass, etwas usselig und sah abgekämpft aus.

Spontan wie ich war, sprach ich ihn mit einem „Hola, wie geht es dir?" an. Seine Gesichtsmimik war aufgrund der Maskenpflicht nicht ansatzweise erkennbar. Im kurzen Gespräch, das er fast widerwillig mit mir führte, teilte er ihr mit, dass er es abstoßend fand, dass ich einen Toten im Kleiderschrank des Schlafzimmers aufbewahrte. Ich hatte doch keinen Toten im Schrank. Es war die Urne meines verstorbenen Freundes. Sein letzter Wille war, nie wieder zurück nach Deutschland kehren zu müssen. Er wollte nicht auf einem Friedhof beerdigt, geschweige denn in einem Urnengrab beigesetzt werden. Galizien-Gabi wusste, dass mein Freund verstorben war, aber rechnete nicht damit, dass er noch bei ihr war. Wie Daniela Büchner bei „Goodbye Deutschland" eine Art Schrein im Wohnzimmer für ihren Jens aufzubauen, wollte ich nicht. Mein Freund war für immer in ihrem Herzen und ich war seinem letzten Wunsch nachgegangen.

Dass es sich in meinem Kleiderschrank auf Lanzarote offensichtlich um eine Urne handelte, war für Außenstehende nicht sichtbar. Sie war in einer schnöden weißen Papiertüte eingepackt.

So sagte ich ihm scherzhaft, dass er als Schlagzeile in seiner Zeitung „Deutsche Frau auf Lanzarote mit Totem im Schrank" veröffentlichen sollte. Er empfand meine Äußerung nicht ansatzweise lustig. Daraufhin hatten wir uns nichts mehr zu sagen. Höflich verabschiedete ich mich und wünschte ihm einen guten Flug.

Unmittelbar nach der Landung in Deutschland rief Rotterdam-Ruben mich freudig an und erkundigte sich nach meinem Flug. Im Laufe des Gesprächs teilte ich ihm mit, dass sie eine Einladung nach Marbella bekommen hatte. Darauf wurde er richtig sauer, da er sich in mich verliebt hatte. Das hatte ich in der ganzen Zeit jedoch nicht bemerkt, da ich ihn als netten, witzigen Gesprächspartner empfand, mit dem ich mich zunächst mal gerne getroffen hätte.

An ein Treffen war nach diesem Telefonat nicht mehr zu denken. Ich musste mir eingestehen, dass ich inzwischen zwar gut flirten konnte, aber noch in keinster Weise ein Gefühl dafür entwickelt hatte, ob sich ein Mann für mich ernsthaft interessierte und sich in mich verliebt hatte.   Gefühlskalt war ich nicht, aber klare Liebesgeständnisse hätten mich in meiner Entscheidungsfindung wesentlich weitergebracht.

Rotterdam-Ruben hätte vielleicht der Mann meines Lebens werden können, aber so sollte es dann wohl nicht sein. Er war raus und die Sommerresidenz in Galizien gestrichen. Immerhin hatte ich noch die Illusion auf eine schicke Luxusvilla im sonnigen Marbella, in der ich mich im knappen Bikini auf einer Luftmatratze im Pool sah.

***

„Was für ein Anreisetag nach Deutschland", dachte ich am nächsten Morgen, als ich in meinem Bett aufwachte. Es war bitterkalt. Ich lag lange unter meinem dicken Daunenoberbett und hatte das Gefühl, dass mein Gesicht über Nacht eingefroren war.

Das war auch nicht verwunderlich, da meine Schwester den Schlüssel für mein Haus unter die Eingangsmatte gelegt hatte, aber offensichtlich keine Lust verspürte, kurz in den Keller zu gehen, um die Gastherme einzuschalten. Obwohl ich die Therme gegen 23:00 Uhr bei Ankunft in Betrieb stellte, war viel Wärme nicht mehr zu erwarten, da das Haus komplett ausgekühlt war. Ich fühlte mich wie in einem Gefrierschrank. Schockgefrostet von 25 auf 5 Grad, und das innerhalb von 24 Stunden. Wo war mein schönes Lotterleben geblieben? Darüber musste ich nicht allzu lange nachdenken. Es war einfach nur Schlappe, 3000 km weit entfernt. Nun hatte ich mein altes Leben zurück. Auf Lanzarote freute ich mich auf Deutschland. Aber mit der Realität vor Augen hätte ich mich am liebsten auf der Stelle zurückgewünscht.

Das Leben war kein Wunschkonzert. Traurig, aber wahr: Es war jetzt die nackte Wahrheit. Wie lange ich mitspielen musste, war nicht ansatzweise abzuschätzen.

Ich quälte mich aus meinem Bett und zog mein Deutschland-Outfit an. Schwarze Jeans, schwarzer Rolli, Boots und eine Bogner-Ski-Jacke. Alles sah wie neu aus, da ich die letzten gefühlten 10 Jahre nicht mehr in der Winterzeit in Deutschland war. In den Spiegel blickend, fühlte ich mich in meinem angepassten Look wie verkleidet, da ich auf Lanzarote ausschließlich Kleider und Birkenstocks oder sexy schwarze Stiefel trug.

Mein neuer Tagesablauf hielt mich dermaßen auf Trapp, dass mir erst am Nachmittag auffiel, dass irgendwas mit Tinder nicht mehr stimmen konnte. Die Mitteilungs-zentrale des iPhone schwieg und gab keinen Ping-Ton von sich. Was war passiert? Offensichtlich war mein Tinder defekt.

Wäre ich nicht zuhause, sondern in einem spanischen Hotel gewesen, hätte ich die Rezeption angerufen und nach einem Techniker verlangt. Diese Allroundtalente konnten alles immer wieder reparieren. Gerade mal war ich 24 Stunden vor Ort und nichts funktionierte mehr wie gewohnt. Aber auch rein gar nichts. Versagte die Tinder-Technik, oder konnte ich in Deutschland nicht mehr punkten? Im Prinzip hätte es mir egal sein müssen, ob ich weitere Likes bei Tinder bekommen hätte oder nicht, aber es war eine Sucht, und sobald das iPhone schwieg, fühlte ich mich aus dem Rennen und fragte mich, ob überhaupt noch jemand mich begehrenswert fand.

Marbella-Maarten hatte sich den ganzen Tag noch nicht gemeldet und ich bekam langsam Zweifel, ob es die richtige Entscheidung war, mich auf ihn festzulegen. Am frühen Abend schrieb ich ihn an.

👧: *Wenn es dich nicht geben würde, hätte ich heute schon meinen Rückflug nach Lanzarote gebucht…*

Geduldig wartete ich auf seine Reaktion und wartete und wartete. Es vergingen über zwei quälende Stunden, bis er mir eine WhatsApp schickte und mich kurz darauf anrief. Wir quatschten über Gott und die Welt und es war so, als ob wir uns schon ewig kannten.

Nach dem Gespräch waren meine Zweifel wie weggeblasen. Ich fühlte mich glücklich und begehrter als je zuvor. Marbella-Maarten hatte mich betört und mit seinem Charme verzaubert. Mit unzähligen Schmetterlingen im Bauch ging ich schlafen.

Am nächsten Morgen wachte ich bei lausigen drei Grad und Schneeregen auf. Mir wurde bewusst, was in den letzten Tagen passiert war. Amors holländischer Pfeil hatte mich wahrhaftig mit voller Wucht getroffen. Ich hatte mich verliebt.

Für das Traumdate am kommenden Tag wollte ich alles so perfekt wie möglich vorbereiten. Mittags machte ich mich auf den Weg, um mich mit neuer sexy Unterwäsche einzukleiden. Das hatte ich bereits für mein Galizien-Gabi-Date auf Lanzarote geplant, fiel aber aufgrund der bescheidenen Größenauswahl vor Ort ins Wasser.

Bei der kurzen Sex-Einstiegsnummer stellte sich doch ernüchternd heraus, dass es völlig egal gewesen war, was ich für Unterwäsche getragen hätte. Der schwarze Baumwollschlüpfer war, da er mir heruntergerissen wurde, mehr als ausreichend. Für das neue Date sollte es besser werden und anders laufen. Das war zumindest der Plan.

Im Dessous-Fachgeschäft angekommen, war ich von der schicken Kollektion hell auf begeistert. Ich blickte dezent auf die Preisschilder und traute meinen Augen nicht mehr recht. Ein BH mit Spitze ab 80 €? Dazu ein hübsches Höschen ab 40 €?

Solche Preise war ich von den Kanaren nicht mehr gewohnt. So viel Geld wollte ich dann doch nicht ausgeben. Nach kurzer Durchsicht der weiteren Auslage entschied ich mich, der Verkäuferin meinen schwarzen BH zu zeigen, und sagte ihr, dass wir einfach passende sexy Höschen zum BH finden müssten. Gesagt getan. Zur Anprobe verschwand ich in die Umkleidekabine. Als ich fast nackig war, schellte mein iPhone und ich hatte Schul-Sven am Hörer.

Er wollte wissen, was ich momentan so treiben würde. „Momentan?", sagte ich und musste herzlich lachen. „Du bist mir eine echte Flitzpipe. Ich stehe hier gerade halbnackt in der Umkleide und probiere Tangas an… Du rufst aber auch wirklich im allerungünstigsten Moment an. Ich brauche da noch etwas Nettes für mein holländisches Date." Schul-Sven musste lauthals lachen und wünschte mir einen erfolgreichen guten Einkauf.

Während des kurzen Telefonats bemerkte ich, dass er langsam nicht mehr verstand, mit welchem Tinder-Holland ich mich treffen wollte. Er war verwirrt und nicht mehr zu 100% auf dem Laufenden. Bei mir lief alles, wie er es nannte, „auch immer etwas wild durcheinander ab". Offensichtlich bestand erneuter Klärungsbedarf, den ich am frühen Abend ausführlich mit ihm erörterte. Nach meiner ausführlichen Berichterstattung konnte ich gerade mal tief Luft holen, als mein Telefon erneut schellte. Es war mein Marbella-Maarten-Schatzi, der wissen wollte, zu welcher Uhrzeit wir uns am nächsten Tag treffen würden und was ich kochen würde. Ich überlegte kurz, hatte jedoch weder Lust, ausgiebig einkaufen zu gehen, noch in der Küche zu stehen. Mir war nach einer Aufbackpizza.

Nach meiner Mega-Diät hatte ich absolut kein Verlangen mehr, ausgiebig zu kochen. Ich war heilfroh, als er mir sagte, dass er gerne eine Pizza mit dünnem Boden, Spinat und Käse essen würde.

Nichts leichter als das. Zweimal die Spinat-TK-Pizza von Dr. Oetker und fertig. Mehr Aufwand wollte ich auf keinen Fall am Kennenlernabend betreiben.

Mein Fazit des Abends war: Die Flüge nach Malaga waren gebucht und die Besichtigung der Marbella- Villa inklusive Pools stand noch an. Das Allerwichtigste war die Aussicht auf guten Sex, für den man sich erwiesener Weise nicht unnötig vollstopfen sollte.

Der kommende Tag sollte der Tag der Tage werden. Ich wollte mich in einem perfekten Licht präsentieren. Dazu legte ich eine hübsche, wie es auf der Packung versprochen wurde, regenerierende Antifalten-Gesichtsmaske auf und trank einen Becher Buttermilch. Wenn es schön machte, warum nicht? Zwar trug das zu meinem inneren Wohlbefinden bei, zeigte aber bei einem kritischen Blick in meinen Badezimmerspiegel keinen Effekt. Ich hatte ein gebräuntes, hübsches Gesicht, aber meine Lachfalten waren immer noch klar sichtbar. „Die Werbung ist auch nicht mehr das, was sie einmal war", dachte ich und musste über mich selbst lachen.

Zu später Stunde telefonierte ich noch ausführlich mit Freundin-Frieda, die mir schließlich folgende kleine Sicherheitsinstruktion für Marbella-Maarten mit auf den Weg gab: „Kennzeichen möglichst unauffällig abfotografieren und kurz per WhatsApp zuschicken." Ich stimmte ihr einfach zu. Letztendlich machte ich mich auf ins Bett. Zu jenem Zeitpunkt bemerkte ich erstmals, dass mein Tinder sich noch immer nicht erholt hatte. Die unzähligen Pings-Pings und Verehrer, die mich zuvor gelikt hatten, waren wie vom Erdboden verschwunden.

Eventuell schien dieser Zustand das neue negative Karma zu sein, das die deutsche Umgebung auf mein geliebtes Tinder ausübte. Dennoch schwebte ich auf Wolke Sieben. Hatte ich meinen Traummann gefunden? Würde mein neues Buch mit dem morgigen Tag enden? Würden wir uns gemeinsam bei Tinder abmelden? Oder würde alles in eine Katastrophe ausarten? Als ich mit dem Roman startete, fasste ich den Beschluss, dass die Suche beendet sei, wenn ich das gefunden hatte, wonach ich suchte. Vielleicht sollte es noch eine Version „Stella liebt Tinder 2.0" geben, wenn es doch schließlich nicht so funktionierte, wie ich mir meine neue Beziehung ausgemalt hatte. Darüber wollte ich aber kurz vor dem Einschlafen nicht mehr nachdenken.

***

Am nächsten Tag war es endlich so weit. Es war der Geburtstag meines Vaters und das ersehnte Treffen mit Marbella-Maarten stand an. Bereits am Morgen war ich extrem aufgeregt, da ich nicht wusste, was nach der Party bei meinem Papa am Abend mit meinem Traummann noch passieren würde.

Meine inzwischen liebgewonnenen WhatsApp-Chats, zu denen der nette Bäcker aus Santa Cruz und der liebenswerte Mingo aus Teneriffa zählten, konnte ich am Nachmittag beim Kaffeetrinken nur kurz beantworten, da einerseits mein Vater im

Mittelpunkt stand und ich andererseits Marbella-Maarten im Kopf hatte.

Dann war es endlich so weit. Der Traummann kündigte sich per WhatsApp gegen 18:00 Uhr an. Ich stylte mich sexy und zog ein figurbetontes schwarzes kurzes Kleid mit meinen Stiefeln an. Aufgeregt, wie ich war, trank ich zur Beruhigung einige Gläschen Wein. Insgeheim wünschte ich mir, dass es genauso werden sollte wie es bei „Pretty Woman" passierte, als Julia Roberts sagte: „Du wirst mich lieben und mich nie wieder gehen lassen."

Fast pünktlich fuhr ein schnittiges schwarzes Mercedes E-Coupe vor und Marbella-Maarten stand vor meiner Haustür. Groß, blond, eine smarte Figur und zum Anbeißen süß. Ja, das war der langersehnte Traummann! Genauso hatte ich ihn mir vorgestellt.

Nach einem fetten, innigen Begrüßungskuss mit Zunge ging es nach einer kleinen Hausführung in meine Küche zum Pizzaessen. Wir konnten gar nicht die Finger von uns lassen, unterhielten uns dennoch angeregt und tranken zum Essen seinen mitgebrachten Champagner. Dann ging es auch recht zügig in die Horizontale, da es am nächsten Morgen zusammen nach Holland gehen sollte, um von dort in den geplanten romantischen Kennenlern-Kurztrip zu fliegen.

Außer leidenschaftlichen Küssen, intensiven Streicheleinheiten und angeregtem Fummeln passierte bedauerlicherweise nicht mehr viel. Marbella-Maartens bestes Stück blieb schlapp. Aus einem angedachten „Vögeln bis der Arzt kommt" wurde nichts. Der Gute hätte Viagra gebraucht. „Na gut", dachte ich, „sollte wohl beim ersten Mal nicht so sein, kann ja nur noch besser werden."

Am folgenden Morgen wachte Marbella-Maarten um 5:00 Uhr auf. Wie von der Tarantel gestochen sprang er aus dem Bett und schrie: „Ich habe so geschwitzt, ich habe Kopfschmerzen, ich habe Corona… Ich brauche jetzt Kaffee und eine Zigarette!"

„Was für ein Egoist, der nicht in der Lage war, Guten Morgen zu sagen", dachte ich und erwiderte: „Was für ein Schwachsinn, aber dann mach das."

Zugegebenermaßen war es relativ warm in meinem Haus, da ich die Heizung auf höchste Stufe gestellt hatte, um es annähernd so warm wie auf Lanzarote zu haben. Dort waren es tagsüber im Schatten immer 25 Grad, abends und nachts aber noch 17 Grad.

Eine Stunde später ging es nach unzähligen Kaffees recht zügig Richtung Holland. Mein neuer Morgenmuffel brachte bis zur Ankunft in seinem Haus nicht ein Wort heraus. Wen hatte ich mir da nur ausgesucht? Unverkennbar war es jetzt schon ein leichter Fehlgriff, vielleicht war es aber auch der erste Tag oder einfach nur Stress. Ich wusste es nicht.

Für ein schmales Frühstück erhitzte Marbella-Maarten zwei eingefrorene Brötchen im Backofen. Danach ging es erneut im Schlafzimmer in die horizontale Position, die jedoch wieder ohne krönenden Erfolg verlief. Was hatte mich da nur geritten? War ich endgültig von allen guten Geistern verlassen?

Es war ein echter zweiter Reinfall, den ich jedoch mit allem Optimismus, den ich hatte, nicht sofort eingestehen wollte. Nach der erneuten Sexpleite gingen wir ins Wohnzimmer, um uns die verbleibenden drei Stunden bis zum Aufbruch zu vertreiben. Irgendwie war der Wurm drin. Wäre er in einer Flasche Tequila gewesen, die wir getrunken hätten, wäre es bestimmt amüsanter geworden.

Sprachmuffel Marbella-Maarten schnappte sich wortlos sein iPad und spielte CandyCrush. Ich warf einen Blick auf das Spiel, das ich mal vor Urzeiten ausprobierte, aber überhaupt nicht mochte. Ich war ein Fan von Fish Dom. Im Prinzip war es das Gleiche, aber mit den schönen Fischen fand ich es interessanter gemacht.

Ich langweilte mich mit ihm. Die Zeit wollte und wollte bis zur Abfahrt nicht vergehen, sodass ich beschloss, in die Küche zu gehen, um einen Tee zu trinken.

Auf dem Weg dorthin bemerkte ich, dass irgendetwas mit meinen Schuhen nicht stimmte. Ich sah runter und stellte fest, dass sich die Sohlen gelöst hatten. Was war mit meinen bequemen Winterschuhen passiert? Die alten Sketchers- Bergstiefel hatten schon über 10 Jahre auf dem Buckel, standen über 2 Jahre auf Lanzarote im Schrank und waren plötzlich nicht mehr so ganz einsatzbereit. Musste das jetzt auch noch zu allem Unglück sein? Auf Nachfrage lag die Lösung im holländischen Kühlschrank bereit. Mit dem vorhandenen Sekundenkleber konnte ich meine Schuhe glücklicherweise noch retten.

Die ganze Situation empfand ich so komisch, dass ich mich vor Lachen fast in die Hose machte. Ich bekam mich fast nicht mehr ein. „Wer den Schaden hat, braucht für den Spott nicht zu sorgen", dachte ich und lachte lauthals. Die Schuhe waren nun wieder trittfest, aber Marbella-Maarten fand den kleinen Vorfall nicht ansatzweise lustig. Er schaute mich die ganze Zeit unverständlich böse an.

Kurz danach schnappten wir unser Handgepäck und gingen zur Bushaltestelle, um danach vom Hauptbahnhof zum Flughafen zu fahren.

Ach ja, im Vorfeld hatte ich mir das gesamte Szenario wesentlich schöner ausgemalt. Verliebt sein, Händchen halten, schmachtende Blicke, erfüllender Sex und mit dem Traummann ins schicke Marbella fliegen.

Es war jedoch nur das, was ich mir erträumt hatte. Die momentane, ernüchternde Realität sah anders aus. Warum lief bei mir immer alles anders, als ich es im tiefsten Inneren wollte? Ich sehnte mich nach Liebe und Geborgenheit, wurde aber bereits nach einem Tag bitter enttäuscht. Mein Marbella-Maarten hatte mit einer Größe von 1,83 m die optimale Knutschhöhe, die ich bei einer eventuellen weiteren Tinder-Suche bei dem nächsten Kandidaten unbedingt beachten musste. Er sah super aus, aber wie es schon immer war, konnte allein das Aussehen nicht alles retten.

Im Flieger saßen wir beide nicht nebeneinander. Er war zu geizig, um sich einen Platz neben mir zu buchen. Umsetzen ging aufgrund der Nachverfolgung der Ansteckung wegen COVID nicht, sodass ich froh war, zwei Flugstunden über den vorläufigen Liebesfall nachzudenken.

Das Erste, was mir in den Kopf schoss, war, dass ich mich wunderte, warum er mein Haus so genau unter die Lupe nahm. Nach fast drei Monaten Abwesenheit war ich gerade mal zwei Tage daheim. Unmittelbar nach dem Tod meines Freundes hatte ich umgeräumt, jedoch stand vieles noch nicht so richtig an seinem Platz, wie ich es hätte haben wollen. Marbella-Maarten deutete an, dass bei mir alles „äußerst" Retro sei. Das war nicht nett gemeint, sondern sollte bedeuten, dass ich einrichtungstechnisch nicht mehr auf dem neuesten Stand war.

Ich empfand das überhaupt nicht schlimm, da ich meine Einrichtung liebte. Mein Stil war sehr nüchtern, weiße Glasfasertapeten, Bilder an den Wänden mochte ich nicht, sehr viel Glas, schwarze Couchgarnitur aus Leder.

Ansonsten beherrschte der Ton Silber meine Hütte.

Als ich in sein Haus kam, hatte ich das Gefühl, in einem Markenmöbelhaus zu stehen. Alles nur vom Feinsten. Siematic-Küche mit riesiger Kochinsel, zwei Kühlschränke, zwei Kaminöfen, Jura-Kaffeemaschine, riesige B&O-Fernseher und Musikanlage. Schön und teuer, aber sowas beeindruckte mich noch nie wirklich. Er hatte einen anderen Geschmack und vermochte es, sich modern und edel zu präsentieren.

Durch mein Architekturstudium war ich, was Einrichtungsstile anging, aufgeschlossen und nicht wirklich auf eine Richtung fixiert. Auf einmal musste ich mich an eine Situation vor über 10 Jahren erinnern. Ich wohnte bereits 2 Jahre in meinem Haus und war fertig eingerichtet. Ich wunderte mich über einen Handwerker, der fragte, ob ich erst kürzlich eingezogen sei, da ich noch keine Bilder an den Wänden hatte.

So unterschiedlich konnten Geschmäcker sein.

Mich beschlich das Gefühl, dass Marbella-Maarten eine Frau mit Geld suchte. Da war er bei mir an der falschen Stelle. Ich liebte Understatement und musste stets wer und was ich war. Inzwischen waren nicht einmal 24 Stunden vergangen und ich musste mir eingestehen, dass das wohl offensichtlich nicht so ganz rund lief.

Am Flughafen in Malaga angekommen, ging es zunächst mit dem Mietwagen in eins seiner Lieblingsrestaurants zum Abendessen. Er war fröhlich und fühlte sich sichtlich wohl in seinem Element. Die Kellner kannten ihn, da er über 10 Jahre in der Region gelebt hatte.

Danach ging es in die hoch angepriesene Marbella-Villa, die sich jedoch als eine einfache Wohnung in einem riesigen Residenzkomplex entpuppte. Satt und leicht erschossen vom Tag gingen wir gegen 02:30 Uhr schlafen. Es gab ein kurzes „Gute Nachtküsschen", aber an mehr war seinerseits nicht mehr zu denken.

***

Am nächsten Morgen wiederholte sich beim Aufstehen das Spiel, das ich vom Vortag kannte. Die Tarantel stach erneut zu. Er sprang wortlos auf, ging in die Küche, trank Kaffee und rauchte. Viel Sprechen brauchte ich nicht, was ich aber gerne getan hätte, da ich eine kleine Quatschtante war.

Ich duschte und während ich mich fertig machte, hörte ich, dass Marbella-Maarten dann doch irgendwie morgens in der Lage war, sich zu artikulieren. Jedoch nicht mit mir. Er telefonierte. Sichtlich angespannt sprach er mit seiner Anwältin, da er mit seiner Exfreundin bezüglich der Kinder Probleme hatte. Alles war offenbar wichtiger als ich. Seine Kinder standen an erster Stelle. Der älteste volljährig, und dann noch die kleinen Mädchen. Das waren seine Prinzessinnen, gegen die ich keine Chance hatte. So etwas kannte ich nicht, da ich keine Kinder hatte und mit so einer Problematik nie konfrontiert wurde.

Nach einem kurzen Frühstück fuhren wir fast wortlos nach Marbella und machten Halt an einer Tapas-Bar. Nach zwei Gläsern Wein kehrte sein Sprachvermögen zurück und die Situation entspannte sich. Brauchte dieser Mann erst Alkohol, um überhaupt mit mir zu sprechen? Allem Anschein nach ja. Das war traurig, aber wahr.

Wir verbrachten einen schönen Tag in Marbella und fuhren zurück in seine Residenz. Von dort aus ging es am Abend erneut in die Stadt. Marbella-Maarten hatte einen Termin zum Essen mit ortsansässigen niederländischen Geschäftspartnern in einem typisch spanischen Steakhaus vereinbart. Auf dem Weg zum Restaurant war er wie ausgewechselt. Wir hielten Händchen, plauderten angeregt und küssten uns wiederholt innig auf der Straße. Aus meiner Sicht war alles perfekt. Es hatte sich alles irgendwie wieder eingerenkt.

Wir hatten einen amüsanten Abend mit lustigen Gesprächen und sehr gutem Essen. Als wir spät in der Nacht in sein Haus zurückkehrten, änderte sich die Stimmung schlagartig. Er war keineswegs mehr charmant und drückte mir wie aus heiterem Himmel mehrere Sprüche rein. Beim Händchenhalten hatte ich seine Hand zu festgedrückt und meine Küsse waren ihm viel zu feucht. Bla, bla, bla. Nur Kritik. Sowas wollte doch keine Frau nach einem schönen Abend hören. Für mich war es ein Schlag ins Gesicht. „Sagt man sowas?", dachte ich. Sicherlich nicht, aber der uncharmante Marbella-Maarten nahm kein Blatt vor den Mund. Scheinbar war ihm nicht bewusst, wie sehr er mich damit kränkte. Um Diskussionen jeglicher Art und Weise zu vermeiden, ging ich ins Bett.

***

Am folgenden Morgen trat dann auch schon die neue, sprachlose und sexfreie Alltagsrealität in mein Leben ein, die ich bereits nach so kurzer Zeit hasste. Ich wachte auf und fühlte mich einfach nur schlecht. Meine Laune war im Keller. Ich überlegte, ob ich ein „Guten Morgen" sagen sollte oder auch nicht. Das hätte nichts gebracht. Bis dato war es schon wieder das Gleiche. Die Stimmung verbesserte sich, als wir am Abend mit einem weiteren holländischen Geschäftspartner verabredet waren. Er hatte ein altes Schloss in ein Boutique-Hotel umgebaut und präsentierte sich voller Charme, ohne holländischen Akzent. Als ich ihn sah, fragte ich mich, warum so ein attraktiver, charmanter Single nicht auf Tinder zu finden war. Im Kaminzimmer des Schlosses tranken wir selbstgemachten Glühwein und fuhren anschließend in ein Restaurant.

Nach drei bestellten Rinderfiletspießen und zwei teuren Flaschen Rotwein brachten wir den Schlossbesitzer zurück und machten uns wieder auf den Weg in die Residenz. Langsam aber sicher zeigte der Weinkonsum seine Wirkung. Marbella-Maarten war schon etwas angesäuselt, als er mir auf einmal sagte: „Meine Prinzessin, ich liebe dich." Ich traute meinen Ohren nicht recht und tat so, als ob ich das nicht gehört hatte. Es war ein toller Abend, aber ich war immer noch zutiefst verletzt. Mein Traummann schien nur unter Alkoholeinfluss zu funktionieren.

Als wir zurückkamen, öffneten wir eine weitere Flasche Wein und sprachen über seine Wohnungseinrichtung, mit der er nicht zufrieden war. Der gute Marbella-Maarten hatte seine Traumvilla äußerst minimalistisch und durcheinandergewürfelt eingerichtet. Ich hatte das Gefühl, dass er all das, was er nicht mehr in Holland gebrauchen oder haben wollte, dorthin verfrachtet hatte.

Dann stellte er mir seine Umbaupläne vor. Aus der Küche wollte er ein weiteres Schlafzimmer machen und eine neue Küchenzeile sollte im offenen Wohn- und Esszimmer ihren Platz finden. Dazu waren meine Vorschläge zur Verbesserung der Raumaufteilung gefragt, sodass wir unter meiner Anleitung den ganzen Bereich zu später Stunde umstellten und die Möbel von „A nach B" rückten. Danach gingen wir schlafen.

Der dritte Morgen des Kennenlern-Liebesurlaubs verlief wie gehabt. Es war der letzte Tag in Marbella. Wollte ich wirklich die Höhen und Tiefen mit ihm? Hätte ich seine morgendliche wortlose Art ertragen müssen, um dann letztendlich glücklich zu werden? Ich fühlte mich himmelhochjauchzend und zu Tode betrübt.

Nach einem kurzen sporadischen Frühstück im Stehen blickte Marbella-Maarten erneut auf unser Gestaltungswerk der letzten Nacht. Er war dermaßen begeistert, dass er umgehend unzählige Fotos machte, die er seinen Freunden zuschickte. Zu meiner Verwunderung meldeten sich umgehend im Videoanruf seine Freunde zurück und er stellte mich als seine neue Freundin vor. Damit hatte ich wiederum so schnell nicht gerechnet.

Am Abend lud er mich in sein italienisches Lieblingsrestaurant ein, in dem wir eine wundervolle, ausgelassene Zeit bei Kerzenschein, Pianomusik, Prosecco und fantastischem Essen verbrachten. So etwas Romantisches hatte ich zuvor noch nie erlebt. Es war einfach unbeschreiblich schön. Auf einmal zählte das Negative, das zuvor in der kurzen Zeit passiert war, nicht mehr. Alles war wie weggeblasen. Es gab nur noch uns und wir fingen den Moment ein. Seine schmachteten Blicke himmelten mich an und ich schwebte auf Wolke sieben. Genauso hätte es von Anfang an sein müssen. Vielleicht hatten wir auch nur gewisse Anlaufschwierigkeiten, die bekanntlich in jeder guten Beziehung vorkommen konnten.

Wer hätte das gedacht? Auf dem Rückweg fuhr er bewusst durch Marbella, um einen geöffneten Supermarkt anzusteuern. Wir wollten Sex, der bis dato nicht richtig funktionierte. Er wollte ausschließlich die Missionarsstellung. Kurz knutschen, drauflegen und reinstecken. Das funktionierte aber so nicht bei mir. Sein bestes Stück kam Bennos gleich, jedoch war ich nicht ansatzweise feucht. Das schien es nicht gewesen zu sein. Er führte das auf mich zurück, sodass ich sagte, dass wir Gleitgel kaufen müssten. Ich stieg aus, ging durch den Supermarkt und griff mir die Flasche von Durex mit der Aufschrift „Play Feel". Ich war die einzige Person im Markt und es kam mir etwas beschämend vor, so etwas noch zu so später Stunde einzukaufen. Sowas hatte ich auch noch nie zuvor geshoppt. Peinlich oder nicht, ich wollte, dass der Sex endlich mal funktioniert, und bezahlte das kleine Hilfsmittel an der Kasse. Die Kassiererin grinste mich an und wünschte mir eine schöne Nacht.

Wir fuhren in die Residenz zurück und ließen die letzten Stunden mit einem Wein und Musik ausklingen. Leicht beschwingt ging es mit dem neuen Hilfsmittel ins Bett.   Er schmierte das Gel auf, die halbe Flasche war fast leer, und dann funktionierte es doch.

Befriedigt schlief ich nach seinem innigen „Gute Nacht Kuss" ein.

***

Am nächsten Morgen stand der Tag der Rückreise an. Liebevoll weckte er mich mit „Guten Morgen, meine Prinzessin". Was hatte diesen Mann nach dann doch nur einigen Tagen dazu gebracht, ein „Guten Morgen" und zudem noch mit dem Zusatz „Meine Prinzessin" zu sagen? War es der Sex? Hatte ich endlich genau den Mann, den ich wollte, oder sprach der Restalkohol aus ihm?

Die netten Worte überspielten jedoch nicht, dass auch ich nach einer sehr kurzen Nacht um 06:30 Uhr aufstehen musste, um die ganze Wohnung vor Abreise mit ihm zu säubern. Verständlich war es. Ordnung musste sein.   Das kannte ich von meiner Hütte auf Lanzarote, bei der ich vor Abreise alles auf Vordermann brachte, um bei der Rückkehr nicht in einem heillosen Chaos anzukommen. Bei allem Verständnis, aber die Romantik war erneut hin.

Nach vollbrachtem Werk machten wir uns auf den Weg zum Flughafen. Als wir in Malaga ankamen, hatten wir noch ausreichend Zeit bis zum Abflug. Marbella-Maarten war dermaßen in die Umgestaltung seiner Residenz vertieft, dass er mich in ein spanisches Küchenstudio schleppte. Schließlich sollte seine neue Küche mir auch gefallen. Frei nach dem Motto „Sightseeing… mal anders!" gingen wir durch die Ausstellung. Umgehend wurden wir auf Spanisch von einem Verkäufer angesprochen und in ein Gespräch verwickelt. Nach einer ausführlichen Beratung bekamen wir Kataloge in die Hand gedrückt und wir machten uns auf den Weg Richtung Flughafen, der nur ein paar Kilometer entfernt war.

Nachdem wir den Leihwagen abgegeben hatten, scherzten wir auf dem Weg zum Terminal ausgelassen rum. Ein lustiges Wort ergab das Andere, sodass ich endlich wieder das Gefühl hatte, dass Marbella-Maarten genau der Mann war, den ich wollte. Lachend fragte ich ihn: „… erst Küche oder Heirat?", worauf er antwortete: „… für was das Geld zuerst da ist."

Aufgrund meiner spontanen Entscheidung, mit ihm einen Kurztrip zu machen, hatten wir zwar den Hinflug in der gleichen Maschine, jedoch musste ich mit KLM einen anderen Rückflug buchen, da Ryanair aufgrund der spottbilligen Preise bis zum letzten Platz ausgebucht war.

Nach einem schnellen Check-in setzten wir uns in die Cafeteria des Flughafens, um auf die Rückflüge zu warten. Ryanair flog eine Stunde vor KLM ab.

Wir setzten uns an einen kleinen Tisch und hatten uns zur Überbrückung der Wartezeit eine Flasche Wein bestellt. Händchenhaltend blickten wir uns tief in die Augen, grinsten uns schmachtend an, prosteten uns zu, nahmen einen Schluck und küssten uns erneut.

Da waren sie wieder, meine unbeschreiblichen Schmetterlinge in meinem Bauch. Ich war glücklich und bis über beide Ohren verliebt. Ich legte mein breitestes Grinsen auf. Er lächelte mich an und so hätte ich mit ihm noch eine Ewigkeit wie im italienischen Restaurant verbringen können, wenn es nicht Knall auf Fall die Durchsage für seinen Flug gegeben hätte: „Last Call – this is the last call for passengers to Amsterdam." Er sprang auf, küsste mich innig, umarmte mich, blickte mir tief in die Augen und stellte mir die Frage aller Fragen: „Willst Du mich heiraten?" Ich blickte in seine strahlenden Augen und war von der ganzen Situation völlig überwältigt. Bevor ich überhaupt hätte antworten können, drehte er sich um und rannte eilig zum Abfertigungsschalter. Weg war der Märchenprinz.

Nun saß ich alleine da und hatte noch eine Stunde Wartezeit und zwei Stunden Flug vor mir. Mehr als drei Stunden, in denen ich mir überlegen konnte, was und wie ich alles künftig wollen würde. Mir schossen Tausende von Gedanken durch den Kopf, da ich nicht wusste, was in meinem Traummann vorging. Für mich war er das berühmte Buch mit den 99 Siegeln.

Wie sollte es weitergehen? Wollte ich diesen Mann, der fest an seine Kinder gebunden war? Sollte ich mich seiner Probleme annehmen? War es das, was ich wirklich wollte?

Ferner hatte ich im Hinterkopf, dass der eigentliche Grund für die Rückkehr nach Deutschland war, die Hinterlassenschaft meines Partners zu regeln, dessen Urne im Kleiderschrank auf Lanzarote stand.

Es schien nach wie vor makaber zu sein, aber sein Wunsch war es, nie wieder nach Deutschland zurückkehren zu müssen. Das konnte ich ihm erfüllen. Dann musste ich daran denken, dass mein Leben weitergehen musste, und dachte erneut über Marbella-Maarten nach. Es waren einfach sehr viele Kleinigkeiten, die mich an ihm störten. Bekanntlich führen, wenn sich so viele Kleinigkeiten summieren, diese zu einem großen Ganzen, das sich dann auch nicht mehr schönreden lässt.

Der langersehnte Sex war nicht zufriedenstellend. Ich fühlte mich benutzt, da er nicht auf mich einging und nur auf seine Kosten kommen wollte. Beine breit machen und schnell das beste Stück reinschieben. Das war seine Vorstellung, aber nicht meine. Genauer betrachtet waren meine Schmetterlinge im Bauch nach zwei Stunden Überlegung wieder verflogen, dennoch freute ich mich, ihn am Flughafen wiederzusehen. Gefühlstechnisch war es ein gequältes Hin und Her.

Schließlich angekommen, stand er bereits am Ausgang des Terminals, um mich zu empfangen. Ich strahlte ihn an, er blickte mich an und sagte: „Na endlich. Jetzt bist du da."

Wo war die Liebeserklärung nebst Heiratsantrag, auf den ich nicht mehr antworten konnte? Er hatte wieder seine eiskalte Schnauze aufgelegt. Kommunikation gab es nicht mehr.

Wir fuhren mittels Bahn und Bus zu ihm zurück. Während wir unterwegs waren, schaltete ich mein iPhone an. Mein Tinder schickte mir so viele neue Likes, dass ich ernsthaft überlegte, ob die Geschichte meines Buches mit ihm final endlich ausgeschrieben war.

Hielt die Zukunft noch etwas Anderes bereit? Würde noch mehr in meinem Leben passieren? Nach wie vor war es die aufregendste Zeit meines Lebens, und das mit 51 Jahren. Was würde noch kommen? Sollte es besser oder schlechter werden? Ich war gespannt. Einerseits wäre es schön gewesen, wenn ich das letzte Kapitel meines Buches geschrieben hätte. Andererseits auch extrem schade, da mir wahrscheinlich so viel Neues entgangen wäre. Nach wie vor war ich zu allen Seiten offen. Mein neues Leben war gerade erst zwei Monate alt und ich hatte den Vorsatz, mich so schnell wie möglich wieder in feste Hände zu begeben. In Marbella-Maartens ja, aber da hätte noch über den finalen Feinschliff nachgedacht und gesprochen werden müssen.

Zugegeben war es ein langer, anstrengender Tag, aber ich war noch immer heiß auf ihn. Mein Kopfkarussell lief jedoch weiter. Eiskalte Schnauze, aber auch zuckersüß, kleiner, knackiger Hintern, schlanke 70 kg. Ich war rattig. Er war mein neues Idealbild eines Mannes. Genauso sollte er sein.

Ich hatte wahnsinnige Lust auf Sex und fragte mich kurz, ob es genauso ernüchternd wie am Vorabend ablief. Würde meine sexy Unterwäsche erneut mal wieder nicht zum Einsatz kommen? Süß war er, aber war das ausreichend? Zumindest hatte ich Freundin Fridas Rat befolgt und nicht gleich die Flinte ins

Korn geschmissen. Dennoch hatte ich viele Zweifel und war auf eine gewisse Weise ratlos.

Als wir ins Bett gingen, befummelte ich ihn, aber außer einem „Gute Nacht"-Kuss passierte erneut nichts. Lag es an mir, oder an ihm? Diese Frage blieb vorerst unbeantwortet. Er schlief tatenlos mit dem Zusatz ein, mich am nächsten Morgen nach Deutschland zurückfahren zu müssen, da am folgenden Abend seine „Kinderen" - Zeit startete.

Marbella-Maarten praktizierte das klassische holländische „Co-Ouder"-Modell. So verbrachten die Kinder wechselnd Tage bei Mama und dann bei Papa. Ich fand jene Lösung für Trennungskinder sehr gut und besser, als es in Deutschland geregelt wurde. Aus der Sicht des Kindes wäre ich begeistert gewesen, aber um frisch verliebt eine neue Beziehung zu starten, empfand ich diese Regelung mehr als schwierig. Genau das war mein Problem. Definitiv war ich die kommenden Tage abermals aus dem Rennen.

Eigentlich waren es nur vier Tage mit Marbella-Maarten, die mir jedoch wie eine extreme Ewigkeit vorkamen. Nach seiner Kinderzeit wollte er erneut mit mir nach Marbella fliegen, was mir jedoch zu jenem Zeitpunkt nicht völlig abwegig erschien. Vor dem Einschlafen dachte ich: „Marbella… Ach ja. Es war eine aufregende Zeit. Wir tranken Cocktails im Prostituiertenviertel, schlenderten an riesigen Promi-Jachten vorbei und waren wunderschön essen."

So schön es auch war, das Ganze hatte einen bitteren Beigeschmack. Mit der Rückkehr nach Holland war bei mir die Luft raus. An jenem Abend gab es trotz meines bemühten Mundeinsatzes an seinem besten Stück, keinen Sex.

***

Am nächsten Morgen ging es nach einem kurzen Kaffee nach Deutschland zurück. Die Fahrt wäre entspannter gewesen, wenn ich zuvor nicht schon wieder in zwei Küchenstudios

160

geschleppt worden wäre. In Spanien war dieser Besuch wesentlich amüsanter, da mein Spanisch sehr gut war. Marbella-Maarten wurschtelte sich irgendwie durch und ich wurde als zukünftige Hausfrau hinter dem Herd wahrgenommen. In Holland hingegen gab er sehr dominant den Ton an. Mitsprechen konnte ich nicht, da ich die Sprache nicht beherrschte. Übersetzt wurde auch nichts. Ich versuchte mir nicht anmerken zu lassen, dass ich inzwischen schon recht angewidert war. Er war in seinem Element, aber das war mir inzwischen auch egal, denn der, der die Musik bestellt, muss sie auch zahlen.

In Deutschland angekommen, kam es in meinem Haus nach einem kurzen Kuss und einer schnellen Umarmung zu seiner finalen Frage: „Hat es dir gefallen? Willst du mich wiedersehen?". Ich antworte mit einem kurzen „Ja" und fragte: „Und dir auch?", was er mit einem funkelnden Strahlen in seinen Augen bejahte.

Als er aus der Haustür ging, sagte er flüchtig, dass wir per Telefon in Kontakt bleiben, und fuhr ab. Der eiskalte Engel gab mir erneut Rätsel auf und ich hatte keine Ahnung, was die Zukunft mit sich bringen würde. Sollte ich mich melden oder warten, bis er sich meldete?

Bei einem Glas Rotwein philosophierte ich am Abend darüber, ob er mich mit einer saftigen Mitgift sofort oder dann doch erst nach zwölf Jahren heiraten würde. Plötzlich meldete sich mein iPhone. „Wenn man an den Teufel denkt…", schoss mir in den Kopf. Marbella-Maarten meldete sich per WhatsApp.

🧑: *Angekommen, Kinderen morgen*

👧: *Schön, viel Spaß!*

Trotz aller gehegten Zweifel war ich immer noch in ihn verliebt. Ich konnte nicht mehr klar denken. Was war nur mit mir los? Etwas gelangweilt, fiel ich in mein altes Schema zurück und rief Tinder auf. Die Likes nahmen nicht ab. Ich schaute mir die potentiellen Bewerber an, wischte, wischte und wischte.

Wahrhaftig, niemand kam ansatzweise an meinen neuen Traummann heran. Es war ein echtes Dilemma. Schön, dass ich so viele neue Verehrer hatte, dennoch war ich nicht glücklich. Was war Glück? Was bedeutete das wirklich? Einem Mann hinterherzulaufen, den ich gut fand? Der aber nicht das erwiderte, was ich wollte? Sollte das wirklich Glück sein? Sollte so jetzt meine neue Zukunft aussehen? So viele Kompromisse, um sagen zu können, dass ich einen neuen Partner habe?

Vor dem Schlafengehen gab ich mir die volle Dröhnung des Liedes „Echt" von Glasperlenspiel. „… für diesen Augenblick…" So schön sich auch alles anhörte, es war echt, aber um mit Marbella-Maarten glücklich zu werden, musste sich dauerhaft etwas ändern.

Nach meiner ersten Nacht im eigenen Bettchen schrieb ich nach dem Aufwachen umgehend eine verliebte *„Guten Morgen* ❤❤❤❤"-WhatsApp an Marbella-Maarten, in der Hoffnung, dass der Morgenmuffel etwas zurückschreiben würde. Pustekuchen! Es kam nichts, aber absolut nichts. Er ignorierte offensichtlich meine Gefühle, die ich trotz aller Widrigkeiten entwickelt hatte, sodass ich mir am frühen Abend darüber klar wurde, dass mein kleines, verliebt pochendes Herz gebrochen wurde.

„Aus den Augen, aus dem Sinn. Das war es wohl", dachte ich. Meine Verliebtheit war wie weggeblasen. Ich hatte mit dieser ernüchternden Realität zu kämpfen und war den Tränen nahe. Uns trennte ein Tag, und schon sollte alles wieder vorbei sein? Dann dachte ich an die Worte von Schul-Sven und begab mich wieder auf Tinder. Wischen, wischen und nochmals wischen, um auf andere Gedanken zu kommen. Umgehend machte es Ping-Ping, und mein Tinder hatte sie wieder zurück.

Ich traf auf den hübschen Nico aus Arnheim in den Niederlanden. Der 54-jährige, 1,93 m große, durchtrainierte Sportsmann likte mich. Mit einer angezeigten 85 km Tinder-Entfernung war das auf keinen Fall zu weit weg, um den berühmten Kaffee vor Ort zu trinken. Es stellte sich heraus, dass er schon mehrfach auf Lanzarote war, worauf der Chat Fahrt aufnahm, aber nach einigen Nachrichten verpuffte. „Schade…", dachte ich, aber es war so, wie es war.

Dann war da noch Javier, der ein sympathisches Selfie im Auto von sich eingestellt hatte. Ein umwerfendes Lächeln, jedoch mit Sonnenbrille und Oberarm-Tattoo, aber mit einem süßen Mischlingshund auf dem Beifahrersitz. Bei einer Entfernung von 3300 km musste er Kanarier gewesen sein.

Javier matchte mich und fragte, ob ich Spanien kennen würde, was ich mit einem überzeugten „Si" beantwortete. Er schrieb, dass er von den Kanarischen Inseln kam und auf La Palma wohnte. „Oh wie fein", dachte ich, die wunderschöne grüne Insel, die Isla Bonita, auf der im September 2021 ausbrach.

Der passionierte Finca-Besitzer kam aus dem Süden und baute neben Wein auch Avocados und Bananen an. Kurz überlegte ich, ob ich mich bereits auf einem Ökobauernhof auf La Palma hätte sehen können. Aber so weit reichte meine Liebe, wie bei „Bauer sucht Frau", dann auch nicht. Nach meinem „Hasta pronto" verabschiedete sich der Bauer mit einem „Chao" und war nie wieder gesehen. So spielte mein Leben. Wäre ich mental etwas besser drauf gewesen, hätte ich ohne Zweifel noch mehr Energie in meine Chats investieren müssen.

Dann schaute ich auf meine noch verbliebenen 863 Likes, die ich nur für den Notfall stehen gelassen hatte, da es mit meinen hohen Verlustquoten immer schwieriger wurde, was Passendes zu finden. Als ich ins Bett ging, war mein Gedanke: „Morgen ist Morgen, da geht es erneut weiter." Ich schlief ein.

***

Am nächsten Morgen stieß ich auf den 56-jährigen Düsseldorf-Dirk, der sich vor seiner ultramodernen Küchenzeile ablichtete. Er war an einer sympathischen und humorvollen Frau interessiert, die seine Hobbys wie Kino, Bistro, Trödelmärkte, Fahrrad fahren und spazieren sowie Antiquitäten und Kunst teilten

sollte. Der angenehme Schreibfan hätte bei mir punkten können, wenn er nicht diese ausgeprägte Leidenschaft für Trödelmärkte gehabt hätte, die ich in keinster Weise teilte. Das war
schade.

Als unser Chat schon in den letzten Zügen lag, traf ich auf den
52-jährigen Köllner Klaus. Der anziehende Kerl, der mit seinen
dunkelblonden kurzen Haaren genau in mein Beuteschema
passte, vermochte es mit seiner forschen Herangehensweise
zum ersten Mal, mein Kopfkino anzuregen. Es war die schon
fast perfekte Sexanleitung und brachte mich mit der Frage „Was
würdest Du mal gerne testen?" kurzweilig dazu, mir Gedanken
über mein neues Sexleben zu machen. „Die Gedanken sind
frei", dachte ich und malte mir das eine oder Szenario aus, was
bis dato und insbesondere bei den letzten Malen zu kurz gekommen war.

Erneut wurde mir bewusst, dass Traummann Marbella-Maarten noch nicht so ganz das war, wonach ich Ausschau gehalten
hatte. Die Richtung stimmte, aber das Ziel war noch nicht erreicht. Er hatte seine Chance bekommen, die er jedoch mehrfach
verspielte. Nach wie vor war alles noch offen. Die Karten mussten erneut gemischt werden. Im Sinne der erlebten unendlich
langen Sexdurststrecke wollte ich wieder voll auf meine Kosten
kommen. Ich, ja, ich. Ich wollte eindeutig im Mittelpunkt stehen
und deshalb ging es getreu nach dem Motto „Wischen, wischen
und nochmals wischen" weiter.

Wer hätte es dann noch gedacht? Zu später Stunde meldete sich
der verschollene Marbella-Maarten mit einer kurzen
WhatsApp, um mitzuteilen, dass er erkältet war. Männer und
Krankheiten. Selbst ein kleiner Schnupfen haute sie komplett
um. „Was für eine Memme!", dachte ich und musste an die
Wick-Vaporup-Werbung denken, in der der Halbtote ganz,
ganz krank im Bett lag. Ohhh, meine Güte, eine Runde Mitleid
bitte… Dennoch hätte sich mein Traummann trotz seiner ausgeprägten schweren Grippeerkrankung kurz bei mir am Morgen melden können. Das hätte aus meiner Sicht drin gewesen

sein müssen, da er nicht auf der Intensivstation im Koma lag. Aber es war so, wie es war.

Inzwischen steuerte mein Tinder auf den dritten Monat zu und ich grübelte, ob ich etwas an meiner Strategie ändern musste, die ich inzwischen, ich wusste gar nicht mehr, wie oft schon, gewechselt hatte.

Gab mir im Dezember die spanische Frisörin auf La Palma doch vielleicht den richtigen Tipp bezüglich der Männerwahl? Sollte ich mir einen zweiten, dritten oder auch vierten Mann zulegen, um all meine offenen Wünsche abzudecken? Wäre das genau das Richtige gewesen?

Die quälenden Fragen begleiteten mich in den Schlaf.

***

Der folgende Sonntag stand im Zeichen einer kleinen Tinder-Pause. Einfach durchatmen und nichts tun, bevor es entspannt am Montag wieder in die nächste Runde ging.

Mein Montagmorgen kristallisierte sich mal wieder im Nachhinein als klassischer Tinder-FAKE-Tag heraus. In der Frühe ging es bereits mit vier Fakes los, von denen ich den umwerfend süßen 46-jährigen Alex mit Drei-Tage-Bart aus Sao Paulo matchte.

Der knackige Brasilianer befand sich nur schlappe 123 Tinder-Kilometer von mir entfernt.

👧: ☺

👨: *Hallo Liebling, wie geht es dir?*

👧: *Hi, gut und dir?*

👨: *Mir geht es gut, danke. Du hast ein gutes Lächeln* 🖤 🖤

👧: *Danke gleichfalls. Woher kommst du? Sao Paulo wäre etwas weit weg…* 😆 😆 😆

😎: *Ich bin Schiffsingenieur auf einem Frachtschiff. Ich bin einer der obersten Aufseher auf dem Schiff. Ich bin immer draußen im Meer. Mein Standort hier ändert sich oft, weil ich immer unterwegs bin.*

„Nicht schon wieder", dachte ich und schrieb zurück.

👩: *Ich habe ja schon viel gehört, aber das ist echt crazy* 😆 😆 😆 😆

Umgehend löschte er den kurzen Chat und ich war aus der Nummer raus.

Ähnlich gelagert war kurz darauf auch der Fall Donald. Der 56-Jährige war laut Tinder nur 80 Kilometer entfernt. Sein entzückendes Grinsen zog mich an. Hinter ihm funkelte das karibische Meer, das mir sofort suggerierte, dass ich da unbedingt hinwollte. Ich matchte und es ging los.

👩: 😊

😎: *Hallo Stella. Schön dich hier zu treffen, ich habe mich vor kurzem bei Tinder angemeldet und weiß wirklich nicht, wie es funktioniert. Ich habe mir ein paar Profile angeschaut, als ich auf Ihres gestoßen bin. Ich komme aus Osnabrück. Aufgrund der Natur meines Jobs bin ich nicht immer online, um Sie die ganze Zeit zu unterhalten. Ich suche eine ernsthafte Beziehung, die in Zukunft zu etwas Sinnvollen führen würde. Ich hoffe Sie suchen auch danach. Ich würde mich freuen, wenn Sie eine E-Mail donaldimp56@hotmail.com senden, oder mir Ihre eigene E-Mail- Adresse mitteilen könnten, damit ich Ihnen dort schreiben kann, um Ihnen mehr über mich zu erzählen. Ich grüße dich recht herzlich, Donald.*

„Im Montag steckst du nicht drin", kam mir umgehend in den Sinn. Möglicherweise hatte die Fake-Mafia auch ein Wochenende und startete dafür ab montags wieder voll durch. Dann jedoch ohne mich, und ich schaltete Tinder aus.

Am späten Abend meldete sich Marbella-Maarten telefonisch bei ihr. Er plapperte mich über eine Stunde voll, was ich auf sein schlechtes „Sich nicht melden"-Verhalten vom Vortag schob.

Meine Gefühlswelt war nach wie vor durcheinander. Mit dem Gedanken „besser ein Spatz in der Hand, als eine Taube auf dem Dach" schlief ich spät in der Nacht endlich ein.

***

Routinemäßig öffnete ich am nächsten Morgen meine Tinder-Nachrichten. Ich glaubte, dass ich meinen Augen nicht mehr recht traute. Gleich drei Maarten standen untereinander. Oh je, wie oft sollte mich dieser Name noch verfolgen? Wo kamen sie auf einmal alle her? Schicksaal oder nur ein dummer Zufall? Nach kurzen Chats, die sich verliefen, führte ich dieses Phänomen auf den berühmten Kommissar Zufall zurück.

Trotz aller möglichen Ablenkungen auf Tinder ging mir Marbella-Maarten nicht mehr aus dem Kopf. Ich war verliebter in ihn, als ich es mir eingestehen wollte. Es war eine Hassliebe, gegen die ich machtlos war.

Im Verlauf des Tages verlief mein Tinder eher mau, woraus ich schloss, dass Männer mich aus einer Distanz von 3000 km offensichtlich attraktiver fanden als meine greifbare Präsenz vor Ort. Ich fand alles recht seltsam und war mal wieder leicht genervt von der Gesamtsituation.

Da ich mich am Vorabend mal wieder in meiner „alten Heimat" Lanzarote einloggte, konnte ich zwei neue Verehrer aus Fuerteventura verzeichnen, mit denen ich mich unbedingt nach meiner Rückkehr treffen wollte.

Den attraktiven Feuerwehrmann Fernando behielt ich besonders im Auge, der aus meiner Sicht umgehend einsatzbereit gewesen wäre. Alles schien greifbarer und realer zu sein als das, was zum Greifen nahe war und doch offensichtlich ungreifbar war. Zu später Stunde schickte mir Tinder die Nachricht, dass ich 100 neue Likes erhalten hatte. Das entpuppte sich jedoch als Falschmeldung. Es waren nur 10, sodass meine Like-Quote nur auf 882 stieg. Es war einfach nur ein Hin und Her. Aber was hätte ich besser machen sollen? Es war, wie ich mir immer sagte, wie es war!

Die anhaltende Schlechtwetterlage trug am nächsten Morgen nicht gerade zu einer Verbesserung meiner ansonsten allgemeinen Fröhlichkeit bei. Ich sehnte mich nach meinem alten, neuen Leben auf Lanzarote zurück. Einfach nur bei schönem Wetter rausgehen, auf meinem Balkon sitzen und auf das dunkelblaue Meer blicken. Aber davon war ich noch weit entfernt. Sehr, sehr weit.

Finanzen und Ausgaben mussten auch überprüft werden, und so loggte ich mich bei meiner Bank ein. Als ich auf meinen Kontostand sah, stellte sie fest, dass Tinder den Monatsbeitrag abgebucht hatte. Mir wurde klar, warum am Abend zuvor die Nachricht mit den angeblichen 100 neuen Likes geschickt wurde. Man wollte seine zahlenden Mitglieder wohl erwartungsvoll bei Laune halten. Wie immer dachte ich, dass es so war, wie es war. Tja, ich hatte vergessen, Tinder zu kündigen, und so war ich nochmals einen Monat kostenpflichtig mit dabei.

Vor dem Schlafengehen wischte ich wie immer rum. Ich machte mir unnötige Gedanken über Gott und die Welt, bevor ich endlich einschlief. Wie sollte das ganze Chaos schließlich noch enden?

***

Am kommenden Abend schaltete ich mir meinen Boost frei, den man nach jeder Bezahlung einmalig gratis bekam. Ganz nach dem Motto „Auch andere Mütter haben schöne Söhne" blickte ich nach geschlagenen 60 Minuten auf meine Bilanz, die ernüchternd ausfiel. Lediglich 12 neue Likes, von denen ich schon einige kannte. Es war genauso enttäuschend wie die Tatsache, dass Marbella-Maarten nach seiner „Kinderen"-Woche mich nicht mitnehmen wollte und ohne mich erneut nach Spanien fuhr. Es wollte ein Trip mit seinem Sohn aus erster Beziehung werden. Vater und Sohn, aber wie er meinte. Er hatte sein Leben, aus dem ich kinderlos, meilenweit im Abseits stand. Ich war sein Fick, ein Fick, der aber nicht so funktionierte, wie er sich es vorstellte. Mit einer deutschen Muschi, die er hätte verwöhnen müssen, kannte er sich nicht aus.

Bei meinen neuen Likes wurde ich von vier Männern, denen ich einen standardmäßigen 😊 schickte, sofort wieder gelöscht. Drei Amerikaner fielen aufgrund der Entfernung flach, sodass mir nur noch Michelangelo blieb. Im echten Leben hieß er Gustavo und kam aus dem 1700 km entfernten spanischen Granada. Dem angenehmen Chat folgte ein ausführliches Telefonat auf Spanisch. An jenem Abend versuchte ich mich nicht mehr an weiteren Likes, da alles, was ich bis dato noch im Petto hatte, mir nicht so richtig gefiel.

***

Am folgenden Morgen läutete Granada-Gustavo vom Vorabend mein Wochenende mit einem freundlichen Telefonat ein. Meine kleine Welt war wieder in Ordnung. Es lief relativ rund. Ich hatte nochmals zwei Kilo abgenommen und näherte mich langsam, aber sicher dem zum Ziel gesetzten vorläufigen Traumgewicht. Zudem kam es bei meinem Lebensmitteleinkauf am Band der Supermarktkasse zu einem kleinen Flirt. Kurz und eigentlich bedeutungslos, aber das baute mich auf. Meine abendliche Tinder-Time verlief ohne besondere Vorkommnisse. Die vielen Pings brachten etwas Abwechslung herbei. Ich fühlte mich begehrt, und das war das, was zu jenem Zeitpunkt für mich wichtig war.

***

Der folgende Sonntag war ruhig und brachte zunächst noch keine neuen Erkenntnisse, bis mich am frühen Abend der schnucklige Pedro aus Teneriffa kontaktierte. Vor über 2

Monaten hatten wir ein Match. Was für eine Erscheinung, 48 Jahre alt, kurzer 3-Tage-Bart, dunkle, volle Haare und zum Abknutschen süß.

In einem einstündigen Telefonat erzählte er mir ausführlich von seinen fünf Geschwistern und berichtete, dass sein Bruder schon seit dreißig Jahren mit einer deutschen Frau zusammenlebte. Ich fand ihn von Minute zu Minute sympathischer. Dann schickte er mir noch ein Selfie und ich war restlos begeistert. Der hübsche Pedro zauberte mir sofort ein Lächeln ins Gesicht. Es war ein direkter Match in meinem Herz. Ohne Wenn und Aber, ich war mal wieder schockverliebt, wie so oft schon in meinem neuen Leben.

Die Marbella- Hütte hatte ich innerlich schon abgehakt. Jetzt wollte ich Angriff auf Pedros ländlich gelegene Villa im nördlichen Teneriffa nehmen. Mehr als flexibel war ich inzwischen geworden und das gab mir Anlass dazu, alles wieder auf ein Neues zu überdenken. Der kurzfristig neue Traummann schickte mir einige Tage später noch einige Selfies, jedoch war dann Funkstille. Schade. Und da waren wir wieder bei meinen hohen Verlustquoten.

Am Abend rief mich Marbella-Maarten an, der aus Spanien zurück war und von seiner „Kinderen"-Zeit berichtete. Ich konnte es schon fast nicht mehr hören. Die Kinder, die Kinder und nochmals die Kinder. Das Gespräch hielt ich kurz und wünschte ihm eine „Gute Nacht". Bei meinen angesammelten 904 Likes suchte ich mir vor dem Schafengehen die aktuell interessantesten Kandidaten aus, um zu sehen, was bis zum nächsten Morgen geschehen würde.

Tja, über Nacht passierte nichts und so startete der Tinder-Montag sehr still. Unverhofft rief ich am Mittag meinen Lanzarote-Lukasz über WhatsApp an, den ich vor einigen Tagen matchte. Er sagte, dass er bereit sei, noch einen Monat bis zu meiner

Rückkehr nach Lanzarote auf mich zu warten, sodass wir uns endlich treffen konnten.

Warum auch nicht? Er war nicht zu 100% mein Typ, aber seine Fröhlichkeit brachte mich im unterkühlten Deutschland zum Lachen.

Am frühen Abend saß ich wie gewohnt in meiner Küche. Ich drehte die Bose-Box mit meiner Lieblingsmusik voll auf und musste mir eingestehen, dass mir mein neues Leben in Deutschland doch besser gefiel, als ich anfangs dachte. Im Prinzip hatte ich alles, was ich wollte. Mein Haus, Papas schönes Cabrio zum Rumdüsen und irgendwie lief alles – wenn auch immer nicht ganz rund. Ich telefonierte auf Spanisch, machte schon Kaffee-Dates für meine Rückkehr nach Lanzarote aus, traf mich mit Freundin-Frida und sah natürlich jeden Tag meine Eltern.

An jenem Abend fasste ich noch ganz schnell den neuen Vorsatz, den man immer Silvester trifft, aber am folgenden Tag wieder verwirft. Ich wollte nicht sofort das iPhone zur Hand nehmen, um auf Nachrichten zu antworten. Männer sollten etwas länger zappeln. Dieses hielt ich zumindest jenen Abend durch und ging entspannt schlafen.

***

Der Nachmittag des nächsten Tages stand ganz im Zeichen von Tinder. Gleich zwölf interessante, gutaussehende Männer hatten mich angeschrieben, sodass der anfängliche Spaß inzwischen in Arbeit ausartete. James, Tomas, Juanes, Virgo, Huhu, Wilko, Sushi, Armin, Torsten, Luis, Ralf und Benjamin. Allesamt mussten verarztet werden.

Wie sich jedoch am nächsten Tag herausstellte, brachte das Hin- und Herschreiben nichts, wobei wir wieder bei dem berühmten Satz mit „X" angelangt waren. Es sollte wohl nicht so sein, aber wie gewohnt ging es immer wieder auf ein Neues weiter.

Endlich hatte ich mich in Deutschland ein gegroovt. Meine abendlichen Telefonate gehörten mittlerweile zum Standardritual. Telefon anstelle von TV. Das liebte ich.

Marbella-Marbella rief inzwischen regelmäßiger an. Kurz und schmerzlos teilte er mir mit, dass er seine holländische Hütte geputzt hatte, da es erneut Kinderzeit war. Am Ende des Gesprächs gab er mir noch mit, auf dem Weg zum Frisör zu gehen, da ich mit kürzeren Haaren wesentlich jünger aussehen würde. Zudem sollte ich ihm nicht sagen, dass ich ihn attraktiv fand. Das war erneut ein echter Schlag ins Gesicht. Meine Gefühle wurden mal wieder mit Füßen getreten. Noch immer übte dieser Mann eine extreme Anziehungskraft auf mich aus, obwohl mir inzwischen bewusst war, dass er nicht derjenige war, mit dem ich hätte alt werden wollen. Es wurde aus meiner Sicht schon abstrus kompliziert, und das nach nur etwa zwei Wochen.

Ich suchte jemanden, der mich begehrte und mir Komplimente machte. Ich wollte das volle Programm und am liebsten noch im hübschen spanischen Wortlaut wie „mi amor". In spanischen Chats klang es immer so gefühlvoll und romantisch. Marbella-Maarten konnte ein Charmeur sein, war es jedoch nach unserer Zeit in Marbella nicht mehr. Offensichtlich wurde er von seinem Alltag eingeholt.

Am folgenden Freitagmorgen wurde mir mit einer liebevollen WhatsApp-Nachricht von meinem spanischen Verehrer Lanzarote-Luis, mit dem ich seit einigen Tagen abends lange Telefonate führte, ein „Buenos dias mi amor" begrüßt. Er fügte hinzu, dass er mich vermisst und ich so schnell wie möglich zurückkommen sollte. Da wurde mir wieder klar, was mir an Marbella-Maarten nicht passte. Er war so schrecklich normal, das anhaltende, lichterlohe Feuer fehlte mir. Ich verglich ihn mit Galizien-Gabi, der angeblich nur wegen mir nach Lanzarote anreiste. Ein Quell der Begeisterung für meine Person, die von Tag zu Tag abnahm, bis sie versiegte. Exakt so, wie Marbella-Maarten. Was war nur mit den Männern los, die mich toll fanden? So sehr ich auch überlegte, ich fand keine plausible Erklärung für dieses Phänomen.

Nach wie vor fand ich den holländischen Hotelschlossbesitzer, den wir in Marbella kennengelernt hatten, anziehend. Ich schickte ihm einfach eine Freundschaftsanfrage auf Facebook. Nach der Bestätigung entstand dann da auch nichts Weiteres. Tja, es war wie es war.

Alles war noch offen, zumindest aus meiner Sicht.

Um vorsichtshalber auf Nummer sicher für ein künftiges Techtel-Mechtel mit Marbella-Maarten zu gehen, kaufte ich mir eine große Flasche Gleitgel, mit dem Plan, auch endlich mal auf meine Kosten zu kommen, was bis zu dem Zeitpunkt mehr als unbefriedigend war. Der Sex war nicht so, wie ich es mir gewünscht hatte. Bereits in der ersten Nacht in Deutschland lief außer einer Knutscherei nichts und in Marbella kehrte sich das Blatt auch nicht wesentlicher.

Ich dachte immer wieder an die Worte von Freundin Frieda, die mir vor dem Treffen mit auf den Weg gab: „… und dann vögelst Du, bis der Arzt kommt." Dazu kam es
nicht und mir wurde klar, dass Marbella-Maarten möglicherweise auch nicht der Typ für solche Aktionen war. Vielleicht war er auch schon zu alt, oder ganz Holland war einfach so. Aber um das zu beurteilen, hatte ich bis dato noch wirklich keine Vergleichsmöglichkeiten.

Am Abend chattete ich noch mit Lanzarote-Luis, der sich inzwischen komplett rasiert hatte und eindeutige Beweisfotos schickte. Sowas wie ihn brauchte ich zu jenem Zeitpunkt. „Amor, mi cielo, für dich tue ich alles." Da ich bereits auf den vollkommen behaarten Galizien-Gabi traf, war mir die Vorstellung auf etwas Glatteres herzlich willkommen.

Rückblickend musste ich daran denken, dass es mir vor über zwanzig Jahren mal umgekehrt ergangen war. Mit frisch glattrasierten Beinen ging es zum ersten Date. Als es darauf zum näheren Körperkontakt kam, sagte er mir, dass er auf behaarte Frauen stand. Was war denn das damals? Ich für meinen Teil fand damals schon Nena mit ihrem Achselhaare-Bob schon mehr als schräg. Das waren die späten 80er Jahre, aber schön war das auch nicht.

Blitzartig schoss mir mein jugendlicher Verehrer aus Lanzarote in den Kopf, der auf einem wesentlich älteren, wir sprechen jetzt von einem Alter von sechzig Plus und „schön behaart" stand. Die Geschmäcker waren schon immer unterschiedlich, aber das musste so sein.

Zu später Stunde meldete sich Lanzarote-Lucasz, der inzwischen sehr heiß aufgestellt war, per WhatsApp zu Wort.

🐵: *Guten Abend Deutschland!*

👧: *Guten Abend Lanzarote* ☺ ☺ ☺ *… Ich glaube ich werde krank. Ich gehe gleich ins Bett… Grippe*

🐵: *Meine Güte…*

👧: *Das ist so kalt hier*

🐵: *Keine Grippe hier*

👧: *Ist dort ja warm… Ich brauche einen polnischen Doktor…*

🐵: *Ich habe ein tolles Fieberthermometer*

👧: *Ich brauche sofort eine Messung!!!* 😆 😆 😆 😆 😆

🐵: *Mmm…bitte erweitern…Schenkel… Wir werden sehen* 😆

👧: *Notfall, bitte kommen Sie sofort…*

🐵: *Ja gut… Verschreibung*

👧: *Ja*

🐵: *3 Mal am Tag mit dem Arzt… Überprüfung der Temperatur mit Fieberthermometer*

👧: *Ich hoffe es hilft mir!*

🐵: *Es wird ausströmen* 😆 😆 😆
174

👧: 😆 *Ein Notfall!!! Guter Doktor. Danke. Und was sagst du über die Patientin?*

🩺: *Sie lernt schnell… Sie wird ein gutes Mädchen sein… ich mache sie glücklich.*

An jenem Abend ging es in einem weiteren Chat mit Tinder-Mike aus Kolumbien, der nach einem Spanischen hin und her sofort Bikini-Fotos wollte, weiter. Das lehnte ich ab, da, ehrlich gesagt, ich auch keine hatte.

Danach meldete sich Marbella-Maarten, den ich nach seinen fünf belanglosen WhatsApps mit einem einfachen, Emoji losen „Gute Nacht" verabschiedete.

Letztendlich rief mich der süße Gio Jerez aus Kolumbien an, dessen Nummer ich von Benno mit den Worten „… der konnte was für dich sein" bekam. Wir unterhielten uns noch kurz und zum Einschlafen hörte ich mir seinen romantischen Song „Si me vieras" auf YouTube an.

***

Der folgende Tag brachte nach einem WhatsApp-Video-Anruf mit dem anfangs gedachten hübschen, rasierten Luis aus Playa Blanca eine nüchterne Erkenntnis. Seine auf Tinder eingestellten Fotos entsprachen nicht der Realität. Er hatte sie extrem bearbeitet und ich blickte in ein altes, verknittertes Gesicht. Er wollte mich unbedingt auf ein Abendessen mit Übernachtung einladen. Sollte ich dann nur das deutsche Sexobjekt sein, das mit einem Abendessen hätte geködert werden sollen? Offensichtlich hatte er keine andere gefunden. Seine Stimme klang verzweifelt und er kam immer wieder auf die Übernachtung zu sprechen. Höflich und freundlich wie ich war, sagte ich ihm, dass ich mir das überlegen müsste und, sobald ich wieder auf der Insel sei, ihn kontaktieren würde. So war Playa Blanca schon vor unserem ersten Treffen aus dem Rennen.

Über neue Tinder-Verehrer konnte ich mich momentan wirklich nicht beklagen. Ich wollte vierzehn neue Matches von heißen Männern beantworten und ließ es langsam angehen. „Einer nach dem anderen!", dachte ich. Auf mehr als zwei Matches antworte ich nicht mehr gleichzeitig, da es sonst bei Rückmeldungen erfahrungsgemäß im Schreibstress ausartete. Zur Wahl standen zudem noch meine verbliebenen 936 Notfall-Likes.

In jener Nacht schlief ich nicht gut und wachte mehrfach auf. Mir fiel nichts Besseres ein, als mich kurz wieder meinem Tinder zu widmen, und gab 15 potentiellen Traummännern, die mich matchten, ein 😊 und döste weiter.

Am nächsten Morgen wachte ich bereits gegen 6:00 Uhr auf. Ich bereite mein Frühstück in der Küche vor und ging, wie ich es auf Lanzarote machte, mit meiner ausgiebigen Auswahl auf einem Tablett zurück ins Bett, um mich vom Fernseher berieseln zu lassen und Tinder zu checken. Meine Like-Liste war auf 946 gestiegen. Ich hatte wie so oft die Qual der Wahl und las mir die Beschreibungen genau durch.

Sollte ich vielleicht mit einem attraktiven Holländer in sein Schweizer Chalet fahren und einen Doktor, der laut Beschreibung auf schöne Zähne stand, nehmen? Oder doch einen Unternehmer, der quasi um die Ecke wohnte und mit einladenden Fotos vom Ferienhaus und riesigem Pool im sonnigen Süden glücklich werden?

Drei neue attraktive Optionen, denen ich ein Like gab. Ich wollte sehen, was nach meinem Standard 😊 passieren würde. Nichts passierte…

Das war offensichtlich zu wenig. Ich bekam keine Rückmeldungen.

Kurz darauf ereignete sich etwas, womit ich niemals in meinem Tinder-Leben gerechnet hätte. Es war der 53-jährige Klaus aus Köln. Ein großer, sympathischer, bebrillter Anzugträger, mit dem ich bereits am Vorabend kurz gechattet hatte und wir die WhatsApp-Nummern ausgetauscht hatten. Bereits um kurz vor 8:00 Uhr meldete sich mein iPhone mehrmals mit einem Ping.

Und da war der Mann, der sich an jenem Sonntag zu einem wahrhaftigen Alptraum entwickelte.

Im Telefonat erzählte er, dass er geschieden und arbeitssuchend war, sodass er jederzeit einsatzbereit wäre. Vollkommen schamlos und ohne ein Blatt vor den Mund zu nehmen berichtete er, dass er so ein fantastischer Liebhaber sei, der fünf Stunden am Stück einen Ständer hätte und sich dauerhaft seinen extremen Gelüsten hingeben musste. In meiner momentan sexfreien Phase war ich mit diesen Erzählungen völlig überfordert. Sowas erregte mich nicht. Im Gegenteil. Ich war einfach nur angeekelt. Zudem schilderte er mir haarklein, wie erregend der flotte Dreier, den er mit seiner Exfrau und dessen bester Freundin hatte, war.

Köln-Klaus wollte es mir „mal so richtig" besorgen und bevor ich auch nur ein Wort sagen konnte, malte er sich unseren lusterfüllten Sex-Abend mit kurzen Pausen zum Pizzaessen und gelegentlichen Fernsehpausen aus. Die Übernachtung wäre selbstverständlich nach anschließendem mehrfachem Morgensex und Frühstück im Bett inklusiv gewesen.

Er war extrem notgeil. Nach dem Gespräch, das er dominierte, schickte er mir unzählige Male seine genaue Standortangabe über WhatsApp und fügte hinzu: *„Komm heute Nachmittag zu mir* 😊 😊 😊. *Ich bin gleich wieder daheim. Schick mir bitte einfach deine Google Maps…* 😊.*"*

Naiv und kontrollierbar war ich nicht, sodass ich den Chat unbeantwortet ließ. Gelöscht hatte ich darauf den ganzen Kram, aber wie es mit dem Sperren aussah, wusste ich noch immer nicht.

Am späten Nachmittag machte ich die nette Tinder-Bekanntschaft von Dorian aus Dortmund. Der 54-Jährige wollte sich gerne nach kurzem Chat und Telefonat am nächsten Tag, es war der Valentinstag, mit mir zum gegenseitigen Beschnuppern auf einen Kaffee treffen. Warum auch nicht? Wer saß auch schon gerne am Tag der Liebe ganz allein zuhause? Ich stimmte zu.

Ping-ping. Mein Tinder meldete sich erneut. Darauf gab es noch einen kurzen Chat mit dem 54-jährigen Silvio, einem interessanten, aufgeschlossenen Freizeit-Rock-Sänger. Seinerseits glücklicher Single, der jedoch stark untervögelt und auf der Suche nach einem knutschenden ONS war. Die Vorstellung, die Freundin eines angehenden Rockstars zu sein, gefiel mir, aber dann hätte ich ihn mit der restlichen Frauenwelt teilen müssen. Das wollte ich auch nicht, und nur ein geknutschter ONS zu sein, erst recht nicht.

Es ging weiter. Wischen. Wischen. Wischen. Erneut hatte ich weitere Matches. Anknüpfend gab es unter anderem noch ein Like von dem 45-jährigen holländischen Henk, einem Brillenträger mit Schnauzbart. Sein ehrliches, kurzes Profil outete ihn als Mann mit festsitzender Zahnprothese, die lediglich zum Reinigen herausgenommen wurde. Traurig, aber wahr: Das ging mir bei aller Liebe in dem jungen Alter einen Schritt zu weit. Hinzugesellte sich auch noch der bebrillte, freundlich grinsende Hubert. Der 48-jährige Fachlagerist aus Borken äußerte klare Wünsche in seinem Profil.

☺: Nur Frauen aus Deutschland sollen mich anschreiben. Danke, ich wohne in Deutschland deshalb bin ich deutscher, und spreche kein Englisch. Wenn du nicht deutsch redest oder verstehen tust mich nicht anschreiben. Please write to me… only women from Germany, live in Germany, am German and only speak German, if you do not come to Germany, do not understand German, please do not write to me.

Wie abgefahren und zugleich interessant war das denn? Spontan bekam ich einen Lachanfall. Was es nicht alles gab. Immerhin gab es auch noch Männer mit klaren Vorstellungen bezüglich der deutschen Sprache. Wahrscheinlich war er, genauso wie ich schon zuvor, auf die Fake-Masche reingefallen.

Kurz darauf meldete sich Köln-Klaus vom Morgen per WhatsApp, den ich schon gar nicht mehr auf dem Schirm hatte.

Offensichtlich hatte er nach einigen Stunden realisiert, dass ich nicht so funktionierte, wie er es gerne gehabt hätte.

😈: *...wo bleibt denn jetzt endlich deine Standortfreigabe! Ich will dich* 🖐*!!!! Mach mal!!!*

😊: *Bitte??? Ich koche gerade und muss meine Wäsche aufhängen. Ich sagte niemals, dass ich deinen Standort will.*

Gelöscht hatte ich den Chat, aber wie bereits erwähnt, hatte ich das Problem mit dem Blockieren. Was für ein Mist. Dazu war ich noch immer zu blöd. Irgendwie wollte ich das alles nicht. Etwas später ging es weiter und er brachte seine wahre Erscheinung zum Besten.

😈: *Ich habe heute jemanden kennengelernt. Witzigerweise aus La Gomera. Vielleicht könntet ihr beiden euch mal irgendwann austauschen* 😆 😆 😆 😆

😊: *Nein, La Gomera ist ein No-Go- für mich! ...grauenvoll... Inzucht...*

😈: *Sind nun bei Tinder Kanaren Ausverkaufswochen?* 🙆 🙆 🙆 *Sie ist Deutsche und lebt nach 25 Jahren wieder in Köln.*

😊: *Wie kann man nur so bekloppt sein?... geht gar nicht*
😈: *Was meinst du?*

😊: *Grauenvoll!*

😈: *Nein. Ich liebe die Insel zum Wandern* 🙂 🙂 🙂 🙂

😊: *Gute Wanderung!... Das geht gar nicht! Maximal das gute Hotel von Fred Olsen, das La Tecina. Da übernachte ich das nächste Mal, wenn ich meinen Reiseführer mache...*

😈: *Weil du die Pfeifsprache nicht kannst. Ich allerdings auch nicht* 😆 😆
😊: *Der Rest ist scheiße!!!!*

🤐: *Stimmt nicht…* 😆 😆 😆 😆

😊: *Also, nimm Frau Gomera!!!*

🤐: *Weder noch*

😊: *Dann weiterversuchen!!!*

🤐: *Ich muss nicht weitersuchen. Ich habe eine Freundschaft+ und noch meine Ex-Frau für den Notfall. Wollte dich als Nummer 3 mit ins Boot nehmen….. Und die Neue aus Gomera, du und ich zu dritt…* 👌 👌 👌 *das wird richtig gut!!!!*

Ich war entsetzt. Selbst wenn ich ihn Sexmäßig gewollt hätte, sah ich mich nie als Zweit-, Dritt- oder Viertfrau, geschweige denn als Ersatzspielerin. Köln-Klaus war zu forsch und ich suchte, abgesehen von Sex, eine echte Beziehung. Ich wollte glücklich werden. Es war mir mal wieder klar, dass ich auf eine Konstellation dieser Art nicht hinaus war. Ich schrieb:

😊: *Danke für die offenen Worte…*

🤐: *Bitteschön, gern geschehen… Du wirst bestimmt jemanden finden*

😊: *Gut, dass ich mich gegen dich entschieden habe*

🤐: 😡 😡 😡 *? In Ordnung. Du dich gegen mich?... Das kann ich dir jetzt auch sagen. Ich habe mich heute mit der Dame getroffen und wir hatten einen geilen Fick. Es war fantastisch, … lecken, fingern, danach habe ich ihr gezeigt wie hammerhart mein Junior ist. Ich bin jetzt noch immer geil und er steht… und er wartet auf dich. Willst du es dir vielleicht nochmal überlegen? Von mir bekommst du die volle Dröhnung. Ich mache es dir genauso wie du SAU es brauchst… Ich will dich endlich geil ficken und ich weiß das du das auch willst…* 👌 👌 👌 *!!!*

😊: *Sowas wie dich brauche ich nicht*

😈: *Und falls du mal Bock auf FFM hast… melde dich bei mir auf Gran Canaria in Playa del Ingles!*

👧: *FFM? Was ist das? Eine neue Krankheit?*

OMG, ich war nach so langer Zeit noch dermaßen unerfahren und konnte mit diesen Kürzeln nichts anfangen. Google hatte die Antwort für mich parat: Zwei Frauen und ein Mann. Er antwortete.

😈: *Du wirst jemanden finden.*

👧: *Ich danke für dieses interessante Gespräch.*

Einige Minuten später nahm der weitere Verlauf eine neue Gestalt an.

😈: *Ich danke vielmals, dass ich über deine Bilder frei verfügen darf* 😗😙😗….

👧: *Bitte? Meine eingestellten Bilder sind schön. Aber sie sind mein Eigentum.*

😈: *Dir alles Gute* 😊*… Ich habe dich bei JOYCLUB reingestellt. Und jetzt bist du drin. Das wird dir gefallen. Online!!!! Ja, die kannst du dann ausgiebig ficken!!!!!!!!! Da wirst du sehen, was du an mir hättest haben können. Gomera war richtig geil und devot im Bett. Der habe ich es heute Nachmittag mal richtig gezeigt.*

👧: *Ok., da du meine Bilder ohne meine Zustimmung auf irgendwelche Plattformen wie angekündigt reinstellst, werde ich morgen meinen Anwalt kontaktieren. Ich hoffe, dass dir die rechtlichen Folgen bewusst sind. Mit freundlichen Grüßen Stella. Ich habe unseren gesamten Chatverlauf…. Danke*

Angepisste Männer, die dann nicht zum „Schuss" kamen waren schräg, aber sowas war mir zuvor noch nie passiert. Gekränkter Stolz? Wir hatten nur ein langes Telefonat, einen Chat und dann führte Köln-Klaus weiter aus.

😡: *ACHTUNG!!!! Jetzt pass mal auf… du dreckige ungefickte Schlampe! Ich werde alles zu deinem Nachteil machen, da ich als Haftpflichtexperte noch andere Möglichkeiten habe, … Fick dich du erbärmliche Schlampe- ich wollte dich!!! Ich bin auf das Schreiben deines Rechtsanwalts sehr gespannt…* 😂😂😂😂 *Fick dich du erbärmliche Schlampe! Ich bin noch längst nicht fertig mit einem Dreckstück wie dir. Fick dich!!!*

👧: *Bitte, was???? Wenn das zu Deiner Befriedigung beisteuert… Ich gehe morgen früh zur Polizei und zeige dich an!!! Du bist doch krank!*

😡: *Ab jetzt untersage ich IHNEN mich erneut anzuschreiben. Ich fühle mich von Ihnen genötigt. Bei jeglicher weiter Kontaktaufnahme werde ich dies zur Anzeige bringen.*

Der nächste Tag stand im Zeichen der Liebe und der Verliebten. Es war Valentinstag. Für viele war es bestimmt ein Grund zur Freude, für mich irgendwie überhaupt nicht. Ich war alleine.

Immerhin konnte ich ein Date mit Dortmund-Dorian ausmachen. Wir hatten am Abend zuvor kurz gechattet und uns dann am Telefon lange unterhalten. Auf einen Kaffee im Burger King wollten wir uns zum Kennenlernen treffen. Keiner von uns wollte weit fahren, sodass wir uns nach einem langen Hin und Her für die Mitte entschieden. Das war nicht gerade der romantischste Ort, aber was anderes fiel uns nicht ein. Die Verabredung stand.

Mein inzwischen viertes Date hätte mich um eine Erfahrung reicher machen können, wenn er es 35 Minuten vorher nicht klassisch per WhatsApp abgesagt hätte. Am frühen Abend meldete der Absager sich nochmals zu Wort und wollte das Date am nächsten Tag nachholen. Ich hatte meinen Stolz und lebte nach dem Motto „Wer nicht will, der hat schon".

👧: *Habe gerade mal nachgedacht… Mit deiner Absage hast du mich verletzt. Eine 2. Chance gibt es nicht. Keine Ahnung warum Du das gecancelt hast??? Ist mir auch egal!*

😀: 🙂 *OK… dann nicht!*

😊: *Dann warst Du es nicht, wie schon viele vor dir…*

😵: 😵‍💫😵‍💫 *Wenn es viele waren, dann machst du was falsch!!! Trotzdem alles Gute.*

😊: 😆😆😆, *passt dann aus meiner Sicht nicht. Ich mache nichts falsch!!! Das habe ich gelernt.*

Ungedatet saß ich wieder allein in meiner Küche. Valentinstag. Allein. Was für ein verfluchter Mist! Gut, ich hätte alles, oder besser gesagt vieles, immer einlenken können. Dann wäre ich jedoch eine kleine Duckmaus gewesen, die nichts dazugelernt hatte. Ich lief keinem mehr hinterher. Keinem! So dachte ich zunächst.

Zur Ablenkung des Desasters öffnete ich Tinder.

Trotz meiner ausgeprägten Multitasking-Fähigkeit kam ich nicht wirklich auf meine Kosten, da Marbella-Maarten immer noch in meinem Kopf herumgeisterte. Meine Gefühle spielten verrückt. Er war aufgrund seiner Abwesenheit abgehakt und dann doch auch nicht. Eine Erklärung fand ich nicht. Offensichtlich war ich immer noch verliebt, aber er hatte mir in der kurzen Zeit schon so heftig beleidigend vor den Kopf gestoßen. Mit Abstand wurde mir von Tag zu Tag klarer, dass ich nur das kleine Beiwerk in seiner für ihn aufgebauten Welt zwischen Job und Kindern war. Das war mir definitiv zu wenig.

Dennoch wollte ich unbedingt an diesem Beziehungskonstrukt festhalten. Fast ohne Wenn und Aber und beschloss, das anstehende kinderfreie Wochenende mit ihm in Holland zu verbringen. Das war mein Plan. Er sollte eine zweite Chance bekommen.

In den kommenden Tagen war bei mir, was Tinder betraf, die Luft raus. Wie schon so oft zuvor war ich Tindermüde geworden. Offensichtlich stand ich nicht mehr so hoch im Kurs. Aus dem benachbarten Holland bekam ich nach wie vor Dutzende von Likes, sodass ich mal wieder über meinen Niederländisch-Sprachkurs nachdachte, der sicherlich zur besseren Tinder-Männerverständigung beigetragen hätte.

Was hatte das graue, verregnete Deutschland mit mir innerhalb eines Monats gemacht? Meine mitgebrachte Fröhlichkeit war weg und ich dachte täglich über mein schönes Leben auf Lanzarote nach, das ich von Tag zu Tag sehnlicher vermisste. Trotz gefühlter kurzzeitiger Flauten, die mich jedoch nur stundenweise übermannten, führte ich in den verbleibenden drei Tagen bis zu meinem Holland-Trip nette Chats und Telefongespräche und sagte von meiner Seite aus ein weiteres Date kurzfristig ab. Und was hatte Marbella-Maarten nur mit mir gemacht? In einem unserer ersten Telefonate erzählte er mir, dass seine Beziehungen nie länger als 12 Jahre hielten. Hätte es bei uns anders sein sollen, hätte er mir einen Antrag gemacht. Aus einem fast unerklärlichen Grund fand er mich perfekt. Das konnte ich mir nicht erklären. Perfekt war ich nicht. Vielleicht ansatzweise perfekt. Aber mehr auch nicht.

Am darauffolgenden Freitag war es dann endlich so weit. Unser erneutes Treffen stand an. Hübsch zurechtgemacht düste ich nach Holland, Richtung Traummann.

Die 145 Km verflogen wie im Flug. Im Auto stellte sich mein Navi als fast überflüssig heraus, da es im benachbarten Ausland im Prinzip nur eine Autobahn und eine Hauptstraße gab. Nach einer gefühlten Ewigkeit war ich endlich am Ziel. Ich hatte es geschafft.

Erwartungsvoll stand ich vor seinem Haus. Ich schellte an, aber niemand öffnete. Was für eine Pleite. Darauf schrieb ich ihn an.

👧: *Ich bin da. Stehe vor deiner Haustür. Wo bist du?*

👨: *Stella😍, Entschuldigung … Sorry, ich habe einen wichtigen Termin gehabt. Bin noch unterwegs…*

👧: *Ok. Wann kommst du?*

Geduldig musste ich noch eine geschlagene Stunde auf ihn warten. Dann kam er vorgefahren und stieg aus seinem Auto aus. Ich blickte ihn verliebt an und fühlte erneut Abertausende Schmetterlinge in meinem Bauch. Er musterte mich von unten nach oben, schaute mir kurz in die Augen und drückte mir einen Schmatzer auf den Mund.

Das war es dann. Umarmungen, innige Küsse oder ein erhofftes sofortiges Übereinanderherfallen gab es nicht. Nein, alles Fehlanzeige. Übermäßige Freude, mich wiederzusehen, zeigte er nicht.

Von Stunde zu Stunde wurde mir abermals vor Augen geführt, warum es schon beim letzten Mal nicht wirklich rund lief. Eigentlich hätte ich schon nach dem sogenannten „Traumurlaub" in Marbella die Reisleine ziehen müssen, aber ich wollte im Nachhinein nicht bereuen, dass es wohl nur an meinen leichten Anfangsschwierigkeiten lag und sich alles noch hätte einrenken können.

So war es dann auch irgendwie nicht. Ab einem gewissen Alter musste man sich wirklich fragen, ob es passte oder auch nicht. So viel Zeit verblieb dann auch nicht mehr, um das große Glück und den erfüllenden Sex zu finden.

Nun ja, es war so, wie es war. Der Herr des Hauses kochte, so wie er es immer für seine Kids machte, und hatte sichtlich Spaß daran. Als Beiköchin war ich mehr als unerwünscht. Er hatte konkrete Vorstellungen bezüglich der Essenszubereitung und ließ sich in keinster Weise reinreden. Das Wort „Kochen" wäre auch überbewertet gewesen, da er Fertigprodukte aufwärmte, die er nett auf Tellern und Schalen anrichtete.

Danach deckte er seinen riesigen Glastisch für 8 Personen für uns nebeneinander ein. Ich stand noch in der Küche und sollte nicht helfen, da alles nach seinem Willen geschehen sollte. Gut, wer nicht wollte, hatte schon. Sollte das jetzt zuvorkommend sein? Wollte er mir nach Marbella zeigen, dass er toll kochen konnte? Mich übermannten Fragen über Fragen. War es das, was ich wollte? Wahrscheinlich hätte jede andere Frau sich gesagt, wie unfassbar genial dieser Mann war, jedoch ich, wie es immer war, sah den Fall anders. Wo war die Romantik, nach der ich mich so lange gesehnt hatte?

Die gab es nicht. Es wurde aufgetischt und gegessen. Es war wirklich lecker, ohne Wenn und Aber. Als ich beiläufig erwähnte, dass es jedoch mehr als „etwas unromantisch" war, nebeneinander ohne Musik oder dergleichen zu sitzen, stand er auf und schaltete seinen riesigen B&O-Fernseher an. Programm: Kaminfeuer.

Er machte einfach das „Kaminfeuer" an, das wir alle doch noch aus den 1990er Jahren kennen. Damals musste ich gegen 04:00 Uhr aufstehen und schaltete den Fernseher zum Wachwerden an. Das war dann jetzt das versprochene romantische Abendessen? Für mich waren es definitiv negative Schwingungen! Wäre ich in einem schlechten Film gewesen oder jemand hätte mir sowas erzählt, hätte ich gelacht und das Ganze für einen schlechten Witz gehalten. Aber dieser Witz war real.

Nach dem Abendessen räumten wir den Tisch ab und trugen alles in die Küche. Bei dem ganzen Geschirr und den Töpfen, die angefallen waren, wollte ich beim „Abwasch" mithelfen und räumte die Geschirrspülmaschine ein.

Selbst das machte ich in seinen Augen falsch. Alles unterlag seiner Anordnung, sodass er mein reingestelltes Glas wortlos zur Hand nahm und es anders platzierte. Ich fand, dass man eine Geschirrspülmaschine einräumen konnte, wie man wollte. Wichtig war, dass alles mehr oder weniger reinpassen musste. Aber dort nicht! Alles hatte seinen Platz.

Mit der gleichen unromantischen Dynamik ging der Abend weiter. Im Wohnzimmer setzte sich Marbella-Maarten in seinen Designer-Sessel. Ich nahm auf der riesigen schwarzen Ledersofalandschaft von De Sede Platz. Dann schaltete er den zweiten B&O-Fernseher ein, der noch größer war als der im Esszimmer. Dieser glich einer Kinoleinwand. Er wählte eine holländische

Sendung, in der Promis erraten mussten, ob die Sänger singen können oder ob nur ein Playback angeschaltet wurde. Das kannte ich aus dem deutschen TV noch nicht, aber fühlte mich gelangweilt.

So hatte ich mir das nicht vorgestellt. Waren wir nach so kurzer Zeit schon wie ein altes Ehepaar? Wortlos vor der Glotze sitzen? Dem Anschein nach ja.

Ich war angepisst, aber sowas von angepisst. Da half nicht mal die Flasche Wein, die er mir hinstellte. Schöntrinken konnte ich mir nichts mehr. Was für ein Desaster. Kein Knuddeln, kein Küssen, einfach nur träge Fernsehen schauen. Auf die langatmige TV-Show folgte eine schnelle Bettnummer, bei der ich erneut nicht auf meine Kosten kam.

Was sollten die nächsten Tage noch bringen? Würde es sich noch einrenken? Waren die kleinen Differenzen noch zu überwinden? Ich wusste es nicht und war wie schon so oft in meinem Leben ratlos. Dann schloss ich meine Augen und überlegte erneut kurz, ob ich das noch weiter mitspielen konnte. Was hieß schon Mitspielen? Spielen wollte ich nicht. Ich war auf der Suche nach der großen Liebe.

Als ich am nächsten Morgen aufwachte, gab ich ihm einen Kuss auf die Wange und hauchte leise „Guten Morgen, Maarten" in sein Ohr. Als ich keine Antwort bekam, realisierte ich, dass ich den stinkigen Morgenmuffel aus Marbella zurückhatte. Vor 11:00 Uhr wurde kein Wort gesprochen. Abermals hatte ich das bekannte Deja-Vue. Marbella-Maarten brauchte morgens Zigaretten und Kaffee, um in Gang zu kommen. Im Gegensatz zu ihm war ich das absolute Gegenteil. Aufwachen, Augen auf und losquatschen. Ich passte mich an und schwieg. Alles andere wäre vergebene Liebesmüh gewesen.

Nach einem kurzen Frühstück im Stehen ging es Richtung Den Haag. Mein altes IPhone 6S brauchte einen neuen Akku. Nach einer einstündigen Autofahrt standen wir an einem

Einkaufszentrum mit vorgelagerter osteuropäischer Geschäftsmeile. „Praktisch", dachte ich, von allem war etwas vorhanden. Kleine Obst- und Gemüsegeschäfte, ein Telefonladen, eine Reinigung, ein Frisör, Schnellimbisse und sogar ein Lidl. Holland war sehr international aufgestellt.

Mein Marbella-Maarten war aufgrund seiner Maklertätigkeiten bestens bekannt. Als wir im Telefonladen standen, wurde er freudig begrüßt. Die aufgeschlossenen, freundlichen Inhaber versuchten auch mit zu sprechen, jedoch konnte ich mangels fehlender Sprachkenntnisse nur nett nicken, sodass er mir alles übersetzte.

In der Akkuwechsel-Wartezeit suchten wir zwei Geschäfte weiter einen türkischen Herrenfriseur auf. Schnipp-Schnapp- und Marbella-Maarten hatte einen neuen Haarschnitt. Er sah glatte zehn Jahre jünger und schlicht hinweg umwerfend aus, sodass ich ihn attraktiver als je zuvor fand. Vielleicht hätte ich in der Zwischenzeit einen Optiker aufsuchen müssen, um endlich einen klaren Durchblick über die Situation zu bekommen. Aber so weit war es noch nicht. Das Fass war noch nicht übergelaufen.

Wir holten mein IPhone ab, gingen zurück zum Parkplatz und zielten das nächste Einkaufszentrum an. Ich wusste nicht so recht, wie mir geschah, und schon standen wir im nächsten Herrenfriseursalon der gleichen Kette. Auch hier wurde Marbella-Maarten wieder besonders nett begrüßt. Mit mir hielt man so gut wie es ging einen kleinen Small-Talk auf Deutsch.

Nach wie vor war ich geflashed, was ein neuer Haarschnitt ausmachen konnte, sodass ich auf die Idee kam, mir die Haarspitzen schneiden zu lassen.

Scherzend zeigte ich auf meine langen Haare und sagte: „Schnipp – Schnipp". Gezeigt, getan! Marbella-Maarten sprach kurz mit dem Besitzer auf Holländisch und sagte anschließend zu mir: „Es geht gleich los!"

Was hatte ich da von mir gegeben? War ich mal wieder von allen guten Geistern verlassen? Eine neue Frisur beim türkischen

Barbier? Während ich kurzweilig philosophierte, beobachtete ich einen Mann, der im Friseurstuhl saß und kurz vor seinem Finish war. Das, was der Haarkünstler mit der Rasiermaschine gezaubert hatte, sah wirklich gut aus.

Dann ging es bei mir los. Marbella-Maarten verabschiedete sich und ging mit dem Salonchef in ein weiteres Geschäft, um Lebensmittel für seine Kinder einzukaufen. Ich nahm auf dem Frisierstuhl Platz. Der freundliche, leicht schielende Figaro lächelte mich an. Er legte mir den Umhang um und zog ihn so fest zu, dass ich das Gefühl hatte, erdrosselt zu werden. Nach sofortigen, heftigen Handzeichen meinerseits wurde der Umhang gelockert. Innerlich verzeichnete ich diesen kleinen Vorfall als kleine Anfangsschwierigkeit beim Herrenfriseur. Männer schienen nicht so zimperlich wie Frauen zu sein.

Mein Barbier sprach Türkisch und Holländisch, aber kein Deutsch. Was für ein Dilemma. Ein Übersetzer war nicht greifbar. Ich zeigte ihm mit Daumen und Zeigefinger, dass ich nur ein kleines Stück, im Prinzip die Spitzen, abgeschnitten haben wollte. Er schien das einigermaßen verstanden zu haben, sprühte Wasser auf meine Haare und kämmte sie glatt, aber nicht gerade schmerzfrei, herunter. Schnipp-Schnapp-Schnipp-Schnapp. Meine Haare fielen zu Boden. Der Friseur hatte offensichtlich seine eigene Vorstellung der Längenkürzung. Bereits am Vorabend deutete Marbella-Maarten mit einer Schere scherzhaft einen Haarschnitt an und sagte mir, dass ich mit kürzeren Haaren besser und jünger aussehen würde. Hatte er etwa ohne mein Wissen auf Holländisch den Barbier anders instruiert als abgemacht? Aus der wortlosen Typberatung kam ich mit einem dramatischen Längenverlust von über 15 cm mit schulterlangen Haaren aus der Nummer raus. Anschließend versuchte ich zu retten, was noch zu retten war, und föhnte meine Haare mit einer Rundföhnbürste. Viel mehr war aus der neuen Frisur nicht herauszuholen.

Als Marbella-Maarten in den Salon zurückkam, blickte er mich mit strahlenden Augen begeistert an und gab mir einen innigen

Kuss auf den Mund. Nun hatte er das, was er wollte. Eine jünger aussehende Freundin und ich das Nachsehen. Was ich nicht fast alles für meinen Liebsten unfreiwillig tat.

Andere Länder, andere Sitten. Wir nahmen im hinteren Teil des Salons auf der Wartebank Platz und bekamen jeder einen Döner und eine Cola serviert. So etwas hatte ich bis dato noch nicht erlebt. Friseur und Imbiss? Two in One? Das wäre eine anzudenkende Geschäftsidee gewesen. Zu jedem Haarschnitt einen Döner und ein Getränk dazu. Perfekt.

Gestärkt ging es auf der Rückfahrt noch in zwei Küchenstudios. Mal wieder wollte er nach der passenden Küche für Marbella suchen. Es musste total kindergerecht sein. Während Papa kochen würde, sollten seine kleinen Prinzessinnen auf Hockern sitzen und malen. Langsam, aber sicher hatte ich den Kaffee auf.

Auf der wortlosen Weiterfahrt beschallte Marbella-Maarten seinen Wagen mit Chill-out-Musik, die ich zum Verrecken nicht mochte. Bei einem relaxten Sonnenuntergang auf Ibiza hätte ich die Klänge akzeptabel gefunden, jedoch liebte ich beim Autobahnfahren flotte Musik zum Mitsingen. Auch meinem Wunsch, einfach nur das Radio anzumachen, wurde widersprochen. Er fuhr gechillt weiter und ich hätte mir am liebsten die Ohren zugehalten.

Wir waren so gut wie angekommen, dennoch schien unser Tagesprogramm noch nicht ausreichend erfüllt gewesen zu sein, da er noch einen Supermarkt anfuhr. Seit meiner Ankunft in Holland regnete und stürmte es. Als wir ohne Regenschirm aus dem Auto ausstiegen, rannten wir das kurze Stück zum Eingang des Supermarktes und kamen fast durchnässt an.

Marbella-Maarten schnappte sich einen Einkaufskorb und dann ging es los. Ich war über die wahnsinnige Vielfalt an Fertigprodukten mehr als erstaunt. Auf Lanzarote setzte sich dieser Trend in den letzten Jahren immer weiter durch. In Deutschland war die Auswahl riesig, aber das, was ich in Holland sah, übertraf all meine Vorstellungen. Salat, Gemüse, Fleisch, alles verzehrfertig in unzähligen Varianten abgepackt. Da hätte es meinem Superkoch Marbella-Maarten nicht schwerfallen sollen, was Schönes für den Abend zu zaubern.

Aber was geschah dann auch wieder? Marbella-Maarten war wie ausgewechselt. Er stand ungeduldig mit einem reduzierten Kilobeutel „frischen" Spinat und einem Naturjoghurt an der Kasse und wollte bezahlen. Ich kam mit einer 1,5-Liter-Flasche Coca-Cola Light dazu. Er schaute mich an und sagte in einem bestimmenden, schroffen Ton, dass ich die große Flasche gegen eine kleinere austauschen müsste. Fragend sah ich ihn an. Dann sagte er, dass ich die Cola-Reste immer wegschütten würde, was an eine absolute Geldverschwendung grenzte. In einem Punkt hatte er Recht. Alte Cola-Reste ohne Kohlensäure mochte ich nicht und schüttete sie weg. Der Stein des Anstoßes war, dass ich am Vortag nach meiner Fahrt nach Holland den Rest meiner angebrochenen Lidl-Eigenmarke-Flasche Cola in seine Küchenspüle ausschüttete.

In jenem Moment war ich auf eine Diskussion nicht aus und tauschte die Flasche gegen eine kleinere aus. Wäre meine Handtasche mit meinem Geld nicht im Auto gewesen, hätte ich die blöde Flasche selbst bezahlt. „Was für ein kleinkarierter, bescheuerter Bockmist", dachte ich und stellte ihn anschließend im Auto zur Rede. Klar und äußerst deutlich sagte ich ihm, dass das, was ich letztendlich mit meiner Cola machte, meine Sache war und er mich nicht zu bevormunden hatte, da ich keins seiner Kleinkinder war. Ich fügte hinzu, dass ich im Supermarkt die Flasche nur austauschte, da er sie bezahlte. Mit meiner barschen Gegenreaktion hatte er sicher nicht gerechnet. Er nahm meine Aussagen kommentarlos hin.

Ein Abendessen entfiel, da wir schon den Döner hatten, und nach einer Flasche Wein ging es sexfrei schlafen. Angeblich tat ihm sein bestes Stück weh, und ich war Schuld, da ich so eng war. Bekanntlich ist es immer einfacher, die Schuld bei einem anderen zu suchen, als sich selbst an die eigene Nase zu fassen.

Nach dem zweiten Hollandtag musste ich mir eingestehen, dass die Gesamtsituation weder erfüllend war, geschweige denn mich glücklich machte.

***

Der dritte Tag startete erneut mit miesem Regenwetter. Der Morgenmuffel stand wortlos um 11:00 Uhr auf, duschte kurz und setzte sich vor seinen PC. Als er das Bad verließ, stand ich auf, machte mich fertig. Dann setzte ich mich ins hollandtypische Wohnzimmer mit riesigem Aquarium-Fenster, das man so aus Deutschland nicht kannte. „Bei uns würde sich sicherlich ein jeder lange Gardinen als Sichtschutz davorhängen", dachte ich. So gesehen war Holland transparenter und einsichtiger. Nach so kurzer Zeit hatte ich mich bereits daran gewöhnt. Man konnte wunderbar hinausblicken, jeder, der vorbeikam, schaute auch hinein. Es wurde freundlich gegrüßt und ich grüßte wohlwollend mit einem grinsenden Kopfnicken zurück. Der Tag verging wie im Flug.
Am Abend kam mir die große Ehre zu Teil, in Marbella-Maartens Küche zu kochen. Früher hatte ich leidenschaftlich gerne gekocht, jedoch hatte ich mich nach dem Tod meines Freundes im Wesentlichen nur noch von Kiwi, Müsli und Joghurt ernährt und war etwas aus der Übung. Nun waren meine Fähigkeiten als Reste-Köchin gefragt. Wirklich viel gab es nicht. Zur Verfügung standen No-Name-Spaghetti, von denen ich grundsätzlich nichts halte, da für mich Nudeln von De Cecco sein mussten, die dankbar Soßen aufnehmen und erwärmt am nächsten Tag noch immer leicht bissfest waren. Der ernüchternde Blick in den Kühlschrank bot zwei kleine Tetra-Packs fett-reduzierter H-Sahne, die Reste des Schweinefilets in Soße von vor zwei Tagen, ein Päckchen Gouda in Scheiben und die große Tüte des frisch gekauften, preisreduzierten Blattspinates, der noch einen Tag haltbar war. Um meine guten Kochkünste unter Beweis zu stellen, schlug ich Spaghetti mit Rahmspinat und Fleischeinlage

vor. Marbella-Maarten war mit meinem Menüvorschlag einverstanden und ich legte los. Spinat blanchieren, mit Sahne verfeinern, Fleisch erwärmen, klein schneiden, Nudeln kochen, alles zusammenkippen und Käse drauf. Das war mein Plan. Es sollte lecker werden.

Aber wo war das Salz? Ich sah lediglich einen winzigen Mini-Salzstreuer. „Wo war der richtige Salzstreuer?", fragte ich ihn. „Mehr gibt es nicht, nimm die Hühnerbrühe, dann haben die Nudeln mehr Geschmack, das lieben die Kinder auch sehr", sagte er und ich hatte keine Lust mehr zu kochen. Spaghetti ohne Salz? In Hühnerbrühe gekocht? Sollte es eine Hühnersuppe mit Nudeleinlage werden? Diskussionslos setzte ich die Zubereitung ohne Hühnerbrühe fort, blanchierte den Spinat, den ich mit einem Pürierstab zerkleinerte, und gab die Sahne dazu. Ich probierte kurz und entschloss mich, den Gouda in Streifen zu schneiden, und fügte die Soße und das Fleisch dazu, um irgendeinen Geschmack an meine äußerst bescheidene Kreation zu bringen. Mehr war wirklich nicht drin.

Währenddessen deckte Marbella-Maarten den Tisch ein. Ich füllte alles auf Teller und servierte. Es schmeckte ihm und er nahm noch einen Nachschlag. Anschließend bestückte er wieder die Spülmaschine nach seinen Vorstellungen und wir gingen ins Wohnzimmer.

Natürlich hätte es auch, wie es in der Anfangsphase sein sollte, dort heiß hergehen können. Ausgiebiges Knutschen und Fummeln. Den anderen verwöhnen. Oh ja. Eine wilde Nummer auf dem Bärenfell vor dem lodernden Kamin. Ich hatte Kopfkino. Aber nein, alles Fehlanzeige. Der Traummann wollte wieder einen TV-Abend. Jenes Mal mit dem deutschen Tatort und einem unromantischen Abstand von drei Metern zwischen uns. Er abermals auf seinem Sessel und ich alleine auf dem riesigen Sofa. Erneut dachte ich, dass die Gesamtsituation nicht zufriedenstellend war, im Gegenteil, es war noch schlimmer: Sie hatte sich verschlechtert.

Als wir zum Schlafen in die erste Etage hochgehen wollten, fragte er mich, ob ich das Außenlicht vor der Haustür angeschaltet, aber nicht wieder ausgeschaltet hatte. Das Problem in seinem Flur waren mehrere nebeneinanderliegende Schalter, die man nicht eindeutig zuordnen konnte. Um zuvor zur Toilette zu kommen, machte ich zunächst alle drei Schalter an, sah dann aber, dass ein Schalter davon für den Hauseingang war, den ich wieder runterdrückte. Ich sagte ihm, dass es kurz an war, ich es wieder ausgeschaltet hatte, und so war für mich der Fall abgehakt. Aber nein, ich musste noch kontrolliert werden. Er öffnete die Haustür mit den Worten „Die Kinder machen das Licht immer an". Folglich wurde ich nach dieser Aussage auf das Niveau von Kleinkindern gesetzt. Das bedurfte keinerlei Worte.

Auch an jenem Abend tat meinem lieben Marbella-Maarten sein Schwänzchen immer noch so weh, dass er sich einfach nur ins Bett legte. Nach einem seichten „Gute Nacht"-Küssen drehte er sich zur Seite. Darauf fragte ich ihn, warum wir nicht ausgiebig knutschen konnten, was auch sehr schön gewesen wäre. Dieses verneinte er vehement, da es ihn geil gemacht hätte und mit seinem so schlimmen „Auaaa" alles noch schmerzhafter gewesen wäre. Aus meiner Sicht hätte die Option bestanden, mich auf meine Kosten zu bringen, aber so war es nicht. Wie schon so oft erwähnt: Es war so wie es war, traurig, aber wahr. Wir schliefen ein.

***

Als ich am nächsten Morgen aufwachte, kotzte mich seine nichtssagende Anwesenheit so dermaßen an, dass ich, als er im Bad fertig war und in die Küche herunterging, aufstand, mich fertig machte und meine Sachen in meinen Trolley packte. Dann ging ich in die Küche und sagte: „Guten Morgen", worauf ein „Guten Morgen" mit der Fragestellung: „Was sollen wir denn heute machen?" erwidert wurde. Ich sagte, dass ich nicht wusste, was er vorhatte, aber ich für meinen Teil gehen würde. „Tschüss". Ich glaubte, er verstand die Welt nicht mehr, lief mir Richtung Auto hinterher und rief laut: „Weggehen machen nur Kinder", worauf ich wortlos einstieg und abfuhr.

Konfliktscheu war ich keineswegs, aber ich hatte mir abgewöhnt, gewisse grundsätzliche Punkte auszudiskutieren. Erfahrungsgemäß führte dieses zu nichts und man bekam davon nur graue Haare und Falten im Gesicht.

Mit Marbella-Maarten war es eine exakte Punktlandung. Einen Monat ging das Ganze, mehr hätte ich auch nicht ertragen können. Warum sollte man inzwischen überhaupt noch ansatzweise etwas ertragen oder dulden, was nicht mehr ins Lebensmodell hineinpasste? Das zeigte mir mittlerweile auch Tinder. Wenn es schon im Chat nicht funktionierte, wischte ich weiter, bis der nächste Kandidat vor der Tür stand. Sicherlich war es früher anders, aber heute war heute, und das früher wollte ich nicht mehr zurück.

Der spanische Hotspot Marbella gefiel mir vorher schon nicht und das hatte sich nach unserem Kurztrip auch nicht wesentlich geändert. Ich hatte niemanden nötig, der mir ständig auf die Nase band, dass alles, was er besaß, besser und schöner war. Sowas war schrecklich! Wer brauchte das schon? Jeder muss doch nach seiner Fassung glücklich werden und, so gut es geht, das Beste daraus machen.

Mein Fazit nach diesem Desaster war, dass ich Holländer mit der Beschreibung „Co-Ouder" außen vorlassen wollte. Da könnten sie noch so hübsch und blond sein, wie sie wollten. Zudem sollte schlechter Sex der Vergangenheit angehören. Unter uns gesagt, wäre es wünschenswert gewesen, wenn mein erster Traumprinz, der um die holländische Ecke kam, genau das erfüllt hätte, was ich mir ausgemalt hatte. Dann wäre an dieser Stelle mit den Worten „Und wir lebten glücklich bis an unser Ende" Schluss gewesen.

Eine positive Bilanz brachte mir der Trip nach Holland. In den drei Tagen hatte ich sage und schreibe 295 neue Likes und 18

Nachrichten von Männern, die deutlich an mir interessiert waren. Das baute mich schlagartig auf, sodass Hopfen und Malz nicht ganz verloren waren.

Am Abend saß ich wieder in meiner Küche und war erneut gewillt, mir den nächsten Traummann meiner Wahl aus dem großen Ozean zu fischen. Zudem meldete sich Lanzarote-Lukasz per WhatsApp und stellte nach meiner Rückkehr auf die Insel Vodka trinken und ein Sex-Date in Aussicht. Darauf hatte ich noch Chats mit den verbliebenen spanischen Verehrern, die sich nach meinem Wochenende erkundigten. Tinder hatte mich endlich wieder zurück, oder besser gesagt, ich hatte mein Tinder wieder.

Was sollte die Zukunft bringen? Gab es noch einen Funken Hoffnung? Früher wäre nach so einem Ereignis mein kleines Kartenhaus zusammengefallen, aber inzwischen war daran nicht ansatzweise zu denken. Es ging immer irgendwie rasant schnell weiter. Um es erneut mit den Worten meiner Freundin Frieda zu sagen: „Nett. Punkt. Nächster."

Den kommenden Tag verbrachte ich mit der inzwischen gut antrainierten Kunst des Flirtens und beantworte fleißig meine Chats. Ich freute mich darüber, was diese neue Welt alles für mich bereithielt. Es war ein SpeedDating.

Roland, 56, aus Holland, mit einem Mix aus Englisch und Deutsch, Alex, 45, aus dem holländischen Epen auf Spanisch, SP, 54, den ich schon seit einigen Wochen kannte auf Deutsch, Ron, 44, auf Englisch, der, wie sich bei einem späteren Telefonat über WhatsApp herausstellte, gut Deutsch sprach, André, 47, der eher lahm war, Peter alias Red Bull, 59, aus Eindhoven auf Deutsch, der aus Schweden stammende Mathias, 56, aus Amsterdam auf Englisch, Frits, 51, Hotboxx ‚47, Mickey ‚45, Andre, 49, Andres, 57, der heftig auf Spanisch flirtete, Chris, 56, Herman, 57, A 51, Hölse 46, Rik, 58, Julio, 52, Pierre alias Louis, 53, Robert, 52, Karel ‚54, Stefan, 50, Leandro, 51, Miguel, 49, Dragan, 51und Sushi 49.

Die Chats überschlugen sich, sodass ich am Ende des Abends nicht mehr wusste, wo mir der Kopf stand. Was hatte das Ganze hin- und herschreiben gebracht? Objektiv betrachtet nicht viel, aber ich war abgelenkt, und das war mehr als wichtig, da ich nicht in ein riesiges Loch fallen wollte.

Wieder einmal fragte ich mich, wie es weitergehen sollte. Ich musste nicht lange philosophieren, als das IPhone mal wieder pingte. Es war der 50-jährige Louis mit 3-Tage-Bart, einem gepflegten Logistiker aus dem 1500 km entfernten Madrid. Nach einem kurzen Chat, in dem wir über die Kanarischen Inseln sprachen, schlief das Gespräch auch wieder ein.

Danach machte ich mit dem 47-jährigen, wie sich herausstellte, notgeilen Gerd aus dem nur 140 km entfernten Groningen in Holland weiter. Der sportliche Freizeit-schiedsrichter nahm auch wirklich kein Blatt vor den Mund, sodass ich nach fünfzehn Minuten mein nächstes Sexdate für das Wochenende hätte klarmachen können.

😀: *Nice Match* ❤❤❤

😈: *Jaaa super match mit dich* 😍

😀: ☺☺☺ *Ich bin Deutsch… how do we communicate now, English?*

😈: *Deutsch ist gut… schatzi*

😀: *Super* ☺☺☺☺☺☺

😈: *Finde dich gans tol…seht gut aus, schone geile lachel* 😊

😀: *Danke*

😈: *Ja mmmmmm super…   Meine Milch und das gelbe auch? Mag beide gerne*

😀: *Gelbe? Sorry, das verstehe ich nicht*
😈: *Was ist noch mehr moglich. Mein milch und pipi vielleicht*

197

👩: *Nein! Nein!!!!*

👨: *Mmm wurde gerne sex zusammen haben denke du magst vieles. Mmmm*

👩: *Nein!!!*
👨: *Was magst du nich mehr nich*

👩: *Pipi? Wie krank bist du denn?*

Die holländischen Nachbarn… Was sollte ich dazu noch sagen? Was hatte Corona aus den Männern gemacht? Möglich war es sicherlich auch, dass es schon immer so war, ich jedoch in meiner kleinen, heilen Beziehungswelt nichts davon mitbekam. Klar war, dass am Ende des Tages sowieso alles auf Sex hinauslief, dennoch musste man nicht sofort mit der Tür ins Haus fallen.

Der nächste Morgen hielt für mich sofort zwei „Guten Morgen Fakes" bereit. So traf ich auf den sympathisch, seriös wirkenden 50-jährigen Schiffsoffizier namens Herrn Meier, der mit seiner Kaffeetasse an der Reiling stand und wahrhaftig mit einer angegebenen Tinder-Entfernung nur 25 km entfernt war.

👩: 😌

👨: *Hallo schöner Stella, ich bin froh, dass wir uns hier getroffen haben. Mein Name ist Meier Howard Mike, ich bin aus Dortmund. Ich bin eine Marine- Ingenieur an Bord meines Schiffes. Ich suche nach einer ernsthaften Beziehung zu jemanden, mit dem ich den Rest meines Lebens damit verbringen kann, wenn ich vor meiner Reise in 2 Wochen kam, und ich glaube, dass Sie auch nach einer ernsthaften Beziehung suchen. Ich bin ein einfacher Mensch, ich mag es tanzen, schwimmen, hören Sie Musik, reisen, schauen Sie sich einen Film an und lachen Sie. Aufgrund meiner Arbeit bin ich nicht immer online, also würde ich mich wirklich schätzen, ob Sie mir Ihre E- Mail- Adresse geben könnten oder bessere E-Mail an meierhm@outlook.com, damit wir uns kennen. Einen süßen Morgen haben*

Einen Klick später hatte ich den nächsten charmanten Schiffsoffizier im weißen Marineanzug. Auf dem Foto saß er mit einem Glas Wein in der Hand in der Messe. Er nannte sich Sheldon und musste aller Wahrscheinlichkeit nach mit dem gleichen Schiff wie Herr Meier vor Anker gegangen sein. Er war auch nur 56 Km weit weg. Was für ein Glück!

💀: *Hey Schönheit, wie geht es dir? Ich bin sicher, Sie haben viele Beiträge und ich hoffe, dass meiner hervorsticht. Ich bin Schiffsingenieur, ich suche eine ernsthafte Beziehung und ich denke, deshalb bist du hier. Ich lache und tanze gerne, ich komme hier nicht immer online. Ich würde mich sehr freuen, wenn ich dich über Whatsapp oder per E-Mail anschreiben würde. Antworte mir mit deiner Whatsappnummer damit ich dich adden kann. Mit freundlichen Grüßen Sheldon*♥♥♥

Wirklich einfallsreich fand ich meine Fakes nach drei vollen Tinder-Monaten auch nicht mehr, sie trugen aber immerhin noch zur leichten Belustigung am Morgen bei. Meine zur Routine gewordenen Hin-und-Her-Chats beschäftigten mich wie gewohnt jeden Abend, der dann auch wie im Flug verging.
Erwähnenswert war an jenem Abend dann noch der 46-jährige Domian aus Düsseldorf, den ich auf Anhieb nett fand und der nach kurzem Geplänkel Nägel mit Köpfen machte. „Magst Du Sushi oder Steak?" So schnell wurde mir zum Wochenende ein Date in Aussicht gestellt.
Bis dato konnte ich mich an der enormen Männerauswahl nicht beklagen. Es war nicht alles Gold, was glänzte, insgesamt führte ich aber viele schöne Chats und Telefonate.
Zu meinen Favoriten zählte mittlerweile Jörgen, der 55-jährige JVA-Angestellte aus Holland, der mit seiner netten Stimme und einem perfekten Deutsch bei mir punktete. Dann war da auch noch der 48-jährige sportliche, weltoffene Ronald aus Venlo, mit dem ich mich über mehrere Tage auf Englisch austauschte, der mich in einem Telefonat mit seiner angenehmen Stimme mit starkem holländischem Dialekt verzauberte. Bei ihm sah ich jedoch ein großes Manko, das mich sofort an Marbella-Maarten

erinnerte. Auch er war „Co-Ouder" zweier Kids im Alter von zehn und zwölf Jahren, was er zuvor unerwähnt ließ. So leid es mir auch tat, schloss ich ihn erstmal bis auf Weiteres für meine Suche aus, um mein altes Desaster nicht zu wiederholen. Er schickte mir noch einige Fotos aus seinem Urlaub, den er eine Woche mit seinen Mädels verbrachte. Dabei blieb es auch.

Zudem hatte ich noch einen kurzen Chat mit Ben aus Bielefeld, mit dem ich auch schon seit einigen Tagen schrieb. Das Geburtstagskind wurde an jenem Tag fünfzig. Ich gratulierte ihm und er berichtete, dass er am Nachmittag mit Freunden feierte. Während wir chatteten, tauschte er sein altes Tinder-Foto gegen ein neues aus, was aus meiner Sicht eher unvorteilhaft war, da er aktuell älter aussah als er war. Zugegeben, er überschüttete mich auf einmal mit einem Kompliment nach dem anderen, was ich bis zu dem Zeitpunkt in dieser Form auch noch nicht geschrieben bekommen hatte. Er fand mich, insbesondere meine Beine, wunderschön. Bei aller Liebe war mir das zu dick aufgetragen.

Bevor ich schlafen ging, reflektierte ich den langen Tag und kam zu dem Schluss, dass der Nicht-Deutsche grundsätzlich fröhlicher und lebensbejahender war und die Probleme des täglichen Lebens aus den Chats heraushielt. Das fand ich positiver, als sich sofort bei dem ersten schriftlichen Kontakt mit Problemen auseinanderzusetzen und über diese zu diskutieren. Solche Chats er-innerten mich an Urlaubssituationen, in denen ich über Politik und Probleme sprechen sollte. Sowas ging überhaupt nicht und führte in den meisten Fällen zu Streit, sodass ich immer sagte: „Das ist ja gut und schön, aber um Streit zu vermeiden, sprechen wir am besten über das Wetter." Damit konnte man nicht viel falsch machen.

Zu dieser Kategorie gehörte an jenem Tag der 59-jährige Unternehmer Olaf aus Olfen, der sich für das Tinderbild vor seinem frischpolierten neuen Porsche Carrera 4S positionierte und nach unserem Match umgehend schrieb.

😷: *Vielen Dank für das Match Stella.*

😊: *Hallo Olaf, alles Ok in Olfen?*

😷: *Bis jetzt noch.*

😊: *Warum bis jetzt noch? Was ist denn so kurz entfernt los?*

😷: *Vielleicht ist bald Krieg.*

😊: *Ja, aber doch nicht hier…*

😷: *Weiß man nicht.*

Danach war Olaf wie vom Erdboden verschluckt. Im Nachhinein hatte er Recht, aber es war doch nicht davon auszugehen, dass der Russe sein Vorhaben in die Tat umsetzte. Wie auch immer. Ich fand, dass diese Themen für den ersten Gedankenaustausch unpassend waren.

Wie meine monatelange Tinder-Erfahrung zeigte, endeten Chats abrupt oder schliefen nach zwei bis drei Tagen ein, sodass ich mich immer wieder erneut auf die Suche machen musste. Zudem musste ich mir langsam eingestehen, dass ich nur noch das, was ich nicht haben konnte, anziehend fand. Der Rest langweilte mich.

Nach dem Aus mit Marbella-Maarten und einem aktuellen, neuen fünftägigen Single-Dasein kam es dann am folgenden Mittag wahrhaftig zu meinem fünften Date mit Düsseldorf-Domian, demjenigen mit der Entscheidungsfrage „Sushi oder Steak".

Ich hatte mich für das Steak, aber für das echte Maredo Steak-House entschieden. Bevor ich mich auf den Weg machte, dachte ich, dass ich eigentlich lieber weiterhin online flirten oder telefonieren wollte. So schnell schon wieder ein echtes Treffen? Eine Dating-Routine hatte ich bis dato noch nicht entwickelt, aber irgendwann musste man bekanntermaßen in den sauren Apfel beißen.

Mittlerweile hielt mich meine Freundin Frieda in Gesprächen immer öfter dazu an, mich sofort mit Männern zu treffen, um zu sehen, ob es ein Prinz sei oder er sich als Frosch entpuppen würde. Frieda hatte, wie sie sagte, gefühlte eintausend und ein Date, bis sie ihren Traummann fand. Und ich? Vorzuweisen war da noch nicht so viel, sodass ich mich auf das Treffen mit Düsseldorf-Domian einließ. Ich brauchte mehr Erfahrungen und insbesondere eine Dating-Routine, obwohl eine Routine unnötig gewesen wäre, wenn ich den Prinzen sofort kennengelernt hätte. Der Sex spielte nach meiner extrem langen Abstinenz nicht mehr die größte Rolle, aber wenn es diesmal erneut dazu hätte kommen sollen, wäre ich die Letzte gewesen, die nein gesagt hätte.

Mir war klar, dass Düsseldorf-Domian optisch nicht so ganz in mein Beuteschema passte, aber für Übungszwecke sollte er erstmal ausreichend sein. Er war willig und wollte mich unbedingt kennenlernen. Zwei Stunden vor unserem Treffen schrieb er mich kurz an.

👨: *Guten Morgen Stella, ich habe bis gerade geschlafen! Habe ich dir schon erzählt, dass ich Langschläfer bin? Ich musste den fehlenden Schlaf der Woche nachholen! Freue mich schon gleich auf dich um 14:00 Uhr* 😴

👧: *Ich mich auch*

👨: *Bin jetzt gerade unterwegs. Sorry, wird laut Navi etwas später werden…*14:15 Uhr

Für unser Treffen hatte ich einen neutralen Ort vorgeschlagen. Von Zuhause abholen lassen wollte ich mich nicht, da mir das zu verfänglich gewesen wäre. Ich stylte mich und düste in meinem Auto los. Eine halbe Stunde vor der neuen Treffpunktzeit stand ich bereits auf dem Parkdeck des Einkaufszentrums.

👧: *So, bin jetzt da… gehe dann mal Geschäfte anschauen bis du kommst* 🙂 🙂 🙂

202

Etwas später meldete er sich.

😷: *Habe gerade geparkt, suche jetzt das Monkeys?* 🤪

👩: *Monki heißt es!* ☺

😷: *Bin da!*

👩: *Ich warte vor dem Eingang auf dich!*

Die verbliebene Wartezeit nutzte ich dazu, meine neue Unter-höschen-Kollektion zu erweitern. Ich hatte bereits für den Mar-bella-Trip Nettes gekauft und inzwischen mehrfach gewaschen und als bequem und dank der Spitze auch sexy empfunden, so-dass einem neuen 3-er-Pack-Kauf nichts im Wege stand.

Dann ging ich zum vereinbarten Treffpunkt, an dem er bereits wartete. Naja, Düsseldorf-Domian, war etwas kurz geraten, hatte AirPods in den Ohren, eine dicke Brille auf und kurze, dunkelgraue Haare. Viel sah ich von seinem Gesicht nicht, das durch eine Corona-Maske verdeckt war. Oh je, er sah nicht ge-rade wie auf den Tinder-Fotos aus, die wesentlich mehr her-machten.

Zur Begrüßung gab es einen Maskenkuss nach rechts und links. Folgend sagte er zu mir: „Du bist aber extreeeem curvy." Ich dachte, dass ich mich verhört hatte. Ich? Curvy? Eine krän-kende und schlimmere Beleidigung gab es in diesem ersten Mo-ment nicht. Ich hatte inzwischen 25 Kilo abgenommen, bekam immer tolle Komplimente und so ein Wurzelzwerg wollte mir auf den ersten Blick sagen, dass ich fett bin. Ich war geschockt. Der Beginn stand unter keinem guten Stern.

Danach sagte er, dass er unbedingt in den Gant-Shop gehen wollte, den er zuvor sah. Er betonte, dass er ausschließlich Qua-lität und Marken kaufen würde. Im Shop zog er seine Jacke aus und probierte eine Daunenjacke an, die offensichtlich mindes-tens zwei Nummern zu klein war. Ich sagte ihm, dass er mit seiner geschwängerten Bierwampe die Jacke niemals zubekom-men würde. Äußerst selbstbewusst antwortete er: „Dann müssen wir beide abnehmen…" Bitte was? Was sollte das? So-was Freches hatte ich bis dato noch nie gehört. Er hatte offensichtlich den Schuss nicht mehr gehört. „Halte Dir doch einfach mal Deinen eigenen Spiegel vor Augen", fuhr er weiter. Ich war absolut sprachlos und perplex.

Einkaufsfrei gingen wir per Google-Maps zum Essen ins Steakhouse. Nach der Vorlage der Impfbescheinigungen legten wir die Masken ab und ich sah erstmals, dass mein bebrillter Düsseldorf-Domian eine extrem ungepflegte Gesichtshaut hatte. Akne mit 46 Jahren: möglich, aber eher unwahrscheinlich. Gut, aber was hätte ich machen sollen? Nun saß er mir direkt gegenüber und versuchte, mich so neutral wie möglich zu verhalten. Er bestellte das extra große Rib-Eye-Steak mit Salat und eine doppelte Portion Pommes. Ich hatte es bei einer Ofenkartoffel mit Sourcream und einer großen Flasche Wasser belassen.

Tischmanieren kannte Düsseldorf-Domian nicht und stopfte alles in sich rein. Ich sah leicht angewidert zu und versuchte mir meinen Ekel nicht anmerken zu lassen. Mehrmals griff er nach meinen Händen, die ich daraufhin zurückzog. Was sollte das? Ich war davon überzeugt, dass meine angestrengte Gesichtsmimik ausreichend gewesen war, um meine Ablehnung zu zeigen. Das war sie allem Anschein nach nicht. Kurz nachdem er vollgefressen war, fragte er mich, wann wir endlich zu mir fahren könnten, da er mir es richtig besorgen wollte.

Wie schon so oft in meinem neuen Leben war ich sprachlos und ließ die Frage unbeantwortet. Ich teilte ihm mit, dass ich gehen wollte, worauf jeder den Teil seiner Rechnung übernahm.

Düsseldorf-Domian hatte mir in unserem Chat verschwiegen, dass er sich, wie sich nun herausstellte, als Freundschaft Plus deklarierte. Da es offensichtlich nicht so lief, wie er das mit mir plante, sagte er auf dem Rückweg zum Einkaufszentrum: „Ich bin auf Tinder, weil ich fi**en will. Ich stehe auf ältere Frauen, denen ich es besorgen kann. Ich habe bereits vier Freundschaften Plus, und die Frauen wissen, dass ich sie alle abwechselnd habe. Du wärst dann jetzt meine Nummer fünf… und glaub

mir, die wollen und lieben mich, da ich es ihnen so richtig besorge… Gestern im Karneval war ich mit Nummer vier zum
Feiern und Fi**en zusammen, und morgen habe ich die 61-jäh-
rige Anwältin für zwei ganze Tage… sie lieben und genießen
mich."

Ich hörte angewidert, dennoch gleichzeitig gespannt zu und
dachte nur „OMG", was für ein selbstverliebter, überheblicher
Spinner. Dann fuhr er verbal mit Schwei-nekram fort. Zu jenem
Zeitpunkt mochte ich es nicht, ungehemmt über Sexstellungen
zu sprechen. Sowas kannte ich einfach nicht. Aber dies schien
zum Alltagstalk dazu zu gehören. Ich sagte ihm, dass er mir erzählen kann, was er will, dass mich sowas aber nicht anmachte
und ich davon nicht ansatzweise Lust auf Sex bekommen hatte.
Zu meiner Verwunderung sagte er: „Das machen aber alle
Frauen an…und dann sind sie zu allem bereit…", worauf ich
antwortete: „Mag alles möglich sein, aber dann bin ich halt Old
School."

Diese Art von Unterhaltung widerte mich immer mehr an. Als
er im Einkaufszentrum glücklicherweise auf die Toilette
musste, nahm ich den Schopf in die Hand, um mich aus dem
Staub zu machen.

Meine eindeutige Erkenntnis nach meinem fünften Date war,
dass Freundschaft Plus mit sofortigem horizontalem Betteinsatz
gleichzusetzen war. Das war mir so nicht bewusst. Definitiv
würde es niemals mit einem uncharmanten, hässlichen Zwerg
zu einem Liebesakt kommen, und ich unter solchen Vorausset-
zungen lieber ewige Jungfrau geblieben wäre.

Diesen Dating-Schock musste ich erstmal daheim bei einigen
Gläschen Wein verdauen und wandte mich wieder den Männern zu, die mich, ohne Schweinekram zu erwähnen, gut fanden. Zu später Stunde hatte ich erneut ein schönes Gespräch mit
meinem holländischen JVA-Jörgen und ging anschließend nach
einem ereignisreichen Tag schlafen.

Kaum hatte ich am nächsten Morgen meine Augen geöffnet, pingte auch schon mein iPhone. Mein nettes Abendgespräch wünschte mir einen „Guten Morgen" und erinnerte mich sofort an meinen deutschen Roland, der mir wie ein Fabrikarbeiter vorkam, da er mich jeden Morgen und Abend kurz über Tinder anschrieb, um mich morgens zu begrüßen oder sich abends zu verabschieden. Vielleicht hatte ich da auch schon eine instinktive Vorahnung, wie es mit JVA-Jörgen weitergegangen wäre. Darauf wischte ich hin und her und traf auf den 45-jährigen Vítor aus dem 90 km entfernten Kreis Steinfurt, dessen unschuldiges Grinsen mich sofort überzeugte. „Was für ein netter Spanier", dachte ich und schrieb ihn an.

👧: *Hola, que tal?*

😀: *Bem e tu?*

Auf Spanisch schrieb ich weiter.

👧: *Sehr gut, ich liege noch im Bett und gucke TV*

😀: *Fazes bem. Mas hoje está bom para apanhar sol*

Als ich das las, war mir klar, dass ich mich bezüglich der Nationalität leicht geirrt haben musste, aber ich war nahe dran. Da ich oftmals nicht mehr gründlich hinschaute, was da auf mich einschlug, las ich anstelle von Vítor Victor, was eindeutig kein spanischer Name war. Das war auch nicht weiter schlimm, da Portugiesisch und Spanisch sich ähneln wie Holländisch und Deutsch. Kurz darauf schrieb er auf Deutsch weiter: „Das machst Du gut. Aber heute ist ein schöner Tag, um die Sonne zu genießen."

Im weiteren Chatverlauf stellte sich heraus, dass Vítor seit fünf Jahren in Deutschland lebte und jedes Jahr in den Sommerferien zurück zu seinen Eltern fuhr. Er verabschiedete sich mit den Worten „Ich werde meine Radtour machen, mit dieser Sonne haben Sie das Gefühl," und kam nie wieder zurückgeradelt.

Kurz danach bestätigte ich das Like von dem 52-jährigen Fréderic, „Commercant bei „Concessionaire automobile" aus Laurent. Das war eindeutig Französisch, also irgendwas mit Autos. Wo Laurent lag, war mir auch egal, da sein Profilfoto umwerfend war. In seinem Wohnzimmer am Couchtisch sitzend, mit Jeans und Polo-Shirt bekleidet, blickte und lächelte dieser Mann mich mit seinen graumelierten Haaren an, als ob er hätte sagen wollen: „Hier bin ich, ich habe auf dich gewartet, nimm mich." Ich brachte meine volle Begeisterung zum Ausdruck und schrieb los.

👧: *Woow, Match, damit hätte ich nicht gerechnet* ☺ ☺

👨: *Guten Morgen, wie geht es dir?*

👧: *Guten Tag, gut und dir?*

👨: *Mir geht es auch sehr gut, Danke. Ich bin Fréderic, 52 Jahre alt seit 3 Jahren getrennt. Ich habe einen 12- jährigen Sohn und du?*

👧: *Hi, ich bin 51 und kinderloser Single.*

Gefühlt keine Minute später kam eine ausführliche Antwort, bei der mir sofort klar war, dass ich meine Begeisterung völlig zu unnütz kundgegeben hatte.

👨: *Ich lebe in einem kleinen Dorf im Zentrum von Frankreich, in LAURENT. Es ist eine sehr kleine Stadt, 3 Stunden von Paris entfernt, mit einer sehr schönen Landschaft, wie ich es mag. Ich lebe mit meinem Sohn zusammen und habe das alleinige Sorgerecht für ein Haus, das ich vor 2 Jahren gekauft habe. Ich würde mich sehr freuen, Sie kennenzulernen, da ich Ihr Land und vor allem Ihre Sprache mag, weshalb ich mir erlaubt habe, den Standort in Ihr Land zu setzen. Ich hoffe euch macht die Entfernung nichts aus??*

Zu viel war zu viel. Das kannte ich schon. Irgendwann musste doch auch mal Schluss sein. Verflixt noch mal, was für ein Mist.

Ich hatte ein unglückliches Händchen bezüglich meiner Männerchatwahl. Wie hätte es bei mir anders sein sollen?

Auf das vorherige Fake flatterte schon das nächste rein. Ich matchte den 51-jährigen Michel, der 139 km entfernt war. Nichtraucher, Hundeliebhaber, ansonsten ohne weitere Angaben.

👩: 🙂🙂🙂

👨: *Hallo, wie geht es dir? Mein Name ist Michel, ich bin kinderlos und geschieden. Ich werde mich sehr freuen, Sie kennenzulernen*

👩: *Hallo Michel* 🙂

👨: *Ich bin Französin, mein Deutsch ist sehr einfach, ich bin Soldat von Beruf, ich bin seit einigen Wochen außerhalb Deutschlands stationiert. Ich suche einen Seelenverwandten, eine Person, mit der ich den Weg in Glück und Liebe fortsetzen kann*

„Oh je", dachte ich, aber Neues Spiel, neues Glück. Am frühen Abend traf ich auf den 52-jährigen eingefleischten Fußballfan Boris, der auf seiner Profilseite keinen Hehl zu seiner „Echten Liebe" zum BVB 09 machte. Ich beantworte sein Like.

👩: *Match* 🙂🙂🙂

👨: *Ich habe dich gefunden*

👩: 😆😆*na endlich, das wurde aber auch mal langsam Zeit…*

👨: *Sorry* 😆 *wenn ich gewusst hätte, dass es so eilig ist, hätte ich mich früher gemeldet*

👩: *Gut, aber ein schwer zu vermittelnder Notfall bin ich noch nicht* 😆 *…der Lack ist noch nicht ganz ab* 😆😆😆

👨: *Stimmt. Notfälle nimmt die Caritas auf. Und dein Lack, wenn es so wäre. Auch Oldies haben Charme und Klasse* 😆

👩: 😆😆😆

👨: *So ganz taufrisch bin ich doch auch nicht mehr. Seit wann schaust du dich denn hier um???*

👩: 😆 *bin jetzt im 3. Monat hier und du?*

👨: *Seit heute*

👩: *Das soll ich jetzt glauben? Glaub ich nicht* 😆 😆 😆 😆

👨: *Ich war aber früher schon mal hier*

👩: *Dazu fällt mir ein… Ziel bei vielen…dann können wir uns gemeinsam hier abmelden und 2 Wochen später wieder anmelden* 😆 *Ich glaube, ich brauche hier das Jahresabonnement…*

👨: *So ein hoffnungsloser Fall bist du?*

👩: *Scheint so…bin aber noch immer guter Hoffnung.*

👨: *Was machst du, wenn du nicht gerade hier online bist?*

👩: *Ich schreibe Reiseführer über die Kanaren, aktuell einen Roman und du?*

👨: *Ich arbeite als Industrieisolierer in Gelsenkirchen. In meiner Freizeit fahre ich schon mal an die Nordsee. Liebe Wellness und Sauna. Mag Kino und Konzerte*

👩: *Ich fahre nächsten Monat wieder nach Lanzarote. Lebe mal hier und mal dort…*

👨: *Seit wann bist du Single?*

👩: *Seit 5 Monaten und du?*

👨: *2,5 Jahre, in der Zeit hatte ich 5 Monate eine Fernbeziehung*

👩: *Funktionierte dann nicht und deshalb bist du wieder auf dem Markt?*

👨: *Auf dem Markt hört sich hier gut an*

👧: Ist ja sooo, 😆 😆 😆, hier ist doch alles dabei… Wer die Wahl hat, hat die Qual… Mein Tinder landet immer in Holland… das zeigt fast nur Holländer an 😆

👹: Ohje, das ist doch kein Basar. Wo bist du denn zurzeit? Auch Holland hat doch schöne Männer….

👧: Oh doch, wenn ich da an meine sonstigen Verehrer denke…

👹: Du ziehst alle Nationalitäten an? Respekt!

👧: Nicht alle, die Deutschen nicht!

👹: Stimmt. Schöne Frauen sieht man auch überall

👧: Ansonsten ja, Holländer, Italiener und Spanier
👹: So ein Spanier hat doch auch was

👧: Ja, aber die Inselaffen sind mir zu dumm, und wenn sie älter sind, total verfaltet

👹: 😆 Die gibt es doch überall 😆

👧: Ich bin nicht ganz anspruchslos

👹: Sollte man auch nicht

👧: Die Holländer haben alle 2- 3 Kinder

👹: Und wie viele Kinder hast du?

👧: Keine. Und die Italiener mag ich nicht mehr 😆 😆 spreche fließend italienisch

BVB-Fan Bernd und ich tauschten die Nummern aus und hatten ein nettes Telefonat, das er aber ruckartig beendete, da sein geliebter Verein spielte. Ich war schneller im Abseits, als ich gucken konnte. Dauerhaft hätte ich mir sowas auch nicht vorstellen können, da ich Fußball noch nie mochte. Danach verlief Tinder-mäßig alles relativ ruhig und ich machte mich zur Nachtruhe auf.

Am nächsten Morgen war es dann so weit. Es sollte gewiss fast 3 Monate dauern, bis ich meinen ersten schriftlichen Domina-Sex hatte. Was es nicht alles Neues zu entdecken gab. Ehrlich gesagt hatte ich keinen blassen Schimmer, wie sowas wirklich angehen sollte, war aber gespannt, was da von der Gegenseite kam. Nachdem ich matchte, ging es völlig unverhofft los.

👧: 🙂🙂🙂

👦: *Hallo Stella, ich freue mich auf unser Match. Liebe Grüße aus Dorsten von Dirk*

👧: *Ich freue mich auch, viele Grüße aus Recklinghausen zurück*

👦: *Ich finde, dass du eine sehr sympathische Ausstrahlung hast. Hoffe du bist nicht nur ein Engel. Du bist auch bestimmt ein kleines Teufelchen, denn nur ein Engel wäre auch zu langweilig.*

👧: *Da sagst du was* 🙂🙂🙂*, …hast du mich etwa schon auf den ersten Blick durchschaut? Das wäre dann aber auch langweilig…* 😆😆😆

👦: *Vielen Dank. Spüre ich da eine leichte dominante Ader bei dir???*

👧: 😆😆 *wenn das schon dominant sein soll, dann wird es bei uns bestimmt noch lustig…* 🙂🙂🙂 *dann musst Du dich warm anziehen* 🙂🙂🙂🙂

👦: *Ich mag Dirty Talk und klare Ansagen, wenn Du führst …*

👧: *Ok, damit hätte ich jetzt nicht gerechnet, aber gut* 🙂

👦: *Scheint dir ja auch zu gefallen…   ich liege dir ja schon zu Füssen und verwöhne dich…   küsse deine Füße, Zeh für Zeh…du spürst meine Lippen, meine Wärme, meine Zunge…*

👧: *Auf was genau soll das jetzt hier hinauslaufen???* 🙂 *Sowas macht man doch live*

👦: *Du führst, ich diene deiner Lust!!!*

😊: *Du siehst eigentlich total harmlos aus…*

😠: *Du ja auch*

😊: 😆😆 *…sind es die schwarzen Stiefel auf den Fotos, oder was verrät mich?*

😠: 😆 Du bestimmst wo und wie du meine Lippen und Zunge spüren willst

😊: *Davon gehe ich doch mal stark aus!!!*

😠: *Ich mache was du verlangst*

😊: *Brav! So gefällst du mir sehr gut!*

😠: *Ich bin ab jetzt dein Lustsklave*

😊: *Ich sollte mich mal über die genaue Haltung eines Lustsklaven informieren… du bist mein erster…*

😠: *Lege mich an dein Bettende und zu deinen Füssen und schaue dir gebannt zu. Küsse deine Füße… Zeh für Zeh…während du an dir spielst… Du spürst meine Lippen, meine Wärme, meine Zunge… Du schiebst mir einen Zeh in deinen Mund… Meine Zunge umschmeichelt ihn und wandert einer nach dem anderen Zeh in meinen Mund…während ich dir weiter zuschaue… Ich spüre wie es dich erregt… Deine Finger sind schon ganz nass*

Nach dieser Ansage wusste ich, was sich dieser Lustsklave unter Sex vorstellte. Der Begriff war mir aus dem alten Rom bekannt, aber dass es dann so abläuft? Dazu hatte ich mir noch nie zuvor Gedanken gemacht.

Am Mittag traf ich auf den feurigen 53-jährigen Alex mit 3-Tage-Bart, grünen funkelnden Augen und graumelierten kurzen Haaren aus den 130 km entfernten Niederlanden. Das Profilfoto fand ich etwas unglücklich gewählt, da er offensichtlich ein Selfie mit Müllpresse im Hintergrund gewählt hatte. Laut Beschreibung begeistere er sich für Reisen, Karaoke, Mode und

Sport und mochte vegetarisches Essen. So wie es schien, hatte ich nach einigen Sätzen das Gefühl, dass er in meine Bilder schockverliebt war.

😊: *Match* 🥰

😍: 😍😍 *Hello Stella* 😍😍😍😍

😊: *Hi Alex! How are you?*

😍: *Mir geht es sehr gut. Ich freue mich über unser Match. Auf den Bildern hast Du ein faszinierendes Lächeln. Ich würde Dich liebend gerne näher kennenlernen*

😊: 😊😊😊 *Das freut mich, erzähle mir etwas mehr von dir bitte. Du hast nichts in deiner Beschreibung angegeben. Ich sehe nur, dass Du 130 km entfernt bist….*

😍: *Mein Name ist Alejandro, aber Du darfst mich Alex nennen. Und wie heißt du?*

😊: *Stella. Alejandro ist Spanisch, oder etwa nicht?*

😍: *Ich bin Hispano-Amerikaner, seit 3 Jahren geschieden und führe ein Single-Leben.*

😍: *Du hast Recht, ich habe einen spanischen Namen.*

😊: *Und wo lebst du?*

😍: *Im Süden der Niederlande in Rijswijk. Und du?*

😊: *Deutschland. Recklinghausen*

😍: 😊😊 *OK. Bist du verheiratet?*

😊: *Ich bin Single, war nie verheiratet und habe keine Kinder. Sprichst du auch Spanisch?*

😈: *Um Himmels willen, das kann ich gar nicht glauben, dass so eine wunderschöne Frau wie du noch nie verheiratet war. Stella, ich bin fassungslos*

👩: *Mein Partner verstarb.*

😈: *Das mit mir aufrichtig leid, dass du deinen Partner verloren hast. Was ist das Geheimnis deiner Schönheit?*

👩: *Viel Urlaub und wenig Arbeit* ☺ ☺ ☺ ☺

😈: *Wirklich? Ist das dein Geheimnis? Du bist so wunderschön und sehr attraktiv. Ein jeder Mann sollte sich glücklich schätzen dich als Frau oder Partnerin zu haben. Jetzt habe ich dich kennengelernt und ich glaube, dass ich nun ein glücklicher Mann sein kann* ♥ ♥ ♥ ♥ ♥ ♥

👩: ☺ ☺ ☺ *Es ist wirklich sehr schwer den richtigen Mann zu finden*

😈: *Ja, ich finde es auch sehr schwer eine Frau zu finden. Aber jetzt habe ich dich gefunden und ich würde uns wünschen, dass wir ab jetzt einen gemeinsamen Lebensweg beschreiten*

👩: *Gute Idee* ☺ ☺ ☺

😈: *Erzähl mir etwas über deine Hobbies…*

👩: *Hobbies, ich gehe gerne schwimme. Und du?*

😈: *Schön, dass du gerne im Meer schwimmen gehst. Ich gerne auch gerne zum Strand und höre Musik. Ich hasse Lug und Betrug. Ich rauche nicht und du?*

👩: *Nein, ich auch nicht.*

😈: *Trinkst du Alkohol? Ich mag Rotwein und trinke gelegentlich Whisky.*

👩: *Gelegentlich trinke ich mit Freunden. Ich mag Rose- Wein und Wodka Cola* ☺

😈: *Ja ich auch, mit Freuden oder Arbeitskollegen. Wir haben so viele Gemeinsamkeiten. Ich mag dich und ich denke, dass wir eine wundervolle Beziehung starten können, die uns einen Schritt weiterbringen wird.*

👧: *Das freut mich!!!* ☺ ☺ ☺

😈: *Ja mein Liebling, das ist alles was ich mir wünsche und ich danke Gott, dass er mich zu meiner Traumfrau geführt hat. Was machst du beruflich?*

👧: *Ich bin Autorin für Reiseführer. Ich muss jetzt zu meinen Eltern fahren, es tut mir leid, aber wir können später schreiben.*

😈: *Alles gut meine Liebe, ich bin aber nicht immer online, da ich auch arbeiten muss. Sende mir bitte deine WhatsApp- Nummer, sodass wir darüber weiterschreiben können. Stella, ich mag es die wenige Zeit die ich habe mit dir zu verbringen. Ich wünsche dir einen schönen Tag* ♡ ♡ ♡

Auf der Fahrt zu meinen Eltern dachte ich kurz über den Chat mit dem Mann vor der Müllpresse nach und kam zum Schluss, dass der schöne Alejandro ein Fake war. Zunächst nicht ganz offensichtlich, da die Tinder-Mafia wohl eine neue Taktik angewandt hatte. Anstatt einfach einen langen Text zu schicken, versuchte man nun bereits im Chat, sich für eine Frau zu interessieren und eine emotionale Beziehung aufzubauen. Fake – Alex hatte ganz schön dick aufgetragen, sodass ich auf das Spiel der Mafia nicht weiter einging.

Allem Anschein nach hatte mich die Mafia am nächsten Tag noch nicht völlig aufgegeben.

😈: *Seit gestern schlägt mein Herz ununterbrochen für dich und ich muss immerzu an Dich denken. Ich wünsche mir zu tiefst, dass wir hier Tinder verlassen können und zusammen in eine neue Zukunft starten. Das wird dann die beste Zeit unseres Lebens. Ich möchte so viel wie möglich über Dich erfahren bevor wir uns treffen.*

Der komplette Chatverlauf war mit dem süßen Alex auf Englisch. „Too much is too much" und das war definitiv zu viel.

An jenem Abend dachte ich mal wieder über meine Tinderwelt und mich nach. Tinder ging mit großen Schritten in den vierten Monat und das schnelle Finden eines Traummannes klappte überhaupt nicht. Es war alles verwirrender als je zuvor, da immer wieder Neues auf mich einschlug.

Ich hatte mich wieder gut in Deutschland eingelebt, aber der normale Alltag war langweilig. Lieber hätte ich mich mit meiner Freundin Maria Dolores in Lanzarote auf einen Kaffee und Tapas getroffen und wäre mit meinem Auto durch die Gegend gedüst, als in meiner kleinen deutschen Welt zu sitzen. Ich wollte so schnell wie möglich mein Altes, das zuvor mein neues Leben war, zurück.

Das gab es aber momentan nicht mehr. Ich blickte aus dem Küchenfenster in den blauen Himmel und dachte, dass das Wetter für deutsche Verhältnisse schön war. Jedoch tröstete mich das nicht über das Gefühl der Gefangenheit hinweg. Ich fühlte mich in meinen eigenen vier Wänden wie eingesperrt und wusste nicht, warum. Was war an meinem Zuhause so schlecht, dass ich mich nicht angekommen fühlte? Fehlte mir das einfache Leben auf Lanzarote wirklich?

Ich grübelte. Was war es? Was war denn nur mit mir los? Ich wusste es nicht. Weder war ich in der einen noch in der anderen Welt zuhause. Wo war denn mein Zuhause? Auf Lanzarote oder in Deutschland? Oder doch ganz woanders? Ich musste mir eingestehen, dass ich das Gefühl „Ich bin zuhause" noch nie empfunden hatte.

Der Abend ergab, dass ich meine Männer-Verlustliste mal wieder erweitern konnte. Nach einem längeren Chat mit JVA-Wärter Jörgen wurde ich einfach gelöscht. Weg war er. Ich fand es seltsam und dachte: „Keine Ahnung, was jetzt schon wieder passiert ist... denkt denn jeder, er hätte ein Exklusiv-Recht an mir?" Das erinnerte mich wieder an Rotterdam-Ruven, der zum Nachteil von Marbella-Maarten auf der Strecke blieb. Leider war es so. Es war, wie es war. Jedoch musste ich erfahrungsgemäß nie lange warten, bis der nächste Mann um die Ecke kam.

***

Am frühen Morgen des nächsten Tages hatte ich den 54-jährigen Andi aus der Nachbarstadt aufgetan. „Endlich mal kurze Anfahrtswege, mal sehen, was das wird", dachte ich.

😺: *Hallo Stella! Ich habe mich mal hier angemeldet und nun ein Match mit dir... freut mich sehr. Mein Name ist Andreas und ich komme aus Datteln. Ich bin 54 Jahre alt und Berufssoldat. Allerdings suche ich hier keine feste Beziehung, da ich kein Single bin und weiß daher auch nicht, ob ich in dein Suchraster passe. Ich fand deine Fotos sehr sympathisch und da konnte ich dich nicht so einfach wegwischen* ☺. *Ich hoffe das war erlaubt* 🙂. *Liebe Grüße Andreas*

Nach einigen weiteren Sätzen tauschten wir unsere Nummern für WhatsApp aus.

👧: *Hi*

😺: *Huhu* 🙂*!!! Schön, dass es geklappt hat*

👧: *Warum auch nicht???*

😺: *Hier kann man irgendwie besser schreiben...*

👧: *Einfacher, ...aber am Anfang habe ich meine Nummer nicht herausgegeben, da ich das nicht wirklich löschen konnte. Beherrsche ich aber inzwischen sehr gut* 😆

😺: *Du wirst auch bestimmt noch andere Dinge als das Löschen hier beherrschen* 😆

👧: *Inzwischen ja... musste erstmal nach 16.5 Jahren das Flirten üben... obwohl ich hohe Verlustquoten vorzuweisen habe* ☺😆😆😆😆

☺: ☺☺ ich hoffe, dass ich dich davon überzeugen kann mich nicht zu verlieren

☻: Alles etwas schwierig in der heutigen Zeit

☺: Politisch und gesundheitlich hat es bestimmt schon bessere Zeiten gegeben, aber man muss ja trotzdem nicht auf alles verzichten

☻: Stimmt. Was hast du heute Schönes gemacht?

☺: Ich habe um 14:00 Uhr Feierabend gemacht und bin jetzt ein wenig mit dem Fahrrad unterwegs

☻: Schön, ist auch tolles Wetter…

☺: …natürlich hoffe ich, dass wir uns mal persönlich kennenlernen bevor du wieder weg bist ☺

☻: Gerne, morgen und Sonntag im Nachmittag hätte ich Zeit

☺: Ok… ich schaue mal, ob ich da kann und melde mich…

Ich schickte ihm ein Selfie, da ich längst nicht mehr so braun wie auf den eingestellten Tinder Fotos war.

☻: Das ist jetzt so wie ich aussehe, ohne Sonne, in meiner Küche… Wenn Dir das nicht gefällt, dann sag es bitte, dann ist es so.

Am nächsten Morgen meldete sich Andreas zurück.

☺: Guten Morgen…mir gefällt es ☺. Also heute weiß ich noch nicht wie es zeitlich ist…klappt wahrscheinlich eher Sonntag. Morgen Nachmittag wäre es auch gegangen, aber da geht es bei dir leider nicht. Sonst alles ok? ☺

☻: Guten Morgen 😎😎, also schauen wir kurzfristig…

☺: Kurzfristig und spontan geht immer ☺

☻: 😃 wie das genau gemeint ist…. Denke ich besser nicht drüber nach 😆😆😆

🧑‍🦲: 🙂 das kann man aus unterschiedlichen Sichtweisen sehen 😊 spontan und kurzfristig sich treffen... aber auch spontan und kurzfristig geilen Sex haben, das ist auch mein Ding 😊

👩: Genauso habe ich das schon verstanden...bin zum Glück nicht mehr blond gefärbt... 😆😆😆

🧑‍🦲: 🙂 ich finde sowas total erotisch und kribbelig...einfach spontan und egal wo...es muss nicht immer das Bett sein 😊

👩: Bei den Temperaturen??? Wir sind doch nicht im sonnigen Süden... Bin ja auch für vieles zu haben...

🧑‍🦲: Wetter muss natürlich passen 🙂🙂 bei der Gradzahl friert dir ja alles weg 😊

👩: Genauso! ... da wäre selbst ein Quickie zu lang...

🧑‍🦲: 😆😆 das stimmt... da muss man schnell für den Quickie ins Warme 😊

👩: Und das führt zu unserem grundlegenden Deutschlandproblem

🧑‍🦲: Probleme können immer irgendwie gelöst werden 😊

👩: Deshalb geht es wieder zurück nach Lanzarote. Nicht wegen dem Sex 😆😆😆

🧑‍🦲: 😆😆😆 Sex kannst Du ja auch hier haben- dafür musst Du auch nicht zurück 😊

👩: 😆 Da ist was dran... Aber es ist nicht schön genug hier. Mir fehlen die Wärme und das Meer

🧑‍🦲: Die Kanaren sind schöner... stimmt... wenn es aber von deiner Seite vor der Rückkehr nach Lanzarote gewünscht ist Sex zu haben, dann wäre ich da gerne bereit zu mit dir

👩: Es ist mir hier zu langweilig, jeden Tag das gleiche

🧑‍🦲: Kann ich verstehen

😊: *Habe hier keine Aufgaben mehr… außer der Präsenz bei meinen Eltern*

😈: *Dann biete ich Dir gerne etwas Abwechslung an, wenn du möchtest*

😊: *Gerne… Das Problem ist, dass ich schon so lange auf Lanzarote war, … das bedeutet für mich Leben und Freiheit*

😈: *Dann sehnt man sich auch selbstverständlich zurück. Ist doch klar… ich versuche dann doch gerne mal dich hier ein wenig abzulenken und zu beschäftigen* 😉 🙂

😊: *Guter Plan* 🙂 🙂 🙂 🙂

😈: *Finde ich auch* 😉*, wenn ich ehrlich bin, habe ich von unserer Kommunikation hier und deinen Fotos tierisch Lust bekommen mit dir Sex zu haben… das wird richtig geil* 😋 😋

😊: *Das ist das Luxusproblem nicht mehr zu arbeiten…*

😈: *Schöner Luxus aber…* 😉

😊: *Ich muss los… bis später… Aber was?*

😈: *Kein Aber…schöner Luxus…bis später*

Zu einem „Später" kam es nie. Es war ein schöner Flirt. Jedoch, was verheiratete Männer betraf, die aus ihrem sexlosen Alltag ausbrechen wollten, stand ich nicht. Damit wollte ich auch nichts mehr zu tun haben, da mir sowas schon einmal vor über 30 Jahren passierte. Ich war verliebt und ließ mich kurz auf dieses Konstrukt ein. Das brachte mir jedoch nur einen extremen Herzschmerz, an den mich dieser Chat erinnerte. Selbstschutz war gefordert. Aber so schienen die Männer nach wie vor zu sein.

Wie sich später herausstellte, war Andreas nicht der Einzige. Ich war konsequenter gestrickt. Entweder akzeptierte man das unerfüllte Sexleben, das man hatte, und es war so, wie es war, oder man trennte sich. Das ist bis heute meine Auffassung. Für extreme Kompromisse ist unser Leben einfach zu kurz.

Am gleichen Nachmittag rief mich mein Lanzarote-Lukasz nach einer gefühlten Ewigkeit an. Mit seiner positiven Lebenseinstellung und seinem „schiefen" Deutsch verstand er es, mich aufzumuntern. Im Telefonat fragte er mich, ob ich Lust gehabt hätte, mit ihm auf die anderen Inseln zu fahren, da er beruflich ständig unterwegs war und mich gerne dabeigehabt hätte. Das war ein reizvoller Gedanke, der auch irgendwie schräg war, da wir uns lediglich von Telefonaten und Fotos kannten. „Und warum auch nicht…", dachte ich. Alles, was im tristen Deutschland zur vorübergehenden Ablenkung beitrug, kam mir mehr als recht.

Abends saß ich wie jeden Abend allein in meiner Küche. Als mein Verlangen nach echter Unterhaltung und nicht nach Fernsehbeschallung hochkam, überlegte ich, wer dazu herhalten musste. Umgehend kam mir meine stets gutgelaunte Quasselstrippe Malaga-Mario in den Sinn, mit der ich mein Spanisch aufpolieren konnte. Angeregt quatschten wir über zwei Stunden, bis ich dann müde in mein Bettchen ging.

***

Der nächste Tag stand im Zeichen meiner totgeglaubten Verehrer und neuer Erkenntnisse. Es meldete sich mein niederländischer Hündchenliebhaber Daan, einer meiner Bewunderer der ersten Stunde, der jetzt offensichtlich von seiner Schwedenmission zurückgekehrt war. Er schrieb so, als ob nie etwas vorgefallen war.

: *Hello my dear. How are you? I miss you so much*

Zwei spanische Anhänger gesellten sich noch dazu, sodass ich wieder voll beschäftigt war. Ich fragte mich nur, was sie alle schon wieder wollten und ob sie keine bessere „Schnitte" gefunden hatten. Dem Anschein nach hatte ich Recht.

Auf Nachfrage stellte sich bei Lanzarote-Lukasz heraus, dass er verheiratet war, zwei Kinder im Alter von sieben und elf Jahren hatte und ich als netter Zeitvertreib eingesetzt werden sollte. Diese neue Information schockte mich. Das hatte ich nicht vermutet und sowas schwebte mir nicht vor.

Am Ende des Tages fragte ich mich, was ich für einen Lauf hatte. Wie auch schon in der ganzen Zeit zuvor war es offensichtlich nicht der Allerbeste. Mit meinen verbliebenen 1385 Likes ging ich schlafen.

Am folgenden Samstagabend hatte ich durch Zufall das neue Tinder-Blind-Date für mich entdeckt.

Nach dem Motto „Erst kennenlernen, dann Fotos sehen" drückte ich erwartungsvoll auf den Button: „Los geht's".

Nach kurz zu beantwortenden Fragen wie: „Das will ich über deine Exes wissen?", gab es zur Auswahl: 🀄: Alles, Nix und Nur pikante Details.

Oder auch: „Bei dieser Sache verstehe ich keinen Spaß…"

🀄: Dein Meme-Wissen, Meinung Erderwärmung, Dein Fußballteam, Reaktion Katzenvideo.

Nach der Fragenbeantwortung und kurzer Wartezeit für die angebliche Tinder-Optimierung der Verkuppelung wurde ich verbunden und es ging Knall auf Fall los.

Auf meinem IPhone sah ich nun den Namen, das Alter sowie die ersten Wörter aus der Profilbeschreibung meines ersten Blinddates.

Es war Jack 55, „Ich wünsche mir etwas verbindliches, fes…".

Zugleich poppte die Tinder-Frage auf „Wie stehst du zu Romantik?", die wir offensichtlich zuvor gleich beantwortet hatten:

👩: *So wichtig*

👨: *So wichtig*

Und schon ging es los. Jack schrieb.

👨: *Hallo*

Klein darunter stand: „Wartet auf Antwort…" und ich sah eine runterzählende Zeituhr, die noch 40 Sekunden anzeigte, sodass ich begriff, dass ich jetzt schnell antworten musste.

👧: *Hallo*

Dann lag es an ihm, wie flott er schrieb, da jeder von uns nur eine Minute zur Verfügung hatte. Nach einem ständigen Hin- und Her-Schreiben öffnete sich links neben seinem Namen ein rundes Fenster und zeigte schließlich sein Bild an. Klar, gleichzeitig sah er auch mein Bild. Leider traf sein Foto nicht meinen Geschmack.

👧: *Ein nettes Gespräch, aber du bist leider nicht mein Typ*

Ich ließ die Zeituhr auf Null laufen, sodass unser Chat beendet war. So weit, so gut. Der Erste musste nicht immer der beste oder der Letzte gewesen sein. Das zeigte meine Tinder-Erfahrung. Schade, aber so war es und wie immer ging es weiter. Tinder zeigte mir folgende Nachricht an: „Wir suchen jemand für dich zum Chatten…" Gespannt wartete ich wie es weiterging: 🎴: Hol dir mal was zu essen. Könnte einen Moment dauern… Ich wartete geduldig. 🎴: Wir haben jemanden für gefunden! Ah nee, doch nicht… „Ach nein", dachte ich. 🎴: It´s getting hot, hot, hot… Stell lieber schon mal den Ventilator an! Anscheinend war ich selbst für ein zweites Blind-Date schwer vermittelbar. 🎴: Du hast auf andere Sachen schon länger gewartet… also Geduld bitte! Aber dann ging es endlich los. 🎴: Hot Takes mit Nils. Verbindung zu Nils wird hergestellt… Ich klickte hoffnungsvoll den „Los"-Button an. Nils, 54, „Glücksmomente teilen ganz einfach…". Was uns über das Bind-Date verband, war die Frage „Was turnt mich bei Tinder voll ab?", auf die wir beide mit „Selfie ohne Shirt" geantwortet hatten. Scheinbar war ich auch nach über drei Tinder-Monaten, trotz einschlägiger Erfahrungen, noch immer nicht bereit, Selfies ohne Shirt zu sehen, was zeigte, wie prüde ich war.

Erfolgreich hatte ich ein Date mit meinem nackten Benno ge-
meistert, aber das schien mir auf Tinder für einen Check meines
Gegenübers zu viel zu sein.
Ich startete sofort durch und schrieb „Hi" und sah, dass ich
keine Antwort bekam. Die Uhr lief runter und ich war raus.
Auch das gehörte zu Tinder. Erneute Versuche an jenem Abend
waren nicht gerade von Erfolg gekrönt und ich legte diese neue
Dating-Erfahrung erstmal zu den Akten.
Am folgenden Sonntag, der sich mittlerweile als Tinder-Flaute
erwies, versuchte ich erneut mein Glück am Abend. Das Blind-
Tinder-Date startete bereits um 18:00 Uhr und ich war pünktlich dabei. Nach den Fehlschlägen des Vortags konnte es sicherlich nur noch besser werden. Allerdings zeigten sich die ersten
Kontakte sehr ernüchternd.
Zugewiesen wurde mir der 49-jährige Markus, der nichts zu sagen hatte, der 52-jährige Kalle, über den ich nur dachte, wie ge-
mein mussten seine Eltern gewesen sein, ihren Sohn Karl-Heinz
zu nennen, der 51-jährige Henk, der namentlich auf jeden Fall
aus Holland stammen musste, und noch der gleichaltrige Daan,
der mich sofort an meinen hundeliebhabenden Schweden-Legi-
onär der ersten Stunde erinnerte.
Ach ja, da waren dann noch der 49-jährige Arjen, der mit „Nee,
spreek geen duits" – „Ich spreche kein Deutsch" antworte und
der 52-jährige Corona-Leugner Thomas, der mir gleich im ersten Satz schrieb, dass die Impfung die neue Biowaffe ist. Was
hatte Corona aus den Menschen gemacht? Auf dieses schmale
Brett ließ ich mich nicht ein und war erstaunt, was es alles gab.
Besser lief es in den ersten Stunden einfach nicht. Vielleicht war
es noch zu früh und die Männer noch unentspannt, oder es
fehlte ihnen einfach nur Alkohol, um sich in den Chats ge-
schmeidiger zu präsentieren.
Darauf wurde mir der 56-jährige holländische Bart zugewiesen.
Es war ein schrecklich hinkender Chatverlauf, indem wir uns
gegenseitig fragten, ob wir auf Deutsch, Englisch oder Französisch schreiben sollten. Da mein Holländisch, das sich bis dato

nur auf ein „Hi, hoe gaat het met je" beschränkte, war es ein hin und her. Schließlich erschien sein Foto, die Zeituhr lief, er antwortete nicht mehr und das war es mal wieder.

Nach dem erfolglosen Blind-Date-Chat blickte ich auf meine Likes-Aufstellung, um zu sehen, ob in der Zwischenzeit sich was Interessantes aufgetan hatte. Ich staunte nicht schlecht, als ich sah, dass Bart mir zuvor ein Like gab. Er hatte zwei Fotos eingestellt, die nicht unterschiedlicher hätten sein können. Zu einem ein Schwarz-Weiß-Bild mit verschmitztem Lächeln, Vollbart und Kurzhaarfrisur, zum anderen ein Selfie mit langen, verstrubbelten grauen Haaren, noch längerem Vollbart und Brille, auf dem er wie ein verrückter, durchgeknallter Professor aussah. Ich fand ihn trotz Anfangsschwierigkeiten sehr interessant, matchte und schrieb ihn an. Wir chatteten kurz, tauschten die Telefonnummern aus und hatten ein lustiges, unterhaltsames Gespräch auf Deutsch, indem wir über Gott und die Welt sprachen. Bart war kein Spanienfan, sondern begeisterte sich für Südfrankreich. Er versuchte sich an mehreren Französischkursen, um vor Ort Land und Leute besser zu verstehen und kennenzulernen.

Bedauerlicherweise hatten mir die Franzosen bereits zu Schulzeiten meine Lust auf Frankreich und das „savoir vivre" ausgetrieben.

Bei einem Schüleraustausch in der 9. Klasse musste ich die ernüchternde Erfahrung machen, dass wir Deutschen bei unseren französischen Nachbarn auf der Beliebtheitsliste nicht ganz oben standen. Meine Austauschfamilie war sehr freundlich, aber als sonntags Opa und Oma zum Mittagessen zu Besuch kamen, passierte etwas, was ich nie wieder aus meinem Kopf bekam. Ich saß bereits am eingedeckten Tisch, als der Großvater im Vorbeigehen auf meine Schulter klopfte und mich mit folgendem Wortlaut begrüßte: „Bonjour, mein Hitlerkind". Ich schluckte nur und stotterte „Bonjour monsieur" heraus. Das war über 35 Jahre her, dennoch war es so, wie es war. Auch meine Französisch-Leistungskurs-Abschlussfahrt nach

Avignon trug nicht dazu bei, ein begeisterter Frankreichfan zu werden.

Vor dem Einschlafen dachte ich über das geführte Telefonat mit Bart nach. Er war sehr nett und charmant, ein toller Mann und hatte sehr viel zu berichten. Leider funkte es bei mir nicht.

Nach einigen Stunden Schlaf wurde ich um 5:00 Uhr morgens wach und sah wieder auf mein Tinder. Ich bestätigte das Match mit dem 50-jährigen Tim aus dem 150 km entfernten Tongeren in Belgien. Der smarte, nichtrauchende Anzugträger stand gerade auf, um sich für seinen Job als Automobil-Ingenieur im benachbarten Holland fertig zu machen. Wir tauschten die Nummern aus, aber nach einigen WhatsApp-Nachrichten passte nichts mehr, sodass auch dieser Kontakt im Sand verlief.

Definitiv musste ich noch etwas weiterschlafen und schaltete wieder mein Telefon aus.

Während meines anschließenden Bettfrühstücks traf ich auf den 48-jährigen Eduardo aus dem 1600 km entfernten spanischen Galizien. Sein abenteuerliches Foto neben einer riesigen Galapagos-Schildkröte überzeugte mich und ich matchte. Der kurze Chat lief auf die bekannt berühmte schnelle Sexschiene hinaus, sodass er schneller raus war, als er es sich hätte vorstellen können.

Kurz darauf meldete sich mein WhatsApp. Es war der smarte Fußfetischist, der von mir zur Entspannung sein Domina-Fußprogramm bekam. Der Chat regte meine sexuellen Fantasien an, war aber aus meiner Sicht nicht mit, nennen wir es mal, einer unzüchtigen Wortwahl behaftet.

Das mochte ich nicht. Im Nachhinein wurde mir klar, dass ich schon auf dem „nächsten Level" angekommen war. Ich mochte über Sex schreiben, aber alles so zu formulieren, dass es sich noch relativ normal und fast jugendfrei anhörte. Nach wie vor wollte ich herausfinden, wie Männer tickten, und was es noch alles zu entdecken gab.

Den Tod meines Freundes hatte ich immer noch nicht innerlich verarbeitet. Traurig, aber wahr. Aber ein sexfreies Leben und wie Bruder und Schwester zu sein, wollte ich nicht mehr. Ich hatte Lunte gerochen, war innerlich dennoch nicht bereit, über den sogenannten „Schweinekram" zu sprechen.

Knall auf Fall ging es mit dem französischen, Reiseliebenden Gérard, der mir mit einem strahlenden Lächeln und einem Glas Weißwein zuprostete, weiter. Jedoch erschien das Ganze mit den tollen Bildern und einer Tinder-Entfernung von 5257 km, um es milde auszudrücken, etwas suspekt.

👧: *Do you come from France?*

😈: *Ja ik ben van Franse afkomst*

Das war eindeutig Holländisch, sodass ich nicht mehr auf Englisch, sondern auf Deutsch weiterschrieb und er wahrhaftig auch auf Deutsch antwortete.

👧: *Ich komme aus Deutschland*

😈: *Ok, ich bin seit Donnerstag hier*

Als ob ich den Braten nicht gerochen hatte…

👧: *Du bist sprachlich sehr flexibel, wie kommt das?*

😈: *Es ist meine Natur. Was machst du hier?*

Keine Ahnung, wie oft ich das inzwischen schon auf Tinder hatte. Ein klassisches Fake, das ich nicht mehr beantwortete.

Am Abend chattete ich schon mit dem nächsten Kandidaten. Der nur 120 km entfernte Tilo Gerlach, der sich für Lesen, Filme, Sport, Disney und Comedy interessierte, hatte einen Mops mit raushängender Zunge auf dem Arm. Auf dem zweiten Bild zeigte er sich mit einer angezündeten Kerze in der Hand, trauend über den Krieg in der Ukraine. Neben ihm stand ein maskiertes Mädchen, dem er Beistand leiste. In seiner Beschreibung stand auf Französisch: „Der Erfolg kommt zu denen, die ihn suchen. Glück kommt zu denen, die es verdienen. Die Liebe ist wie ein Wind, von dem man nicht weiß, woher er kommt."

Nach meinem Match schrieb Tilo Gerlach innerhalb einer gefühlten Minute zurück.

👧: *Hallo Tilo, guten Abend* 😊

😠: *Hallo wie geht es dir Stella. Wie geht es dir am Abend. Ich hoffe und dass ich dich überhaupt nicht verarsche?*

👧: *Gut und dir? Ich hatte heute viel Arbeit und du?*

😠: *Ich hatte auch Arbeit, aber ich habe einen schönen Abend. Möglich zu duzen?*

👧: *Ich starte gerade mit meinem Abend. Klar. Woher kommst du?*

😠: *Also sag mir, du bist von Recklinghausen Stadt?*

👧: *Du zuerst* 😃 😃 😃 😃

😠: *Ich bin deutscher Herkunft und lebe seit 3 Jahren in Belgien Ich bin in Wattrelos. Du bist verheiratet du hast Kinder?*

👧: *Nein und du?*

😠: *Ich bin Single mit einem entzückenden 4- jährigen Sohn, der mit mir lebt. Was macht im Leben wie arbeitet?*

👧: *Ich bin Schriftstellerin und schreibe Bücher. Und du?*

😠: *Und gut. Ich in Bezug auf mein Berufsleben, bin ich KFZ- Anwalt, sagen wir, das ich im Autoverkauf bin und diese sind mein eigenes Geschäft. Ich arbeite auf mein eigenes Konto und mache privates Geschäft. Sag mir, du hast Facebook?*

👧: *Toller Job! Und schöne Fotos* 😃 😃 😃

😠: *Vielen Dank. Ich will mit dir außerhalb von diese Netze sprechen. Dann sag mir du hast Facebook*

👧: *Facebook habe ich leider noch nicht. Tut mir leid.*

😠: *Dann hast du eine Compe berauben Hangouts*

👧: ?

😢: *Du bist nicht desoler. Ich verstehe dich*

👧: *Ja, ich bin eher schüchtern*

😢: *Dann gib mir deine gmail Hangout-adresse*

👧: *Was ist mit Deiner Frau passiert?*

😢: *Ich war enttäuscht als ich meine Frau bei einem Autounfall verlor. Sie ging mit meinem Sohn das brach mein Herz, meine Seele und jetzt bin ich verwitwet, frei wie Luft.*

👧: *Wir schrecklich!*

😢: *tilogerlach1@gmail.com*

👧: *Ich melde mich*

😢: *Ah, okay, dann registriere dich auf was meine schöne*

Wie verlogen war meine neue Männer-Tinder-Welt. Bereits als ich fragte, was denn mit seiner Frau passiert war, kannte ich die Antwort. Es wäre wirklich schrecklich gewesen, wenn es sich so zugetragen hätte. Aber die Mafia hatte sich immer noch nichts Neues ausgedacht. Wer sollte darauf noch reinfallen?

Eigentlich war das, was ich auf Tinder machte, eine reine Zeitverschwendung. Andererseits half es mir, nicht ständig über meinen echten Verlust im realen Leben nachzudenken. Schließlich war ich diejenige mit einem „Toten im Schrank" und offensichtlich auch mit so vielen Leichen im Keller, die immer wieder Kontakt aufnahmen.

An jenem Abend hatte ich von meinen inzwischen 1403 Likes fünfzehn in Form von Matches verbraten. Aus meiner Sicht sah die Antwortquote nicht allzu übel aus. Etwas Schwund war immer zu verzeichnen.

Den folgenden Morgen beließ ich fast Tinder frei und startete mit dem neuen Speed-Dating im Abend erneut voll durch. Ja, das war meine neue Alternative zum Trash-TV. Innerhalb von Sekunden hatte ich das erste Blind-Date. Der 53-jährige Kai aus dem nahegelegenen Bochum wurde mir zugeteilt.

Nachdem wir unsere Fotos sahen, schrieb er, dass er sich mit mir gerne über WhatsApp unterhalten würde. Als ich meine spanische Telefonnummer schickte, textete er: „Träum weiter" und ließ den Chat ausklingen. Was war das denn? Was für ein Ruhrpott-Idiot. Wie verkappt war Kai? Hatte er gedacht, dass die Mafia in einem Speed-Dating-Chat so schnell schreiben konnte?

Erneut musste ich feststellen, dass die meisten deutschen Männer nicht mit einer ausländischen Nummer zurechtkamen. Da waren die holländischen Nachbarn wesentlich entspannter. Und was sollte über WhatsApp passieren? Nichts. Ansonsten sperrte man das Ganze. Aus die Maus und man war raus.

Bei dem zweiten Blind-Date des Abends traf es mich mit dem Gleichaltrigen Harald aus Hagen auch nicht viel besser. Jenes Mal war ich diejenige, die den Chat auslaufen ließ. Die abgehackte Konversation zog sich dann immerhin noch bis zum Aufpoppen seines Fotos hin. „Sorry, das ging überhaupt nicht." Harald war viel zu dick und hatte langes Haar, das zu einem Pferdeschwanz gebunden war.

Am Ende des Tinder-Speed-Dating-Abends schaute ich nochmals tief in mein Weinglas und legte mich leicht frustriert ins Bett. Was war das für eine Zeitverschwendung. „Hätte ich doch mal lieber die Möchtegern-Promi-Trashstars auf RTL angeschaut", dachte ich.

***

Der nächste Tag stand unter dem Motto Weltfrauentag. Recht früh am Morgen meldete sich Lanzarote-Lucasz, um mir zu gratulieren.

: *Felicidades* ♥ ♥ ♥ ♥ ♥ ♥ ♥ ♥ ♥ ♥ ♥

Über die aufmerksame Geste war ich erfreut und bedankte mich. Der fiese Beigeschmack, dass er mich als Affäre wollte, passte mir nicht. Ich antworte höflich.

: *Muchas Gracias*

Danach schaute ich auf meine Tinder Likes, die auf 1411 angestiegen waren. Im Prinzip ging es um eine wohlklingende Anzahl an Verehrern, was aber auch gleichzeitig bedeutete, dass mir 1411 Männer nicht zusagten. So spielte das Leben.
Bevor ich mich am Abend meiner Blind-Date-Konversation widmete, kam es noch zu einem äußerst kurzen Chat mit dem 48-jährigen, gutaussehenden Unternehmer Dries aus dem 130 km entfernten Holland. Sein Grinsen und die nach oben gestylte blonde Strubbelfrisur sprachen mich sofort an.

: *Hallo Dries* 😄 😄 😄

: *Dag Stella*

: *Guten Tag! Do you speak german or english?*

: *Sorry*

: *Sorry, too.*

Das war schade, wirklich schade. Er sah so zuckersüß und zum Anbeißen aus. Im Gegensatz zur aufgestellten These von Schul-Sven, der der festen Überzeugung war, dass jeder Niederländer Deutsch oder Englisch sprach, konnte ich bei Dries nichts ausrichten.
Er war raus und ich versuchte mein Glück unverzüglich mit hoffentlich spannenderen Tinder-Blind-Dates.

: Wir suchen jemand für dich zum Chatten… Hol dir mal was zu essen. Könnte einen Moment dauern… It´s getting hot, hot,

hot… Stell lieber schon mal den Ventilator an!... Hot Takes mit Tim. Verbindung zu Tim wird hergestellt…

Erwartungsvoll schrieb ich Tim sofort mit einem „Hey" an und wollte loslegen, als mich Jan über WhatsApp anrief. Chat oder Anruf? Den liebenswerten, gutaussehenden Jan aus den Niederlanden hatte ich einige Tage zuvor über das abendliche Speeddating kennengelernt. Im Chat war er mir auf Anhieb sehr sympathisch, sodass wir unsere Nummern austauschten. Wir hatten bereits am Nachmittag kurz telefoniert, sodass ich den Anruf umgehend entgegennahm und das Blind-Date erstmal blind ließ.

Im ausführlichen Telefonat begeisterte mich Jans weiche Stimme mit dem typisch holländischen Dialekt erneut. Ich erfuhr, dass er Krankenpfleger war und seine Exfreundin aus dem Münsterland kam. Als wir über Musik sprachen, stellte sich heraus, dass er Nena-Fan war. Sofort musste ich an Marbella-Maarten denken, der den gleichen schrägen Geschmack teilte. Was hatte Nena nur in den 1980er Jahren im Ausland getrieben, dass man sich jetzt noch ihre „99 Luftballons auf ihrem Weg zum Horizont" anhören musste und lauthals mitsingen konnte?

Wir führten ein unterhaltsames Gespräch. Da mein kleines Plappermaul einfach nicht stillstehen wollte, posaunte ich geradewegs hinaus, dass ich nicht nur Reiseführer schreibe, sondern aktuell auch an einem Buch über Tinder arbeitete. Das hätte ich mir vielleicht besser sparen sollen. Auf die Frage „Schreibst Du dann auch über mich?" sagte ich: „Nein, Du bist zu uninteressant, da hatte ich schon besseren Stoff geboten bekommen."

Immer wenn ich jemanden mochte, ging es mir niemals darum, neuen Schreibstoff zu bekommen. Zunächst schaute ich, wie es sich weiterentwickelte, aber dann war nach einer Zeit der Punkt gekommen, an dem ich dachte, dass diese Erlebnisse zu meiner Story gehören und ich sie erwähnen musste.

Kurz dachte ich über einen Ausflug nach Holland nach, um Jan live kennenzulernen, aber aufgrund der hohen Benzinpreise, die auf über 2 € angestiegen waren, verwarf ich den Gedanken umgehend.

Am Ende des Abends stand fest, dass ich meinen Traummann nach dreimonatiger Suche immer noch nicht gefunden hatte. Selbst wenn er dabei gewesen wäre, hätte ich es nicht bemerkt. An der Quantität scheiterte es nicht. In meinem tiefsten Inneren wusste ich auch nicht mehr exakt, was und wie ich mir meine Zukunft genau vorstellte. Ich unterlag einer Reizüberflutung, jedoch stets mit dem Augenmerk, eine feste Beziehung anzustreben.

Um auf meine Kosten zu kommen, hätte ich mir sicherlich jeden Tag mit einem Neuen die „Seele aus dem Leib" vögeln können, wie es meine Freundin Frieda so hübsch sagte. Jedoch war ich weder zu einem ONS, geschweige denn zu einer Freundschaft Plus bereit. Ich war auf der Suche nach der großen Liebe. Alles andere hätte mich nicht erfüllen können.

Kurz musste ich an Lanzarote-Lukasz denken, der mir in weiteren Chats die spanische Version „Amigo Plus" vorschlug, da er verheiratet war und seine kleinen Kinder hatte. Demgegenüber war ich abgeneigt. So wie sich Männer ein Techtelmechtel oder was auch immer vorstellten, war nicht meins. Meine Gefühlswelt schwankte. Es war ein Auf- und Ab. Ein Wahnsinniges hin und her.

Es stellten sich mir Fragen über Fragen. Sollte ich mich schon wieder auf einen Typen festlegen? War es zu früh, um mich nach so kurzer Zeit wieder von meinem Singleleben zu verabschieden? Hielt mein neues Leben doch noch etwas anderes für mich bereit? Wollte ich einen Deutschen, einen Niederländer oder doch einen Spanier? Was wollte ich?

Ich wusste es nicht. Dann ging mir ein alter, alberner Spruch meines Vaters durch den Kopf. „Je mehr er hat, je mehr er will… nie schweigen seine Klagen still…" Möglich, dass die alten Sprichwörter immer noch ihre Berechtigung hatten.

Trotz der insgesamt erhaltenen 1423 Likes war es am nächsten Morgen auf meinem Tinder-Account ruhig geworden. Egal wie ich es machte, alles stellte sich als falsch heraus. Denen ich gefiel, gefielen mir nicht. Der ganze Traummann-Fall wurde von Tag zu Tag schwieriger. Meldeten sich zu viele, war ich gestresst und leicht genervt, schwieg das Telefon, war es nicht zufriedenstellend.

Kurzentschlossen hatte ich meinen Rückflug nach Lanzarote gebucht. In Deutschland hatte ich noch zehn volle Suchtage, um fündig zu werden. Mir wurde bewusst, dass ich irgendwas, was auch immer, ändern musste. Erwartungsvoll lockte ich mich erneut im neuen Wahlheimatort auf Lanzarote ein, um zu sehen, was sich dort auf dem Tinder-Männer-Markt rumtrieb. Es war ernüchternd. Die meisten Profile kannte ich schon. Was für ein Dilemma! Der Markt gab einfach nichts her. Aber auch gar nichts her. Nach einer finalen Durchsicht beschloss ich, in die deutschen Gefilde zurückzukehren.

Um auf andere Gedanken zu kommen, startete ich am frühen Abend erneut mit meinen Tinder-Blind-Dates Es gab ein turbulentes, quirliges Hin- und Her. Mal antworte mein Gegenüber nicht, mal ich nicht. Auch bei dieser Art der Kommunikation hatte ich inzwischen meine Erfahrungswerte gesammelt. Da auch nach einer Stunde der Date-Abend zu keinerlei erwähnenswertem Erfolg führte, brach ich ab und ging leicht frustriert schlafen.

**

Am nächsten Morgen brachte Tinder auch keine Supermänner hervor, was ich mit einer inzwischen gefassten Ernüchterung lediglich nur noch zur Kenntnis nahm. So kurz vor der Abreise war ich auf Lanzarote fixiert. Dort sollte es weitergehen. Im Laufe des Vormittags meldeten sich meine spanischen Verehrer per WhatsApp zu Wort.

Am frühen Abend sollte es dann doch noch für Lanzarote zur Sache gehen. Es meldete sich Santi aus Playa Blanca mit einem „Hola, que tal?" und beigefügten Fotos für den kleinen Vorgeschmack. „Möchtest Du mich so... oder so?", schrieb er und geizte nicht mit seinen Dick-Pic-Reizen. Fototechnisch war alles vorhanden, die Ausmaße waren mehr als passend. „Warum hätte ich auch nicht einen hübschen Ausflug in den Süden der Insel starten sollen? Ja, und dann eher doch nein, oder doch?" dachte ich. Wie immer war ich in meiner Gefühlswelt gefangen. War ich inzwischen doch bereit, mich auf einen ONS einzulassen? Sollte ich dieses Abenteuer wirklich wagen?

Obwohl ich mit Marbella-Maarten Sex hatte, fühlte ich mich noch immer jungfräulich. Zudem war der schlechte Sex aus meiner Sicht eine Unendlichkeit her und mir war klar, dass ich noch viel mehr ausprobieren wollte.

Im anschließenden Video-Call mit Santi sah ich erstmals, wie er wirklich aussah. Er hatte seine Tinder-Bilder offensichtlich manipuliert. Hübsch war er nicht. Ich ordnete ihn in den unteren kanarischen Durchschnitt ein. Als er im Gespräch dann auch noch aufdringlich wurde, verabschiedete ich mich höflich vom Süden der Insel und holte erstmal tief Luft.

Um auf andere Gedanken zu kommen, wollte ich mich nach einer erneuten Pleite meinem Tinder-Speed-Dating widmen. Was war nun schon wieder passiert? Zu meiner Enttäuschung musste ich feststellen, dass Tinder es abgeschafft hatte. Nach einem erlebnisreichen Tag machte ich mich in mein Bettchen zur Nachtruhe auf.

Tinder hatte mich am nächsten Morgen wieder voll im Griff. 1470 Likes, eine gute Quote, dennoch lief alles nicht so rund, wie man hätte annehmen sollen.

Es war schon crazy. Immer wenn ich mir Kerle aussuchte, die mir gefielen, und ich sie anschrieb, besser gesagt, ihnen inzwischen nur noch ein ☺ zuschickte, wurde ich gelöscht. Das passierte nicht nur ein paar Male, sondern nahm inzwischen die traurige Gewissheit der Ablehnung an.

Was sollte das nur? Jetzt war ich schon 4 Monate dabei, aber es war stets dieses Hin und Her, was mich am Ende des Tages erneut zur unangefochtenen Meisterin der Verlustquoten machte. Zur Befriedigung meiner fast unbegrenzten Quassellaune hatte ich noch meinen Telefonjoker. So musste mal wieder Malaga-Mario herhalten. Zudem führte ich noch einen lustigen Video-Call mit Bart, dem charismatischen Holländer mit dem langen grauen Bart und den zerzausten Haaren. Auf Nachfrage, ob die Frisur und der Bart verhandelbar seien, also abkönnen, wurde dieses auf der Stelle verneint. Dagegen bekam ich den Hinweis, dass er untenherum glatt wie ein Baby sei. Dieses ließ ich unkommentiert und wir mussten herzlich lachen.

Vor dem Zubettgehen meldete sich die alte Heimat in Form von Giorgio Gallo, einem nach Lanzarote ausgewanderten Italiener, zurück. Er schickte sechs WhatsApp hintereinander.

💬: *Holaaaaa* (Hallo)

💬: *Stella*

💬: *Buenas noches* (Guten Abend)

💬: *Guapaaaaa* (Hübsche)

💬: 😌 😌 😌

💬: *Como estas?* (Wie geht es dir?)

Ich fragte mich, was er mir zu so später Stunde mitteilen wollte, und rief ihn umgehend an. So wichtig konnte es nicht gewesen sein, da er nicht ans Telefon ging.

Etwas musste ich wieder falsch gemacht haben. So änderte ich erneut meinen Tinder-Beschreibungstext, um meine Erfolgschancen zu steigern. Ich setzte erneut auf das Altbewährte:

🎖: DAS BIN ICH! Ich weiß, wer und was ich bin. Mit selbstverliebten Fotos vor und in Cabrios etc. kannst Du mich nicht beeindrucken. Das habe ich alles selbst. Ich liebe Understatement, Humor und Bildung, damit ich mit Dir auf Augenhöhe bin! Männer mit Tattoos und Bierbäuchen und unter 1,70 m möchte ich nicht. Beruflich bin ich zwischen den Kanarischen Inseln und Deutschland unterwegs.

Der folgende Nachmittag stand ganz unter dem Motto „Wiedersehen macht Freude". Es war der Traummann meiner ersten Stunde. Da war er erneut. Er gab mir ein Like. Auf den neu eingestellten Bildern erkannte ich ihn mit seinem fröhlichen Grinsen umgehend wieder. Gab es das? Mafia-Oliver war zurück. Er sah zum Anbeißen süß aus.

Das Sahneschnittchen nannte sich jetzt Steven und war immer noch im 157 km entfernten Holland ansässig, jedoch offensichtlich für ein anderes Damenpublikum zuständig. Jenes Mal hatte er in seiner Beschreibung eine für mich nicht entzifferbare Schrift, ich dachte, es war Arabisch, eingestellt. Nun gut, aber da ich darauf in meinen Tinder-Anfangszügen fast reingefallen wäre, ignorierte ich dieses Wiedersehen locker.

Darauf stieß ich auf den sportlichen, gutaussehenden 48-jährigen Harry, der mit einem umgehängten Louis Vuitton-Bag vor einem privaten Wasserflugzeug posierte. Auf dem zweiten Foto lächelte er mich im Kapitänsoutfit verlockend an. War er der Traumprinz oder mal wieder ein Mafia- Fake? Das musste ich herausfinden und likte ihn.

👧: *Hi, nice Match!* 🤩🤩🤩

Innerhalb einer Minute ging es auch weiter.

👨: *Good morning dear*

👨: *Nice meeting you here*

👨: *How are you doing today?*

👨: 😘😍

👨: *I love your profile smile* 🤩

237

👹 : *+16 2345678*

👹 : *Write me on WhatsApp whenever you are free okay?*

👧 : *Ok, thank you!*

Danach ließ er aber auch nicht mehr locker.

👹 : *You are welcome*

👹 : *I will be expecting your massage okay? Or maybe you can drop yours for me* 🤪😍

Am späten Abend nahm er erneut den Kontakt zu mir auf.

👹 : *Hello dear, how are you doing today?*

👧 : *Fine and you? A lot of work, now I am relaxing*

👹 : *Ok maybe you give me your number so I will write okay?*

👧 : *Please, let us start to communicate here*
👹 : *Are you still single?*

👧 : *Yes… and you? Sorry, I prepare my dinner*

👹 : *Ok dear. Tell me about yourself. What do you work? This is a little about me. I am 48 years old, going to 49,*
I live in Chicago, USA. I am widowed, my wife dies of cancer 6 years ago and we do have child his 12 years old. I am a chief mate with Shipping Company. I am presently working on board of a ship to Japan.

👧 : *Thank you for telling me more about you. Tomorrow I will tell you more about me, but it is late and I want to go to bed. Hope to hear from you again* ☺

Das dem „Tomorrow" wurde leider nichts, da er mich in der Nacht gelöscht hatte.
Wie es auch immer war, es war so wie es war.
Am nächsten Tag stand meine Rückreise nach Lanzarote an. Im Nachhinein verbrachte ich zwei aufregende Monate in

Deutschland und freute mich auch wieder auf mein 3000 km entferntes Domizil. Ich wusste garnichtmehr wie oft ich mich nach meinem alten, das dann das neue Leben war, zurücksehnte.

Nach einer langen Anreise, stand ich endlich wieder vor meiner spanischen Haustür. Ich nahm meinen Wohnungsschlüssel, schloss auf und war endlich wieder da. Es war so, als ob ich niemals abwesend war. Ich fühlte mich daheim. Angekommen. Alles war so, wie ich es verlassen hatte. Meine eigenen vier Wände und der wunderschöne Meerblick, den ich vermisste hatte. Ja, ich war zurück. Endlich!

Ich war glücklich. Das war ich in jenem Moment wahrlich. Jedoch befand ich mich in einem hin und her zwischen zwei Welten, die unterschiedlicher nicht hätten sein können. Deutschland mit einem riesigen Haus, Putzfee, Papas tollem Mercedes Cabrio und jetzt wieder auf mich allein gestellt, in meiner kleinen geliebten Hütte, um die ich mich selbst kümmern musste. Zugegeben vermisste ich ein Cabrio auf Lanzarote nie, da es einfach aufgrund des Windes und der Sonneneinstrahlung unpraktisch war. Ich hatte meinen schicken Seat Ateca in Vollausstattung, der perfekt war, um die Inseln zu erkunden. Das reichte völlig aus.

Jammern auf hohem Niveau? Nein. Schließlich hatte ich ohne Wenn und Aber mein altes Lotterleben wieder zurück. Das war genau das, was ich zu jenem Zeitpunkt wollte. Mehr brauchte es nicht, um mich zufriedenzustellen.

Am Abend widmete ich mich meinen Tinder Verehrern und stellte freudig fest, dass mir alle treu die Stange gehalten hatten. Was jedoch die Tinder Neuzugänge betraf, sah es äußerst bescheiden aus. Sage und schreibe nur zwei bescheidene Likes. Es war ein Holländer und ein Spanier, die jedoch meinem Geschmack nicht trafen.

Nun musste es ans Eingemachte gehen. Bevor meine ersten Dates starten sollten, wollte ich mich zunächst entspannen, gelassener werden und vor allem mir einen sexy Bräunungsteint zulegen. Das war mein Plan. Sonne pur!

Mein Tinder ging stark auf den fünften Monat zu. Wo blieb der Traummann? Möglich wäre es gewesen, dass ich ihn in dem ganzen heillosen Chaos übersehen hatte, oder ich ihn gefunden hatte und es mir nicht bewusst war. Trauriger Fakt war, dass ich immer noch Single war. Möglichkeiten hin oder her. Hoffnungslose Verzweiflung schlug sich nicht in mir nieder, da ich davon überzeugt war, dass sich irgendwo, ich wusste aber nicht wo, sich der passende Deckel für meinen Topf befinden musste. Bevor ich ins Bett ging, sah ich die Tinder Männervorschläge erneut durch und musste feststellen, dass auch die Kanarier schwer vermittelbar waren. Es tauchten immer wieder Bilder auf, die ich bereits kannte. Ein Déjà-vu nach weiteren 2 Monaten. Da ich mich auch noch auf Tinder herumtrieb, war es ein trauriges Zeugnis meiner erfolglosen Dating Quote. So kam mir abermals in den Sinn, mich wieder in meiner Heimatstadt in Deutschland einzuloggen, da dort mit meiner eingestellten Entfernung von 160 km mehr Männer zu erreichen waren als auf Lanzarote. Im Ruhrpott gab es die dichtbesiedelten Nachbarstädte und das angrenzende Holland, das immerhin zu einem kurzen, aber nicht ganz herzschmerzfreien Erfolg führte. Erstaunlicherweise hatte ich wieder aus über 3000 km Entfernung die bessere Männerauswahl als in Deutschland und die Distanz schien niemanden zu stören. Deutschland hatte mich wieder!

Der nächste Mittag stand ganz im Zeichen meines sechsten Dates. Es war Lanzarote- Lukasz, der inzwischen schon zwei Monate auf meine Rückkehr geduldig wartete. Wir hatten ein- bis zwei Mal wöchentlich telefoniert und jugendfreie Fotos ausgetauscht. Erwähnenswertes war nicht passiert. Per WhatsApp schrieb er, dass er mich kurz auf einen Kaffee kennenlernen wollen würde, da er geschäftlich im Norden der Insel unterwegs war.

Meine Aufregung hielt sich vor dem Treffen in Grenzen, da ich inzwischen von einer leichten Dating-Routine sprechen konnte. Bekanntlich war immer nur das erste Mal das Schwerste. Ich gespannt, wer letztendlich vor meiner Haustür stehen würde. Lanzarote- Lukasz hatte sein kurzes Kennenlernen wortwörtlich gemeint. Er hatte nur 45 Minuten Zeit. Sollte es kurz und schmerzlos werden, oder würde in dieser kurzen Zeit noch mehr passieren?

Dann klopfte es an meiner Tür. Ich öffnete und er stand mit einem schüchternen, breiten Grinsen vor mir. Es gab das typisch spanische „rechts- links- rechts" Küsschen zur Begrüßung.

Er sah genauso wie auf seinen Tinder- Fotos aus, etwas blass, aber das wusste ich. Nicht gerade mein Traummann, da er etwas kleiner als ich war, jedoch punktete er mit seiner Ausstrahlung. Die Zeit rannte. Während wir eine Cola tranken, blickte er fort weg auf seine Uhr, sodass nur ein witziges belangloses spanisch- deutsches Geplänkel zustande kam. So angespannt wie er war, wäre es auch nicht zu einer schnellen Nummer gekommen. Er stand unter Strom. Kurz nachdem er aus der Tür war, sendete er mir eine WhatsApp.

💀: 1. Treffen erfolgreich!

💀: Ich möchte Dich gerne wiedersehen 😍

Nach diesem Date war mir klar, dass ich immer nur eine Nummer zwischen Tür und Angel gewesen wäre. Zudem wollte ich nicht als Affäre eines berufstätigen Familienvaters herhalten. Eindeutig musste es weitergehen, oder wie Freundin Frieda zu sagen pflegte: „Der Nächste bitte!" Jedoch, wie ich das konkret anstellen sollte, wusste ich nicht.

***

Die nächsten Tage verliefen entspannt und ohne nennenswerte Vorfälle. Ich war froh, dass ich eine Tinder-Erholung hatte, obgleich ich mich erneut fragte, ob alle guten Mannsbilder inzwischen was Neues gefunden hatten.

Dann jedoch traf es mich wie ein Blitz, als der betörende 51-jährige Steve aus London mir ein Like gab. Laut Tinder war er nur 63 km entfernt, sodass er sich entweder im Süden von Lanzarote oder im Norden von Fuerteventura aufgehalten haben musste.

Wow, was für ein Volltreffer! Ein braungebranntes Zuckerschnittchen mit Vollbart, schulterlangen, dunkelblonden Haaren und athletischer Figur. Mein Benno machte schon was her, aber nun sah ich Fotos, die einem Fotomodell gleichkamen, und war sofort schockverliebt.

Fraglich war, ob es sich um ein erneutes Fake handelte oder dieser schöne Mann leibhaftig existierte. Ich matchte und schickte ihm sofort ein 😊. Allzu lang musste ich nicht warten, bis Super-Steve wortete, seine Nummer schickte und wir über WhatsApp weiterschrieben.

😊: *Hello from Lanzarote* 😎😎😎

😊: *Hola from Fuerteventura. We can meet in Corralejo or you come to Playa Blanca.*

😊: *Ok… both is possible, so we will decide that later* 😊

😊: *Okay. How do you look right now?*

Auf dem Bauch liegend schickte er ein Selfie, auf dem zu erkennen war, dass er ein FKK-Anhänger war. Sonnengeküsste Haut, ein knackiger Popo und Fuerteventuras tolle Dünenlandschaft im Hintergrund. Wer hätte dazu schon nein sagen können? Ich konnte nur mit einem aktuellen Balkon-Selfie im T-Shirt kontern, setzte dafür aber mein breitestes Grinsen auf.

😊: *Hello beautiful* 😊 *What do you during your stay in Lanzarote?*

😊: *I start with holidays…actually I write a new book*

😊: *Are you a writer?*

😀: *Yes, I write travel guides about the Canarian Islands*

😎: *That sounds great*

Super-Steve besaß ein Ferienhaus im Norden der Nachbarinsel und nach einigem Geplänkel auf Englisch beschlossen wir, dass wir uns unbedingt näher kennenlernen mussten. Aber wo? Sollte ich nach Fuerteventura fahren oder sollte er nach Lanzarote kommen, um den berühmten Kennenlern-Kaffee zu trinken?

Der Chat zog sich schleppend mit einigen weiteren schönen Strandfotos der schneeweißen Dünen auf Fuerteventura hin. Im Gegenzug schickte ich Selfies aus Lanzarote zurück. Bei mir funkte es gewaltig, aber die Sache nahm noch nicht Fahrt auf, denn nach seinem kurzen „That sounds great" wurde es still um ihn. Vorerst war es nicht tragisch, und ich dachte: „Ja, Stella ist endlich back!" Es war genau das Gefühl, das ich in jenem Moment brauchte.

Mein Tinder wäre nicht mein Tinder gewesen, wenn ich nicht am nächsten Nachmittag auf meine Likes geschaut hätte und auf den nächsten Kandidaten gestoßen wäre. Ich blickte in die funkelblauen Augen eines leicht gebräunten Mannes mit Sonnenhut, der mich liebenswert anlächelte. Er nannte sich Richard, war 53 Jahre alt und laut Tinder nur 45 Km entfernt. Bei dem Anblick matchte ich sofort und schrieb los.

😎: *Hola Stella 😎! Ich freue mich über unser Match ☺*

😀: *Ich mich auch. Viele Grüße aus dem Norden von Lanzarote. Wo bist du?*

😎: *Ich mache Urlaub in Puerto del Carmen. Bin zum ersten Mal auf der Insel und wohne im RIU- Hotel.*

😀: *Und gefällt es dir auf Lanzarote?*

😎: *Außerhalb des Hotels habe ich noch nichts gesehen. Ich bin die letzten Tage mehrmals an der Promenade spazieren gegangen. Das war es auch schon. Ich will einfach nur eine Woche ausspannen und Sonne tanken…* 😎😎😎

😀: *Das hört sich relaxed an. Hast du auch Ausflüge geplant?*

😈: *Vielleicht, ich muss mal schauen. Was machst du denn hier?* 🙂🙂

😀: *Ich mache auch gerade Urlaub.*

😈: *Dann könnten wir uns treffen und etwas zusammen trinken gehen. Was hältst du davon?*

😀: *Gerne. Das ist eine gute Idee…* 🙂🙂🙂 *Lass uns kurz die Nummern austauschen, dann können wir etwas vereinbaren.*

Im anschließenden Telefonat erzählte mir Richard, dass er sich an jenem Tag auf Tinder angemeldet hatte und ich sein erstes Match war. Wir quatschen und alberten noch etwas herum und dann stand unser Date für den nächsten Tag fest. Meine Vorfreude war groß, da es nach der erlittenen Holland-Pleite mit Marbella-Maarten und meinerseits zwei abgesagten spanischen Dates aus meiner Sicht nur noch bergauf gehen konnte.

Am nächsten Tag machte ich mich in meinem gepunkteten Lieblingskleid im Auto auf zu dem viel versprechenden Date. Als ich auf den Parkplatz des Hotels fuhr, wartete Richard bereits auf mich. Er sah mich, winkte mir mit einem breiten Grinsen im Gesicht zu und ich stellte mein Auto ab.

Da stand er wahrhaftig vor mir. Wow, was für ein Erscheinungsbild. Sportlich attraktive, geballte 1,85 m Manneskraft. Nach einem kurzen „Hallo" gab es die typisch spanischen Begrüßungsküsse auf die Wange. Wir schauten uns kurz in die Augen und die Funken sprühten. Zugegeben, es hatte mich mal wieder total erwischt. Es war wie ein wahnsinniges Feuerwerk, so als ob man Raketen von 1000 Silvesternächten gleichzeitig sah.

Jedoch ließ ich mir nichts anmerken und wir gingen zunächst zur Hotelbesichtigung über. Richard präsentierte mir den

Hoteltrubel, den ich so aus meinem stillen Appartement nicht gewohnt war. Trotz Corona und Maskenpflicht war das Hotel sehr gut besucht und die Gäste amüsierten sich lauthals bei den Animationsspielen.

Nur meinem Richard schien es bei RIU nicht zu gefallen. Während wir einen Kaffee tranken, klagte er mir sein Leid. Ein Freund hatte ihm das Hotel empfohlen, das aber überhaupt nicht seinen Ansprüchen entsprach. Das Essen schmeckte ihm nicht, die Getränke aus dem Zapfhahn erst recht nicht, das Zimmer war zu hellhörig, die Animation zu laut, die Gäste zu betrunken und so weiter. Ich kam mir vor, wie eine Reiseleiterin die Reklamationen aufnehmen musste. Was war das für ein Start in ein Gespräch?

Ich erwiderte, dass man doch weiß, wenn man einen All-inklusive-Urlaub in einem 4-Sterne-RIU-Hotel bucht, worauf man sich einlässt. Schließlich ist der Standard der RIU-Hotelkette überall gleich, und wenn man kein All-Inklusive mag, muss man etwas anderes buchen und nicht meckern. Ich fügte hinzu, dass All-Inclusive bei RIU wesentlich besser sei als in anderen 4-Sterne-Hotels, und wer für einen kleinen Preis verreist, es auch nicht mehr erwarten konnte. Nun gut, ich versuchte, so schnell wie möglich Riu-Rics leidiges Reklamationsthema zu umgehen, und bat ihn, mir doch den Rest der Hotelanlage zu zeigen. Los ging es durch die große Anlage.

Mit seinen 1,85 m empfand ich Riu-Ric ziemlich groß. Für meinen Geschmack schon zu groß, da ich, wenn ich mit ihm sprach, ständig nach oben schauen musste. Ich überlegte, ob mich Marbella-Maarten, der ebenfalls eine Größe von 1,85 m vorgab, angeschwindelt hatte oder Riu-Ric größer war als behauptet. Dieses Geheimnis konnte ich nicht lüften. Bis zu dem Date hatte ich das holländische Längenmaß als optimale Knutschhöhe festgesetzt, was ich nun aber überdenken musste. Gut, mathematisch kann man alles auf- und abrunden. Im Fall von Riu-Ric hätte ich dann doch lieber die holländische Höhe gehabt.

Nach der Hotelführung gingen wir zur finalen Zimmerbesichtigung über. Dort angelangt konnte er seine Finger nicht mehr von mir lassen. Der schüchterne, anfangs noch zurückhaltende Kerl, küsste mich stürmisch und stieß mich aufs Bett. Ich genoss seine weichen, innigen Liebkosungen, die über meinen Hals bis ins Dekolleté gingen. Seine Hände streichelten meine Beine, er schob mein Kleid hoch, meinen Slip runter und startete mit einem mehrfachen Lippenbekenntnis, das mich zum Höhepunkt führte. Damit hatte ich nicht gerechnet.

Als ich wieder zur Besinnung kam, war mein erster Gedanke: „OMG, wie geil war das denn?" Ich konnte einfach nur genießen, ohne eine Gegenleistung zu erbringen. Das hatte ich schon eine gefühlte Ewigkeit nicht mehr.

Ich war heiß, besser gesagt, Riu-Ric hatte mich richtig spitz gemacht. Wenn ich gewollt hätte, wäre es weitergegangen, aber dazu war ich an jenem Nachmittag nicht bereit. Als ich ihm das sagte, lenkte er verständnisvoll ein und sagte, dass wir nur das machen, was ich möchte.

Wir verließen das Zimmer und tranken noch einen Kaffee in der Hotellobby. Nach einem umwerfend innig langen Abschiedskuss auf dem Parkplatz setzte ich mich in mein Auto und fuhr in mein Appartement zurück. Riu-Ric meldete sich danach nicht mehr zurück.

Nach meinem Abendessen machte ich mich erneut an mein geliebtes und zugleich verfluchtes Tinder-Blind-Date, sich auf Spanisch „Cita a Ciegas" nannte. Da mein aktueller Standort immer noch im Norden auf Lanzarote war und ich die Maximale von 160 km eingegeben hatte, passierte nichts. Der Einheimische hatte wohl noch nicht so wirklich diese Art der schnellen Kommunikation für sich entdeckt. Leicht frustriert änderte ich wieder in den Einstellungen meinen aktuellen Standort und lockte mich in Deutschland ein.

Dann lief es. Zugeschaltet wurde mir der gleichnamige Richard, seines Zeichens ein einsamer Ritter, der das Abenteuer suchte. Ach ja, aber der bekennende Schreibfan tippte so langsam, dass das Speeddating zu Ende war und ich nichts mehr von ihm vernahm.

In einer neuen Verbindung stieß ich auf den holländischen, 53-jährigen Niclas, der sich bei Freigabe der Bilder als mit einem Sektglas zuprostender blonder Brillenträger herausstellte, der über sehr gute Deutschkenntnisse verfügte. Wir chatteten noch eine Zeit über WhatsApp weiter, was sich dann mangels Interesses seinerseits verlief.

An jenem Abend machte ich mich leicht beschwipst in mein Bett auf und ließ den Tag Revue passieren. Da ich auf Lanzarote eingelockt war, bekam ich keine erwähnenswerten neuen Likes. Ich war froh, dass ich inzwischen nicht mehr komplett von neuen Männern überrollt wurde. Zudem gestand ich mir ein, dass der Ausflug ins RIU-Hotel äußerst erlebnisreich war.

Mit einem leichten Abstand betrachtet war ein echtes Date wirklich einfacher. Mit Riu-Ric funktionierte es auf Anhieb problemlos, bis, sagen wir mal, relativ gut. Er küsste genauso feucht-labberig wie ich und beschwerte sich nicht wie Marbella-Maarten über meine flotte Zunge. Und ohne jegliche Gegenleistungen zu erbringen, kam ich auf meine Kosten.

Riu-Ric war noch nicht mein Traummann, aber alles war besser, als von einem geglaubt gefundenen holländischen Prinzen enttäuscht zu werden. Ich verinnerlichte, dass ich die Körpergröße eines Mannes für die optimale Knutschhöhe doch besser auf 1,80 m runterschrauben musste. Echte 1,85 m, wenn es dann so gewesen wäre, waren in meinen Birkenstocks doch etwas zu hoch, aber nur etwas. Bis dato hatte ich höhere Schuhe, geschweige denn echte High Heels, nicht anvisiert. Erneut musste ich an den Spruch meiner Freundin Frieda denken, die mir sagte, dass Männer im Liegen alle gleich sind. Das stimmte, aber zum Knutschen passte es dann nicht wirklich. Ich beschloss, mich neu zu sortieren und nach der holländischen Pleite, die auch erst einige Wochen her war, meine Selbstzweifel auszuräumen.

Am nächsten Morgen war ich nach der Sommerzeitumstellung absolut platt. Ich lag im Bett und fragte mich, warum es so einen bescheuerten Mist überhaupt noch gab. Es war Sonntag und mein Treffen mit meiner spanischen Freundin stand an. Ich griff zum IPhone und fragte sie, ob wir uns einfach eine Stunde später treffen könnten, sodass wir wie gewohnt wieder unser amüsantes Frauengespräch am Charco de San Gines in einem hübschen Lokal abhalten könnten.

Zum Top-Thema gehörten natürlich Männer, und ich hatte in unserem dreistündigen Gespräch sehr viel zu berichten, um sie auf den neusten Stand zu bringen.

Ich zeigte ihr die neusten Fotos von Malaga-Mario, den sie völlig akzeptabel fand. „Ein schönes Lächeln", sagte sie, „aber mit seinen siebenundvierzig Jahren ist er viel zu jung für Dich."

Dann erzählte ich ihr etwas mehr. Malaga-Mario wollte unbedingt zu Ostern zu mir nach Lanzarote kommen. Mein ausdauernder Schreibfreund war einfach nicht abzuwimmeln. Auf Dauer war meine eingegangene Freundschaft mit ihm dann doch schon sehr nervig. Gut, aber da musste ich durch, da ich ihn erneut kontaktierte und er von mir einfach nicht loslassen wollte. Er war zu anhänglich. Sobald ich auf Fragen einfach nur ein „OK" schickte, bekam ich unendliche WhatsApp-Nachrichten zurück. Das war mir einfach zu viel. Ich fand ihn nett, war aber nicht verliebt.

Maria Dolores war von ihrem Mann getrennt. Sie war froh, dass sie allein lebte, und hatte den Männern irgendwie abgeschworen. Tja, bis dato fand ich den südländischen Typ von Mann attraktiv, aber der Insulaner sah einfach, aufgrund der ausgiebig genossenen Sonne, unbeschreiblich alt aus. Einen alten Mann wollte ich nicht haben.

Mit Malaga-Mario waren zunächst die Rahmenbedingungen erfüllt. Kein Kanarier, jünger, deutschsprachig, gebildeter Banker, sympathisch und sehr nett. Alles war prima, bis auf seine unermüdliche Schreibleidenschaft.

Am Abend meldete sich mein tot geglaubtes und abgehaktes Lippenbekenntnis aus dem RIU-Hotel zurück. Aus seiner WhatsApp ging hervor, dass er offensichtlich Blut geleckt hatte und mehr wollte. Er schlug für den nächsten Tag ein Sex-Date vor, was ich nach dem gelungenen Intro nicht ablehnen wollte. Nach einem Hin und Her schrieb der Lümmeltüten-Gegner, dass er nichts dabei habe, und ich erwiderte: „Entweder mit oder gar nicht." Ohne darauf weiter einzugehen, teilte er letztlich mit, dass er zum Abendessen ging.

Bis dato hatte ich den wunderbaren, geilen Flirt mit dem wunderschönen Benno, einen unerfüllten Quickie mit Galizien, einen erhofften Prinzen, der meine Tür bemängelte, und war Dank Riu-Ric zwei Mal gekommen.

Sollte da noch mehr kommen? Würde es noch richtig zur Sache gehen? Ich war bereit, aber der angehende Traumprinz war wohl nicht mehr ganz einsatzfähig. Zu später Stunde schrieb er, dass er krank sei, höchstwahrscheinlich Corona infiziert und sich am nächsten Tag testen lassen wollte. Fakt war, dass ich Corona nicht hatte und schon drei Impfungen hinter mir hatte. „Was für eine echte heulende Memme vor dem Herrn", dachte ich, „ein typischer Urlauber, der nichts von der Insel außer seinem All-inklusive RIU Hotel und die Pools kannte."

Respekt! Aber das war auf den Kanaren ganz normal. Im Frühjahr brennt die Sonne, im Schatten ist es aufgrund des Windes kalt, und dann will man sich in die Sonne legen, um braun zu werden. Dann passierte das Klassische. Ich nannte es das Anfängerkanaren-Syndrom. Trotz Sonnencreme verbrannte man sich. Das war einfach so.

***

Am nächsten Morgen textete mich der jammende, kranke Riu-Ric erneut an. Er war sich noch immer nicht mehr sicher, ob er sich Corona eingefangen hatte oder nur erkältet war. Als ich ihn beruhigen wollte, legte er noch einen drauf. Er war der festen

Überzeugung, dass er sich bei mir einen Tripper eingeholt hatte. Oh je, das war seine Aussage. Diesen ausgemachten Schwachsinn ließ ich unbeantwortet und widmete mich erstmal wieder meinem Tinder.

Ich traf auf den rauchfreien 50-jährigen tätowierenden Koch Kai, der gerne Frauen massierte. In seinem Profil schrieb er kurz über sich, dass er aus Krefeld kam und Geld, Auto und Haus geerbt hatte. Was für eine schräge Kombination! Jemand mit angeblichem Mastertitel, der offensichtlich ein großer Fan der neuen deutschen Rechtschreibung war. Er schrieb mir so ein Kauderwelsch, das ich kaum verstand, sodass ich ihn auf den Abend vertröstete.

Bei der weiteren Durchsicht meiner Likes kam ich zu der Erkenntnis, dass ich offensichtlich nicht die Einzige war, die schwer vermittelbar war. Wie schon oft wurde ich von den gleichen Männern gelikt oder vom gleichen Kandidaten, der inzwischen neue Fotos eingestellt hatte.

So wie im Fall von meinem 52-jährigen türkischen Geschäftsmann Gökhan, der bis vor Kurzem noch aus Gelsenkirchen kam und eine deutsche Profilbeschreibung hatte. Nun glänzte er mit einer holländischen Profilbeschreibung und neuem Wohnort. Vielleicht hatte er in Deutschland schon alles abgegrast und rechnete sich mehr Chancen bei unseren Nachbarn aus.

Es schien wie bei mir zu sein. Wenn es nicht richtig funktionierte, tauschte ich die Bilder und Texte in der Hoffnung aus, dass damit alles besser werden würde.

Schließlich verlief mein Tag dann ohne weitere erwähnenswerte Vorkommnisse. Ich telefonierte mit Malaga-Mario und machte ein Kennenlerndate mit dem hübschen Super-Steve aus.

👩: *Hi* 😊 😊 😊

🤖: *Hello*

👩: *Everything fine over there? So, when will we meet?*

😈: *After tomorrow for 2 kisses*

👩: *Ok, nice idea* ☺ ☺ ☺
😈: *Let´s do it*

👩: *So call me!*

Zu später Stunde telefonierte ich noch mit Malaga-Mario und machte letztendlich per WhatsApp ein Sex-Date mit Riu-Ric aus.

Der nächste Morgen begann prompt mit der Sexabsage von Riu-Ric, der sich an seinem letzten Urlaubstag noch immer krank fühlte. „Wer nicht will, hat schon." dachte ich. Nach zehn turbulenten Lanzarotetagen legte ich ein Päuschen ein und tankte Sonne auf Balkonien.

Am Nachmittag schickte mir der schöne Super-Steve fantastische Bilder der schneeweißen Dünen auf Fuerteventura. Meine Urlaubslust war geweckt. Ich wollte endlich mal wieder eine andere Optik und beschloss, mich mit ihm auf Fuerteventura zu treffen. Anreisetechnisch hätte das auch keinen großen Unterschied gemacht. Von meiner Hütte aus dem Norden brauchte ich eine Stunde, um in den Süden nach Playa Blanca zu fahren. Vom dortigen Hafen benötigte die Fähre nur eine halbe Stunde, um nach Fuerteventura zu kommen. Der Plan stand. Ich wollte nach Fuerteventura und schrieb Super-Steve an.

👩: *Hi* ☺ ☺ ☺, *what´s about tomorrow?*

😈: *Corralejo? What time?*

👩: *Ok, but I must look for the ferries*

😈: *Okay, keep me updated*

👧: *I think about 1 or 2 o´clock… I don´t like to stand up early in the morning. But it´s only to take a coffee? So, I will leave my car here in Lanzarote*

👨: *Up to you. I don´t mind! If we like each other you can stay* 😊

👧: *Actually my plan is to come to Fuerteventura by car. And then I will stay for a few days more there.*

👨: *Sounds good*

So verabredeten wir uns für den nächsten Tag im Hafen von Corralejo auf Fuerteventura. Ich setzte mich an den PC und buchte mir schnell die Mittagsfähre, um sicherzustellen, dass ich mit dem Auto auch rüberkomme, um das Sahneschnittchen zu daten. Ach ja, ich schwärmte vor mich hin. Super-Steve war ein Traummann zum Dahinschmelzen. Volles, leicht graumeliertes Haar, gepflegter Drei-Tage-Bart und eine Topfigur. Er sollte es wert sein, sich auf die Fähre zu setzen und einen Kennenlern-Kaffee trinken zu gehen. Warum auch nicht! Auf Fuerte war ich inzwischen schon ein halbes Jahr nicht mehr und ich hatte riesige Lust, mir die schönen Dünen und das türkisfarbene Meer anzusehen.

Abends überlegte ich mir, dass es sinnvoll wäre, vor einem ersten Date zunächst mal die Stimme des anderen zu hören und einen kurzen Smalltalk zu führen. Ring-Ring und ich hatte ihn schon an der Strippe. Super-Steve war nicht, wie von mir angenommen, ein englischer Steven, sondern ein italienischer Stefano, der in London lebte. Was für eine Pleite. Ein Italiener, der ein gebrochenes Englisch aufstammelte. Unmittelbar nach dem Telefonat meldete er sich nochmal per WhatsApp.

👨: *I already have a problem. I completely forgot that I am invited at friends villa in Caleta de Fueste tomorrow. They will prepare fresh Lasagna for me to thank me for something that I did for them last week. So I don´t know probably better postphone tomorrow?*

😊: *That´s an excuse. Thank you. So I will book a hotel now and we can meet each other the day after your invitation.*

Und so schnell war der Traum auch wieder ausgeträumt.

Das war mir zu dem Zeitpunkt auch egal, ich hatte ja noch einige Verehrer auf Fuerte im Petto, sodass ich kurzer Hand beschloss, mich erneut an den PC zu setzen und aus dem Ausflug sofort einen Kurztrip mit Hotelaufenthalt zu machen.

Keine fünf Minuten später hatte ich mir für vier Nächte das RIU Oliva Beach, das nur 15 Minuten vom Hafen von Corralejo entfernt war, gebucht. Flott packte ich mir das Nötigste für den Minitripp ein und freute mich auf die kommenden Tage.

***

Der Anreisetag nach Fuerteventura erfolgte am nächsten Tag nicht gerade nach Plan. Auf dem Weg zur Fähre fiel mir ein, dass ich eine Strumpfhose für meine Stiefel nicht eingepackt hatte, sodass ich kurz vor dem Hafen in Playa Blanca anhielt, um diese im Einkaufscenter bei Women'Secret zu shoppen. Zeit genug hatte ich noch bis zur Abfahrt. Nach erfolgreichem Einkauf setzte ich mich in mein Auto und parkte es aus.

Wie aus heiterem Himmel bremste mein Auto ab und es krachte. Was war das? Ein baugleicher Wagen parkte auch rückwärts aus und rammte mich. Geschockt stieg ich aus. Der Unfallgegner war, wie sich dann herausstellte, ein Engländer, der mit einem Leihwagen unterwegs war.

Er scherte komplett auf meine Straßenseite aus. Was für ein Mist! Es war nur noch eine Stunde bis zur Abfahrt der Fähre und ich hatte das Ticket schon bezahlt. Ich rief die Polizei an, die nach einer gefühlten Ewigkeit eintrudelte. Der Polizist erkundigte sich sofort, ob es Verletzte gab. Das verneinte ich und bekam darauf eine Standpauke auf Spanisch, dass man wegen eines Blechschadens nicht die Polizei rufen durfte.

Andere Länder, andere Sitten. Das wusste ich nicht, da es mein erster Unfall auf den Kanaren war. Der Polizist sagte mir dann, dass ich das Unfallformular ausfüllen müsste, das in meinem Handschuhfach lag. Der Engländer und ich parkten unsere Autos zur Seite und ich schaute mir erstmals dieses Formular an.

Inzwischen war ich unter Zeitdruck. Es waren nur noch vierzig Minuten bis zur Fährabfahrt. Nervös rief ich meine spanische Allianzversicherung an, schilderte kurz den Fall und fragte, wie ich das Formular auszufüllen hatte. Dem Engländer war alles egal, da er einen vollversicherten Mietwagen hatte. Ich hingegen musste mich nun um den Rest kümmern. Die Uhr tickte und ich wollte die Fähre nicht verpassen.

Schnell überlegte ich, wie man das spanische Formular ausfüllen konnte, dass der Engländer mir bestätigte, Schuld am Unfall zu haben. Lange Rede, kurzer Sinn. Ich erklärte ihm den Bogen und wir schrieben final rein: „A hits B. Fault of B." Er unterschrieb und ich düste schnell zur Fähre. Nach diesem Ereignis beschloss ich erstmal, einfach abzuspannen und die neu entstandenen Probleme nach meiner Rückkehr auf Lanzarote in Angriff zu nehmen.

Angekommen auf der Insel war ich auch schon nach einer zehnminütigen Fahrt im Hotel. Da ich das RIU Oliva Beach bereits kannte, buchte ich die billigste Zimmerkategorie und bekam dank Zimmerupgrade ein Zimmer direkt über dem Hoteleingang, das einen zufriedenstellenden Blick auf das Meer und die Sanddünen hatte. Um mir meinen Traumprinzen zu angeln, war es publikumsmäßig nicht gerade optimal. Es ging eher in die Richtung Resterampe. Viele Paare mit Kleinkindern und Rentner ab sechzig. Das alles war für mich aber zweitrangig, da ich mein Tinder hatte. Generell war es auf dem Account ruhiger geworden, was mich nach den letzten Monaten nicht weiter störte.

Überraschenderweise schickte mir am Nachmittag mein Riu-Ric, den ich bereits abgeschrieben hatte, ein Selfie vom Flughafen, das ich mit einem Aussichtsfoto vom Balkon beantwortete.

Ich hatte keinen blassen Schimmer, was es da noch zu schicken, geschweige denn zu schreiben gab.

***

Die Urlaubstage vergingen wie im Flug. Nach dem Frühstück spazierte ich am Strand und sonnte mich. Dann ging es auch schon zum Mittagessen und von dort aus auf die Liege zurück. Am frühen Abend nahm ich ein paar kleine Drinks. Danach wurde geduscht, zu Abend gegessen, noch was getrunken und schließlich ging es ab ins Bett. Das war der ganz normale AI-Urlaubswahnsinn, zu dem sich Tinder gesellte.

Gut ausgelastet war ich. Als ich mal wieder meine neuen Likes durchforstete, traf ich auf den libanesischen 57-jährigen Tarek, dessen Fotos nicht viel hermachten. Jedoch verleitete mich seine Berufsangabe „Doktor der Chirurgie" dazu, sein Like mit einem 😊 zu beantworten.

Nach einem kurzen „Hallo, wie geht es dir?" und der Frage, woher ich komme, schrieb er sofort: „Ich bin Doktor Gesichts-chirurg." Er wollte noch kurz wissen, ob ich allein lebe, und schickte mir seine Telefonnummer. Umgehend ging es per WhatsApp weiter. Tarek überhäufte mich mit Herzchen, Küss-chen und Rosen und schrieb, dass er mich mag und ich sein „Idol" war. Was er auch immer damit meinte, war mir fraglich und ich bedankte mich einfach. Von Stunde zu Stunde hatte ich das Gefühl, dass der Chat nervig wurde, und mir wurde be-wusst, dass er in mich schockverliebt war oder nach meiner Rückkehr nach Deutschland einfach nur guten Sex wollte.

Doktor Tarek nannte mich sofort „mein Schatz", „mein Engel" und ließ einfach mit unzähligen Kuss- und Herzemojies nicht mehr locker.

Am nächsten Tag gab es zudem noch zu später Stunde ein Dick-Pic seines besten Stückes mit dem Kommentar „Der ist gut für deine Fo*z*". Sowas kannte ich inzwischen schon, rief jedoch keinen Quell der Begeisterung in mir hervor. Herr Doktor verabschiedete sich mit „Gute Nacht, mein Schatz 💗💗💗Ich liebe dich", was ich mit einem einfachen „Gute Nacht" beantwortete.

Am dritten Chirurgentag war mir bereits nach seiner ersten Nachricht am frühen Morgen klar, dass, wenn ich nur einmal darauf geantwortet hätte, es wie in den vorherigen weitergegangen wäre. So ließ ich seinen Gutenmorgengruß „Mein Schatz❤️ ❤️ ❤️ ❤️ ich liebe dich" und die mehrfachen Fragen „Was machst du mein Schatz?" mit einem gekoppelten „Wo bist du????" unbeantwortet.

Als ich in der Nacht äußerst angedudelt aus der Bar zurück ins Zimmer kam, hatte ich noch nicht direkt Lust zu schlafen und textete meinen Doktor an.

👧: *Gute Nacht, ich hatte einen schönen Tag, gehe aber gleich schlafen.*

Es dauerte nicht zwei Minuten bis er zurückschrieb.

👨: *Mein Schatz, ich liebe dich über alles ❤️ ❤️ ❤️ ❤️. Wo bist du?*

Dann legte er richtig los. Ich bekam unzählige Dick-Videos im Handbetrieb und mehrere Sprachnachrichten. Zudem wurde ich mit einer wahnsinnigen Flut an roten Herzen überschüttet. Was ich mir angelacht hatte, war mir deutlich viel zu aufdringlich geworden, sodass ich eilig einen Plan schmieden musste, um der ganzen Sache Einhalt zu gebieten. Ich dachte „jetzt oder nie" und haute einen eindeutigen Satz raus.

👧: *Ich brauche einen Mann mit Geld!*

👨: *Warum???*

👧: *Sonst muss ich noch länger arbeiten.*

Dieses schien mein Beautydoktor verstanden zu haben.

👨: *Ich habe keine eigene Praxis. Ich bin nur Mitarbeiter*

👧: *Ich suche einen Mann mit Geld*

😷: *Willst liebst mit ihr oder nur mit Geld?*

Bis auf das Wort Geld hatte ich nichts verstanden und wiederholte meine bereits getroffene Aussage in kürzerer Form.

👧: *Ich brauche Geld.*

Das schien er verstanden zu haben.

😠: *Ok, zusammen nicht mehr?*

👧: *Schade, aber ich brauche einen Mann mit Geld.*

😠: *Oh, ich habe kein Geld.*

Das war es dann auch schon mit dem Schönheitsdoktor. Willig war er, aber das war mir nach so kurzer Zeit viel zu aufdringlich. Zu jenem Zeitpunkt schien mal wieder die Sache sehr schräg zu laufen. Die Tinder-Männerwelt war offensichtlich extrem untervögelt. Noch immer war ich mit der Zusendung von Dick-Pics leicht überfordert, gewöhnte mich aber zunehmend an den Anblick. Alles, was reinkam, verglich ich mit meinem Benno, an dem bis dato keiner rankam.
Vor der Rückreise nach Lanzarote beschloss ich erneut, meine Tinder-Beschreibung zu ändern, um meine fast still gewordenen Likes zu erhöhen.

🎎: Das bin ich! Selbstbewusst, finanziell unabhängig und auf der Suche nach einem Mann, der bereit ist, sein Leben mit mir zu teilen. Du solltest so wie ich ungebunden, kinder- sowie haustierlos sein und Lanzarote mögen. Ich liebe Understatement, Humor und Bildung. Männer mit Tattoos und Bierbäuchen möchte ich nicht. Hasta luego!

***

Am nächsten Morgen musste ich feststellen, dass die neuste Änderung des Textes nicht zum gewünschten Erfolg führte. Nun war es so weit, dass Männer mich als Match sofort reaktionslos löschten. Es war wie verhext.

Zwischenzeitlich kristallisierte sich heraus, dass Riu-Ric einer der wenigen Männer war, der noch im Rennen war. Er schickte täglich mehrere Selfies, schrieb etwas Nettes dazu und baute langsam ein vertraut werdendes Verhältnis auf.

Im Nachhinein war es schon mehr als schräg, da er vor Ort alle Möglichkeiten gehabt hatte, mich kennenzu-lernen. Nach seiner Rückreise war er mehr denn je auf mich fixiert. Wer verstand die Männer schon wirklich? Ich verstehe sie bis zum heutigen Tag nicht. Aber wie ich mir immer sagte, es war so, wie es war.

Oft dachte ich, wie schön es gewesen wäre, wenn man die Zeit hätte zurückdrehen können. Mein lieber Schatz war tot. Ich erinnerte mich an seine Worte: „Nicht weinen, für deine Tränen gibt dir keiner was! Wir müssen das Leben genießen, denn wenn wir es uns nicht schön machen, macht es keiner für uns."

Auch meine beste Freundin Frieda baute mich nach wie vor noch mit dem Spruch „Aufstehen und Krönchen richten" auf.

Gab es den Traumprinzen überhaupt noch, oder waren alle Typen gescheiterte Randexistenzen? Seit vier Monaten hatte ich eine wahrhaftige Reizüberflutung. Ich wurde mit Likes von tollen Männern überschüttet und hatte immer noch 1847 Matches, auf die ich antworten hätte können. So war ich. Es reizte mich nur noch das, was ich nicht haben konnte. Als ich es dann ansatzweise hatte, war der Anreiz weg und die Luft raus. Hatte mich Tinder schon nach so relativ kurzer Zeit um den Verstand gebracht? Ich wusste es nicht. Würde der Traumprinz doch schließlich um die Ecke kommen und vor meinen Augen stehen?

***

Am nächsten Tag musste ich schon wieder über Tinder schmunzeln und lachen. Ich sah bei meinen Likes meine alten, liebessuchenden Leidensgenossen, die mich schon seit Jahresanfang begleiteten. Es war wie eine bekannte Freundschaft. So traf ich auf den schnuckeligen 59-jährigen Dirk aus Düsseldorf, der sich wohl nach vier Monaten an mich erinnerte. Unser kurzer Chat kam die ersten Tage nicht über eine kurze Begrüßung hinaus.

👩: 😊

👨: *Guten Morgen Stella*

👩: *Hallöchen* 😃😃😃 *Guten Morgen Dirk*

👨: *Mahlzeit Stella*

Nach 3 Tagen schrieb ich ihn erneut an.

👩: *Huhu* 😊😊😊 *- aller Anfang ist schwer* 😆😆😆

👨: *Deine Entscheidung*

👩: *Nicht wirklich, so lahm bin ich auch nicht* 😆 *…*
👨: *Danke für dieses Spielchen*

👩: *Verstehe ich nicht… bezog sich darauf, dass wir nur bis zum Hallöchen und Mahlzeit kamen. Egal.*

Es vergingen neun Stunden bis er sich zurückmeldete.

👨: *Nichts ist egal.*

Nun ging er in die Offensive und fragte mich regelrecht aus. Das ging mir viel zu weit, da ich keinen Finanzstriptease vor Fremden mache, da ich weiß, wer und was ich bin. Bevor er unser Match auflöste, kotzte er sich nochmal aus.

👨: *Wer glaubst du denn wer du bist? Um mir das Wasser zu reichen, bedarf es mehr als das was du hier geschrieben hast.*

Das war auch mal eine Aussage! Freundlich hätte es anders geklungen. Vielleicht wäre er bei Elite-Partner besser aufgehoben gewesen. Von sowas ließ ich mich schocken und machte wie gewohnt weiter.

Am frühen Abend kam ich nach fünf geführten Quick-Chats zur Erkenntnis, dass die deutsch-holländische Tinder-Männerwelt extreme Sexgelüste hatte, auf die ich nicht weiter einging. Zudem schrieb mich noch mein Riu-Ric an, der ähnlich gelagert war und seinen leicht angehauchten SM-Fantasien freien Lauf ließ.

Der folgende Samstagmittag stand ganz im Zeichen des Unterwäsche-Nachkaufs. Langsam war ich auf den Geschmack gekommen. Ich bemerkte, dass ich mich in sexy Unterwäsche mit Spitze wohler fühlte als in den ollen Baumwollschlüpfern, die ich noch vor einem halben Jahr trug. In Deutschland hatte ich meine Kollektion nur um zwei Tangas und ein geiles Triumphset erweitert. Ich fuhr in die Hauptstadt Arrecife, ging in meinen bekannten Laden und schlug hemmungslos zu.

Da der kanarische Frauenkörper anscheinend etwas filigraner als meiner zu sein schien, das deutsche 95 C entsprach dort ein 110 C und war nicht allzu häufig anzutreffen. Ich war von der enormen Auswahl begeistert und verließ „Desnudos" mit sieben schwarzen SpitzenBHs, vier Tangas und sechs Spitzenhöschen.

Bedauerlicherweise fehlte nur noch die passende Gelegenheit beziehungsweise der richtige Mann, der sich an meiner neuen Dessous-Show erfreuen konnte. Aber immerhin war ich bestausgestattet wieder im Rennen. So kontaktierte ich meinen heißen Riu-Ric.

😊: *…habe sexy Unterwäsche gekauft…guck mal auf die Fotos, das sieht alles richtig heiß aus* 😊

😡: *Oha, 95 C?*

👧: *Warum oha?*

🧑: *Ich dachte 85 D!*

„Typisch Mann", dachte ich. War ihm mein pralles C-Körbchen etwa zu klein? Männer und ihre Einschätzungen. Riu-Ric hatte mich ja nie komplett nackt gesehen, er schob lediglich mein Kleidchen hoch und den Spitzentanger runter, um mich ausgiebig zu beglücken.

Ich ging nicht weiter auf seinen Kommentar ein und widmete mich bei einem Sonnenbad auf dem Balkon meinen Tinder-Verehrern. Leider war da nicht mehr viel zu reißen. Mehrfach wurden Matches aufgelöst, aber was sollte es? Irgendwie ging es immer weiter und die nächsten Tinder-Kandidaten standen vor der Tür.

Für den nächsten Tag nahm ich mir fest vor, mein neues Projekt „streifenfreie Bräune mit jeglicher Elimination weißer Körperstellen" für meine neue sexy Unterwäsche anzugreifen.

Durch meine Dauerdiät hatte ich inzwischen fünfundzwanzig Kilo abgenommen und mein Körperbewusstsein stieg von Tag zu Tag. Ich fand mich wieder sexy und schön. Eine Sonnenliege hatte ich bereits gekauft, jetzt fehlte nur noch eine Sonnencreme, um an den heiklen Stellen nicht völlig zu verbrennen.

***

Am nächsten Morgen dachte ich darüber nach, wie schnell die Zeit verging. Schon wieder war eine Woche rum und mein Sonntags-Frauentreff mit Maria Dolores stand an. Meine Tinder-lose Freundin hatte eine Menge zu berichten. Nach ihrer Rückenoperation ging sie täglich zur Rückengymnastik ins Hallenbad. Dort lernte sie den 80-jährigen Pablo kennen, der ihr den Hof machte. Nach ihren Angaben schien der Witwer immer noch äußerst potent zu sein und besaß zwölf Appartements auf der Insel. Ich hörte gespannt zu und sagte ihr scherzhaft, dass sie den Fall in Angriff nehmen sollte. Sie schüttelte nur mit dem Kopf, verdrehte die Augen und sagte mir, dass das auf jeden Fall zu weit gehen würde. Bereits vor einem Jahr hatte sie sich nach fünfunddreißig Ehejahren von ihrem Mann getrennt, der zehn Jahre älter war und ihr einfach zu alt geworden war. Nun einen achtzigjährigen Verehrer? Das ging auf keine Kuhhaut. Sie fügte noch hinzu, dass ihre WG-Freundin scherzhaft sagte: „Zeig ihm eine Brust und Du bekommst ein Appartement", sodass wir beide herzhaft lachen mussten. So einfach hätte es praktisch gehen können.

Ansonsten entpuppte sich mein Tinder an jenem Tag wieder als ein Mix aus alten und neuen Verehrern. Es meldete sich der schnucklige, smarte Pascal aus Teneriffa, der mich am Jahresende matchte und wir sporadisch in Verbindung waren.

👨: *Hast du Lust nach La Gomera zu fahren? Kennst du die Insel?*

👩: *Ja, La Gomera kenne ich. Es ist eine sehr grüne Insel…*
Was willst Du auf La Gomera machen?

👨: *Ich habe dort Freunde, die mir schrieben, dass ich sie besuchen soll, um die wunderschöne Authentizität der Insel und die Strände zu entdecken. Es wäre doch dumm, wenn man auf Teneriffa wohnt, und La Gomera nur eine Stunde mit der Fähre entfernt ist, das nicht auszukosten. Gib mir Bescheid falls du Lust hast, ich würde dich gerne kennenlernen.*

👩: *Ich dich auch. Vor 2 Jahren war ich einen Monat auf der Insel.*

👨: *Ah, ok, hab noch einen schönen Tag und bis bald* ☺ ☺ ☺

Die netten Smileys waren das letzte Lebenszeichen seinerseits. Es war, wie es war. Obwohl ich Pascal gerne kennengelernt hätte, schrieb ich ihn nie wieder an, da mir La Gomera überhaupt nicht gefallen hatte.

Vielleicht hätte ich Vieles anders machen müssen. Das hatte ich aber nicht, da inzwischen Riu-Ric, dessen Präsenz von Tag zu Tag intensiver wurde, in meinem Kopf rumschwirrte.

Der nächste Morgen begann aufregend heiß mit Bennos neuesten Fotos. Erstmals schickte ich ihm anstatt einem gewohnten ☺, 💧💧💧, worauf er umgehend schrieb: „Ruf mich an!"
Das machte ich per Video-Call und es wurde richtig heiß. Ich musste einfach nur zusehen. Ach ja, mein Benno, so nah und trotzdem so fern. Nachdem er fertig war, lächelte er mich an, hauchte mir ein Küsschen zu und verabschiedete sich. Er war der erste Mann, der mir beim Küssen die berühmten Schmetterlinge in meinen Bauch zauberte, und als er meinen Nacken liebkoste, zitterte ich. Benno ging mir einfach nicht mehr aus dem Kopf.
Es half alles nichts. Tinder ging weiter. Eine Ablenkung hatte ich mit Dominik aus Düsseldorf gefunden, dem ich spontan die neue Kombination 💧💧💧☺ zuschickte. Ich schien sein Interesse geweckt zu haben.

👨: *Hallo Stella, Danke für deinen kurzen klaren Kommentar.*
☺ *Du wirkst sympathisch und äußerst attraktiv auf mich…*

👩: *Hi Dominik! …wirklich zu schade, dass ich gerade im Urlaub bin. Dann werde ich mich wohl noch etwas auf dich gedulden müssen… Zweifelsfrei 💧💧💧 und was erwartet mich noch mehr?*

Mit einem Herz likte er meine Nachricht. Am nächsten Morgen ging es feurig, heiß weiter.

👨: *Was wünscht du dir? Ich bin zwar nicht devot, aber gerne gentle…* 😚 😚 😚 😚 😚

👩: *Macht mich neugierig heiß. Ich mag dominante Männer…*

👨: *Wenn du Dominanz genießen kannst, sind wir ein MEGA-VOLLTREFFER!!!! Wann kommst du denn wieder zurück?*

👩: *Ich komme im Mai zurück, habe aber noch keinen Rückflug gebucht, es kann aber auch Juni werden…*

😈: *Ok, da wir ein Mega- Match haben, warte ich liebend gerne auf DICH!* 😍 *Ich bin neugierig auf deine Vorstellungen und Vorlieben* ❤ ❤ ❤ ❤ ❤ *Du machst mich wirklich sehr neugierig.... Bist du eher eine Frau, die geführt werden will... ODER???... willst du IHM gehorchen... ODER ... unterwirfst du dich?*

Worauf hatte ich mich nun schon wieder da eingelassen? Bis dato wusste ich noch nicht wirklich was in meiner neunen Welt dominant und devot bedeutete. Das sollte ich aber noch herausfinden.

👧: 🙇🙇🙇 *Im Prinzip bringst du es auf den Punkt. Ich mag es geführt zu werden und im Zuge von Gehorsam unterwerfe ich mich.* 😚

😈: *Perfekt* 😍 😍 😍 😍

👧: *Wichtige Eckdaten geklärt*

😈: *Wowwwww, Du bringst meine Fantasien in Wallung*

👧: *Und dich will ich!*
😈: *Und ich dich!!!! Gehorsam*

👧: *Bin ich!!!*

😈: *Auch jetzt? Also 24/7 oder lediglich beim Sex?*

Dominik markierte dann jede Antwort die ich gab mit einem roten Herzen.

👧: *Nein, ich habe schon meinen eigenen Kopf!!!!*

😈: *Wo sind deine Grenzen?*

👧: *Ich liebe Sex, wenn das dann so ausgiebig wäre, würde ich mich 24/7 unterwerfen.   Meine Grenzen im normalen Leben, oder was meinst du?*

😈: *Ich liebe Sex ebenso..., wenn ich die Gelegenheit bekomme, dich 24/7 zu unterwerfen, wäre es sehr lustvoll für dich und mich... Deine Grenzen, wenn du dich unterwirfst.... magst du Dienerin oder*

Sklavin sein? Stehst du auf Erniedrigung, wenn ja... auf Bestrafung, wenn ja welche? 😌😌😌😌😌

Ich musste alles kurz sacken lassen und überlegen was ich darauf antworten konnte.

👧: *Sowohl Dienerin als auch Sklavin, das finde ich beides* 🔥🔥🔥, *Bestrafungen aber nur bis zu einem erregenden Maß. Was schwebt dir da konkret vor?*

👹: *ALLES bedarf vorher abgesprochener Grenzen, denn nur dann können wir uns ohne DENKEN der Lust hingeben* 😍😍

👧: *Ich habe Lust extreme Grenzen auszuprobieren* 🔥🔥🔥

👹: *Geil* 🖤🖤🖤😍😍😍 *Gib ein Beispiel für EXTREM!!!*

👧: *Ich bin davon überzeugt, dass du in dieser Hinsicht erfahrener bist als ich, deshalb gibt es von meiner Seite kein Beispiel für EXTREM... Und du bestimmst. Ich unterwerfe mich* 🖤

👹: Sehr gut! Das wirst Du! Und Du wirst meine Regeln befolgen, Dienerin!

👧: Ja Herr!

Am frühen Abend rief mich mein Riu-Ric an, um mir ausführlich zu berichten, was er tagsüber alles gemacht und geschafft hatte.

Schon bei der ersten Kontaktaufnahme schrieb er, dass er „höchstseriös" sei, was im Nachhinein betrachtet sein trockener Humor war, mit dem ich nicht wirklich umgehen konnte. Dennoch reizte dieser Mann mich. Ich wollte erkunden, was hinter dieser kalten, aber aufmerksam zuhörenden Fassade steckte.

Wie vom Teufel geritten, schoss aus mir heraus, dass ich ihn wahnsinnig toll finde. Lieber hätte ich ihm lieber gesagt, dass ich mich in ihn verliebt hatte. Das schien mir zu jenem Zeitpunkt noch nicht wirklich angebracht gewesen zu sein, da ich seinerseits kein Feedback bekam. Es war so, als ob er das, was ich sagte, nicht gehört hatte.

Unser Gespräch nahm unerwartet Fahrt auf, als Riu-Ric mir aus heiterem Himmel von seinen Bettwünschen, die er nie mit seiner Exfreundin ausleben konnte, erzählte. Dann schickte er mir ein Foto von seinem Bett, in dem Handfesseln, eine Peitsche und eine Augenmaske lagen. Kurz darauf bekam ich ein zweites Bild, auf dem er sich ein schwarzes Halsband angelegt hatte. Die Gelüste meines neuen Verehrers waren offensichtlich heftiger, als ich es ihm zugetraut hatte. Warum auch nicht? Inzwischen wunderte ich mich über fast nichts mehr. So war meine neue Männerwelt gestrickt.

Der Tinder-Chat mit dem dominanten Dominik aus Düsseldorf ging schon in eine extreme Richtung. Ich wusste nicht, ob ich Fleisch oder Fisch wollte. Alles und wirklich alles, was in diese Richtung ging, war Neuland für mich. Benno weckte meine Lust, aber mittlerweile war ein ganz anderes Level erreicht.

War ich dem noch gewachsen? Einem Mann zu dienen und die Sklavin zu sein? Eher nicht. Den Gedanken fand ich reizvoll, aber so extrem hatte ich mir mein neues Sexleben nicht ausgemalt. Ausprobieren wollte ich schon was. Irgendetwas, an das ich in meiner Jugend oder besser gesagt die letzten 20 Jahre nicht ansatzweise gedacht hatte.

Mittlerweile fand ich, dass nach den ersten Sexpleiten mein Sexleben in einer Beziehung mindestens 60% ausmachen sollte. Unter dem wollte ich mich nicht mehr abspeisen lassen. Die verbleibenden 40% sollten dann auch kompatibel sein, ansonsten hätte es absolut keinen Sinn ergeben, mit etwas zu starten, was dann schließlich auf ein unbefriedigendes Resultat hinausgelaufen wäre.

Mit Riu-Ric hatte ich an jenem Abend ein sehr gutes Gefühl. Ich war der festen Überzeugung, dass er, da mich auf Lanzarote kennengelernt hatte, mit der Distanz zwischen den Kanaren und Deutschland kein Problem hatte.

Mittlerweile war die Osterwoche angebrochen. Dominik schreib, dass er ein langes Wellness-Wochenende verbringen wollte und sein Handy ausgeschaltet blieb. Ab jenem Moment wurde mir klar, dass irgendwas im Busch lag. Bis dahin gab er sich jedenfalls als Single aus. Sollte er verheiratet gewesen sein? Was stimmte nicht mit ihm?

Irgendetwas war faul an der Sache.

Der Gedanke, Sex mal ganz anders auszuprobieren, reizte mich nach wie vor extrem. Aber auch ich hatte mir meine Grenzen gesetzt. Auf eine Konstellation mit einem verheirateten Mann wollte ich mich auf keinen Fall einlassen. Wozu hätte das im besten Fall geführt? Erneuten Sex? Was wäre gewesen, wenn ich mich auf einmal hoffnungslos verliebt hätte?

Null komma null, einfach nix! Pustekuchen! Dann hätte ich extrem doof aus der Wäsche geguckt. Den Herzschmerz, sich auf verheiratete Männer einzulassen, hatte ich wohl oder übel in der Vergangenheit. Mir schoss der heiße italienische Hotelbesitzer Franco aus der süditalienischen Ferieninsel Ischia in den Kopf. Als ich unschuldige sechzehn Jahre alt war, bereisten meine Familie und ich erstmals die Insel. Franco war zehn Jahre älter als ich und so hatte ich ihn, obwohl er mich damals extrem anflirtete, nicht auf dem Schirm. In meiner Sturm- und Drangzeit gab es interessantere, feurigere, gleichaltrige Italiener.

Es vergingen zehn Jahre, bis ich mich zu einem Urlaub im gleichen Hotel entschied. Dann geschah das, womit ich niemals gerechnet hatte. Am Ankunftsabend ging ich in die kleine Hotelbar und bestellte mir an der Theke einen Prosecco. Wie aus heiterem Himmel stand Franco neben mir. Er lächelte mich an und sagte: „Buena sera signorina, wie geht es dir?" Erfreut blickte ich in seine Augen und erwiderte: „Buena sera, Franco. Wir haben uns aber schon lange nicht mehr gesehen." Danach drückte er mir ein italienisches Begrüßungsküsschen auf die Wangen und lud mich auf eine Flasche Wein am Tisch ein. Wir quatschten über alte Zeiten und lachten herzlich miteinander. Damals hatte Franco die Position eines Nachtportiers. Nachts, wenn ich von meinen Eskapaden zurückkam, saß er auf der Bank vor der Rezeption. Kontrollieren musste er nicht viel. Es war eher eine Art von Anwesenheit. Ich war brav und ging allein auf mein Zimmer. Hin und wieder unterhielten wir uns kurz, überwiegend war es nur ein „Buena notte". Aufgrund seiner schlechten Deutschkenntnisse, meines unzureichenden Italienisch und mangels Interesses meinerseits passierte nichts mehr.

Inzwischen hatte er geheiratet, war stolzer Vater von zwei Kindern und hatte das Hotel übernommen.

Ach ja, die alten Zeiten. So wie es war, darüber waren wir uns einig. So würde es nie wieder werden. Ich sprach inzwischen sehr gut Italienisch, sodass es ihm leichter fiel, mit mir zu flirten. Er machte mir ein Kompliment nach dem anderen, ergriff meine Hand und streichelte sie. Dann schauten wir uns tief in die Augen und er küsste mich leicht verlegen auf den Mund. Ich war hin und weg. Da die Bar gut besucht war, beschlossen wir uns, auf der Terrasse meines Zimmers zu treffen. Niemand sollte etwas bemerken. Ich ging vor, Franco kam wenig später nach. Ein Kuss führte zum nächsten. Wir konnten unsere Finger nicht mehr von uns lassen. So extrem scharf wir aufeinander waren, endete das Ganze im Bett. Das zog sich bis zu meinem Urlaubsende durch. Er beteuerte immer wieder, dass er mich, als er mich damals mit meinen süßen sechzehn Jahren sah, am liebsten geheiratet hätte. Gegenwärtig war es aber zu spät. Früher ließ sich ein Süditaliener nicht scheiden. Ich ging aus der ganzen Sache mit einem gebrochenen Herz heraus.

Auch schon damals musste es weitergehen. Das ging es auch, wurde aber nicht besser. Ich schlitterte fast umgehend in die nächste absolute Pleite. Es war Tom aus der Nachbarstadt Recklinghausen. Ich lernte ihn im „Pflaumenbaum" beim Singletreff kennen.

Das waren noch echte Zeiten. Schlagermusik von Wolfgang Petri und die Mucke, die man damals zu Beginn der 1990er

Jahre hörte und liebte. An der Theke konntest Du dir selbstkle-
bende rote Herzchen-Sticker mit einer Nummer holen, den Namen draufschreiben und aufkleben, und los ging es. Flirten, tanzen und Karaoke singen. Man schob sich durch die
Menschenmenge, lotete aus, was gefiel, und ging zurück zur
Theke, um etwas zu trinken.

An so einem Abend sah ich Tom. Ich war Feuer und Flamme
und dachte, dass ich diesen Mann unbedingt kennenlernen
musste. Im Vorbeigehen blinzelte ich ihm zu und ging kurz darauf an die Theke zurück. Er folgte mir und sprach mich an.
„Was für ein Volltreffer", dachte ich. Dieser Mann war einfach
nur gigantisch. Wir unterhielten uns, himmelten uns an und
dann steckten wir uns die Zungen in den Hals. 쐐-쐐-쐐
Bääääm und ich hatte die berühmten Schmetterlinge im Bauch.
Der italienische Herzschmerz war noch nicht ganz überwunden, aber ich hatte ein neues Ziel anvisiert.
Wie es damals nach einer Partynacht so üblich war, gingen wir
eine Pizza essen und nahmen uns ein Taxi, um bei mir zu Vö-
geln.
Am folgenden Wochenende lud ich zum Grillen ein. Es sollte
ein geselliger Abend mit meiner Schwester und Freunden wer-
den. Alles war vorbereitet und ich wartete und wartete. Per SMS
sagte meine neue große Liebe einfach ab. Ein Bekannter meiner
Schwester fragte mich, warum ich so traurig war. Ich erzählte
Kurz von Tom und dann wurde es crazy. Zuvor erzählte mir
Tom, dass er in Scheidung lebte und seine Töchter bei seiner
Frau geblieben waren. Das entsprach nicht der Wahrheit. Im
Ruhrpott kannte man sich offensichtlich. Tom war verheiratet.
Es war erneut ein Stich in mein verliebtes Herz. Das gehörte der
Vergangenheit an und sowas wollte ich nicht mehr erleben.

***

Am nächsten Morgen sah ich kurz mein Facebook durch. Es
poppte das neue FB-Dating-Portal auf, das ich vor einigen

Tagen aktiviert hatte. Wenn schon nicht viel auf Tinder los war, schien es über Facebook zunächst besser zu laufen. Wenigstens hatte ich umgehend mehrere Matches und zehn neue Likes erhalten. Das gab Hoffnung auf mehr und ich startete fröhlich auf Spanisch durch. Vielleicht sollte es jetzt nach all dieser langen Tinder-Zeit ein feuriger Spanier werden, der mein kleines Herz im Sturm eroberte. Da hatten wir wieder mein ständiges Problem „Wer die Wahl hat, hat die Qual".

Die Zeit verging rasend schnell. Es war Ostersonntag und ich startete Tinder-mäßig ohne besondere Vorkommnisse durch. Meine alten Verehrer wünschten mir „Frohe Ostern". Mehr passierte an jenem Tag nicht. Traurig, aber wahr.

Auch wenn ich schon des Öfteren dachte, dass mein Tinder tot war, war es im Vergleich zur momentanen Situation vorher lediglich angeschossen und maximal zwischendurch schwer verletzt. Nun war Tinder mausetot. Zudem wurde mir meine nette Abendbeschäftigung, das Tinder-Blind-Date, auch wenn es oftmals sehr erfolglos war, genommen. Was war das? Gestrichen und durch ein „Festival Mode" ersetzt, in dem man schon vor seiner Reise Leute vor Ort kennenlernen konnte. Da war guter Rat teuer. Immerhin blieben mir noch meine üblichen Verdächtigen und Riu-Ric. Von Tag zu Tag wurde unser Kontakt intensiver. Wir schickten uns mal kurze, mal längere WhatsApp und telefonierten. Ich hatte Schmetterlinge im Bauch und sagte ihm erneut, wie toll ich ihn fand. Ich war total verschossen, bekam jedoch immer noch keinerlei Reaktionen auf meine kleinen Liebesgeständnisse.

Im Gegensatz zu meinem holländischen Marbella-Maarten, der mir bereits nach einigen Tagen schrieb, dass er sich in mich verliebt hatte, war Riu-Ric bezüglich Gefühle äußerst reserviert. Annährend zufriedenstellend war diese Sache nicht, aber was hätte ich machen sollen? Ich wollte diesen Mann, und nur diesen. Fortwährend fragte ich mich, wie es mit ihm weitergehen konnte und würde. Ich wollte ihn so schnell wie möglich wiedersehen und beschloss, meinen Rückflug nach meinem Geburtstag gegen Mitte Mai anzutreten. Vielleicht sollte es dieses Mal besser gehen als mit Marbella-Maarten.

Am frühen Abend konnte ich über Facebook ein Date mit dem heißen Armando aus Lanzarote ausmachen. Der sportliche neunundvierigjährige Andalusier wohnte in der Nachbargemeinde. Als Treffpunkt machten wir den See in der Hauptstadt aus, an dem ich mich gewöhnlich sonntags mit meiner Freundin Maria Dolores zum Kaffeetrinken traf. Nach dem Motto „Besser ein Spatz in der Hand, als die Taube auf dem Dach" wollte ich ihn daten, da mir trotz positiver Denkweise bei meinem höchstseriösen Riu-Ric, wie er sich immerfort bezeichnete, Zweifel bezüglich seiner Absichten aufkamen.

Riu-Ric war nach seiner Rückkehr nach Deutschland wie ausgewechselt. Offensichtlich hatte er an Tinder Dates Gefallen gefunden und traf sich mit Frauen am laufenden Band. Er berichtete mir ausführlich von seinen Dating-Erfolgen und schickte Bilder. Was hätte ich dazu sagen sollen? War ich eifersüchtig? Anfangs belächelte ich innerlich seine erneute Suche. Mir war jedoch nicht klar, dass er zwar Geschmack an mir gefunden hatte, aber auf etwas Jüngeres und Schlankeres aus war.

Es war wie ein schleichender Verfall. Seine Nachrichten wurden von Tag zu Tag weniger und kürzer. Er war im Dating-Fieber. Wahrscheinlich hatte er inzwischen diejenige gefunden, die er gesucht hatte. Sein Pendant und das, was ich ihm nicht bieten konnte. Ich war immer noch nicht in Deutschland, um das auszuleben, was ich gerne mit ihm gehabt hätte. 3000 km Distanz, die ich so schnell wie möglich überbrücken wollte, um mit dem neuen Traummann das weiterzuführen, was in einem Hotelbett startete. War es erneut mein Schicksal, nicht am passenden Ort zu sein? Ich fand und fand einfach keine Antwort. Hatte ich wirklich mal wieder alles falsch gemacht? Hätte ich Sex mit ihm haben sollen, um ihn an mich zu binden?

An jenem Abend schickte mir Riu-Ric wieder Selfies und unzählige Screenshots seiner neusten Verehrerinnen. Nach einigen Gläsern Wein kamen in mir Selbstzweifel auf. War ich für einen Mann, den ich nach dem ersten Date als durchschnittlich eingestuft hatte, nicht mehr attraktiv genug?

Rückblickend dauerte es nach dem Tod meines Freundes und meiner Gewichtsabnahme eine Ewigkeit, bis ich ein neues Selbstbewusstsein entwickelt hatte. Noch vor einem Jahr fand ich mich einfach nur fett. Aufgedunsen wie eine fette Qualle.

Inzwischen hatte ich mich glücklicherweise wieder aufgerappelt. Alle alten Kleider, die ich schon seit Jahren nicht mehr anziehen konnte, passten wieder. Ich war heilfroh, dass ich so viel abgenommen hatte. Mit dieser neuen Selbstsicherheit wurde mir bewusst, dass ich mir endlich die Männer aussuchen konnte, an die vorher nie zu denken gewesen war. Alles war offen. Frohen Mutes köpfte ich die Flasche Wein und wählte leicht beschwipst Riu-Rics Nummer. Es schellte bei ihm, und ich wartete geduldig darauf, seine Stimme zu hören. „Tuuut… tuuut…" Was für eine Pleite. Nach einer Viertelstunde versuchte ich mein Glück erneut. „Tuuut… tuuut…" Wahrhaftig schien es für mich nicht der Abend der Abende zu sein. Der Traumprinz war wahrscheinlich mit dem nächsten Tinder-Date unterwegs und wollte nicht hören, was ich zu sagen hatte. Angepisst schrieb ich ihn an.

🧒: *Bitte behellige mich nicht mehr mit deinem Tindergarten. Selfies sind ok, die finde ich wahnsinnig toll. Es freut mich an deinem Leben teil zu haben… aber Du orientierst dich nun neu. Wenn du was Besseres als mich findest, greif zu!!!!!!!!!!!!!!!!!!!*

Aus meiner verliebten Sicht war Riu-Ric zwar noch im Rennen, aber irgendwie auch schon wieder raus. So spielte mein neues Leben.

***

Am kommenden Morgen widmete ich mich nach dem Aufwachen wieder Tinder. „Oh je", dachte ich. Die Niederlagen ebbten nicht ab. Über Nacht gab es keine Likes und niemanden, der mich angeschrieben hatte. Leicht gefrustet rief ich Facebook auf und schaute, was meine Bekanntschaften gepostet hatten. Umgehend meldete sich das FB-Dating mit neuen Likes. Ich klickte durch und sah ein Gesicht, das ich auf Anhieb wiedererkannte. „Im Leben sieht man sich immer zweimal", sagte ich mir. Es war Moises, einer meiner Tinder-Kontakte der ersten Stunde.

Als ich im Dezember auf La Palma war, schrieb er super nett, und dann kam plötzlich sein unerwarteter Video-Call. Sowas wäre nicht verwerflich gewesen, wenn der nette Moises, der vor seinem Laptop im Krankenhaus saß, nicht seine blaue Arbeitskleidung runtergezogen hätte und mir sein bestes Stück in die Kamera gehalten hätte. Er schuf nackte Tatsachen und ich sah das, was ich nicht sehen wollte. Prompt stellte ich ihn auf Spanisch zur Rede und beendete den Call. Nein, sowas ging nicht und dazu auch noch unaufgefordert. Es war jedoch wie es war. Ich stellte fest, dass Moises genauso wie ich seine Tinder-Fotos auf der Facebook-Datingseite hochgestellt hatte. Das war äußerst ernüchternd, da wir beide noch immer auf der Suche waren.

Die anfängliche Euphorie für den spanischen Facebook-Single-Markt ließ bei mir sehr schnell nach. Die potenziellen Kandidaten waren alle etwas kurz geraten, zwischen 1,65 und 1,70 m, und irgendwie sahen sie dann doch alle mehr oder weniger gleich aus. Sie hätten Brüder sein können. Ich stelle fest, dass der Spanier, der zehn Jahre jünger als ich war, passabel bis gut aussah. Gleichaltrig und noch älter sahen sie jeweils plus zehn Jahre aus. Erschwerend kam hinzu, dass fast alle tätowiert waren, was überhaupt nicht meinen Geschmack traf. Das Phänomen der Hunde- und Landschaftsbilder, Fotos mit Maske oder Sonnenbrille gab es auch dort. Also das Gleiche wie bei Tinder in Grün.

Während ich noch kurz über den unerwünschten Vorfall mit Moises nachdachte, meldete sich mein WhatsApp. Es war Riu-Ric.

Ich schaute strahlend auf mein iPhone und öffnete die Nachricht.

😠: *Guten Morgen Stella. Ich wünsche dir einen tollen Tag mit vielen Erlebnissen* 🤩

😊: *Guten Morgen Ric* 🤩. *Schön von dir zu hören. Danke gleichfalls.*

Ich war glücklich, erneut eine Nachricht von meinem Schwarm zu bekommen, und wartete auf eine Antwort, die jedoch ausblieb.

Es musste weitergehen. Immerhin stand zur Mittagszeit noch das Date mit dem feurigen Armando an. Ich stylte mich und fuhr zum verabredeten Treffpunkt. Dort wartete ich vergebens eine halbe Stunde auf sein Eintreffen. Was für eine Pleite. Am Abend schrieb er mir eine WhatsApp, in der er sich entschuldigte und um ein neues Date bat. Das lehnte ich kategorisch ab. Er hatte seine Chance, mich kennenzulernen, vertan. Grundsätzlich verabredete ich mich mit niemandem erneut, der mich versetzt hatte.

Nach erneuten Überlegungen kam ich zu dem Schluss, dass es mit Riu-Ric schon seit fast einem Monat lief. Höhen und Tiefen hin und her. Ich konnte mir es nicht erklären. Als ich ihn sah, standen echte, 1,85 m mich anlächelnde, sportliche Manneskraft vor mir. Sein Bart war zu dem Zeitpunkt leider nicht verhandelbar. „Wird kurz gemacht, bleibt aber dran", sagte er. Von Tag zu Tag war ich verliebter und sagte, dass er mich glücklich machte. In den täglichen Telefonaten waren wir uns schon sehr nahegekommen. Er ließ mich an seinem und ich ließ ihn an meinem Leben teilhaben. Hatte das Zukunft? Sollte ich wirklich endlich den passenden Mann auf Lanzarote gefunden haben, mit dem ich auch in Deutschland glücklich werden konnte?

Zumindest sah es so aus und fühlte sich zudem sehr gut an. Wir schickten uns gegenseitig Selfies zu. Mehr war aus der 3000 km entfernten Distanz nicht zu machen.

Darauf gab es eine Situation, die mich innerlich zum Lachen brachte. Riu-Ric hatte in seinem Haus elektrische Rollläden eingebaut und schickte mir voller Stolz ein Video. Das hatte er gut gemacht. Der Rollladen fuhr hoch und runter.

Ich musste lachen und dachte an Benno, der mir ähnliche „Hoch-und-runter"-Funktionsvideoschickte. Das Resultat der von mir gesichteten Aufnahmen war: zwei zufriedene Männer, jeder auf seine Art und Weise.

Unverhofft kam oft und mittlerweile öfter als ich dachte. Mein iPhone klingelte und ich schaute auf das Display. Es war Jan aus den Niederlanden, der sich nach gefühlt unendlich langer Zeit per Video-Call meldete.

Jan fand ich toll. Er war optisch sehr ansprechend. Blond, blaue Augen, groß, schlank und hatte eine Stimme mit holländischem Dialekt zum Dahinschmelzen. Er war genau mein Typ von Mann. Der herzensgute Altenpfleger war ein hoffnungsloser Romantiker und spielte mir nach den ersten Telefonaten singend an seinem Klavier „You are the sunshine in my Life" vor. Das war einfach nur umwerfend süß. Zwischenzeitlich hatte die Werbung für die Nuss-Nougat-Creme Nutella das gleiche Lied für sich entdeckt, sodass ich, wenn ich den Spot im Fernsehen sah, sofort an Jan denken musste.

Als ich seinen Anruf entgegennahm, wusste ich zunächst nicht, was ich sagen sollte. In Gedanken hatte ich bereits abgehakt, da ich mich inzwischen in Riu-Ric verliebt hatte. So plauderte ich einfach mit ihm über das schöne Wetter auf Lanzarote. Nach diesem kurzen Smalltalk verabschiedeten wir uns. Jan meldete sich nie wieder bei mir.

Am frühen Abend telefonierte ich mit meinem Vater.

Es war eine tägliche pünktliche Rückmeldung um 18:30 Uhr, um zu hören, was er gemacht hatte, und von meinem Tag zu berichten.

Ich erzählte ihm, dass ich keine Lust mehr auf das abendliche Kochen hatte und beabsichtigte, für einige Tage ins RIU-Oliva Beach Hotel nach Fuerteventura zu fahren. Er sagte mir, dass ich das machen sollte. Nach unserem Gespräch setzte ich mich an meinen Laptop und buchte mir die Fähre und das Hotel. „Drei Nächte, ja, einfach nur wieder was anderes sehen und essen", dachte ich. Nach der Buchung war ich überrascht, wie spontan ich war. Ich packte mal wieder ein paar Kleidchen zusammen und freute mich auf meinen Miniurlaub.

Abends im Bett reflektierte ich über meinen erfolgreichen Tag: Am Morgen buchte ich für den ersten Juni einen günstigen Rückflug mit der spanischen Vueling über Barcelona nach Düsseldorf und mein Kurztrip nach Fuerteventura lag in trockenen Tüchern.

Nebenbei hatte ich für den nächsten Tag ein Date über Facebook mit einem deutschen Physiotherapeuten auf Lanzarote ausgemacht. Physio-Phillip hatte ich einige Tage zuvor über das Portal gelikt. Erwartungsvoll schrieb er zurück, wir texteten kurz und beschlossen nach einem Telefonat uns zum „Beschnuppern" zu treffen.

Die Verabredung mit dem Physio-Fritzen fiel sehr nüchtern bei einer Flasche Wasser und einer Cola Light aus. Er sah auf den Fotos wesentlich jünger aus und ich hatte, wie bei meinem ersten Inseldate, einen Greis vor mir sitzen. Aber das kannte ich ja schon.

Dann musste ich mir auch noch die typischen Auswanderer-Probleme anhören: Viel Arbeit, kein Geld, Wasserboiler defekt und so weiter. Die Klagen nahmen kein Ende. Das alles interessierte mich in keinster Weise. Schließlich war ich nie ausgewandert und hätte so einen Schritt nie gemacht. Die Unterhaltungsqual war zum Glück nach einem knappen Stündchen vorbei.

Jeder zahlte sein Getränk und wir verabschiedeten uns mit den Worten „Bis zum nächsten Mal". Natürlich wussten wir, dass es kein nächstes Mal gab.

***

Am folgenden Tag ging es frohgemut in meinen Kurzurlaub. Ab ins Auto, auf die Fähre, und ehe ich mich versehen konnte, stand ich wieder mit meinem Köfferchen an der Rezeption des RIU Oliva Beach. Ich wurde freudig wie ein echter Stammgast gegrüßt und landete dieses Mal mit meinem Zimmerupgrade, das es anscheinend immer gab, in einem Zimmer in der dritten Etage. „Eine Verbesserung von zwei Etagen bereits beim zweiten Aufenthalt. Das war doch was…", dachte ich.
Der Urlaub konnte sofort beginnen. Bikini an, Sonnenhut auf und ab auf die Sonnenliege. Natürlich postete ich blitzschnell die typischen Fußbilder mit Pool, Palmen und Meer im Hintergrund auf Facebook. Alle sollten sehen, wie gut ich es mir gehen ließ. „Urlaub vom Urlaub" bezeichnete ich das ganz einfach. Warum auch nicht?

Bereits am nächsten Tag lernte ich die allein reisende Rentnerin Renate kennen, mit der ich mich auf Anhieb prima verstand. Wir quatschten ausführlich über Gott und die Welt, sodass ich nach zwei Tagen auf die Idee kam, den Urlaub um drei Nächte zu verlängern. Überlegt und getan. So wurde aus kurz ein Aufenthalt von sechs Nächten. Wir gingen zusammen am Strand spazieren, zum Mittagessen und am Nachmittag gönnten wir uns „ein Getränk mit Alkohol", wie Renate so schön zu sagen pflegte.
Nach dem Abendessen ging Renate stets frühzeitig ins Bett, um fit in den nächsten Tag zu starten. Als bekennende Nachteule machte ich mich zu später Stunde in die Bar auf. An einem Abend saß ich alleine an einem Tisch und sah gegenüber eine gleichaltrige Frau, die ebenfalls alleine unterwegs war. Ich

sprach sie kurz an und fragte, ob sie sich zu mir setzen wollte, um sich zu unterhalten.

Im Gespräch stellte sich heraus, dass sie Deutsch-Russisch war und ein seltsames Bild über den Ukrainekrieg hatte. „Der Ukrainer hat uns angegriffen", stammelte sie vor sich hin, was ich unkommentiert stehen ließ und das Gespräch auf das Wetter lenkte. Dann ging sie zur Bar, bestellte einen zweiten Cocktail und setzte sich zurück an unseren Tisch. Obwohl sie inzwischen schon lallte, vom Thema Krieg war sie nicht abzubringen, trank sie ihr Glas „auf Ex" aus.

„Meine Güte", dachte ich, „die Russinnen haben aber einen ordentlichen Zug am Leib.". Als ich sie ansah, sackte sie aus heiterem Himmel zusammen. Ihr Kopf fiel ins Dekolleté und die Arme hingen seitlich herunter. Was war das denn nun? So besoffen, dass man ohnmächtig wurde? Warum musste mir sowas passieren? Ich dachte sofort an die Worte meines Freundes, der für einen Notfall mir eingebläut hatte, sofort Hilfe zu holen.

Ich sprang auf, lief in die Bar und sagte dem Barkeeper, dass auf der Terrasse eine betrunkene Frau saß, die Hilfe benötigte. Kurz darauf kam ein Security-Mann mit einem Rollstuhl angefahren. Zusammen mit dem Barkeeper setzten sie die Frau hinein. Der Zimmerschlüssel wurde auf ihren Schoss gelegt und sie wurde davon geschoben. Ich trank aus und ging auf mein Zimmer. Die Deutsch-Russin hatte ich nach dieser Aktion nie mehr wiedergesehen.

Die anschließenden Urlaubstage vergingen wie im Flug und ich wäre gerne noch länger geblieben, wenn ich mehr Kleidung mitgenommen hätte. Aber so kam der Punkt an, an dem ich sagte: „Es war schön und ich freue mich auf das nächste Mal."

Am letzten Urlaubstag dachte ich über die vergangenen Tage nach. Tinder hatte ich zu meiner Verwunderung nicht einmal benutzt. Ich war im normalen Leben wieder angekommen. Wozu brauchte ich noch Tinder? Ich wollte mich dem realen Leben wieder in vollen Zügen widmen. Auch mit Riu-Ric lief alles prima, sodass ich beschloss, mich bei Tinder endgültig abzumelden. Bis dato war es schon eine intensive lange Tinder-Zeit gewesen. Nach 4 Monaten und 22 Tagen war ich raus! Endlich hatte ich es geschafft. Ich war Tinder-frei.

***

Der nächste Tag stand im Zeichen meiner Rückreise. Nach dem Frühstück packte ich meine sieben Sachen zusammen, verabschiedete mich von Renate und fuhr nach Corralejo zum Hafen. Vor Ort löste ich mein Fährticket und setzte nach Lanzarote über. Nach einer einstündigen Autofahrt über das Pechschwarze Weinanbaugebiet „La Geria" war ich in meiner kleinen Hütte zurück.

Im Gegensatz zum Hotelrummel war es in meinem Dorf totenstill. Ich genoss die absolute Ruhe und legte umgehend mit meiner Wäsche los. Nach dem Abendessen ging ich früh schlafen. Nun brauchte ich mal wieder Urlaub vom Urlaub. So ein echter Hotelurlaub war anstrengend. Ich war den ganzen Tag auf Trapp und konnte es nun wieder etwas ruhiger angehen lassen. Der kommende Morgen begann extrem ruhig. Es war der „Tag der Arbeit", der auch auf den Kanaren ein Feiertag war. Nach meinem Bettfrühstück chillte ich den ganzen Tag auf meinem Balkon. Das Wetter war traumhaft. Blauer Himmel und dreiunddreißig Grad im Schatten.

Während ich Musik hörte, schmiedete ich Pläne für die anschließenden Tage. Ich musste mich um den Schaden an meinem Auto kümmern, wollte shoppen gehen und mich mit Maria Dolores zum Tapas-Essen treffen. Schließlich war da aber noch etwas, was wichtiger war als alles andere. Mein zweiundfünfzigster Geburtstag stand in fünf Tagen an.

Großen Wert hatte ich noch nie auf meine Geburtstagsfeiern gelegt, aber Mutter Seelen allein an meinem Ehrentag auf Lanzarote zu sitzen, kam für mich nicht in Frage. Kurzerhand buchte ich mir das RIU Oliva Beach und die Fähre erneut.

Nachdem ich meine Pläne umgesetzt hatte, war es dann wieder so weit. Alles auf Anfang. Mit meinen gepackten Koffern setzte ich nach Fuerteventura über und checkte nach einer kurzen Autofahrt an der Rezeption ein.

Zeitgleich machte sich an jenem Tag Riu-Ric in seinen Urlaub auf. Bereits im Jahr zuvor hatte er ein Ferienhaus am See in Holland gebucht und bezahlt. Inzwischen lebte er in Trennung und nahm seine Arbeitskollegin sowie den Scheidungshund, der bei seiner Ex lebte, mit. „Was für eine schräge Kombination", dachte ich. „Die Ex wurde lediglich durch die angebliche Arbeitskollegin ersetzt, der geliebte Hund eingepackt und es ging in das gleiche Haus wie im Jahr zuvor?" Diese Fakten ließ ich sacken. Jedem das Seine. Ich hatte Fuerteventura, er Holland. Mein Riu-Ric war glücklich. Er postete ein Foto nach dem anderen und überflutete mich regelrecht mit seinen Bildern. Das Ferienhaus war vom Allerfeinsten, der Hund war süß, nur die angebliche Arbeitskollegin machte objektiv gesehen nicht viel her. Sie hatte kurzes, graumeliertes Haar, war leicht adipös und optisch nicht gerade ein Hingucker. Auf den ersten prüfenden Blick dachte ich, dass ich nichts zu befürchten hatte.

Vom Kennenlernen bis dato waren über vier Wochen vergangen, und ich fragte mich jeden Tag, ob es wirklich sein konnte, dass diese Art von Beziehung so lange hielt, bis wir uns wiedersehen würden. Allzu lange war es auch bis zu meinem Rückflug nicht mehr. Es waren nur noch schlappe dreiundzwanzig Tage. Überstand unser Hin und Her auch noch diese kurze Zeitspanne?

Im Hotel war alles beim Alten. Was sollte sich auch nach fünf Tagen Abwesenheit geändert haben? Ich ging auf mein Zimmer, packte kurz den Koffer aus und zog mich um. Dann stürzte ich mich ins Treiben. Es war schön, wieder da zu sein. Alles war gewohnt und doch irgendwie neu.

Punkt Mitternacht rief Riu-Ric mich an. Er hatte meinen Geburtstag nicht vergessen und sang mir „Happy Birthday to you" lauthals vor. Ich bedankte mich recht herzlich und feierte nach einem Smalltalk bei einem Glas Sekt in meinen Geburtstag rein.

Am folgenden Morgen stand mein iPhone nicht mehr still. Ich wurde mit Glückwünschen überhäuft. Selbst mein Schul-Sven, von dem ich inzwischen schon seit fast einer Ewigkeit nichts mehr gehört hatte, meldete sich.

Nach dem Frühstück machte ich einen langen Strandspaziergang. Ich fühlte mich an meinem Ehrentag glücklich und schwebte Dank Riu-Ric auf Wolke sieben. Aus meiner Sicht hatte ich alles richtig gemacht. Ich genoss meinen Geburtstag, ging abends in das kanarische Restaurant, danach in die Hoteldisko, um abzuzappeln und schließlich zufrieden zu schlafen.

***

Am nächsten Tag startete der normale Hotelwahnsinn auf ein Neues. Früh aufstehen, schnell anziehen, Liege reservieren, frühstücken, eincremen, spazieren gehen…

Das war Urlaub. Ich hielt Riu-Ric über meine Erlebnisse auf dem Laufenden und schickte ihm tolle Bilder von mir und dem fantastischen Strand. Er sollte Lust bekommen, mit mir das nächste Mal zusammen nach Fuerteventura zu reisen.

Nach meinem Strandspaziergang setzte ich mich mit einem Kaffee auf die Terrasse vor der Bar. Nach einem kurzen Blickkontakt lernte ich den aufgeschlossenen Lux aus Köln kennen. Der pensionierte Maurermeister war aus steuerlichen Gründen nach Luxemburg ausgewandert und genoss dort sein Leben in vollen Zügen.

Luxemburg-Lux war braun gebrannt und trug einen langen grauen Vollbart. Als ich ihn sah, wirkte er mit seiner nach hinten gedrehten Kappe und seinem blauweiß gestreiften T-Shirt wie ein Seemann auf mich. „Schiff ahoi!" schoss mir in den Kopf, aber ich wollte bei ihm nicht anheuern, da er überhaupt nicht mein Typ von Mann war. Er war unwahrscheinlich nett und äußerst höflich. Seine positive Lebenseinstellung gefiel mir.

Der passionierte Biertrinker war Kettenraucher und kippte ein Bierchen nach dem anderen herunter. So schnell konnte ich gar nicht gucken, wie seine Gläser sich leerten. Je mehr er trank, umso lustiger wurde das Gespräch. Da in der Bar bereits um elf Uhr der Bierzapfhahn angestellt wurde, schaffte Lux es, bis zum Mittagessen durchzuhalten. Danach sah ich ihn nicht mehr.

Bis zum Abend hatte ich von Riu-Ric kein Lebenszeichen vernommen. Das war seltsam. Ich schickte ihm ein Selfie, das reaktionslos blieb. Irgendetwas war im Busch. Ich griff zum iPhone und texte ihn mehrfach an.

👧: *Alles irgendwie komisch mit dir. Was ist mit dir da in Holland passiert? Ich weiß es nicht, angeblich deine Arbeitskollegin… Du bist seit einigen Tagen irgendwie anders… Was ist passiert??? Wenn ich nicht mehr in dein neues Leben passe, sag es mir bitte, gut dann heule ich… aber was hast du…???? Ich verstehe das nicht mehr*

👧: *Scheiße, du machst mich fertig… da ich nicht weiß woran ich an dir bin…*

👧: *So und nun noch eine Sache hinterher, … Ich will immer die No.1 in deinem Leben sein, sonst macht das keinen Sinn für mich!!!!*

Nach weiteren zwanzig Minuten brachte ich erneut meine Ratlosigkeit zum Ausdruck.

👧: *Aber jetzt mal ganz im Ernst… Sowas ähnliches hatte ich mit dem Holländer… ich denke, dass du keinen Bock mehr auf mich hast… ich finde schreiben echt Scheiße!!!! Und ehrlich gesagt…. Ich schlafe jetzt… mach was du willst!!!!! Tschüss*

Am folgenden Morgen schickte er mir prompt vier WhatsApp hintereinander.

👹: *Guten Morgen Stella* 🐦

👥: *Ich bin gerade auf und im Bad*

👥: *Ich weiß nicht was du hast????*

👥: *Ich hatte zum Schlafen mein Handy ausgemacht, …genauso wie du es auch immer machst*

Ich war immer noch sauer und ging nicht auf seine Nachrichten ein. Was hätte ich auch schreiben sollen? Fakt war, dass ich meine Zweifel hegte. Ich traute dem ganzen Wirrwarr nicht mehr. Mein Urlaub sollte frohgemut weitergehen, sodass ich zur Tagesordnung überging.

„Pünktlich wie die Maurer" traf ich gegen elf Uhr auf Luxemburg-Luz vor der Bar. „O'zapft is!", dachte ich, „wo sollte er sich auch sonst rumtreiben?" Ich setzte mich zu ihm und wir blödelten herum. Um bessere Chancen bei Frauen zu haben, legte ich ihm nahe, seinen zotteligen Seebärenbart abzurasieren. Im gleichen Zug verabredete ich mich mit ihm zum Abendessen im China-Restaurant, in dem ich einen Tisch reserviert hatte.

Wie jeden Abend stylte ich mich zum Dinner und schickte Riu-Ric-Selfies. Da er sich den ganzen Tag nicht gemeldet hatte, wurde mir klar, dass mein gekränktes Herz wahrscheinlich zu heftig reagiert hatte und ich einlenken musste.

👧: *Ich hoffe, dass ich mit dem was ich gestern schrieb, nicht alles kaputt gemacht habe. Tut mir sehr leid. Sag was, bitte…*

Meine WhatsApp blieb erneut unbeantwortet und ich machte mich in Richtung China-Restaurant auf. Dort angekommen, traf ich auf Luxemburg-Lux, den ich fast nicht wiedererkannt hatte. Er hatte seinen Heckenpenner-Look abgelegt und sah endlich wie ein Mensch aus. Begeistert schoss ich Selfies von uns, die ich Riu-Ric sendete. Widererwartens bekam ich umgehend eine Antwort.

👥: *Der steht dir sehr gut* 👍👍👍👍

Was war nun schon wieder los? Erst meldete er sich nicht, und dann war er eifersüchtig. Eifersüchtig auf Luxemburg-Lux, mit dem ich Essen ging? Diese Reaktion war maßlos übertrieben. Ich wusste, dass Riu-Ric seine Exfreundin mit einem anderen Mann im Bett erwischt hatte, aber solche Gedanken hätte er sich bei mir nie machen müssen.

Mein Abend sollte nicht weiter von negativen Schwingungen beeinträchtigt werden und wir starteten mit unserem China-Buffet. Das Essen war, wie auch schon die Male zuvor, lecker. Zugegeben war es nicht wirklich, wie man es aus einem China-Restaurant kannte. Ich bezeichnete es als die „spanische Interpretation" der chinesischen Küche. Mir schmeckte es, und das war das Wichtigste.

Nach dem Essen gingen wir auf einen Absacker in die Bar. Der Abend sollte fröhlich ausklingen, jedoch machte mir Riu-Ric einen glatten Strich durch die Rechnung. Er textete mich erneut an.

😠: *Bin ehrlich immer noch schockiert… ich würde mich jetzt für die nächste Zeit zurückziehen wollen und erstmal über mein Leben und das was ich möchte und mir gefällt nachdenken. Es tut mir leid, aber so hatte ich mir das nicht vorgestellt. LG*

Das war ein Schlag ins Gesicht. Ehrlich gesagt war ich die Schockierte. Ich verstand seine Reaktion nicht. Alles war aus und vorbei, und das nur aufgrund eines Fotos mit einem anderen Mann? Irgendetwas musste in seinem Oberstübchen falsch gelaufen sein. Luxemburg-Lux zählte ich zu meinen netten und zugleich etwas schrägen Urlaubsbekanntschaften. Nicht mehr und nicht weniger.

Ich steckte in einem absoluten Dilemma! Vor dreizehn Tagen hatte ich mich in meiner überschwinglichen Verliebtheit bei Tinder abgemeldet und alle Fotos gelöscht. Bereits bevor Riu-Ric seine letzte WhatsApp schrieb, spürte ich innerlich, dass ich ihn verloren hatte. Gefühlt hatte ich ihn nie von mir überzeugen können. Es gab nichts mehr zu retten. Das Kind war in den

Brunnen gefallen. Notgedrungen musste die Suche weitergehen. Sollte ich Tinder wirklich nochmal nutzen oder es besser auf die herkömmliche Weise versuchen?

Lange musste ich nicht überlegen. Bereits zum Zeitpunkt meiner Abmeldung wurde Tinder für einen weiteren Monat von meinem Konto abgebucht, da ich die automatische Bezahlfunktion nicht aus der Cloud entfernt hatte. Zahlungstechnisch war ich immer noch dabei, und das machte die Entscheidung einfacher.

Die Nacht war noch jung und ich war total aufgekratzt. An Schlaf konnte ich noch nicht denken. „Aufstehen und Krönchen richten", dachte ich. Eine echte Alternative sah ich nicht und meldete mich erneut auf Tinder an.

Für den Schnellschuss lud ich aktuelle Bilder und einen kurzen, knackigen Text hoch.

🌀: Ich bin momentan im Urlaub auf Fuerteventura 😎 😎😎😎. Um es kurz zu sagen, ich suche einen Mann auf Augenhöhe, der mich herausfordern kann und mich so nimmt, wie ich bin. Sorry, Tattoos und Bierbauch mag ich nicht!!!

Obwohl ich durch den erneuten Verlust leicht angeschossen war, blieb die Hoffnung, bestenfalls auf meinen Traummann zu stoßen. Vollbrachter Dinge ging ich schlafen.

***

Am nächsten Morgen rief ich erwartungsvoll Tinder auf. Das neu angelegte Profil schoss voll durch die Decke. Bääm… und da war ich wieder! Meine lange Tinder-Präsenz hatte sich ausgezahlt. 239 Likes über Nacht. Wie crazy war das denn?

Bruno hatte meine Lust auf Sex angeregt, die Riu-Ric extrem steigerte. Ich war nicht mehr die prüde Stella, die sich noch vor fünf Monaten über Dick Pics empörte. Schon fast selbst erkannte ich mich nicht mehr wieder. „Aus Schaden wird man klug", dachte ich und mir war mittlerweile bewusst, worauf es bei der erneuten Suche ankam. Der neue Traummann sollte sehr gut bestückt sein, sehr aktiv und, was Sexstellungen betraf, mehr als offen sein. Fest stand, dass mich so schnell nichts mehr schocken konnte. Einiges hatte ich bereits erlebt. Auf Anhieb stand mein neues Motto fest: „Denn prüfe, wer sich ewig bindet, ob sich nicht etwas besser findet." Abermals war mehr als genug Auswahl vorhanden. Nun durfte ich in Chats kein Blatt mehr vor den Mund nehmen, um Männer zu ködern, die auch auf guten Sex aus waren. Sowas wie mit einer Peitsche wollte ich ebenfalls mal ausprobieren. Bis zu meiner Rückreise nach Deutschland waren nur noch zwei Wochen und ich musste Gas geben.

Bei der Durchsicht der neuen Likes stellte sich dann jedoch schnell eine mittelschwere Ernüchterung ein. Der sechsundfünfzigjährige, bebrillte, glatzköpfige, graubärtige Anzugträger Miguel traf auf den ersten Blick nicht meinen Geschmack. Der neue Traummann sollte schon optisch etwas mehr hermachen. Zudem wäre das 1600 km entfernte Madrid für den ersten neuen Flirtversuch zu weit weg gewesen.

Darauf sah ich mir das Profil des fünfundfünfzigjährigen Carlos an, der als Titelbild eine weiße Fuchsstatue eingestellt hatte. In seiner Beschreibung verschwieg er nicht, was er suchte: „… ich bin verheiratet und komme aus Bilbao. Ich bin kein Premiummitglied und kann keine Likes sehen. Viele denken darüber nach, aber kaum jemand sagt, was er wirklich sucht. Es tut mir leid, dass ich so direkt bin… Ich habe honigfarbene Augen, bin 1,85 m groß und wiege 80 kg." „Nein!", dachte ich. In diese Richtung sollte es nicht laufen.

Weiter ging es mit dem vierundvierzigjährigen José. Der coole, sonnenbebrillte Pumashirt-Träger war mir aus dem 1649 Kilometer entfernten Valladorid zu weit weg. Der zweiundvierzigjährige Txemi aus Madrid war mir zu jung und mit seinen 1,64 m zu klein.

Dann schaute ich auf weitere Profile. Der 54-jährige Ruheständler Ramón mit voll bestückter Bildgalerie war mir vom

Aussehen her zu alt. Der charmante, grauhaarige 3-Tage-Bart-träger Jurell, der mir mit einem Glas Rotwein zuprostete, war mir mit 61 Jahren vom Alter her zu alt. Auch der 49-jährige Jesus aus der nur 45 km entfernten Hauptstadt Lanzarotes machte statusmäßig nicht viel her. Er stellte seinen uralten roten Seat Marbella und ein Selfie in Arbeitskleidung aus der Lagerhalle eines Spar-Supermarktes rein.

Darauf traf ich zu meiner Verwunderung nochmals auf das Bild meines ersten Pleite-Dates. Es war Opa Roberto, der sich zehn Jahre jünger machte. Der nichtrauchende Schreibmuffel war, wie er auf den Bildern rüberkam, wirklich für das, was sonst im Angebot war: ein hübscher, gestandener Mann mit vollem Haar und 3-Tage-Bart. Im Nachhinein machte der Spruch, den er in seine Fotogalerie stellte, Sinn: „La edad solo es importante, si eres un vino o un queso" – „Das Alter spielt nur eine Rolle, wenn Du ein Wein oder Käse bist."

„Waren nur Spanier unterwegs? Wo waren unsere deutschen Männer abgeblieben?", dachte ich und kurz darauf fiel es mir wie Schuppen aus den Haaren. Im Eifer des Gefechts hatte ich vergessen, meinen aktuellen Standort von Fuerteventura mit meiner üblichen 159 oder teils dem Maximum von 160 km Ent-fernung auf Deutschland zu ändern.

Für den ersten Tinder-Vormittag war ich zunächst bedient und ging zur Tagesordnung im Hotel über. Obwohl ich sehr aufge-schlossen und kontaktfreudig war, fiel es mir nicht so leicht, passende neue Gesprächspartner zu finden. Mit vielen Perso-nen, mit denen ich in Kontakt kam, hatte ich das Gefühl, dass wir nicht einmal ansatz-weise für einen Smalltalk auf der glei-chen Wellenlänge waren. Bei einem erneuten Zusammentreffen beließ ich es deshalb mit einem leichten Kopfnicken. Einen glücklichen Treffer hatte ich mit Rentnerin Renate, und das sollte sich an jenem Tag mit Julia wiederholen.

Nach dem Mittagessen wollte ich mich kurz auf die Terrasse setzen. Da alle Tische im Schatten besetzt waren, fragte ich kurz-entschlossen bei einer jungen Frau, die neben einem Mann saß, nach, ob ich mich dazusetzen dürfte. Dieses wurde bejaht. Ich nahm Platz und hörte dem einseitig geführten Gespräch gespannt zu. Der Mann erzählte, ohne einen Punkt zu machen. Gelangweilt hörte die junge Frau zu. „Was für eine ungleiche Konstellation", dachte ich. Ob es ihr Mann, Freund oder Verehrer war, konnte ich nicht einschätzen. Alles war in der heutigen Zeit möglich. Ich hielt ihn mindestens zehn Jahre älter und sie fünfzehn Jahre jünger als mich.

Julias Verehrer hieß Victor und residierte bereits seit fünf Monaten im dahintergelegenen Appartementkomplex „Village" des RIU-Hotels. Er war braungebrannt, jedoch optisch kein Hingucker. Sein dicker Bierbauch hing unter seinem zu kurzen, schmuddeligen Achselshirt runter. Vic-Village sprach extrem bedacht und kam nicht auf den Punkt. Aus allem machte er ein Geheimnis, sodass ich mit konkreten Fragen etwas mehr aus ihm herauskitzeln konnte. Er hielt Gastvorträge an Unis und betonte im Laufe des Gespräches, dass er fließend Spanisch sprach. „Niveau C1" betonte er, was in Richtung Muttersprachler gegangen wäre. Dieses erschien mir mehr als suspekt. Der studierte Mann forderte mich geistig heraus, sodass ich die mir gebotene Challenge annehmen musste und auf Spanisch losplapperte. Es waren nur Sätze, die zu einem Smalltalk führen sollten. Nach gestellten Fragen blickte ich in sein verzweifeltes Gesicht, das verriet, dass er mich nicht verstanden hatte. Darauf wiederholte ich das Ganze auf Deutsch und bekam als Antwort: „Sag mal, entschuldige, aber du sprichst in einem unverständlichen Dialekt." Das war mehr als lächerlich. Ich sprach ein klares Schulspanisch.

Vic-Village fühlte sich zunehmend in meiner Gegenwart unwohler, sodass er nach einem kurzen Wortwechsel mit Julia aufstand und ging. „Meine Güte, was hatte ich da schon wieder angerichtet?" „Hätte ich ein Date auf dem Gewissen?", schoss mir durch den Kopf. Ich blickte Julia fragend an und wollte mich für meine forsch geführte Gesprächsweise entschuldigen. Sie lächelte mich jedoch an und sagte: „Danke, ich danke dir vielmals... Endlich bin ich diesen Spinner losgeworden. Er hatte sich zu mir an den Tisch gesetzt und mich vollgequatscht. Ich fühlte mich bedrängt und war heilfroh, dass du dich dazugesetzt hast. Danke."

Nachdem das Eis gebrochen war, plauderten wir fröhlich weiter. Die Dreißigjährige war allein unterwegs und ihr Freund wartete daheim ungeduldig auf ihre Rückkehr. Schnell kristallisierte sich heraus, dass wir am besten über Männer sprechen konnten. Da gab es viel zu berichten. Mittlerweile konnte ich Dank Tinder und meinen verrückten Stories viel zur Unterhaltung beitragen. Kurzerhand verabredeten wir uns nach dem Abendessen in der Bar.

Am frühen Abend widmete ich mich wieder meinem Tinder. Als ich die App öffnete, lächelte mich der blonde, 53-jährige Maxorata-Max an. Laut Tinder war er nur fünfundachtzig Kilometer entfernt. Umgehend matchte ich und textete los.

👧: *Hola Max* 😊

🧔: *Hola Stella, schön von dir zu hören* 😃. *Ich bin in Morro Jable, wo bist du denn auf Fuerteventura?*

👧: *Oben im Norden…im RIU und du?*

Danach war es still um Maxorata-Max und ich machte mich für das Abendessen fertig. Zum Einsatz kamen mein kleines Schwarzes mit tiefem V-Ausschnitt und meine tollen schwarzen Lederstiefel. So konnte der Abend starten.

Wie verabredet traf ich zu fortgeschrittener Stunde Julia in der Bar. Auch sie hatte sich ordentlich herausgeputzt. Wir gingen zur Theke und ich fragte scherzhaft den Barmann auf Spanisch, ob es heute Abend hübsche Männer geben würde. Er schaute uns fragend an und erwiderte: „Chicos guapos?" ..... „Nein, da seid ihr zwei Hübschen hier absolut falsch!" Darauf schauten wir in die Runde und bekamen einen echten Lachflash. Der Barmann musste herzlich mitlachen. Ich fühlte meine Bauchmuskeln und dachte: „Ja, das ist Leben." Lachen. Totlachen.

Dieses Leben ist einfach schön. Nach einigen Absackern gingen wir schlafen.

***

Mein nächster Morgen startete bereits gegen 7:00 Uhr. Ich musste aufspringen, um meine Sonnenliegen zu reservieren. Julia wäre es egal gewesen, aber ich liebte es, auf dem Sonnendeck in erster Reihe zu liegen, um entspannt über den Pool bis auf das Meer zu blicken. Das war nicht typisch Deutsch, der Großteil der Engländer tat es mir gleich. Dann trieb mich mein Hunger in den Speisesaal zum Frühstück. Gewohnheitsmäßig schaltete ich mein Tinder ein. Maxorata-Max vom Vortag hatte mich nicht vergessen.

👾: *Unten im Süden, im SBH Maxorata...* 😎 *Ich komme wahrscheinlich in den nächsten Tagen in den Norden. Bist du länger hier?*

👧: *Guten Morgen. Ich bin gerade beim Frühstück. Ich bleibe bis zum 23.05 hier.*

👾: *Guten Morgen Stella* 😎 *Ich hoffe es geht dir gut und du hast eine schöne Zeit bisher...? Morgen bringe ich meinen Vater und meinen Bruder zum Flughafen und kann bei dir vorbeikommen auf einen Wein, wenn du magst...? Viele Grüße, Max*

👧: *Buenos dias, das ist eine gute Idee* 😎. *Hier ist man im absoluten Urlaubsmodus. Frühstück, Liege, Meer, Liege, Mittag, Liege, Drink, Abendessen, Drink und Bett* 🙈🙈🙈 😆😆😆

Nach meiner Nachricht kam nichts mehr von ihm zurück. Als ich gerade aufstehen wollte, kam Julia an meinen Tisch und wünschte mir einen „schönen guten Morgen". Sie startete und ich verlängerte die erste Mahlzeit des Tages um zwei Pancakes mit Zucker und Zimt.
Da die Millionen der geschlemmten Kalorien auch wieder abgebaut werden mussten, ging es nach einem kurzen Sonnenbad

zum Strandspaziergang. Schnell kamen wir wieder auf unser neues Gesprächsthema „Männer" zurück. Ich erzählte Julia von Benno und wie sich mein erstes Nackt-Date zugetragen hatte. Als ich ihr eins seiner vielen Bilder zeigte, staunte sie nicht schlecht. Sie sah mich mit großen Augen an und sagte: „Meine Güte, der hat ein echtes drittes Bein." Auf so eine Bezeichnung wäre ich nie gekommen, musste mir dann eingestehen, dass sie vollkommen richtig lag. Mit Bennos drittem Bein begannen meine Sexgelüste.

Am späten Nachmittag meldete sich Maxorata-Max erneut zu Wort.

😎: *Das klingt doch wunderbar* 😎 😎 😎 *Und schön braun bist du sicher auch* 😀 😀 😀

😊: *Man tut was man kann…* 😆 😆 😆

😎: *Um 17:30 kann ich morgen bei dir sein, wo treffen wir uns?*

😊: *17:30- schlecht. Da bin ich noch im Bikinimodus. Muss dann noch duschen und gehe um 20:30 essen. WhatsApp?*

Wir tauschten die Nummern aus und telefonierten kurz miteinander. Das Date stand. An jenem Abend gingen Julia und ich nach dem Dinner zur Abwechslung in die Hoteldisko. Für das riesige RIU-Hotel war der Tanzschuppen im Keller sehr mickrig. Man konnte ihn mit einer Dorfdisko im Stil der 80er Jahre vergleichen. Schummrig dunkel, Schwarzlicht und die typische leuchtende Drehkugel für Sondereffekte unter der Decke. Das störte nicht weiter, da der DJ aktuelle, tanzbare Musik auflegte, auf die wir prima abzappeln konnten. Als um zwei Uhr morgens die Lichter ausgingen, machten wir uns zur wohlverdienten Nachtruhe auf.

Am nächsten Tag überschlugen sich die Ereignisse. Nach der routinemäßigen Reservierung der Sonnenliegen schaltete ich beim Frühstück mein IPhone ein und rief Tinder auf. Unter den aktuellen neuen Likes sah ich den 50-jährigen Boris aus Bochum. Der nordisch-blonde, blauäugige, bebrillte Akademiker gefiel mir auf Anhieb. Ich matchte und es ging umgehend heißer zur Sache als erwartet.

👧: 🔥 *Match!*

👨: *Wann kommst du aus Fuerteventura zurück?*

👧: *Am 01.06* 😊 😊 😊

👨: 😊 *LUST sich mal NÄHER kennenzulernen?* 😋

👧: *JA!*
👨: *Hmmmm. Ich hoffe du magst ausdauernde Massagen*

👧: *Ja*

👨: *Mit Zunge, 2 Fingern und Händen*

👧: *Was wird insbesondere ausdauernd massiert?*

👨: *Hmmm… Deine Brustwarzen und deine Klit*

👧: *Bist du ein dominanter Typ?*

👨: *Grundsätzlich ja. Lasse mich gerne abreiten und abblasen*

👧: *Dominante Männer finde ich gut!*

👨: Wie wirst du mich befriedigen?

👧: Gegenfrage- wie hättest du denn es gerne?

👨: *Hmmmm… solange mich blasen und reiten bis ich laut spritze…das wäre nice*

👧: *Ich liebe das Zungenspiel*

🧛: *Gerne du zuerst* 😊

👧: *Hört sich nach einem guten Plan an!*

🧛: *Bist du komplett rasiert?*

👧: *Ja*

🧛: *Uiiii… nice… dann lecke ich dich bis du spritzt… Wohin möchtest Du meine heiße Sahne?* 😇

👧: *Auf die Brüste*

🧛: *Nicht in deine Fotze?*

👧: *Nicht bei ONS*

🧛: *ONS ist nicht mein Ziel. Mag es total im Mund zu kommen und du spuckst es mir auf die Brust*

👧: *ONS ist nicht mein Ziel, aber wenn es im Bett nicht klappt, dann war es ein ONS. Aber gut, dass wir das geklärt haben* 🙈

🧛: 😇😇😇

👧: *…in meinem Relax- Modus wird es langsam langweilig. Ich brauche definitiv mehr Action der besonderen Art* 😌😌

🧛: *Ich hätte mega Lust auf dich. Kann es kaum erwarten deine Nässe zu spüren*

👧: *Und ich bin rattig* 🙈🙈🙈

🧛: *Vielleicht muss ich in deinem Flur direkt in dich eindrigen und dich an die Wand gedrückt von hinten stoßen*

👧: 💧💧💧

🧛: 😳

👧: *Oh manno* 🙈💧💧💧

293

👨: *Gar nicht viel sagen… knutschen. Dich streicheln. Deine Nässe spüren. Brüste saugen. In dich eindringen…*

👩: *Perfekt- Rest ergibt sich bei der Ausübung*

👨: *Geil… Und wenn du nicht magst dass ich in dir komme, saugst du mich aus.*

👩: *Mach ich!*

👨: *Grrrrrr*

👨: *Ich werde hart*

👩: *Und ich bin feucht*

👨: *Freue mich sooo sehr auf dich. Hoffe du wirst es mögen wenn ich dich ausgiebig lecke* 😌

👩: *Das hoffe ich auch*

👨: 😚

👩: *Ist ja nicht mehr so lange hin…*

👨: *Und dass ich gut spritze wenn du mich bläst*

👩: *…also geben wir 2 unser Bestes!*

👨: *Oh jaaaaaaaa*

👩: *Was hältst du von WhatsApp? Nummern austauschen?*

„Was war das?", schoss mir in den Kopf. Hatte ich das wirklich geschrieben? Wie war ich denn drauf? Offensichtlich hatten mich die Männer verdorben. Noch vor einigen Monaten hätte ich so eine Art von Chat nach den ersten sexuellen Äußerungen niemals weitergeführt. Vielleicht war es aber auch so, dass solche Gedanken schon immer in mir schlummerten und ich mich nicht traute, diese in Worte zu fassen.
Bochum-Boris stellte mir, nach finaler Klärung des Sexverlaufs mit oder ohne Gummi, eine Beziehung in Aussicht und gab mir

seine Telefonnummer. Daraufhin fragte ich mich, ob und wann es mit ihm weitergehen würde.

Es waren noch knapp zwei Wochen bis zu meiner Rückreise. Aus den anfänglich angedachten Kaffeedates waren inzwischen „Kaffee+" geworden. Es war so, wie es war. Daran ließ sich nichts mehr ändern.

Als ich gerade vom Frühstückstisch aufstehen wollte, meldete sich mein schon fast vergessener Malaga-Mario per WhatsApp. Obwohl wir nur noch sporadisch Kontakt hatten, fand er mich nach wie vor begehrenswert und wollte mich persönlich kennenlernen.

😈: *Buenos dias Stella* 😊 😊 😊 *Wie geht es dir?*

😀: *Buenos dias. Schön von dir zu hören* 😊 *Gut und dir?*

😈: *Gracias, sehr gut. Wo bist du?*

😀: *Warum? Ich bin auf Fuerteventura. Und du?*

😈: *Ich bin auf Lanzarote. Ich war spontan und habe mit einem Freund ein Flug gebucht. Wir haben uns die schöne Insel angesehen. Schade, dass du jetzt nicht auf Lanzarote bist. Ich möchte dich sehen* 😍 😍 😍 😍

😀: *Das geht nicht in bin doch auf Fuerteventura im Hotel*

😈: *Wir kennen Fuerteventura noch nicht. Wir planen morgen mit dem Auto auf der Fähre zu kommen und dann können wir dich besuchen. Ok? Wo bist du?*

😀: Corralejo… *Im RIU Oliva Beach*

😈: *Ich kann es nicht mehr erwarten dich zu sehen. Wir kommen…* 😍 😍 😍 😍

😀: *Könnt ihr machen* 😊

Bisher startete der Morgen äußerst erlebnisreich. Der sexgesteuerte Tinder-Chat mit Telefonnummer, Malaga-Mario, der sich für den nächsten Tag ankündigte, und nicht zu vergessen mein Maxorata-Max-Date am Abend.

Inzwischen war es nach 09:00 Uhr morgens. Julia schlief ihren Rausch nach der langen Disconacht aus und ich begab mich auf meine Sonnenliege. Mit meinen eingestöpselten AirPods machte ich ein Nickerchen in der Sonne.

Als die Anlage vom RIU-Club-Lied überschallt wurde, wachte ich auf. Es war kurz vor 13:00 Uhr. Ich musste wirklich müde gewesen sein und hatte meinen Schlaf nachgeholt. Julia, die ich gar nicht bemerkt hatte, lag auf der Liege, grinste mich an und sagte: „Guten Tag, Stella. Ich hatte das Spätaufsteherfrühstück. Hatte mich dann neben dich auf die Liege gelegt. Alles ok bei dir?". Ich war wieder einigermaßen fit und es konnte weitergehen.

Am Nachmittag war es dann so weit. Als ich mit Julia bei einem Wein auf der Terrasse saß, meldete sich Maxorata-Max per WhatsApp.

🧔: *Hola Stella, bin unterwegs. Freue mich auf dich* 😏

Mein Puls stieg. Ich war aufgeregt. Glücklicherweise hatte ich Julia an meiner Seite, die mich beruhigte. In ihrer Gegenwart war bis zu seinem Eintreffen abgelenkt. Wir tranken ein zweites Glas und philosophierten erneut über die Männerwelt. Julia war frisch verliebt, ich hingegen wusste weder, ob ich Fleisch noch Fisch war. Was sollte das mit Maxorata-Max werden? Nur ein einfaches Kennenlernen, ein ONS, oder doch mehr? Julia und ich quatschten weiter und ich beschloss, dass ich den Fall erstmal auf mich zukommen lassen musste. Mehr konnte ich zu jenem Zeitpunkt auch nicht ausrichten. Es brachte nichts, sich allzu viele Gedanken zu machen.

Erneut meldete sich Maxorata-Max am Telefon. Er fand im Hoteltrubel nicht die Terrasse auf der wir saßen, sodass ich ihn am Hoteleingang abholte. „Wow", dachte ich, „was für ein Sahneschnittchen", als er vor mir stand. Er sah genau wie auf den Fotos aus. Nach einem Begrüßungsküsschen gingen wir zusammen zur Terrasse, auf der Julia uns schon erwartete. Auch Max war leicht aufgeregt und bat um ein Glas Wein, das er in einem Zug austrank. Entspannt begannen wir zu dritt mit einem Smalltalk. Max wollte wissen, wie es bei RIU für „Nichtgäste" mit den Getränken aussah. Da alles AI-inklusiv war, schlug ich ihm vor, über Booking.com ein Zimmer zu buchen. Bei einem Preis von 70 € konnte man nicht viel falsch machen. Max buchte sofort, ging zur Rezeption und checkte innerhalb von fünf Minuten ein. Mit einem AI-Armbändchen kam er zurück, grinste uns an und holte sich an der Bar das nächste Getränk. Nun war er, wenn auch nur für eine Nacht, offizieller Hotelgast. Es ging auf 19:00 Uhr zu. Julia verabschiedete sich, um sich für den Abend fertigzumachen. Ich hatte einen Tisch im China-Restaurant reserviert, sodass wir austranken und uns erneut in einer Stunde zum Essen treffen wollten.

In meinem Zimmer angekommen, sprang ich unter die Dusche und stylte mich auf. Ich entschied mich für ein kurzes, schwarzes Kleid mit tiefem V-Ausschnitt und zog meine schwarzen Stiefel an. Das sexy Outfit stand.

Als ich auf der Terrasse eintraf, strahlte Max mich an und gab mir einen dicken Kuss auf den Mund. Stand nun wirklich der Mann meiner Träume vor mir? Hatte ich ihn gefunden? Wir bestellten ein Getränk an der Bar, setzten uns an einen Tisch und sahen uns beim Zuprosten ganz tief in die Augen. Er lächelte mich an und ich musste an den doofen alten Spruch „Wenn man sich beim Zuprosten nicht in die Augen sieht, gibt es sieben Jahre lang schlechten Sex" denken. So gesehen stand alles unter einem guten Stern. Wir tranken aus und gingen Hand in Hand zum Abendessen. Ehe ich mich versah, war ich erneut schockverliebt und glücklich. Dieser Mann war ein echtes Sahneschnittchen und offensichtlich auch heiß auf mich.

Nach dem Abendessen gingen wir für den berühmten „Absacker" wieder in die Bar. Wir nahmen das Getränk mit auf die Terrasse und fanden nur noch einen freien Tisch, der hell beleuchtet war. Wir küssten uns, die Küsse wurden immer heißer und Max gab alles. Als er meinen Hals liebkostete, war ich hin und weg. Er machte mich richtig spitz. Seine Hände glitten in meinen Ausschnitt und er streichelte meinen Busen. Wir blickten uns erneut in die Augen und gingen wortlos Hand in Hand auf mein Zimmer.

Es wurde heißer und heißer. Während er mich erneut innig küsste, schob er seine Hand unter mein Kleid und tastete sich mit seinen Fingern langsam hoch. Ich war heißer als je zuvor. Langsam führte er seine Finger in meine Lustgrotte ein und intensivierte seine Bewegungen. Ich begann zu stöhnen. Sowas Erregendes hatte ich bis dato noch nicht erlebt. Je schneller seine Finger eindrangen, umso feuchter wurde ich. Es lief mir warm die Oberschenkel herunter. Danach schob Max mein Kleid komplett hoch und legte mich sanft auf das Bett. Unsere Hände erkundeten unsere Körper und wir gaben uns über Stunden unserer Lust hin.

***

Am nächsten Morgen gingen wir zusammen frühstücken. Danach packte er kurz seine sieben Sachen zusammen, gab mir einen Abschiedskuss und fuhr ab. Das Erlebte musste ich erstmal sacken lassen. Es war ein toller Abend, der Sex war erfüllend, jedoch war es immer noch nicht das, was ich gesucht hatte.

Auf dem Weg zu meiner Sonnenliege traf ich Julia. Sie erkundigte sich nach meinem Abend, den ich ihr grob schilderte. Zusammenfassend konnte ich nur sagen, dass die Suche weitergehen musste und ich erstmal eine mehr als große Mütze Schlaf brauchte. Ich legte mich hin und schlummerte ein.

Dann, kurz vor 13:00 Uhr, wurde ich wieder durch die tägliche, laute, beschallende Clubmusik geweckt. Der beliebt aufgeführte Club-Tanz mit allen Animateuren und tanzwilligen Gästen rund um den Pool läutete schließlich das Kommando ein, um sich für die zweite Mahlzeit des Tages aufzuraffen. Die frühstückslose Julia hatte auch Appetit, sodass es in den Speisesaal ging. Ich war, trotz einer kurzen Nacht und der nachgeholten Stunden Schlaf auf der Liege, wieder relativ fit.

Als ich zum Büffet ging, sprachen mich mehrfach Gäste an, wo denn mein „neuer Bekannter" abgeblieben war. Maxorata-Max hatte nicht nur bei mir, sondern auch bei anderen Hotelgästen einen bleibenden Eindruck hinter-lassen. Ich zuckte mit den Schultern und sagte: „Tja… das war Tinder."

Während Julia und ich schließlich bei einem Glas Wein und einem Salat saßen, startete mein kleines Plappermaul. Ich berichtete ausführlich über die vergangene Nacht mit Maxorata-Max. Julia grinste mich verschmitzt an und sagte: „Sowas Gutes brauche ich auch mal wieder…". Darauf lachte ich sie an und wies sie darauf hin, dass am Nachmittag noch ein weiteres Date anstand.

Julia war leicht verwirrt. „Wer und was?", fragte sie. „Schwierig, das ist nicht so einfach", antworte ich und schilderte meine Tinder-Story mit Malaga-Mario, dem Schreibfreund der ersten Tinder-Stunden.

Als Julia und ich vom Mittagessen kamen, war es bereits 14:00 Uhr. Malaga-Mario texte erneut und fügte aktuelle Fotos hinzu. Er hatte sich vor der Schiffsfähre mit einem Mallorca-Bierkönig-T-Shirt abgelichtet.

👤: *Ferry 14:30…. Bist du im Hotel?*

👧: *Ja*

👤: *Wir sehen uns Corralejo an und dann kommen wir* 😄

👧: *OK*

Die Uhr lief. Tick Tack, Tick Tack. Wie schon am Tag zuvor setzten Julia und ich uns auf die Hotelterrasse und tranken einen Wein. Wie konnte man dieses Treffen so schnell wie möglich beenden? So gesehen war es unser, besser gesagt mein zweites Date innerhalb von 24 Stunden mit einem Mann.

„Salud und Cincin" und schon standen Pat und Patachon vor uns. Nach einer kurzen Begrüßung hielten wir einen Smalltalk. Danach gingen beide an den Strand, um sich den gewaltigen Unterschied zwischen den Stränden auf Lanzarote und Fuerteventura anzusehen. Als wir bei unserem nächsten Glas Wein waren, kamen sie leicht erschöpft zurück. Malaga-Mario musterte mich und äußerte, dass es schön war, mich gesehen und kennengelernt zu haben. Im gleichen Atemzug sagte er, dass es umgehend an der Zeit war, aufzubrechen, um die Fähre zurück nach Lanzarote zu erreichen. Wir verabschiedeten uns vor dem Hotel und der ungewollte Spuk war endlich vorbei.

Abermals steuerten Julia und ich die Terrasse für einen Aperitif an. „Salud und Cincin" prosteten wir uns zu und gingen anschließend auf unsere Zimmer. Styling und Abendessen waren angesagt. Als ich unter der Dusche stand, dachte ich über das Treffen mit Malaga-Mario nach. Gesehen ja, aber wirklich kennengelernt hatten wir uns nicht. Aus den anfänglichen Chats und Telefonaten hätte mehr werden können, aber inzwischen war so viel in meinem Leben passiert, dass ich mir nicht mehr ansatzweise hätte vorstellen können, eine Beziehung oder was auch immer mit ihm einzugehen.

Aufgehübscht ging es nach dem Essen mit Julia wieder an die Bar. Kellner Carlos beachtete und sprach nicht mehr mit mir. Das waren wohl zu viele Männer innerhalb so kurzer Zeit. Meine Knutscherei mit Maxorata-Max traf ihn offensichtlich zu tief. Wollte er auch was von mir? OMG, Männer gab es wie Sand am Meer. Das Dilemma konnte ich nur noch mit einem kleinen Trinkgeld retten.

Zu später Stunde kamen wir nach kurzem Blickkontakt mit George aus London ins Gespräch. Der gestandene, sympathische, elegant gekleidete Mann mit grau schimmerndem Drei-Tage-Bart war ein Abbild von Mann. Wir waren uns einig, dass er wie George Clooney aussah. Supersexy, aber mir war er selbst für eine lockere Sexaffäre zu alt. Als ich für den wahrhaftig allerletzten Absacker erneut zur Hotelbar schwankte, traf ich auf den feurigen Spanier Manolo aus Madrid, der sich mit dem Barkeeper Carlos unterhielt. Ich sprach ihn an und nach einem kurzen Wortwechsel auf Spanisch waren wir, schwupp, die Wupps, auch schon in meinem Zimmer.

Manolo war sehr bemüht um mich und gab alles. Da ich mich bei meinem Maxorata-Max für das Vollwaschprogramm mit mehreren Schleudergängen entschied, kam es jenes Mal zum sportlichen Kurzprogramm.

Als ich am nächsten Vormittag auf einen gutaussehenden Spanier traf, war ich mir nicht mal mehr sicher, ob es der Spanier der letzten Nacht war. Ich blickte Julia fragend an. Sie nickte und sagte: „Mit dem bist Du doch gestern hochgegangen."

Meine Güte, ich musste sehr blau gewesen sein und schob es auf Barkeeper Carlos' Getränkemischungen, bei denen ich zu später Stunde stets das Gefühl hatte, dass K. O.-Tropfen untergemischt wurden. Zu meiner Verteidigung sagte ich mir, dass es in der Nacht sehr, sehr dunkel war und die Tropfen schon weit vor dem Schlafengehen ihre Wirkung zeigten. So begrüßte ich noch ganz kurz Manolo, der freudig grinste und mir erzählte, dass er im Abreisemodus war.

Zum Glück hatte Lux-Luxemburg nach einigen Tagen von mir abgelassen. Nachdem ich unsere zwei Selfies, die gleichzeitig der Grund für Riu-Rics Eifersucht waren, gesehen hatte, sagte er mir sofort: „Schätzchen, die lasse ich mir sofort ausdrucken und einrahmen.". „Meine Güte, waren denn nur noch Bekloppte unterwegs? Wo waren die ganz normalen Männer abgeblieben?", dachte ich und versuchte, den Gedanken an die Bilderrahmen zu verdrängen.

Als der feurige Manolo und Lux-Luxemburg abgereist waren, musste auch Julia ihre Rückreise antreten. Wir schossen noch schnell einige Fotos vor dem Hoteleingang. Der Bus fuhr vor und auch sie war weg.

Nun stand ich da. Mal wieder alleine und widmete mich dem Hotelalltag. Als ich in die Runde schaute, fragte ich mich, was mit den Menschen passiert war. Urlaub müsste doch die schönste Zeit des Jahres sein, aber das schien im RIU Oliva Beach nicht wirklich so zu sein. Ehepaare schwiegen sich an, lasen in ihren Büchern und tippten auf ihren Smartphones rum. Nein! Als ich mir das vor Augen führte, war mir klar, dass ich so etwas nie hatte und künftig nicht wollen würde. Dann wäre ich lieber Single geblieben. Aber vielleicht lag es auch an den typischen Fuerteventura-Fahrern. Ich konnte mir darauf keinen Reim machen und ehrlich gesagt war es mir auch egal. So sollte es mit meinem Auserwählten auf jeden Fall nicht sein.

Am Mittag hatte ich nach längerem mit Schul-Sven telefoniert, den ich über die neusten Vorkommnisse genau informierte. Ich bemerkte, dass er meinen Geschichten nicht mehr folgen konnte. Dabei war doch alles wie gehabt. Ging der eine, kam der nächste um die Ecke. Anstatt mir Spaß zu wünschen, drückte er mir noch aufs Auge, dass es inzwischen wieder die „Affenpest" gab, die durch Sex übertragen wird. „Na wie toll", dachte ich, ließ seine Aussage unkommentiert stehen und verabschiedete mich von ihm. Da Schul-Sven, zumindest seitdem wir wieder Kontakt hatten, sexfrei war, ging ich von Eifersucht aus.

Trotz Al-inklusive herrschte eine Friedhofsstimmung in der Hütte. Die Barkeeper tranken wahrscheinlich heimlich hinter dem Tresen und waren besser gelaunt als ihre Gäste. Inzwischen blickte ich nur noch in ausdruckslose, gelangweilte Gesichter.

Ich kam zu der festen Überzeugung, dass mein nächster Trip in ein Sportlerhotel gehen sollte. Ja, das war der neue Plan. Glückliche Pärchen, die einen Kinderwagen vor sich herschoben, konnte ich nicht mehr sehen. Ich wollte mir im echten Leben einen Mann aussuchen. Da final alles nur auf Sex hinauslief, sollte er zumindest sportlich und schön sein. Ich war gespannt, wer als Nächstes um die Ecke gestolpert kommen würde.

Inzwischen hatte ich über 1.000 Likes in einer Woche ergattert. Das war eine echte Hausmarke, die aber auch gleichzeitig zeigte, wie schwierig ich mich mit Männern tat. Viele Matches, aber der gewünschte Erfolg blieb aus. Ich hatte mal wieder nicht den besten Lauf.

„In zwei Tagen geht es nach Lanzarote zurück und dann nach Deutschland", dachte ich. Lediglich geplant hatte ich zehn Tage Urlaub, an die ich noch neun anhängte. Nach dieser Zeit war aber auch ich ausgeurlaubt und freute mich insbesondere auf meine Rückkehr nach Deutschland.

Was würde mich dort wohl erwarten? Mit Riu-Ric hatte es über die lange Distanz nicht funktioniert, da er zu eifersüchtig war. Ich war gespannt, mit wem es in die ersehnte Dating-Phase in Deutschland gehen würde. Immerhin hatte ich noch einige Männer im Petto.

Bei dem 51-jährigen Mark aus dem Münsterland verlief mein Tinder-Chat sofort flüssig. Mark-Münster war ein bekennender Fuerteventura-Fahrer, der gerne im Süden der Insel über Weihnachten und Silvester an der Costa Calma im Ferienhaus seinen Urlaub verbrachte. Trotz unscharfer Fotos war mir Mark auf Anhieb sympathisch, sodass wir am folgenden Tag die WhatsApp-Nummern austauschten. Zunächst hatte er das Medium der Sprachnachrichten für sich entdeckt, gefolgt von Texten wie „Guten Morgen, liebe Stella" mit einem Bild einer Kaffeetasse und „Ich hoffe, dass du noch einen wunderschönen Abend hattest, den du genießen konntest.... Lass es dir gut gehen heute und dich verwöhnen."

Mit dem 52-jährigen Dirk aus Dorsten lief es zunächst annähernd genauso gut wie mit Münster-Mark. Jedoch hatte ich im WhatsApp-Verlauf schon einige Zweifel, ob es jemals zu einem Treffen kommen würde. Nach einigen Tagen kamen nur noch „Guten Morgen"-Spruchbilder, die ich noch nie mochte. Anfangs antworte ich noch mit einem netten „Guten Morgen", was ich nach einigen Tagen einstellte, und obwohl ich nicht mehr antwortete, war ich wohl in seinem Verteiler und durfte an der Vielfalt dieser „wunderbaren" Nachrichten täglich teilhaben.

Dann traf ich auf den 47-jährigen Luuk aus den Niederlanden, der Mojito schlürfend mich so verführerisch auf seinem Profilbild anblickte, dass ich ihm ein Like geben musste. Der Drei-Tage-Bartträger war mir auf Anhieb sympathisch, zudem noch selbstständiger Unternehmer. Das passte, dachte ich, und schickte ihm sofort mein Standard☺.

Umgehend bekam ich das animierte Bild von Alexis Rose, der durchgeknallten und etwas dämlichen Blondine aus „Schitts Creek", zugeschickt. Mein erster Gedanke war: „Wie witzig ist das denn…", da ich die durchaus abgefahrene Serie mit dem schrägen Humor auf Amazon Prime gesehen hatte. Fröhlich starteten wir unseren Chat.

👧: *Hallo*

🧔: *Hi*

👧: *Schitts Creek is cool*

🧔: *Yep*

👧: *I loved it, a little bit crazy*

🧔: *Later please, I need to drive*

👧: *Ok*

Am späten Abend ging es dann auch mit einem kurzen „Hi" seinerseits weiter, das ich am nächsten Morgen beantwortete.

👧: *Good morning* ☺
🧔: *Du bist hübsch*

👧: *Dankeschön. Und Du hast ein sympathisches schönes Lächeln. Wo wohnst du?*

👧: *Nahe von Eindhoven*

👧: *Gut*

🧔: *Do you find me sexy?*

👧: *Yes, and I love your smile*

👤: *Nice. Where are you now?*

Ich schickte ihm meine WhatsApp-Nummer zu und dann ging es in die heiße Phase über. Das war mein neues „ICH". Warum auch nicht? Letztendlich lief es doch immer auf das Eine hinaus. Nun hatte ich genau das, worauf ich vor einem halben Jahr im Dezember mehr als allergisch reagierte. Ich musste mir eingestehen, dass ich an Dick Pics und nicht gerade jugendfreien Chats und Telefonaten zunehmend Gefallen fand.

Eine gewisse und zufriedenstellende Männerauswahl hatte ich mir zusammengestellt, zu der auch noch der 49-jährige Olaf zählte. Der sympathisch smarte Business-Typ im dunklen Anzug aus den Niederlanden schrieb mich spontan ab und zu an. Eine Woche vor Rückkehr nach Deutschland textete ich ihn kurz an.

👧: *I will return the 01.06… I want to get to know you!*

👤: *Good idea. See you*

Zu einem Treffen kam es nie. Es blieb bei seinem „wir sehen uns".

Dann gab es noch den 56-jährigen Geologen Charles aus Düsseldorf. Nach meiner Tinder-Neuanmeldung war er der Mann der ersten Stunde. Der Gute kam nie wirklich aus dem Knick und es dauerte eine Woche, bis er WhatsApp eingerichtet hatte. Der ganze Fall war etwas seltsam, denn auch mit dem Messenger funktionierte die Kommunikation nicht schneller und ich hatte das Gefühl, dass er ein Fake war.

Meine netten, letzten Worte an ihn waren: „Thanks for being a fake. Leck mich am Arsch!".

Am nächsten Morgen stellte ich fest, dass ich mich schon wieder zehn Tage im Tinder-Wahn befand. Ich war froh, dass der bezahlte Spuk, es wäre denn, ich hätte mein Abo verlängert, bald vorbei war. Denn so wie es lief, lief es irgendwie immer weiter. Ich fühlte, dass ich eine Tinder-Pause brauchte, und wollte versuchen, Männer internetfrei kennenzulernen. So richtig gefielen mir die wenigsten Tinder-Kandidaten, und wenn ich dachte, dass es der Richtige sein könnte, löschte er das Match.

Übrigens, mein tausendstes Like kam von meinem bebrillten, leicht kahlköpfigen Doktor, der auf der Suche nach einer Frau mit schönen Zähnen war. Ich schrieb den optimistischen Cocktailliebhaber umgehend an.

👩: *Hallo Gero, freut mich dich hier erneut zusehen* 😌

👨: *Ich habe inzwischen leider schon das gefunden, was ich gesucht habe.… Ich wünsche dir alles Gute und noch viel Erfolg bei der Weitersuche.*

Exakt diese Antwort bekam ich schon vor einigen Monaten, als ich ihn das erste Mal matchte. Es hätte natürlich auch sein können, dass er nicht das fand, was er suchte, und sich erneut angemeldet hatte. Aber das schien der Routinespruch zu sein. „Frech" dachte ich und konnte mir meine Antwort nicht verkneifen.

👩: *Danke …scheint hier dein Standardspruch zu sein- Respekt! Hatten ja schon das Vergnügen…*

Es dauerte keine fünf Minuten, bis er das Match gelöscht hatte. Das war egal, immerhin hatte ich ihm meine Meinung gezeigt. Genugtuung musste sein.

Selbst nach 6 Monaten musste ich mir eingestehen, dass ich immer noch nicht konkret wusste, wonach ich auf der Suche war. Ich dachte kurz darüber nach, ob ich meine Tinder-Sucht in den Griff bekommen würde und mich abmelden werde, oder ich erneut sagen würde: „Hilft ja alles nichts!" und erneut wieder dabei sein würde.

Am Abend vor meiner Rückreise änderte ich meinen Tinder Beschreibungstext erneut.

🧿: Ich bin ich! Beruflich bedingt lebe ich auf den Kanaren und in DE, und das solltest Du akzeptieren. Ich bin eine fröhliche, aufgeschlossene Frau ohne Altlasten, die finanziell unabhängig ist, und wünsche mir einen gebildeten Partner auf Augenhöhe. Alles andere macht absolut keinen Sinn! Zunächst was Lockeres und dann so schön, wie man es auf Spanisch sagt: …lo que surja… Mal sehen, was passiert, wie es weitergeht und im besten Fall endet… 😌 Ab Juni wieder in DE.

Zurück auf Lanzarote war das schöne, einfache Urlaubsleben vorbei und ich widmete mich meinem Alltag. Vor Ort eingeloggt bekam ich umgehend 25 neue Likes, von denen mir aber niemand zusagte. Die Männer waren mir zu spanisch. Nach wie vor machte ich mir nicht mehr die Mühe, Männern ein Like zu geben, da das nichts brachte, sondern suchte mir nur aus den erhaltenen Likes diejenigen heraus, die ich gut fand. Diese Methode hatte sich mal mehr, mal weniger bewährt, führte letztendlich aber immer wieder zum Erfolg.

Inzwischen hatte ich wieder einmal die Schnauze voll von Tinder. „Dieses Ewige Hin und Her. Wird das denn nie enden?", fragte ich mich und musste kurz an den netten Mann aus dem Riu Hotel denken, der mich an der Bar ansprach.

Er war regelrecht eine echte Erscheinung. Gepflegter Drei-Tage-Bart, sportlich und trendy gekleidet. Das war das reale Leben. Real Life! Der verwitwete Welten-bummler war Tauchlehrer auf Cozumel und hatte viel zu berichten. Er sprach mich an, da er sah, dass ich den ganzen Nachmittag schrieb, und wollte wissen, worüber ich schrieb. Ich erzählte ihm von meinen Reiseführern und dass ich mit einem Roman über Tinder startete.

Stundenlang hätte ich mich noch mit diesem interessanten Mann unterhalten können, musste aber leider auf mein Zimmer, da ich abends pünktlich um 18:30 Uhr meinen Vater anrief. Es war „Papa Time". Das hatten wir so vereinbart. Schade, dass ich ihn am Abend nicht mehr sah, er war wie vom Erdboden verschluckt. Es sollte wohl dann auch nicht so sein. Er wird mir immer in Erinnerung als der „Graf mit der Strickmütze" bleiben.

Ach ja, und dann kamen auch wieder meine alten Bekannten aus dem Knick. Master-Tom, der verheiratete, dominante Mann, von dem ich in unterwürfiger Stellung sein bestes Stück bis zur Erwürgung in den Hals gesteckt bekommen hätte. Er schrieb kurz und knapp: „Wann können wir uns treffen?". „Ich glaube eher nicht", dachte ich, und ließ die WhatsApp-Frage unbeantwortet. Dominanz hätte mich zu jenem Zeitpunkt gereizt, aber da meine geilen Sex-Dates auf Fuerteventura mehr als befriedigend waren, fand ich den Gedanken, als unterwürfige Sklavin tätig zu werden, nicht mehr so prickelnd. Es reizte mich, aber da ich auch sehr guten Sex hatte und nach meinen Bedürfnissen gefragt wurde, wollte ich keinen Master, der auf diese Art und Weise befriedigt werden wollte, bevor ich auf meine Kosten gekommen wäre. So wie ich es mehr als deutlich verstanden hatte, bestimmt der Master, ob und wann eine Sklavin zum Höhepunkt kommen darf. So unterwürfig war ich nicht und deshalb war Master-Tom aus dem Rennen.

Es waren die Höhen und Tiefen, die mich fast zur Verzweiflung brachten. Riu-Ric schwebte noch immer in meinem Kopf herum. Es war wie es war und ich konnte es einfach nicht ändern. Das Schlimme war, dass ich auf die dumme Idee kam, ihm erneut eine WhatsApp zu schicken

👩: *Hallo Ric, als ich Dich zum ersten Mal sah, hatte ich Schmetterlinge im Bauch. Ich war durch Deine An-wesenheit total verlegen und wusste überhaupt nicht, wie ich mich verhalten sollte... OMG, ich*

war so aufgeregt, mir zitterten die Knie… Es war dann ein unbeschreiblich schöner Tag, den ich genossen hatte!!! Dann, klar, hatte ich
dich nicht mehr auf dem Schirm 🙍, du nach Hause und ich nach
Fuerteventura… Ja und dann ging es irgendwie los… Flughafen- Fotos von dir bei deiner Abreise…und daraufhin habe ich dir auch Fotos
geschickt. Und dann, ich weiß nicht mehr wann, überkam es mich und
ich war total verliebt in dich. Ich fand deine Nachrichten und Fotos so
toll, und ich dachte, OMG- ich bin glücklich und habe endlich das
gefunden, was ich suchte. Trotz Distanz- und irgendwie so nah wie
nie zuvor. Du hast mich an deinem Leben teilhaben lassen- und ich
dich an meinem. Dann ich weiß nicht, was mit dir in deinem Holland-
Urlaub passierte… manchmal musst du auch klare Ansagen machen!!
Urlaub… ich will nicht gestört werden, oder dergleichen. Gut, es war
so wie es war. Du hast mein kleines Herz gebrochen. Was hat nur deine
Ex-Freundin aus dir gemacht? Ich bin im Gegensatz zu ihr, eine treue
Seele. Aber wie ich dir immer sagte, ich will Dich, aber schau, ob du
was Besseres findest- hast du bestimmt schon… 😔

Nach diesem Seelenstriptease setzte ich noch einen drauf.

👧: *Neustart, oder ist der Zug schon abgefahren?*

Welche Pferde hatten mich da geritten? Als ich das abschickte,
wusste ich, dass der Zug schon längst abgefahren war und ich
nichts mehr retten konnte. Dennoch wollte ich eine klare Antwort, die aber einen geschlagenen Tag auf sich warten ließ. Der
liebe Riu-Ric teilte mir mit, dass er nicht mehr wissen würde,
ob er beziehungsfähig wäre, und eine Auszeit von mir bräuchte.
Das war eine klare Ansage. Traurig, aber wahr. Ob ich wollte
oder nicht, ich war bei Riu-Ric endgültig raus.

Dank Tinder hatte ich meinen Herzschmerz schneller überwunden als ich dachte. Es waren nur noch vier Tage bis zu meinem
Rückflug nach Deutschland. Unter anderem hatte ich den Fuer-
teventura-Fan Münster-Mark schon sicher und traf dann noch

unverhofft auf einen charmanten Kristian mit „K", mit dem ich mich über drei Stunden per Face-Time unterhielt.

Es war zwar immer die gleiche Leier, aber die Hoffnung, den Traumprinzen über Tinder zu finden, hatte ich noch nicht aufgegeben. Auch nach 6 Monaten Tinder taten mir erneute Abweisungen weh, aber das war das neue Leben mit allen Höhen und Tiefen. Mit 1139 Likes startete ich ins Wochenende, das ganz im Zeichen meiner neuen Telefonsucht stand.

Kurz chatten, WhatsApp-Nummern austauschen und los ging es.

Der Rückflug nach Deutschland gestaltete sich sehr stressfrei. Von Lanzarote ging es über Barcelona nach Düsseldorf und von dort mit der Bahn nach Hause. Da war ich wieder. Back again! Mein Plan stand fest. Zügig kontaktierte ich einen nach dem anderen und frischte eingeschlafene Kontakte wieder auf. Ich wollte endlich ans Ziel kommen. Anstehende Dates sollten systematisch abgearbeitet werden, um zu sehen, ob etwas Brauchbares für mich dabei war, oder um zu wissen, ob ich alles zu den Akten legen musste, um neu zu starten. Ich war gespannt, zu welchen Treffen es überhaupt kommen würde und wie die Prinzen, die ich näher ins Auge gefasst hatte, dann real sein würden. Zugleich überlegte ich, ob ich, wie schon einige Male zuvor, kneifen würde und das Treffen noch in der letzten Minute absagen würde. Nach den ONS auf Fuerteventura sah ich die ganze Sache wesentlich entspannter als je zuvor.

Bevor es überhaupt begann, standen schon die ersten zwei Kandidaten auf der Abschussliste. Münster-Mark ging mir langsam auf die Nerven. Es war wie mit Riu-Ric, der aus der Distanz eine Beziehung aufbauen wollte, aber mit ihm war es noch schlimmer. Er war wie ein Leierkastenmann. Sicherlich steckten nur lieb gemeinte Absichten hinter seinen sich wiederholenden Aussagen und Wünschen, wie „…wünsche dir einen wunderschönen guten Morgen liebe Stella, und einen superschönen und stressfreien Tag und hoffe, dass alles gut bei dir ist…".

Wenn er keine Lust zu schreiben hatte, wurde daraus eine Sprachnachricht gezaubert, die jedoch aus meiner Sicht so dermaßen überzogen war, dass er aus dem Rennen war.

Zudem nervte mich Harald aus Hamm ungemein. Seit unserem WhatsApp-Chat Ende April verfügte ich über eine stattliche Auswahl an den weitergeleiteten Bildern mit entsprechenden Wünschen. Fast jeden Morgen bekam ich eine Nachricht. Die Sprüche der Autorin Heike M. weiterposten können. Wollte ich aber nicht.

Für einen guten Start in den Sonntag las ich: „Man nehme: Liebe Gedanken, ein Fünkchen Zeit, ein kleines Augenzwinkern, ein nettes Lächeln und zum Schluss ein kleines Küsschen – fertig ist das Sonntagsgrüßchen. Lasst die Seele baumeln. Liebe Grüße von mir." Am Montag ging es mit einem „Fröhlichen Wochenstart" weiter für einen schönen Dienstag: „Halte Dein Herz stets offen für die vielen kleinen Wunder, die der Tag für Dich bereithält."

Ein Samstagsspruch hielt Folgendes bereit: „Nun habe ich Dich doch gefunden, dann kann ich Dir ja jetzt einen entspannten Samstag wünschen und Dir sagen, schön, dass es Dich gibt." Auch die Bildchen mit „Einen wundervollen Abend und zur später Stunde eine gute Nacht" sowie „Da machen wir ein Freudentänzchen! Bald ist es soweit… Wochenende", riefen bei mir keinerlei Freude auf.

Die sexhungrige Spinne hatte ihr Netz gespannt und war neugierig, wer ihr noch in die Fänge gehen würde. Vierzehn Kandidaten standen noch zur Wahl. „Aber wie und mit wem soll ich anfangen? Wäre es zudem sinnvoll, mich nur auf einen Mann zu fixieren?", grübelte ich. „Wohl eher nicht", dachte ich, da meine Erfahrungen zeigten, wie schief sowas ging. Schon als Marbella-Maarten das Exklusivrecht an mir hatte, hätte ich auch gerne Rotterdam-Ruben kennengelernt. Es war sehr kompliziert, die richtigen Entscheidungen zu treffen. Offensichtlich traf ich in meinem Singledasein stets die falsche Wahl.

Dumm gelaufen…

An jenem Abend fasste ich den Plan, alle potentiellen Kandidaten anzuschreiben und mich nach der Date-Bereitschaft zu erkundigen. Die ganze Suche kam mir wie ein Roulette-Spiel vor. Ich musste nur abwarten, wo die Kugel hinfiel. Die kommenden zwei Monate sollten im Zeichen des Datens stehen. Aber hatte ich nach den ganzen Niederschlägen noch wirklich Lust dazu? Wie lange würde ich noch durchhalten? Bis dato hatte ich es auf 1160 Likes gebracht. Es ging schleppend voran, aber es lief.

Dann ging alles schneller als gedacht. Der flotte Bochum-Boris, mit dem ich den heißen Chat hatte, kam mit seinem schnittigen Porsche um die Ecke. Er war auf der Suche nach einer festen Partnerschaft und schloss ONS kategorisch aus.

Bochum-Boris war sehr gebildet, genau meine Kragenweite. Mit seiner feinfühligen Art kam er jedoch mit meinem trocknen Humor und meiner lockeren Art nicht klar. So schön auch seine Vorsätze waren, er brachte es im Bett einfach nicht.

Da half auch kein Porsche, der vor der Tür stand. Da sein bestes Stück nicht so funktionierte, wie er es gerne gehabt hätte, und auch nicht das richtige Tor traf, sagte ich lachend zu ihm: „Erinnerst Du dich noch an diese eine RTL-Sendung mit den Toren… und dem Zonk?". Er wollte das hintere Tor treffen, traf es trotz vieler Bemühungen nicht. Obwohl wir darüber lachten, glaubte ich, dass er es nicht so witzig fand und angepisst war. Als er morgens aus der Tür ging, wusste ich, dass wir einen ONS hatten und ich ihn nie wiedersehen würde. Jedoch wird er mir als mein spezieller Zonk in Erinnerung bleiben.

Es musste weitergehen. Ohne mein Tinder in der Bezahlversion hatte ich das Gefühl, dass gar nichts mehr ging. Unendlich wollte ich nicht mehr Likes vergeben, um hoffnungsvoll auf:

 ❤️❤️ IT'S A MATCH ❤️❤️

zu warten. Die Partnersuche entpuppte sich letztendlich schwieriger als gedacht. Ich wollte mich doch nur kurz anmelden und erfolgreich schnellstmöglich wieder abmelden. Das funktionierte leider nicht. Nach kurzer Überlegung entschied ich mich für ein Tinder-Jahresabo, das nach mehreren Bezahl-versuchen mit der Kreditkarte scheiterte. War ich vom Pech ver-folgt? Wollte mich Tinder nicht mehr, oder sollte es so sein? Was für ein Dilemma. Jedoch poppte zu meiner Verwunderung der 50 %-Rabatt für einen Monat auf. Mit 8,49 € war ich endlich wie-der dabei. Das stimmte mich glücklich. Die Suche konnte erneut starten.

An jenem Tag war ich bei Freundin Frieda zu Besuch. Sie war inzwischen schon über 10 Jahre mit ihrem Mann zusammen. Sa-lopp fragte er mich, was mein Tinder machen würde. Ich guckte ihn mit einem leichten Nicken an und sagte, dass es einigerma-ßen, aber nicht zufriedenstellend lief. Er grinste mich an und dann schoss es aus ihm raus: „Wir haben uns über Poppen.de kennengelernt." Ich dachte, dass ich meinen Ohren nicht mehr recht traute. Was war dieses „Poppen.de"? Klar, der Name sug-gerierte, worum es ging. Ich war neugierig, was es damit auf sich hatte. Sollte ich etwa nicht über Tinder meinen Traummann finden, sondern erstmal zu Poppen.de, um zu sehen, wer sich auf der Plattform herumtrieb? An Sex hatte ich Blut geleckt. Ich war im besten Alter und hatte sowohl Spaß als auch Befriedi-gung daran gefunden. Es war mein neues ICH, aber sollte das der richtige Weg werden, um den Mann meines Lebens zu fin-den? Würden Männer auf so einem Portal mehr suchen als rei-nen Sex? Ehrlich gesagt kam ich mir wieder mal wieder ah-nungslos vor. Ich fragte mich, was ich in meiner Beziehung alles verpasst hatte.

Wahrhaftig meldete ich mich am gleichen Abend an. Mit der App war ich sofort mitten im Geschehen. Ich lud Bilder hoch und wurde nach einigen Minuten von Nachrichten überflutet. Popcorn war klarer als Tinder gestrickt, da es im Prinzip nur um das Wesentliche ging. Das lange Anschreiben und auf eine Antwort zu warten, gab es nicht. Es war wie auf Amazon: Du suchst etwas, schaust dir die Angebote an und dann wird gelie-fert. Natürlich wäre auch bei jeder Lieferung eine Rückgabe möglich gewesen, die ich noch nicht anstrebte. Jedoch war es einfacher gesagt als getan und ich machte mich ans Werk. Bilder ansehen, liken und antworten. Das Ganze hatte in einer Art und Weise was von Tinder, gestaltete sich aber lustvoller.

Ich war rattig und extrem heiß auf Sex. Während ich fleißig hin und her schrieb, meldete sich aus Himmel Fuerteventura Fan Münster-Mark per WhatsApp zu Wort. An jenem Abend wollte er mich unbedingt treffen. Schweren Herzens sagte ich mein geplantes Popcorn-Date ab und willigte ein.

Es war ein Date, das mir schrecklich in Erinnerung geblieben ist. Viel grausamer ging es wirklich nicht.

Münster-Mark entpuppte sich als ungeduschtes Sexdate. Zuvor schrieb er immer ganz nett und wollte dann auch nur Sex. Meiner Geilheit war es zuzuschreiben, dass es final zur Sache ging. Unter den Achseln stank er erbärmlich nach Schweiß und brachte es nicht. Mein ganzes Schlafzimmer war von diesem abturnenden Geruch erfüllt. Folglich passte: „Wer A sagt, muss auch B sagen."

Mir wurde klar, dass ich diesen Spruch nie wieder anwenden würde und künftig Amazon-Rückgaben umgehend an der Haustür einzuleiten waren.

Dank Popcorn und meiner gezielten Auswahl lief es in den folgenden Sextagen sehr gut und äußerst befriedigend. Ich bekam einfach nicht genug davon und war mir sicher, dass das der richtige Weg war, um meine körperliche Befriedigung sicherzustellen. Jedoch sprach mein kleines Herz eine andere Sprache. Nach wie vor wollte ich meinen Traumprinzen finden, mit dem ich lachen und weinen konnte, kuscheln und auf jeden Fall guten Sex haben wollte. Die ONS brachten mich nicht wirklich weiter und so war die eingeschlagene Sexschiene nicht wirklich der richtige Weg. Und da hatten wir mal wieder mein kluges Statement: „Es war so wie es war!".

Aller Herzschmerz war vergessen. Ich trauerte auch meinen Altleichen nicht mehr hinterher, jedoch war es immer wieder nur ein Mann, der mir nicht aus dem Kopf ging. An meinen Benno mit seinem dritten Bein kam niemand, aber auch wirklich niemand ran. Es war wie ein Fluch. Nicht der Fluch der Karibik mit Johnny Depp, sondern der Fluch des Papagayo-Strandes mit Benno. Was war nur los mit mir? Offensichtlich war es das, was ich wollte, aber vor sechs Monaten noch nicht bereit zu war.

Ich stand voll im Leben. Was sollte jetzt noch schlimmer werden als das, was ich durchlebt hatte? Popcorn war nicht die richtige Plattform für mich, sodass ich mich wieder auf Tinder konzentrierte.

Jedoch entpuppte sich Tinder nach sechs Monaten als reine Sex-Plattform. Das kannte ich schon aus vorherigen Chats, aber es wurde extremer. Es war dann letztendlich wie Popcorn.

Schräge Typen flatterten mir dann schon ins Haus. Micha alias Sascha, wollte laut seinen Tinder-Beschreibungen eine „feste und ernsthafte Beziehung". Weit gefehlt! Auf meinem Sofa ging es mit einer Vorspielsache los, dann hüpften wir ins Bett. Als er auf meinem Bauch abspritzte, wurde es ihm plötzlich so schwindelig, dass er sich umgehend anzog und ging. Als ich diesen seltsamen Kontakt meiner Freundin Frieda am folgenden Tag erzählte, sagte sie nur: „Hätte er sofort sagen können... Abspritzen und Tschüss." Sie hatte vollkommen Recht.

***

In den nächsten Tagen gönnte ich meiner kleinen Muschi eine Verschnaufpause, die aber nicht allzu lange anhielt und ich in mein neues Verhaltensmuster zurückfiel. War ich inzwischen sexsüchtig?

Das konnte ich mir schneller beantworten, als ich es mir eingestehen wollte. Fakt war, dass ich an fast nichts anderes als Vögeln denken konnte. Auf Fuerteventura hatte ich Blut geleckt und das wollte ich wieder ausleben.

Ich loggte mich erneut auf Popcorn ein. Wie ich inzwischen fest-stellte, suchten Männer über diese App auch etwas Dauerhaf-tes. Gut, dauerhaft war auch relativ zu sehen, da es um Sex ging. Das ließ noch einen kleinen, aber ganz kleinen Hoffnungs-schimmer zu.

Ich traf auf Popcorn-Willi aus Witten. Wir chatteten und mach-ten für den kommenden Tag ein Date aus. Treffpunkt war eine Eisdiele in meiner Stadt.

Sein Profilbild machte einiges her, aber zwischen Realität und Bild taten sich Abgründe auf. Wie sich im Nachhinein heraus-stellte, war er verheiratet und suchte eine zweite Frau, die Gruppenspielchen zu dritt oder viert nicht abgeneigt war. Was für eine Pleite. Ich war an einen echten Assi geraten. Im Ge-spräch berichtete er so laut über Popcorn, nahm mehrfach „Poppen.de" in den Mund, dass sich die Personen an den Nach-bartischen umdrehten. Ich war offensichtlich im falschen Film und schämte mich abgrundtief. Umgehend beendete ich die ganze Misere, zahlte und verabschiedete mich.

Für den Abend hatte ich den lieben Stefan über Popcorn ins Auge gefasst. Nachdem die sexuellen Eckdaten geklärt waren, bezeichnete er mich im Chat als mollig und fügte hinzu, dass er auf üppige Frauen stehe. Sofort bekam er von mir die rote Flagge. Da half auch keine Entschuldigung seinerseits. Er war definitiv raus.

Umgehend zauberte ich noch einen Ersatzspieler aus dem Hut, der kurze Zeit später freudig vor meiner Tür stand. Mal wieder hatte ich mir kein Sahneschnittchen ausgesucht, aber für den reinen Liebesakt war das völlig Schnuppe. Gekommen und Tschüss. Das war ausreichend und mehr hätte ich mir auch nicht vorstellen können.

Es war so, wie es war. Was war mit mir passiert? Ich war abge-stumpft. Konnte das alles sein? Gab es überhaupt den Traum-prinzen, der auf mich wartete? Wo war er? Hatte ich ihn im gan-zen Trubel übersehen, oder hatte ich ihn schon und es nicht realisiert? Es quälten mich Fragen über Fragen.

Jedoch beschäftigte mich wieder eine ganz andere Sache. Meine kleine, heiße Romanze mit der Schweiz war inzwischen schon fast ein halbes Jahr her, ging mir jedoch nicht aus dem Kopf. Benno und sein drittes Bein. Mit seinen vielen Aktfotos und hübschen Videos ließ er immer wieder mein Verlangen nach ihm aufleben. Ich war spitzer denn je auf ihn. Da half auch kein Jammern und Jaulen, die Schweiz war halt nicht um die Ecke und Benno machte mir weder Komplimente noch Liebesschwüre. Er war schon wie beim Kennenlernen der verschlossene, schweigsame Typ. Er ging mir, obwohl ich so viel erlebt hatte, einfach nicht aus dem Kopf. Das half alles nichts, es musste weitergehen. Auch ohne ihn.

Von Popcorn hatte ich erstmal die Nase voll, sodass ich mich wieder meinem Tinder widmete.

Einige Tage später entdeckte ich am späten Abend Super-Mario. Der feurige Spanier hatte es mir auf den ersten Blick regelrecht angetan. Wahrscheinlich stand ich doch für den südländischen Typ. Super-Mario hatte das gewisse Etwas in seinen blauen Augen und schrieb in seine Beschreibung:

💥: Kühe als Profilbild? Den Mann möchte ich mal gerne sehen, der sich in eine Kuh verliebt!!! 😆😆😆 Ein simples 😊 reicht nicht aus, um mich anzuflirten.

Ich matchte und schrieb ihn an.

🧑: *Ein Mann mit Ansprüchen…ich schicke im Normalfall nur ein* 😊 *…Ich hoffe, dass das jetzt reicht….*

Am nächsten Morgen schrieb er zurück.

👨: *Buenos dias! Es freut mich, dass Du nicht nur ein* 😊 *geschickt hast*

Nach einem flotten hin und her, stellte er die typische Tinder Frage:

👨: *Was suchst du hier?*

Sexhungrig und selbstbewusst wie ich inzwischen war, antwortete ich.

👧: *Ich suche guten Sex, der im besten Fall zu einer Beziehung führt* 😍😍😍

Genau das suchte ich. Das angestrebte Ziel war, eine Beziehung zu führen, in der der Sex ausgiebig ausgelebt werden konnte. Mein Statement war genau das, was Super-Mario hören wollte, sodass es noch am gleichen Abend zu einer Verabredung kam. So schnell konnte es gehen! Um 21:00 Uhr stand der heiße Spanier dann Real vor mir. Dieses Mal hatte ich wirklich ein Sahneschnittchen vor mir, das ich umwerfend fand. Es schien dann doch so, dass Tinder bessere Typen als Popcorn bieten konnte. Nach einem kurzen Smalltalk ging es in die heiße Phase über. Knutschen, fummeln und final ins Bett. Dieser Mann turnte mich richtig an. Super-Mario war genial und ließ nichts aus. Von Fingern, Lecken, 69, über alle, aber auch alle Stellungen – ein echter Sexgott! Wir brachten es auf vier Stunden mit kleinen Päuschen. Dieses Mal schien es so, als ob Super-Marios bestes Stück wie gemacht für mich war. Nicht zu groß, nicht zu klein, einfach passend und erregend lecker.

Das war mal wirklich eine Hausmarke, sodass er sich nach zwei Tagen meldete und um Wiederholung bat. Das konnte und sollte er haben.

Kurz vor unserem zweiten Date schrieb Super-Mario mich per WhatsApp an und teilte mir mit, dass ich vor seiner Ankunft meine Haustür öffnen sollte und nackt in Doggy-Stellung in meinem Bett warten sollte.

Das ging entschieden zu weit. Geiler Gedanke, aber Sicherheit ging vor. So blieb ich angezogen in meiner Küche sitzen und öffnete die Haustür, als er schellte. Sichtlich enttäuscht und angekotzt wollte er mit mir über angebliche, nicht eingehaltene Vereinbarungen diskutieren. Ich sagte ihm, dass es doch ein netter Gedanke gewesen wäre, ihn so zu empfangen, aber ich es als äußerst gefährlich hielt, nachts eine Haustür geöffnet zu lassen.

Ich hatte ihn als perfekten Liebhaber kennengelernt, jedoch war mir in jenem Moment alles zu viel. Super-Mario wurde laut. Wo sollte das hinführen? Einmal im Bett gewesen und dann wurde schon über nicht eingehaltene Konditionen diskutiert. Aufbrausend wie Südländer sein konnten, zischte er nach fünfzehn Minuten wieder ab. Ich kam mir wie im falschen Film vor und musste durchatmen. Zum ersten Mal war das eingetreten, was mir öfter Männer sagten: „Du willst Sex und wirst abserviert." An jenem Abend konnte ich nichts mehr retten, geschweige denn meinen schönen Spitzenstring präsentieren. Mein aufbrausender Super-Mario hatte echt was verpasst. Da fiel mir der alte Spruch „Reisende soll man nicht aufhalten" ein, an dem nach wie vor was dran ist.

Ich wunderte mich, als er mich einige Tage später erneut anschrieb. Damit hatte ich nach seiner Abfuhr nicht mehr gerechnet.

Er bat um eine neue Einreisebescheinigung in meine Hütte, die ich aufgrund des guten Sexes bewilligte.

Super-Mario hatte es wirklich drauf. Es lief, es lief sehr gut. War da mehr? Würde es nach so vielen Sexdates auf eine Beziehung hinauslaufen, in der es mehr als nur Sex gab?

Eine Antwort auf meine Fragen wurde von Date zu Date klarer. Die anfänglich späten Treffen verlegte er berufsbedingt auf den frühen Morgen, was nicht mehr in meinen Tagesablauf hineinpasste. Bereits nach kurzer Zeit schlich sich eine Routine ein, die den Sex nicht mehr aufregend machte. Es war mir zu vorhersehbar geworden. Hose runter und los.

Nach dem sechsten Treffen zog ich die Reißleine und sagte das Kommende per WhatsApp ab. Super-Mario war raus und wie immer ging es weiter.

Es war einer der heißesten Sommer seit Jahren, in dem die Temperaturen auf bis zu 40 Grad stiegen. Die Luft stand. Meine körperlichen Aktivitäten schraubte ich erstmals wieder runter, gönnte meiner Muschi eine Pause und beließ es bei Telefonaten. Einige Tage später passierte das, womit ich in meinen kühnsten Träumen nicht gerechnet hätte. Wie sagt man so schön? „Man trifft sich immer zwei Mal im Leben."

Mein iPhone pimpte und ich blickte auf die WhatsApp Nachrichten. Es war mein längst vergessener Maxorata-Max, der sich nach exakt zwei Monaten bei mir meldete. Ich traute meinen Augen nicht recht. Was war das? Max lebte noch? Ich wunderte mich. Für mich war unser Sex auf Fuerteventura eine einmalige Sache. Klar, als ich ihn sah und küsste, hätte ich mir wirklich mehr vorstellen können, aber auch nach einer sehr genialen heißen Nacht, die dann zum Morgen wurde und wir uns mit einem Küsschen nach dem Frühstück verabschiedeten, war mir klar, dass ich ihn nie wiedersehen werde.

Durch Maxorata-Max wurde mir klar, dass fast alle Männer über das Dating-Portal „eine feste und ernsthafte Beziehung" wie er suchten, aber am Ende des Tages alles nur auf Sex hinauslief.

: Hallo Stella, was macht dein Buch…? LG Max

: Hallo Max ☺ Es geht voran… Story steht, aber es dauert noch. Alles ok bei dir?

: Alles bestens, ich bin gerade in Holland…

: Ja und ich in Recklinghausen…

: Wollen wir uns treffen? Hier ist gerade ein großes Volksfest

: Können wir machen ☺ ☺ ☺

: ☺… soll ich zu dir kommen, oder magst du nach Holland fahren? Am besten nimmst du dann den Zug. Der Volksmarsch geht erst am Mittwoch los, ich habe also auch morgen, tagsüber Zeit…und es gibt hier natürlich ein Doppelzimmer ☺ ☺

😊: *Das ist lange mit dem Zug. Komm doch zu mir* ☺

😶: *Wo soll ich denn hinkommen?*

😊: *Heute? Ich wollte gerade in die Therme fahren…*

😶: *Ich kann auch kommen…Ich habe dann von morgens bis nach-mittags Zeit für dich…*

😊: *Was ist mit heute Abend?*

😶: *Sehr gerne* 😊 😊

😶: *Wann und wo?*

Darauf schickte ich ihm meinen Google Maps Standort.

😊: *20:00 Uhr?*

😶: *Geht auch schon 19:30 Uhr? Dann habe ich die beste Zugverbin-dung…*

😊: *Klar, freue mich auf dich* 😊

Wahrhaftig pünktlich stand Maxorata-Max vor meiner Haus-tür. Als ich öffnete, war ich wahnsinnig aufgeregt. Freudestrah-lend sah ich in seine wunderschönen blauen Augen und wir küssten uns leidenschaftlich. Es kam mir vor, als ob es gestern war. Seine Küsse schmeckten noch besser als auf Fuerteventura. Definitiv war es mein Traummann, der erneut vor mir stand. Ich hatte unzählige Schmetterlinge im Bauch. Was hatte er mit mir auf Fuerteventura gemacht? Wir hatten das Vollprogramm, aber dann ließ er nichts mehr von sich hören. Aus seiner WhatsApp-Nachricht schloss ich, dass unser erneutes Treffen wieder auf Sex hinauslief. Aber warum auch nicht? Abwegig fand ich den Gedanken nicht mehr. Beim zweiten Mal konnte man sich gezielter aufeinander einlassen.

Wie schon erwähnt. Maxorata-Max traf am heißesten Tag des Jahres ein. Das Thermometer sprengte die 40-Grad-Marke. Die-ser prekäre Umstand führte dazu, dass der Wille vorhanden, aber das Fleisch zu schwach war. Nichtsdestotrotz verbrachten wir einen feuchtfröhlichen, ausgelassenen Abend. Am kommenden Morgen frühstückten wir zusammen und ich fuhr ihn zum Bahnhof. Es nahm das gleiche Ende wie auf Fuerteventura. Tinder lief weiter. Glücklicherweise nur noch zehn Tage. Danach war mein bezahltes „Gold"-Tinder abgelaufen. Von Tag zu Tag wurde mir bewusster denn je, dass ich endgültig Tindermüde geworden war. Egal was ich anstellte, nichts lief wirklich rund.

Dennoch startete ich einen neuen Versuch mit dem heißen, gutaussehenden Deutsch-Italiener Marco. Der 50-jährige traf mit seinen Profilbildern sofort meinen Geschmack, sodass ich ihm ein Like gab. Nach einem kurzen Tinder-Chat, in dem er sich sehr schüchtern präsentierte, aber fleißig schrieb, ging es dann auch umgehend per WhatsApp weiter.

👧: *Hallo* ☺ ☺ ☺

👨: *Hallo, das ging ja schnell* ☺

👧: *Ist ja keine Zauberei…*

👨: *Zaubern können andere, aber Du bist zauberhaft* ☺

👧: ☺ *Gut, dass ich nicht Hexerei geschrieben habe* 😆 😆 😆

Nach einem kurzen Geplänkel kamen wir schnell auf das Thema Sex mit allem, was dazugehörte, zu sprechen: Vorlieben, Stellungen, Intimfrisuren, Safersex. Wir waren scharf aufeinander und das sexuelle Kennenlerndate sollte bereits am Wochenende stattfinden. Das einzige Problem war, dass Italo-Marco einen verstauchten Knöchel hatte und krankgeschrieben war, was aus meiner Sicht keine unüberwindbare Einschränkung darstellte.

Er schrieb mir, dass, sobald sein Fuß wieder einsatzfähig wäre, er umgehend zu mir kommen würde. Das Wochenende verging und ich bekam ein „Bla, bla, bla…" per WhatsApp zu hören, sodass ich ihm meine Meinung geigte.

👩: *Du bist aber auch ein wirklich schlechtes Match, hast Fuß, kannst nicht Autofahren und bist auch nicht in der Lage zu telefonieren…* 😆😆😆 *Positiv ist nur, dass Du vögeln willst…*

Italo-Marcos angebliches Nokia-Firmenhandy ließ keinen Video-Call zu. Aber wer hatte in der heutigen Zeit kein eigenes Smartphone? Da war doch irgendwas faul.

Selbst wenn es wirklich so gewesen wäre, hätte ich mir an seiner Stelle irgendetwas Gebrauchtes mit einer Prepaid-Karte gekauft. Was für ein Flop war er? Ich fand ihn mehr als heiß, aber es lief nicht so, wie ich es mir vorstellte.

Was der alte Nokia-Knochen wohl noch konnte, war große animierte Smiley-Bilder zu verschicken. „Uiiii und immer wieder", dachte ich. Das konnte er. Für mich waren es nach wie vor dumme, sinnlose Bilder, auf die ich innerlich genauso allergisch reagiere wie auf die dämlichen Kaffeetassen mit dem „Guten Morgen"-Gruß. Abermals schickte er mir diese bescheuerten Bilder. „Schon wieder", dachte ich, und mir wurde klar, dass diese Art von Männern gleich gestrickt war. Warum verschickten Männer so einen erbärmlichen Mist?

Italo-Marco wäre auch kein waschechter Italiener gewesen, wenn er für das geplante Date, das drei Tage später stattgefunden hätte, keine neue Ausrede gehabt hätte. So kam er zu Krankheit Nummer 2. Zum Humpelfuß kam auch noch Magen-Darm. Angeblich waren es die Frikadellen seiner Mutter, die zu Magenschmerzen, Durchfall und Übergeben führten. Das hätte auch alles theoretisch sein können, aber wer schenkt so einer Behauptung noch Glauben? War Mario krank? Tot, krank, oder was war passiert?

Die Frikadellen seiner Mutter hatten ihn offensichtlich so umgeworfen, sodass er mich erst nach einer geschlagenen Woche anschrieb.

👨: *Ich glaube ich habe mich in dich verliebt* 😚😚 🖤 🖤

Diese Aussage war wie ein Déjà-vu mit Marbella-Maarten. Ein Statement, das wunderschön klang, jedoch zu bizarr war, um es nachvollzuziehen. Was wollte er mir damit wirklich sagen? Wollte er nur die ganze Sache noch weiter hinauszuzögern? Offensichtlich war so. Hätte Italo-Marco, so wie Marbella-Maarten, einen Video-Call mit mir geführt, hätte es ein Anfang werden können. Aber den gab es nie. Er war mir suspekt.

In den kommenden Tagen schickte er mir fortweg seine heißgeliebten Smilies, auf die ich nicht antwortete. Ich dachte, dass er verstanden hatte, dass ich nicht weiter auf diese Weise mit ihm kommunizieren wollte. Dem war aber nicht so. Erneut schrieb er mich an.

😈: *Ich will dich ficken*

😈: *Ich bin so heiß auf dich*

😈: *Lass es uns machen*

😈: *Ich besorge es dir richtig*

😈: *Ich will dich!*

Als ich mich nach einer Stunde nicht meldete, bekam ich eine erneute WhatsApp.

😈: *Wenn Du nicht warten kannst, mach es mit einem anderen…*

Ohne Rückmeldung nahm ich diese Nachricht lediglich nur noch zur Kenntnis. Was für ein Hin und Her… Italo-Marco hatte mich lang genug zappeln lassen und letztendlich meine Zeit verplempert. Es musste weitergehen!

Am folgenden Tag traf ich meine Freundin Frieda, der ich diesen Flop kurz schilderte. „Melde dich auf LOVOO an", riet sie mir umgehend. Gesagt, getan und schon war ich auf dem nächsten Dating-Portal. Ich lud die gleichen Fotos wie auf Tinder hoch und die Sache stand. Jetzt musste ich nur noch abwarten, ob der Schnellschuss auch einschlug.

Am kommenden Morgen öffnete ich Lovoo, musste jedoch ernüchternd feststellen, dass so gut wie nichts passiert war. Tinder, auch wenn es aus meiner Sicht teilweise tot war, war dann doch besser als Lovoo. Ich stand vor einem erneuten Dilemma. Sollte ich mich bei Lovoo wieder abmelden oder doch noch abwarten? Oder doch einmal zu Tinder wechseln und mich anmelden? Die Flinte ins Korn werfen und alles sein lassen? Was wäre am sinnvollsten gewesen? Was tun?

Während ich mir eine Frage über die andere stellte, pimpte mich unverhofft Italo-Marco per WhatsApp an.

🤬: *Bei Tinder abgemeldet und jetzt auf LOVOO, Schlampe!*

Was war das nun schon wieder? Mir wurde erstmals bewusst, dass Männer nicht nur auf einem Portal unterwegs waren und sich sichtlich auf allen verfügbaren Dating-Portalen waren. Kurz darauf meldete er sich wieder zu Wort.

🤬: *Verfickte Schlampe!!!!*

🤬: *Ich will dich nicht mehr ficken!!!!!*

🤬: *Ich finde dich auch bestimmt auf poppen.de*

🤬: *Du dumme Fotze, von mir aus kannst du verrecken*

„Ciao Marco – Ciao", dachte ich. Dieser Mann war krank. Ein noch erbärmlicher Abgang wäre nicht mehr zu toppen gewesen. Irgendetwas in seinem Kopf lief falsch. Äußerst falsch. Er machte mir Angst. Ich war froh, dass es nie zu einem Treffen kam, sonst wäre ich bestimmt in den RTL News dabei gewesen: „Verschmähter Liebhaber tötete seine Angebetete."

Was war nur mit den Männern passiert? Bei Lovoo war ich abgemeldet und bei Tinder wieder angemeldet. Wollte ich das wirklich alles noch? Ich war mir nicht mehr sicher. Seit der Anmeldung und meinem ersten Chat waren neun Monate vergangen.

Mein Tinder und ich.
Wir hatten uns weiterentwickelt.

Anfangs war ich die Schüchterne, die nicht den Ausdruck Dick-Pics kannte und nicht wusste, wie man sowas auf dem iPhone blockiert. Unzählige Fakes und Pleiten kamen dazu. Inzwischen weiß ich was ich will und das ist gut so. Mal sehen, wo mich meine Reise nach dem Traummann noch hinführen wird…